Bochang Culture 博橙文汇
紫微青春馆
ZI WEI QING CHUN GUAN

武林萌主 I

WU LIN MENG ZHU

玄色 著

湖南人民出版社

目录

第一章 目标，武林盟主！

苏小舞觉得她是这个世界上最倒霉的人了，虽然她在前一刻还觉得自己是最幸运的一个。

刚刚在游戏中，她通过各种“特殊”的手段骗来的“武林盟主”头衔，还没去领呢，就被人在家里绑架了。要不是她面上的黑布和被绑住的双手所带来的痛楚，说不定她还以为自己身处在荒诞的梦中。

“人带来了？”

苏小舞感到自己被推搡在沙发里，对面同时传来一个低沉的声音。

忽然间头上的黑布被人拿掉，面前一片光明，习惯黑暗的眼睛一下子反射性地半眯起，苏小舞隐约看到坐在她对面的一个人影，连忙陪笑道：“先生，你们是不是弄错了？我贫民一个，要财没财要色没色，肯定是弄错人了，现在把我放回去我当作什么事情都没发生过好不好？”

话还没说完，苏小舞便感到眼前的黑影慢慢扩大，直到对方的手钳制住了她的下颌，强迫她抬起头来面对他。

苏小舞一愣，有点意外地看着对方年轻英俊的外表。这人居然是一个极出色的男人。二十出头的年纪，五官若是拆开来看并不特别出色，眼睛有些太厉，眉毛有点太挑，唇边那一抹微笑尤其刺眼，但是组合在一起就有一种迷人的优雅气质，绝对算得上是高品质帅哥一个。

苏小舞呆看着他，愣了半晌之后强笑道："你看，是不是抓错人了？"这个人她明显不认识，苏小舞再次肯定了自己心中的猜想，语气也不免强硬起来，左右摇摆着头，想要挣脱开他的手。

天啊，这不是肥皂电视剧的情节吗？苏小舞躲避着对方灼热的视线，心里狂郁闷。她穿着吊带睡衣，还没有洗头没有涂脸，额头上甚至还有几颗因为熬夜打游戏而冒出的痘痘……天啊，老天让她死了吧，然后重生穿越到一个小时之前，她保证打扮得漂漂亮亮的等着人来绑架她……

"就是她？温青青？"帅哥清冷的声音传来，问的却不是苏小舞，而是转向了另一边。

苏小舞停下挣扎的动作，很意外地抬眼看去。他为什么知道她在网游"武林萌主"里面的昵称？

"没错，我们查 IP 地址一下子就查到了，还好是在本市，所以能在大会结束前把她带来。"回答帅哥问题的正是一路绑架她的人。

"嗯？没想到真的是女人？"帅哥玩味地挑挑眉，"我还以为会是哪个人妖呢！唔，居然长得还不错！"

苏小舞一使劲，挣脱开帅哥的手，狠狠地瞪视他，长得不错？她要是打扮起来，绝对不是不错这种程度。"你们是谁？眼红本小姐我当上武林盟主吗？切，有能耐就游戏中见真章啊！仗势欺人有什么本事？"

帅哥甩了甩手，坐回到对面的沙发上，幽幽地说道："我倒是很好奇，一个 30 级的小峨眉，到底是怎么打败一众 90 级的强人当上盟主的？"

苏小舞闻言喜上眉梢，得意洋洋地说道："就知道你是要找我取经的，这个游戏做的其实不错啦，人物很漂亮，练级的方式也很舒服，可是这个游戏太渣了，居然能让我区区一个 30 级的小峨眉当上武林盟主，其实可玩性也不是很强嘛！"问她怎么当上的？秘密！当然不能说！

“啪！”

帅哥的手拍上了两人之间的玻璃茶几，发出巨大的响声。

“哦？这个游戏很渣？”帅哥面上还是微微地笑着，可是苏小舞分明看到他额角暴起的青筋，连忙见风转舵地说道：“也不是也不是，其实是大家都让着我，让我过把盟主瘾，毕竟武林盟主还是很好当的嘛！再给我来一次也照样能当上啊！不是游戏本身的问题。”嗯，说到底她是找了一个比较好骗的家伙而已。

“是吗？”帅哥放在茶几上的大掌缓缓握成拳，嘴角勾起一丝冷笑道：“再给你一次机会，你照样能当上武林盟主？”

苏小舞觉得背后的鸡皮疙瘩都在对方字字都冒着冷意的语气中纷纷起立，但她仍然傲然地一昂头道：“当然能！我就是武林盟主！”反正大不了再和他拼一场嘛！

嗯，不对，难道这人就是在武林大会中被她利用的那个可怜的武当少侠？苏小舞眨了眨她的大眼睛，内心嘿嘿一笑。她打量了一下四周，豪宅啊！传说中的豪宅啊！网恋、欺骗、绑架，传说中的桥段啊！难道上帝今天真的没有长眼睛，扔下了一个金龟婿给她钓吗？

“真的？”帅哥不相信地重复问道，“如果是北宋的真实武林呢？”

苏小舞抿嘴一笑，越发肯定是对方故意开玩笑，道：“没问题！小舞一出，谁与争锋！武林盟主，非我莫属！”

“居然还很压韵……”帅哥喃喃自语，随后紧接着问道：“那我就送你去那里体验体验？你当上武林盟主之后才能回到这里，如何？”

如果不是苏小舞的双手被绑着，她还真想去摸摸帅哥的额头，看看他有没有发烧。难道是富人都有点神经质？苏小舞内心嘀咕了半天，反问道：“凭什么啊？你不分青红皂白地把人家绑来，还耽误了我加冕武林盟主的典礼，虽然那是个很渣的游戏，但是我还想顶着武林盟主的头衔四处逛逛呢！”30级的小峨眉头上带着武林盟主的光环，走到哪里都拉风啊！保证回头率百分之二百！苏小舞愉快地想着。

“很……渣的游戏……”帅哥的脸终于忍不住扭曲了，压低了怒气说道：“当武林盟主很容易吗？你自己去体验一下就知道了！”

苏小舞撇撇嘴道：“这不是没给我机会当嘛！好吧，我就去试试，如果我再次当上武林盟主了，你要答应我一个要求。”果然富人都有点偏执狂，苏小舞暗自翻翻白眼，他要玩就陪他玩玩看，反正她骗得了他一次，就能骗他第二次。

帅哥深吸了一口气平缓心情，从茶几下面拿出一个雕刻精美的木质小盒，摆在两人之间，郑重其事地打开。

苏小舞见他一脸正式，便好奇地凑过去看，只见红色的丝绸上静静地躺着一块碧绿剔透的玉佩。

“这是赌注？”她不要什么要求了，以她经常混迹各大古玩市场淘宝的眼光，这块玉佩的价值不菲，至于多少菲她也不清楚，肯定很多钱啦。

帅哥忽然间心情很好，轻笑道：“这是我们公司新研发出来的时空转换器，你如果当上武林盟主之后，对着这块玉佩大叫三声‘我是武林盟主！’，这样便可以回来了。不过在你没有真正当上武林盟主之前，无论你鬼叫怪叫大叫吼叫，都是没用滴……”

苏小舞觉得对方已经没药救了，这种连小说电视剧里面都不用的狗血方法，居然活生生血淋淋地上演在她的面前，她能怎么办呢？只好入戏三分地陪着这位帅哥继续演下去，装作兴致勃勃地问道：“那么，我可不可以有金手指？至少，来点什么特殊的装备，没有？那秘笈？也没有？武器？还没有？难道让我从最开始打怪练起？”

帅哥皱皱眉，纠正道：“宋朝没有怪物给你打。好吧。”帅哥勉为其难地从茶几下又翻出一个更小的盒子，说道：“里面有三支银针，可以完成你在有限范围内的三个要求，这下你知足了吧？”

苏小舞无语地瞪着他，决定不再陪他玩什么“神雕大侠”赠襄儿三支银针的段子了，突然间大叫道：“我要回家！快放我回去！我要去参加那个武林大会！虽然那个游戏很渣！”

帅哥双眼喷火，一把抓住苏小舞可怜的仍然绑在一起的双手，不容她拒绝地按上茶几上的那块玉佩中间的突起处。

“不好意思，那个游戏是不才在下开发的。如果你想回来，就去随便当个武林盟主吧！”

苏小舞只觉得面前一阵白光闪过，耳边传来那位帅哥愤恨的话语，在昏迷前她居然还想着，真可怜，这么好好的帅哥，就这么被她逼疯了……

“砰！”

苏小舞觉得自己肯定被帅哥分尸泄愤了，她最后的记忆就是自己被迫按上了那块玉佩，之后便不省人事。

费力地摸了摸头上撞出的大包，苏小舞坐起身，她身边倒是还有着那两个盒子，可是看着四周的环境，她忽然觉得自己被人耍了。

这是一间破败的庙堂，庙中央供奉的佛主上的金漆早已被岁月腐蚀去了七八成，窗纸泛黄脱落，借着从窗窟窿里洒落的月光，苏小舞发誓她方才看到了一只老鼠从她脚下悠哉悠哉地散步而过。

思维停顿了几秒钟，夜半的庙里传出了一声凄厉的惨叫。

算你狠！苏小舞挥舞着自己仍然被绑在一起的双手，不停歇地尖叫着，头一次对自己强大的肺活量感到震惊。好吧，那个帅哥要整人，她认输！

“谁在那里！”庙堂内进传出一个苍老的声音，随后便传来深浅不一的许多脚步声。

终于有人来了，苏小舞停止尖叫，可怜兮兮地看着声音传来的方向，但是却瞬间僵硬了面部表情。

出来的是几个尼姑，为首的那个更是老态龙钟，一身灰色缁衣，面目温和，此时却双眼牢牢地锁住苏小舞，厉声道：“你是何人？此时衣衫不整地出现在我峨眉派有何居心？”

峨眉派？苏小舞愣愣地消化着刚刚听到的词汇，再结合下她现在的处境和那个疯子帅哥最后说的话……难道她真的被送到几百年前的北宋时期？还要当成武林盟主之后才能回家？

靠之，这游戏公司也太强大了！

苏小舞甩了甩头，还是不相信能有这么强大的游戏公司，可能是那个帅哥想整她，也许正有摄像机拍着呢，连忙惊恐地回道：“我也不知道，小舞一醒来就发现在这里了，我还想问师太，这是怎么回事呢！”

老尼姑这时借着身后弟子点好的烛火，看清楚凭空出现在庙堂中央的那个女子面脸灰尘，额头上还隐隐渗着血，双手被人紧紧绑住，一脸惊慌之色不像作假。

“之秋，去帮那位姑娘解开绳索。知冬，去带几个人看看外面有否人来过的痕迹。”

苏小舞眨眨眼睛，看着她们有模有样地齐齐应了一声，然后面色凝重地照着老尼姑的话去做，心想她们这些演员还真敬业啊，直到一个清秀佳人来到她面前，唰地一声抽出明晃晃的利剑，顿时晃得苏小舞浑身一抖。

不会吧，她们还用真道具？万一伤到人怎么办？苏小舞还在担心这个问题时，只见眼前白光闪过一下，带过一股寒气。之后就只能愣愣地看着地上已经断成几节的绳子，她抬头又看了看美女酷酷地收剑回鞘，发梢都不曾动一下。

帅呆了！苏小舞瞬间双眼呈星星状，崇拜地扑上去拽住她的衣袖，道："姐姐，你这招从哪里学来的？能不能教教小舞啊？"

美女微微一愣，显然是从来没有见识过如此架势，连忙求救地看向一旁的老尼姑。

这时出外巡视的几个人回来，领头的绿衣少女脆声道："师父，门外没有任何人来过的痕迹，此女甚是可疑。"

可疑？苏小舞差点没忍住跳起来和她理论，可是想起之前那个明晃晃的刀锋，不禁按下怒火，怯怯地说道："小舞也不知道怎么回事，只记得在家里忽然闯进来几个黑衣人，之后醒来就在这里了。"这确实是实话啊，只不过中间略去那个疯子帅哥。

老尼姑上下打量了一下苏小舞，咳嗽了几声，坐了下来，淡淡道："方才之秋显露的是我峨眉派不外传的武功，你要是想学，自然可以，不过要先入我峨眉派。不管你是何来历，贫尼概不追究。如果你想回家，贫尼当然也可以尽力帮助你。"

苏小舞挑挑眉，还玩真的？回家？看来这也是疯子帅哥的整人计划，估计不会那么容易就让她回去，按照RPG游戏的套路，她只有选择拜师喽！

头脑中闪过武林成名指南的一段话——虽然拜师这件事很重要，但是一定要慎重，不要头脑一热心一软就上了贼船，要擦亮招子仔细挑选，像恒山峨眉这种盛产尼姑的地方就千万不要去，要是某教教主见你聪慧无双，资质过人，死活要收徒，也不要倒头便跪，大叫师父在上请受徒儿一拜，先热线咨询一下教规中可有写到弟子圣女须终身不嫁——可是，问题是峨眉啊！那是峨眉啊！苏小舞转了转眼睛，看着四周除了老尼姑和年老的几位是剃度的，其余妙龄女子都是青丝犹在，想来这个事情还是无所谓的，更何况这是演戏嘛，她自然要按着戏份走。

苏小舞从善如流地拜倒在地，口中呼道："师父在上，请受徒儿苏小舞一拜！"

老尼姑满意地点头，伸手招呼道："起来吧，这里不用多礼，我们都是一些可怜人。唉！"

苏小舞立刻跳起来，兴奋地傍到老尼姑的身边，甜甜笑道："师父，既然小舞已经是峨眉派的人了，那么师父的九阴真经不要藏私啊，小舞不求现在立刻能学到，只要以后别忘记教我就可以。”

“九阴真经？那是什么？”老尼姑错愕地睁大眼睛，反问道。

好吧，换个方法，说不定九阴真经还老老实实地躺在倚天剑里面。“哦，那是小舞记错了，那么倚天剑呢？让小舞见识见识吧，天下第一利器啊！”

“倚天剑？那又是什么？”老尼姑继续错愕地反问道。

神马？都没有？这演员也太不给面子了吧！她怎么接下去啊！苏小舞也愣住，不死心地追问道：“就是那个峨眉派立派的祖师婆婆传下来的啊！”

老尼姑咳嗽了几声，勉强笑道：“小舞，看来你真是没见过世面的小女子啊！本派自从立派以来只有不到十年，为师便是开山立派之人，何来什么祖师婆婆？况且，这个门派也只是江湖人看我们女人立足江湖可怜，才尊称我们一声侠女，其实，我们只是一些没有家人的可怜女子。”

神马？苏小舞无语，再看看这个峨眉派所处的破败庙堂的景象——原来，这个峨眉派就是个很渣的门派……

“之秋，带小舞下去换身衣服吧。正好烧火砍柴的活可以有人做了。”老尼姑微笑道，唇边全是又骗来一个廉价劳动力的奸笑。

“……”

第二章 法号：上灭下绝！

苏小舞此时正在峨眉后山的树林里发。

在睡了一觉发现自己还在这个该死的地方之后，在被逼无奈烧火砍柴的痛苦劳动半天之后，苏小舞再怎么自我催眠自己是被人正在整人行动中，也不禁开始怀疑她是不是真的穿越时空了。

这些峨眉派的子弟，她所见过的几个人，都是手上有茧子，年纪轻轻的皮肤就不是很好，有些甚至还面黄肌瘦，如果是真的演员，在现代社会里怎么还可能有这种营养不良的演员？而且偏偏每个“演技”还那么好？

苏小舞咬咬下唇，握紧手中碧绿的玉佩，思考了半晌，终于伸出手试着去按玉佩中间的突起。

连按都按不下去。她当时明明记得可以按下去的说……

苏小舞不死心地把玉佩翻来覆去地看了半天，也没有发现什么玄机，就差摔在地上看看里面有什么了——可惜她不敢摔。

怎么办？苏小舞看着在阳光下反射着迷人光彩晶莹剔透的玉佩，深吸一口气，下定决心之后，小小声说道：“我，我是武林盟主……”

寂静无声。

“我是武林盟主。”苏小舞清清嗓子，声音略微放开。

毫无反应。

“我是武林盟主！我是武林盟主！我是武林盟主！”苏小舞索性大吼三声，惊起树林里飞鸟无数。

觉得不过瘾的苏小舞索性翻出那三枚银针，抽出一只吼道：“我要回家！”

“我要绝世武功！我要天降美男！”声音在林子里传出好远，隐隐还有回声。

一阵冷风吹来，苏小舞仿佛听到头上有乌鸦飞过的声音……

喘着气，苏小舞渐渐冷静下来，瞬间满脸通红。连忙四下看看，还好周围没有人，否则这么丢脸的事情被别人看到，一定会以为她脑子有问题。

颓然地坐在地上，苏小舞垂头丧气地把手中的银针扔在草地里，又看了看自己身上洗得泛白的僧衣，上面缝缝补补的若干个补丁，自嘲地想，她这下也是过了一把古代瘾。

可惜，她运气比较差，穿越过来居然不是什么小姐或公主的，而是来历不明的一个峨眉派烧火弟子。惨啊！

苏小舞随手拨弄着身边的杂草，此时时值初夏，向北眺望，从近到远，从低向高，只见一丛丛的绿、一丛丛的黛，好像一直延伸到了天际边，苏小舞不知道这里就是著名的“灵岩叠翠”，只是愣愣地呆看了风景半晌。叹了口气，苏小舞还是把草丛中的银针捡了起来，放进盒子里，把手中的玉佩把玩片刻，最终还是贴身藏好，同时也想起那个疯子帅哥跟她说的话。

“想要回家？当武林盟主……”苏小舞喃喃自语，没有焦距的双眼逐渐开始有了神采。

武林盟主？如果那个帅哥说的话没有骗人，那么她确实是穿越到了一个不错的地方。峨眉派，如果她能当上峨眉派的掌门，那么想当武林盟主貌似也不是那么幻想。

嗯，先忽略峨眉派很渣的这个问题。

可是，问题是她哪里有武功啊？苏小舞捏着下巴思考着。回想起自己玩游戏的经历，如果是游戏的刚开始，自然会从 NPC 那里学来一门防身的武功。

嗯，那个走两下看上去都会摔倒的老尼姑就想都不要想。

苏小舞抓抓头发，她才是个烧火弟子，如果能学到昨天那个之秋姐姐的剑法，天知道要到几年以后。她才等不了呢！

除了让人传授武功，好像，还有就是去寻找珍奇异果了！苏小舞看着面前的树林眼前一亮，目标先是扫荡这个山头，如果她所料不错的话……

一个时辰之后。

苏小舞抹了抹额头上的汗，坐在一块大石头旁边，看着石头上摆着的一排奇奇怪怪的果子和花朵，紧张地咽了咽口水。

怎么办？真的要吃下去？苏小舞伸出手，用食指和中指捏住一颗看起来就很难吃的灰色果实，锁紧秀眉，犹豫不决。

又低头看了看身上破旧的补丁僧衣，苏小舞咬咬牙，闭起眼睛把所有采来的花朵果子一个接一个地吞进肚子，内心不断做着心理建设，一切都是为了当武林盟主，一切都是为了要回家。

不过，有武功的感觉应该也很不错。苏小舞吃光了所有“奇珍异果”，抹抹嘴，翻过身靠在大石头上晒太阳。初夏的阳光并不是很烈，透过树荫射下来的日光，让她感到很温暖。

唉，体力果然不行了。苏小舞觉得手脚酸软无力，暗叹果然过了半年的宅女生活，她已经退化到这种地步了，想当年她在学校，一千五百米轻轻松松拿冠军啊！

昏昏沉沉地胡乱想着，过了半晌，苏小舞开始觉得有点不妥，奋力地想挪动手脚起身，却骇然发现身体已经不听她的使唤了！

随之而来的肚子狂痛和浑身发冷冒虚汗，苏小舞再白痴也不会幻想着这是得到绝世武功的前兆，而是——食物中毒。

怎么办？苏小舞着急得想喊出声，却无奈地发现自己的意识已经濒临涣散，这时肚子里传来的绞痛，让她确确实实确定，这里是真实的世界了。她真的是大笨蛋，以为这个世界是虚拟游戏世界。

我要回家！不要死在这么惨的一个地方！

苏小舞半闭着双眼，模模糊糊地感觉到头上的阳光忽然间暗了下来，拼尽全力地抬起右手虚空的比划着，终于如她所愿地抓住一个温暖的手。

“笨女人，你还真敢吃啊！”耳边传来一个似笑非笑的声音，苏小舞觉得有些耳熟，可是她已经无力思考地陷入昏迷中。

“笨女人，毒已经解了，顺带因为驱毒附送你一点功力，清除余毒估计够用了。唉，记住我运气行走的经脉路线，自己驱毒。”一个爽朗好听的男声在苏小舞的耳边说道。

苏小舞下意识地点点头，刚刚清醒过来的她发觉自己盘膝坐在地上，身后有双手正抵住她的背心，源源不断地输送着热气。慢慢的，那股热气缓缓地在她的体内行走，从小腹处到脚心，又从脚心回到小腹处。

这就是传说中的内力？苏小舞无法抑制地咧开嘴角，点了点头表示自己记住了。

“你自己好自为之吧，练武是要靠天分和努力的，想靠运气并不是正途。”身后的男人收掌，起身说道。

苏小舞连忙回过头望去，只见他已经背过身缓步向林中走去。从她这个角度只能看到对方一身的黑衣劲装，背后背着一把古色古香的木剑。

“少侠请留步！至少，至少告诉小舞你的姓名！”苏小舞想起身追去，却发现自己由于坐的时间太久了，腿酸得站不住。

“皇甫非墨。”林中已经不见其身影了，缓缓地传来一句，清晰的和方才在她耳边说的话一样。

皇甫非墨……苏小舞默念了几遍，记住了，欠你皇甫非墨一个大人情，要记得还的。

苏小舞试着把体内多出来的那一缕热流按照方才皇甫非墨的方法运气，只觉得身体慢慢有些轻飘飘的感觉，试着抬腿向前走，居然发觉不用使很大的力气就可以跑出很远。

这个，确定是驱毒，而不是轻功的内力运行方式？苏小舞第N次因为得意忘形控制不了速度而撞在树上之后，摸着有些红肿的额头想到。

而且，她还觉得每一次真气的循环都好像会多了一点出来，想了想却不知道为什么，也就不再去想了。学会了如何在轻身奔跑中掌握平衡，不至于摔跤，还有如何停下，不知道过了多久，苏小舞才惊觉天色已经暗了下来。暗叫一声不好，连忙往柴房跑去。

远远的便看到一个身影立在柴房门口，正是昨天晚上见到的美女之秋。

“那个，我去后山转了转，迷路了。”苏小舞停下脚步，没等之秋开口，便老老实实地说道。

“是吗？”之秋定定地看着苏小舞，视线划过她身上的一块块的尘土和额头上的伤，淡淡地开口，声如其人一样犹如清泉般冷冽。

苏小舞嘿嘿一笑，歪着头靠了过去，嘟长了嘴道：“小舞是想去后山看看有没有什么好吃的果子嘛！中午分到的馒头实在是太硬了啊，结果没想到居然能吃到食物中毒，好惨啊！”

之秋轻颦娥眉，担心地问道：“食物中毒？你一定是误吃了后山的火云果，我去师父那里拿清心丸。”

苏小舞连忙拽住马上就要走的之秋，笑嘻嘻地说道：“小舞这不是好好的嘛！就是肚子痛了好久，多亏有人救了我。唔，那人叫皇甫非墨，之秋姐知道这人是谁吗？”果然是面冷心热的人，苏小舞内心偷笑着。

之秋若有所感，停下脚步冷冷地往右方看去，生气地喝道：“知冬！你不是跟着去的吗？为什么不阻止小舞吃火云果？”

苏小舞闻言骇得背后寒毛齐齐起立，眼睁睁地看着右方的柳树后转出一个苗条的灰衣身影，正是昨夜见过的知冬。幸亏她刚才为了想问皇甫非墨的身份，没有对之秋撒谎……苏小舞默默地在心中划着十字。

知冬不满地轻哼了一声，不过也没敢和师姐顶嘴，眯着眼睛瞥了一眼正装着怯怯模样，躲在之秋身后的苏小舞，为自己辩解道：“我自会去救她，只是让皇甫少侠抢了先。”

苏小舞偷偷地在之秋身后做了一个鬼脸，哼，自会去救她？她吃果子的时候怎么不见她冲出来？她昏迷不醒挣扎的时候怎么没有她人影？

不过想了想自己在吃果子之前，对着玉佩和银针乱喊一气的嚣张模样肯定都被知冬看在眼里，苏小舞立刻吞了吞口水，也不计较了。连忙岔开话题问道："之秋姐，皇甫少侠是谁啊？怎么会在峨眉山上？听知冬姐的口气，应该不是我们派的哦！"

之秋不放心地拉过苏小舞的手腕，边为她把脉边说道："皇甫少侠是作为武当派的代表，邀请我们峨眉派前去华山参加一年一度的习武交流会。"

"习武交流会？"苏小舞不解的重复之秋的话，皱了皱眉头，等着她继续讲解皇甫非墨的身份，不知为何，她总觉得他的声音有点耳熟。

可是之秋却没有再继续解释下去，在她心里，江湖上的人谁不知道皇甫非墨，所以解释也就自动略过。放下苏小舞的手，又恢复平静的说道："小舞，你余毒未清，去师父那里拿点清心丸吧，我有事和知冬说。"

苏小舞幸灾乐祸地看了一眼愁眉苦脸的知冬，吐了吐舌头，连忙跑掉了。方才之秋生气的那一刹那，气势非凡啊！别看平时总冷着一张脸，惹她生气也是不好过滴，看来知冬美眉也很怕之秋姐姐。

嗯，有秋有冬，不知道春夏两个人怎么样呢。苏小舞哼着歌去找老尼姑，哦，不，是师父。

轻敲师父的门，苏小舞整了整衣服，推门而入："师父，小舞来拿清心丸。"不大的静室内一片阴暗，苏小舞不禁也陪着小心，小声地对着正端坐在床榻上的老尼姑说道。

老尼姑轻叹道："莫不是你去后山，吃了火云果？唉，那东西不是练功的速成物，而是毒药啊。清心丸在你右边的柜子里，那个蓝色的瓷瓶。拿去服用吧，一天一颗就可以了。"

苏小舞连连称是，心里不禁纳闷，难道她这种情况还经常出现？她都忘记她刚才吃的果子哪个是火云果了，红色的有好几个呢。

找出装有清心丸的蓝色瓷瓶攥在手里，苏小舞偷偷地看着正合十念经的老尼姑，迟疑着要不要开口。

"说吧，有什么事情都可以对师父讲。虽然小舞你才入门一日，可是一日为师，终身为母。有什么事情是和娘亲都说不出口的呢？"老尼姑缓缓睁眼，微笑地看着苏小舞。

苏小舞内心一热，脱口而出道：“师父！我想当峨眉派掌门！”

话音犹在静室内回荡，苏小舞看到师父脸上惊讶的表情，她才反应过来自己真的把内心想的说了出来，不禁羞红了脸，补救道：“嗯，师父，这个……”

“好啊！”

“这个……神马？”苏小舞差点没站稳，连忙扶住身边的柜子，一副见了鬼的样子，结结巴巴地重复道：“师父，你刚才说什么？”

“阿弥陀佛，贫尼说可以。”老尼姑合十道，“这个所谓的掌门之位，贫尼早就想传出去了。可惜芷春已经在年前嫁入武当，梓夏月前又被魔教的人掠走，只剩下之秋和知冬两人可以托付。谁知道她们二人都无接任掌门之意，贫尼真是失望啊！”

苏小舞额头渐渐有黑线下滑，勉强勾起嘴角，道：“师父，你就实话实说吧，为何能轻易答应小舞这个无理取闹的要求？”

“阿弥陀佛，不当家不知柴米油盐贵啊！其实师父我已经快要撑不下去了。小舞，我看你天资聪颖，是个当掌门的料子，自然要主动让贤。”

苏小舞险些手中的瓷瓶没拿稳。原来是穷啊，怪不得这里破的跟什么似的，想来香火就不旺。再想起来早饭吃的那个硬馒头，苏小舞狠狠心，一咬牙地说道：“师父，就交给我吧！我一定让峨眉派名震武林！”

一刹那间，苏小舞仿佛看到端坐在床的师父唇边飘出如释重负的笑容，再凝神看去时，便又是满脸慈祥的表情。“小舞，名震武林师父不去想了，你赶紧想想，怎么让派里的厨房多出明天的米吧……”

“……”

苏小舞叹气道：“师父，小舞还没请教您的法号，不会是上灭下绝吧……”

“贫尼法号孤钵。灭绝？这法号好！小舞，等你剃度了，就叫这个法号吧！”

&% ￥#@ ￥# ￥……尼玛！谁是灭绝啊！不！重点不是这个吧！谁说她要剃度了？！

第三章 便宜，以物易物！

“师父，不会吧，接任掌门的必须要出家吗？”苏小舞皱紧苦瓜脸，迟疑地问道。如果必须出家的话，她宁可去想别的办法。

孤钵师太一愣，随后笑道：“不出家也可以啊。也是，小舞你青春年少，自然不肯长伴青灯。说到底，师父这个峨眉派只是为了能收留一些可怜的女子，只是最近一段时间，越来越不好过了。”

苏小舞放心地舒出一口气，只要不剃度，什么话都好说。不就是缺钱么？

“师父，你还是先别把要把掌门之位传位于我的消息说出去，小舞打算先帮师姐妹们渡过困境，之后再说也不迟。”苏小舞想了想，胸有成竹地说道。她有好多种办法，可以让峨眉派脱贫致富，可是问题是如果孤钵师太提前宣布了她要当掌门，刚来峨眉不到一天的她拼死都不可能服众。

一切慢慢来。

孤钵师太满意地点点头，同样也放心地舒出一口气道：“师父果然没有看错人。小舞，之秋和知冬两人未必能听你的差遣，你要是有什么事情，就去问夏生吧。他住在东院。”

“夏生？”苏小舞重复地问道，好奇此人的名字里有着“夏”字。

“是梓夏的弟弟啊。”孤钵师太叹了口气，合眼念经，脸上全是对自己子弟被人掠走而无能为力的悲哀。

第二天，苏小舞寻得夏生一起下山。

夏生是一个十五六岁的男孩儿，身材还没长高，和苏小舞差不多。一身粗布衣衫不掩其面貌的俊秀，只是一脸童稚之气未褪。从他面上就可以想象他姐姐梓夏是何等美人，怪不得会被魔教中人抢去。

夏天的峨眉山，浓阴覆翠，郁郁葱葱，他们二人一路下得山来，其间飞瀑流泉，溪水潺潺，清清凉凉的峨眉山带着芳香的山风和鸟儿的婉转的歌声，看得苏小舞目不转睛。

峨眉山，李白大书“峨眉邈难匹”的峨眉山，普贤菩萨骑着白象而来的峨眉山，白蛇和青蛇在此苦修千年的峨眉山……

苏小舞忽然间心中涌起豪气万千，她会让峨眉派名震江湖。

“夏生，这江湖中，可有其他的女子门派？”苏小舞随手拔起路边的小草，边走边编起草蚂蚱来。

夏生想了想，好奇地盯着苏小舞手中的动作，说道：“除了恒山派，就是我们峨眉派了。不过两派都是出家人，本派还有男弟子。小舞姐，问这个做什么？”

苏小舞喜笑颜开，说道：“佛曰，不可说，不可说。待我想想。”这江湖好，没有慈航静斋，也没有阴癸派。她要是真的把峨眉派打造成江湖第一偶像派，那多牛X啊！

边哼着歌边继续向前走去，苏小舞又问道：“夏生，你知道皇甫非墨是谁吗？”

夏生闻言立刻现出满脸崇拜的表情，道：“当然知道，非墨哥是江湖十大少侠排名第四的逍遥公子。师传武林泰斗三清老人，家承不明，相传是前朝皇族，因为三清老人和武当的关系，所以非墨哥经常在外是代表武当。昨天小舞姐也看到非墨哥了吧？”

苏小舞心想，她是看到了，可惜只是看到个背影。“夏生，你一口一个非墨哥，和他很熟吗？”苏小舞放下心，虽然皇甫非墨的生平简历很像标准的少侠模式，但是至少不像那个疯子帅哥那么不讲理。也许是她宅的太久，都没听到男人的声音，混乱了。

夏生摇摇头，神色黯了下去，闷声说道：“只是我跟着别人叫他非墨哥而已，他估计连认都不认识我。”

苏小舞嫣然一笑，随手把编好的草蚂蚱放在他的手中，道：“放心，夏生，以后全江湖的人都会认得我们峨眉派。到时，峨眉第一少侠夏生，自然也会名满江湖。”

夏生先是被苏小舞近在咫尺灿烂的笑容弄得手忙脚乱，最后听到她的豪言壮语，被逗得一乐。又见她哼着歌向前走去，也不戳破她小小的幻想，揣好草编蚂蚱，摇着头跟了上去。

他只求姐姐能回来，可是这句话到了嘴边，却又咽回到肚子里。

下得峨眉山，便是一个依山而建的小城镇。看了许多年的古代电视剧，苏小舞还是头一次身临其境，街道两旁各类店铺林立，沿街各种店面招幌随风飘舞，其中不乏菜馆、酒楼、茶馆、酒铺，还有贩子摆地摊卖各式杂货。

苏小舞仰起头，看着一家店面门口飘扬着一个繁体的“当”字招幌，无奈地撇撇嘴，抬脚而入。

作为穿越的桥段，当然最开始是要当东西，否则她哪里来的做生意的本钱?

“什么？只值十两银子？”苏小舞一掌拍得当铺的柜台震天响。

当铺的掌柜显然是对这种情况见得多了，心平气和地放下手中的木头盒子，轻哼道：“你的这个盒子虽然是雕刻的花纹精美，可惜材质就是普通的檀木而已。给你十两银子还是看在峨眉派女侠总是无偿给穷人看病的面子上呢！”

苏小舞不满地敲着柜台，没曾想在她看来应该很值钱的盒子，反而只值十两银子，上面的可都是机器雕花啊，肯定比当时的人工雕花精美多了。

可惜她穿越过来的时候，身上什么都没有，否则随便有个硬币或纸钞都能换点银两用用啊。

“小舞姐，十两银子已经不少了，普通人家一两半银子就可以将就过一年呢。”夏生怯怯地拽拽苏小舞的袖子，生怕她一生气就把这事情搞砸了，毕竟方圆十里，就这么一家当铺。

苏小舞鼓着腮帮子，郁闷地想，十两银子能够做什么的？山上几十口人呢，最多一个月就消耗光了，真真是坐吃山空啊！

忽然想到自己头上绑头的头绳，连忙拽下来，状似不舍地看了又看，才伸手递了过去。“老板，你看这个呢？”

掌柜眼前一亮，赶忙伸出双手，珍而重之地捧在手心里，对着阳光看去。

苏小舞假借着梳理头发，得意地勾起嘴角，看吧，这是她上周新买的发饰，透明的塑料里面有着可爱气泡组成的小兔子。在这个年代，肯定是没有过的稀罕物。

果然掌柜端详了许久，终于双目放光地向她看来，期待地说道：“姑娘，你开个价吧！”

苏小舞洋洋得意地从当铺出来，身后跟着的自然就是一脸不可思议的夏生。

“小舞姐，那个首饰，你当掉不要紧？”夏生跟了上来，小声地问道。

苏小舞甩了甩头发，甜甜一笑道：“没事，身外之物而已，它实现了它的价值，我当掉又有什么关系？”苏小舞内心美死了，那个五块钱买来的头饰，居然能死当到一千两银子。值了！可惜她不能随意在两个时空穿越，否则倒卖些东西就够她发家致富的了。到时候一百个峨眉派都养得起！

夏生惴惴不安地跟在苏小舞的身边，迟疑了好久才开口问道：“小舞姐，你到底是什么人啊？”

苏小舞讶异地回过头，看着夏生面上疑惑的神情，一下子也回答不出来。她是什么人？能说吗？说了他能信吗？

夏生感到苏小舞定定地看着他，连忙移开眼神，期期艾艾地说道：“如果，如果不好讲，就不用说了。”想起知冬对他讲的话，苏小舞是凭空出现在派内的佛堂里，还特意嘱咐他小心跟在她的身边，注意她的一言一行，如果能套出她是谁最好不过了。

苏小舞轻叹道：“不是不好讲，而是不知道如何和你解释清楚。”

夏生无所谓地笑笑，能拥有那么珍奇的宝物，随便当成首饰戴在头上，又丝毫不心疼地转身当掉。可见苏小舞肯定是个大户人家的小姐，又不好意思讲明自己的身份，毕竟她是被人掳走的。“那就不用说了，小舞姐，夏生懂了。”

苏小舞不明所以地顺顺长发，不知道她说了什么，或者又暗示了什么……汗，她明明什么都没说啊。

“小舞姐，把头发扎起来吧。这样披散着头发不好。”夏生抬起头，看着风中有些发呆的苏小舞，不着痕迹地红了红脸。虽然他是在很多女人的峨眉派长大，但是还很少看到其他女子散落长发的模样。平心而论，眼前苏小舞的美貌不比他姐姐差多少，甚至气质由于活泼开朗，比起姐姐悲天悯人的性格，不知道可爱多少。

“我也想啊，不过系头发的不是刚刚当掉了嘛！”苏小舞嘟起嘴，怪不得走过路过的人，都拿眼看她，害得她以为自己的回头率上升到历史最高呢……话音刚落，便看到一条蓝色的头绳递了过来，顺着那只手往上望去，就是夏生别扭的脸。

“给我的？”苏小舞不客气地拿过来，随手系了一个马尾辫，松松地垂在身后。

“你……这样就叫完成了？”夏生转过脸，受不了地看着苏小舞那头在他看来等于没有梳理的头发。

“是啊，那还要怎么样？”苏小舞睁大眼睛，讨教似的看着夏生。这比她刚才用的发圈有难度多了，能绑上就已经不错了。四处张望了一下周围的女人梳起的精美发髻，耸耸肩道：“哦，你是说绾发髻啊，这个我不会啊。”

夏生在苏小舞可怜兮兮的无敌眼神下败退，再次肯定她绝对是某个大户人家的小姐，而且还是身份很高。听说那些人家里，小姐少爷们都是有专人伺候的，连穿衣梳头都不用动一根手指头。

“好吧，等回山上，我教你。”夏生忽然升起一种责任，他之前在山上都是年龄最小的一个，处处受人照顾，自己心里纵然觉得身为男子也不应当如此，可是却心安理得的处之泰然。甚至连姐姐被人掳去，都指望着别人援助。

他是个男子汉啊！他要做像皇甫非墨一样的少侠！先前苏小舞说的话又回响在他脑海里。“放心，夏生，以后全江湖的人都会认得我们峨眉派。到时，峨眉第一少侠夏生，自然也会名满江湖。”

不，他要让峨眉派以他自豪。嗯，就从好好教导苏小舞开始。可是苏小舞的下句话就把他的满腔热血泼了一大盆冷水，浇灭了。

“算了吧，你教我梳头发？我还是去找之秋姐好了。”苏小舞轻哼一声，没心没肺地转身向前走去，一点都没发觉身后纯真的少年心碎了一地。

梳头发？她记得在古代是有特殊含义的,别人不能随便碰。虽然夏生才十六岁，可是她才不要随便给人家弄呢，省得别人说她老牛吃嫩草。

夏生勉强提起精神，跟在她的后面，看着她饶有兴趣地逛起集市来。而且是什么东西都拿起来看看瞧瞧，心里越发确定她是身份很高的大家闺秀。居然连集市都没来过，还有好多东西还好意思问老板是做什么用的。他跟在后面都嫌丢人……

苏小舞丝毫都没有感应到夏生可爱的怨念，仍然东瞧西逛，却一件东西都没有买，直到她停在一个卖杂物的摊子前。

这个摊子只是随便摊开一张黑布摆在地上，黑布上面零零碎碎的有一些玉器或首饰，摊主一身青衣闲闲地坐在后面，头戴一个遮挡阳光的大斗笠，顺便也遮挡住了容颜。平凡的一如这条集市上的其他摊位。

可是吸引住苏小舞目光的，却是黑布上的一角，在阳光下淡淡反射着温和光彩的一个玉质扳指。

苏小舞蹲下身，探手把那个扳指拿在手里，惊奇地发现这个扳指居然和她怀中的那块玉佩一样，上面雕着同样的花纹。

“这个多少钱？”苏小舞屏住呼吸，双眼紧紧盯住手中的扳指，缓缓问道。

夏生在旁边听着一挑眉，他可是跟着她逛了这么久，头一次听到一上来就问多少钱。“买这个做什么？”夏生小小声地问道。方才她问的，都是一些日常用品和食品，他也能隐约地猜出苏小舞大概是为了养活峨眉派而了解的情况。

可是，这不就是一个扳指吗？

苏小舞用手指细细地沿着扳指上的龙凤呈祥花纹摩挲过去，口中理直气壮地回答道：“当然是要给峨眉派置备一个传派之宝啊！以后这个就是当掌门的标志。”貌似当时灭绝师太传给周芷若的是铁扳指吧，不管了，就凭这个扳指和玉佩雕有同样的花纹，就一定要把这个弄到手。

夏生微微一愣，心里转了好几个弯，还是没有想到苏小舞此举有什么意义。

两人各怀心思时，都没有发现摊主在听到两人提及峨眉派的时候，斗笠下玩味的笑容。

“大叔，这个怎么卖？”苏小舞一脸期待地问道。

斗笠下传来一个年轻又带有磁性的声音，取笑道：“看在你叫我大叔的份上，十两银子。”

十两银子？

苏小舞看了看手中的扳指，又想了想怀中的一千两银票。不同于张大嘴吃惊的夏生，没有银两概念的她一点都不觉得贵。

可是问题是，她刚才在当铺生怕掌柜反悔，连零散的银票都没有想起来找掌柜换，直接拿起柜台上十张面值一百的银票就走人了。这也是她刚才一直问东西价钱，但是并没有买的真正原因。财不外露这个道理她还是懂的。夏生的武功她不知道怎么样，反正估计也不能应付抢劫吧。

“嗯，那个，大哥，如果我和你换东西可不可以？我有一个盒子，刚在当铺估过价，是十两银子，你看能不能……”苏小舞抿了抿唇，忐忑地问道。她不舍得转回身去换银票，怕这一走，这个扳指就被别人买走了怎么办？

“哦？拿来我看看。”斗笠下的声音饶有兴致。

苏小舞掏出那个空盒子，看了看，递了过去。

青衣人伸手接过，仔细地看了看，又拿在手里掂量了一下，半晌都没开口。

苏小舞看着那人斗笠下没有遮住的光滑的下颌，暗自懊悔方才称呼说错了。

不知道这个男人会不会像女人那样在乎啊，也不知道这个以物易物到底能不能行得通。她记得古代在集市上是可以这样交易的。

“唉，这个盒子也不值十两银子啊！”许久之后，青衣人开了口，略微抬起头，透过斗笠的缝隙仔细端详着苏小舞。“不过，小妹妹，看在你这么喜欢这个扳指的份上，就这样吧。不过，要好好地保存这个扳指哦！”

苏小舞的脸色立即神采飞扬，连忙点头地笑道：“这个自是当然，小舞谢谢大哥了。”说罢就站起身，欢天喜地地和夏生向前走去。

青衣人又低下头看着手中的木头盒子，耳朵里听着远处传来的对话。

“小舞姐，为什么你说给峨眉派掌门用的扳指，你自己现在就带上了啊？”

“笨蛋，扳指当然是带在手上的，等我回去再向师父请教，到底这个扳指归谁。”

“……算起来，小舞姐，你是我师妹啊，以后不叫你姐了……”

“……”

声音渐渐融入到集市上嘈杂的背景音里，青衣人把巴掌大的盒子随手揣到怀中，懒洋洋地站起身伸了一个懒腰，自言自语道：“哎呀，太阳真好，正适合回去睡觉。”边说边熟练地把地上的摊子卷成一个包袱，施施然地拎起来闪入一个小巷。

刚走了两步，青衣人便停下脚步，轻叹道：“还是让你发现了。”

本来空荡荡的暗巷里忽然间多出来一条人影，一袭深红色长衫，宝蓝色镶边，头戴金翼冠，赤红坠带从两边垂下，曲领大袖，腰间束革带，是典型的大内御前一等侍卫装束。来人两眉飞立，面如冠玉。此时一阵风从暗巷呼啸刮过，吹得他衣衫猎猎，乌黑的长发随风拂舞。

“青衣盗，你逃不出我的掌心的。”来人缓缓走近，最后气定神闲地站在离青衣盗只有三步之遥的地方，傲然地说道。青衣盗，是官方登记在案的偷盗惯犯，不管何时都是一身青衣，头戴斗笠，连晚上行窃时都身着青衣，真正面貌不知，身份不明，人送外号“青衣盗”。

青衣盗伸手把被风吹得有些快要掀开的斗笠按了回去，有些意外地说道：“白展，居然是派你来的？你可是皇上身边的红人，青衣盗荣幸之至啊！”

白展冷哼一声，眼神落到青衣盗另一只手中的包袱上面，冷然道：“要不是因为你偷了大理进贡给皇上的寿礼，我白展至于大老远的从东京跑来么？废话少说，先把那个扳指拿来，省得一会儿捉拿你的时候有所损伤。”

青衣盗配合地把包袱摊开，把里面的东西散落在地，闲闲地说道：“什么扳指啊？我偷的东西都在这里了。唉，这都是什么破东西，在街上摆摊贱价卖都没人要。还给你还给你！”

白展的视线略略扫过，微皱眉头道：“不在？怎么可能？大理特使报上来的失物，明明有这个云祥扳指。”

青衣盗嘿嘿一笑，轻松地斜靠在墙上，双手环胸地说道：“肯定是他私吞了，这么说来，这个扳指还大有来历，居然能让你这样紧张。”

白展没搭理他的话，双眼定定地看向青衣盗好像故意遮掩的怀中，冷冷地说道：“你怀里有什么？”

青衣盗连忙摊开手，无奈地说道：“只是一个美女送给在下的定情信物，这你也要抢？”说着便把方才苏小舞的盒子拿了出来，还晃了晃，示意里面没有任何东西。

白展一挑眉，制止他要打开的动作，示意他抛过来给他。

青衣盗夸张地叫道：“不会吧，白老大，定情信物你也要抢？万一你拿过去，不还我了怎么办？”

白展神色不变，只是嘴角微微轻蔑地勾起，道：“别以小人之心度君子之腹，我白展说到做到，只要里面没有我要的那个扳指，那我要这个盒子何用？”

青衣盗沉默半晌，忽然手腕一动，“好吧，那就给你看看。”伴随着他洒然的笑声，巴掌大的木头盒子在空中划出一个优美的弧线，直朝白展飞去。

白展不敢大意的直接去拿手接，腰间虎牙剑剑不出鞘，直接用剑身立在身前化去盒子的去势，然后直接用内力黏住盒子，横过虎牙剑，平稳地让其静静地平躺在剑身上。

微微皱了皱眉头，白展意外地轻声道：“这重量不像是木头质地的。”轻巧地把盒子放在地上，如临大敌地用剑尖挑开盒盖。

“啪”的一声，木盒应声而开，白展凝神看去，里面空空如也。

“哎呀呀，别弄坏了啊！小心点小心点！”看着白展用剑尖上上下下地查看这藏都藏不住东西的木盒，青衣盗嘴上担心地说道，可惜他仍然悠然靠在墙上的动作，却丝毫看不出他真的紧张。

白展冷哼一声，抬手把木盒从地上挑给青衣盗，后者单手接过，合起盒盖，又揣回怀内。

“呵呵，那我走啦。失物我都还给你了。后会有期……”青衣盗笑嘻嘻地说着，脚尖略一点地，就想这样倒退着轻身而去。

话音未落，便觉得眼前寒光一闪，只见对面的白展虎牙剑剑已出鞘，直直向他而来。

第四章 太极？峨眉绝学！

虎牙剑，是白展随身的上古神兵利器。白展十六岁出道，只用了一年时间，“百斩”之名就扬名武林。现在又是皇帝身边的红人，若说整个天下最风光的江湖人，那必定算上他一个，而成名多年的白展现在才二十二岁。

青衣盗侧身避过虎牙剑咄咄逼人的来势，心下暗叫不妙。这虎牙剑是宽刃剑，兼有刀剑两者的长处，大开大合，没有利器随身的他一时间还真是没有更好的办法，只好一边躲避着，一边双手或拳或抓或掌，间或举脚疾踢，像变戏法般应付白展狂猛无伦的攻势。

两人在暗巷里电闪雷鸣般过了十招，青衣盗分神四下看去，他们引起了如此大的动静，隔壁不远处就是原先人声鼎沸的集市，本来应该引起他人的围观。可是奇怪的是暗巷的两端，所有路人竟走得干干净净，没有人留下来遥看热闹。而在暗巷两侧的围墙处，虽然此时由于乌云蔽日，不见人影，但是却透出神秘兮兮的味道。

这种不正常诡异的情况，自然是人为而成。

青衣盗就这么略一分神，白展的虎牙剑便已欺到身前，竟不是冲他的要害而来，目标竟是他的斗笠。

只觉得眼前忽然一亮，青衣盗便知斗笠已经被白展挑开，一掌拍在暗巷地墙壁之上，然后借力向右后方悠然飞去。近距离看到白展错愕的神情，青衣盗得意的笑道：“怎么？这么想看到我长得什么样子？”

白展紧锁眉头，没想到青衣盗的斗笠下面居然还有着面具。银色质地的面具泛着诡异的光辉，把他上半截的面容严严实实地遮盖住，只露出光洁的下颌和带着戏谑笑容的唇角。

青衣盗后退契机，白展手中虎牙剑化作惊涛骇浪般的剑影，带着如虹的怒气，如水银泻地般追击而去。

青衣盗像早预知了有这种结果，悠然自得的表情像是在自家庭院散步，疾退数丈后，又冲了回来举掌抢攻。

他的一退一进，就像潮水般自然。

看到青衣盗唇边成竹在胸的微笑，白展直觉有些不妥，可是此时却不让他多加思考，举剑迎击像是送上门让他刺中的青衣盗，白展突然觉得内息流转有些停滞。

不好，究竟是什么地方着了他的道？白展仍是招式不变，但是力道已经减了七分，自然是被青衣盗轻松挡住，更是借助他的一击之力，转身翩然离去，青色的身影踏墙沿屋而上，倏地飘退，消没在瓦背之后。

白展察觉到内息紊乱，生怕他有何后招，只是几个呼吸间的迟疑，便已经追击不及。静静地站在原地调息，片刻之后，白展收剑回鞘，视线落到地上散落的贡品，冷哼了一声。

黑色包袱布上隐隐有着些许白色粉末状的东西，显然是当时青衣盗故意抖落在地，让药粉飞散在空气中。

本来面无表情的白展，唇角现出一丝敌逢对手的笑意，逐渐扩大，最后哈哈笑道:“果然是江湖第一神偷青衣盗。不过,再次见面的话,你可就不会那么轻松了。”

笑声回荡在暗巷内，直至消弭无声。

苏小舞可一点都不知道，两个大帅哥为了她已经戴在左手上面的扳指大打出手,急忙和夏生在下雨前奔回峨眉派。苏小舞累得毫无形象地靠在破败的大厅墙边，眼看着身旁悠哉地爬过的毛毛虫，她发誓，她等雨停了做的第一件事就是要翻新这里。

“小舞，你身体太弱了，这点路程就喘成这样。明天要开始和师姐们做早课。”

夏生蹲下身，看着苏小舞的样子，皱了皱他面上那双秀气的眉毛。

苏小舞深呼吸了几下，不在意地摆摆手道："算啦，在做早课之前，我要做的事情多呢，首先要养活这么一大帮子人。"这已经不错了，她记得前几天在家宅的时候，上五楼都累得要死要活的，这还爬座山呢！她嫉妒地看了眼脸不红气不喘的夏生，心想练武的就是不一样啊，不过人家估计也苦练了多少年呢。

夏生愣了愣，问道："还要做什么事？小舞你不是当来钱了吗？这些可以够我们用好些年呢！"

苏小舞抬起左手敲了夏生一个爆栗，"死小孩，叫我小舞姐。不做事情，就等着坐吃山空啊？这些钱是本钱，可以用来做好多事呢！"苏小舞唇角扬起洋洋得意的笑容，这个年代，只要她有了本钱，还怕峨眉派不变成江湖第一富派？到时候可以发挥的力量可想而知。钱能使鬼推磨，她倒要看看，这话究竟是对还是不对。

夏生倒是没注意苏小舞后面话中有话，呆呆地看着她的左手，喃喃地问道："小舞，这是你买的扳指吗？我怎么记得不是这个样子的？"

苏小舞顺着他的视线看去，只见原来再普通不过的碧玉扳指，竟然变得薄如蝉翼，紧紧地贴在她大拇指的第一关节和第二关节处。本来上面的花纹更加醒目，可是却也能透明的看到扳指下她的皮肤纹理，诡异的让人移不开眼睛。

"咦？奇怪了，原来明明很厚的说。"怪不得她带上之后，没多久就感觉不到扳指的存在感了，居然是变薄了？这也太夸张了吧。苏小舞试着想摘下来，却发现一点都动不了，扳指牢牢地黏在拇指上。

"摘不下来，算了，就这样戴着吧，还蛮好看的。"苏小舞盯着扳指愣了半天，忽然甜甜一笑。有个性，直觉告诉她这个扳指绝非凡品，这下她赚翻了。

夏生拿她一点办法都没有，刚想教育教育她，便听到身后有脚步声传来，连忙避嫌地站起身，回过头慌张地说道："知冬师姐，我们回来了。"

苏小舞歪过头，绕过夏生看去，只见知冬一身冷清的白衣，脸色如同寒冬般冰冷地向他们看来，"夏生，你先去和师父请安，我和苏小舞有话说。"

苏小舞只听她那比之从前更加生硬的语气，便知道那孤钵师太定然是和她说了要将掌门之位传于她的消息。

尼玛！要不要这么快就说出来啊师父！

苏小舞叫天天不灵，叫师父更加不应。只能干笑着送走了夏生，如坐针毡地看着一脸面无表情的知冬。她定了定神，迎上知冬审视的戒备目光，索性弯下身，盘膝随意地坐在墙边，闲闲地问道："知冬师姐，可有事？"苏小舞觉得她现在说话底气十足，果然怀里揣了一千两银子，心态立马不一样了。人果然没什么都不能没钱啊！

知冬居高临下地看着一脸好整以暇的苏小舞，皱眉问道："你到底想做什么？"语气疏离而又防备。

苏小舞无奈地一摊手，丝毫没有隐瞒，直接了当地说道："我想当武林盟主。"反正知冬那时定然是听到了她在后山的大吼大叫，遮遮掩掩的反而落了下乘。

知冬果然没想到苏小舞居然大言不惭面不改色地说出如此这般的话，语气平常的就和说出今天晚上要吃什么一样平静，眼神清澈到令她都不禁怀疑自己问这个问题是不是多虑了。

"你……"知冬瞪大眼睛，支吾了半晌，终于回过神道："你知不知道你在说什么？"

苏小舞撇撇嘴，叹道："当然知道啊，不是随口说说的，而是我最近的人生目标。"以为她想啊，要不是那个疯子帅哥突然发疯把她扔在这个世界，她还舒舒服服地上网看小说打游戏呢。

知冬愣着看她看了半天，突然间大笑出声道："看来我还是高看你了，不知道你和师父说了什么，哄骗她相信你，居然要把峨眉派交到你的手上。"

苏小舞起身拍了拍身上的尘土，知道对方全然不信，淡然一笑道："那你就是反对喽？没关系，反正我也没有把你算在计划内。过一段时间你再看。"

知冬不敢置信地看着苏小舞没事人似的悠哉从她面前晃过，神态无比嚣张地走进后堂，知冬愣是一句话都没有说出来。

峨眉山下的一间茶馆，之前一天都没有多少客人的小茶馆，现在居然熙熙攘攘地坐满了人。

"你们最近有没有去峨眉山上的伏云庵？听说那里很灵验的啊！"

"灵验？我看你是看中了那里每次上香之后都会回赠的一小块香皂的东西吧？"

"嘿嘿，话是不能这么说啊，不过确实是好东西，听说是庵里面的一个女子无意间做出来的，可以清洗身体。可惜数量有限，每天只发三十块，哪够啊！"先前那人不好意思地嘿嘿笑道。

“再等等吧，听镇上的王老板说，他和峨眉派的掌门磨了近三天，才买到了这个香皂的经销权，估计过不了多久，镇上就能有卖的了吧！”另一个人也加入讨论，语气中全是期待。

“只有经销权？峨眉派的尼姑们什么时候这么精明了？”

“还真别说，最近峨眉派的变化还真大。开的斋菜馆可谓世间一绝，伏云庵的门面修整一新。最近，连周围好多官宦家族，都争相把自己的女儿送到峨眉派修身养性。还真不知道她们是怎么办到的。”

“唉，等我家儿子有空了，让他多去峨眉派烧烧香，说不定就能烧个娘子回来。”

“哈哈哈！”

苏小舞一身男装，和夏生坐在茶馆的角落里，听得眉飞色舞。“夏生，怎么样？现在峨眉派该不怕以后没米下锅了吧？”苏小舞得意地挑挑眉，端起桌上的淡茶，一小口一小口地喝着。这宋朝的茶不是现代意义上的那种茶，而是茶饮料。有的要加糖，有的要加盐，要加各种作料的茶。苏小舞不是滋味地喝着口中滋味怪怪的茶，心里暗想，离垢园里竹叶青，红椿晓雨润毛峰，灵岩叠翠衬清茶，白水秋风拂峨蕊，神水阁碧潭飘雪，金顶仙峰罩云雾。等她把峨眉山的六道禅茶都研发出来，这茶馆也该易主了。

夏生现在是唯苏小舞马首是瞻，也由于最近营养很好，脸蛋上开始泛起少年特有的健康红润，双眼崇拜地看着她说道：“小舞师姐，你厉害。”

听着夏生正太心甘情愿地叫她师姐，苏小舞内心的骄傲值爆棚，可是面上还是掩饰性地一笑。片刻之后却心下暗叹，她的目标可不是当一代奸商苏小舞，也不是想当一代女皇苏小舞，而是武林盟主苏小舞……

难啊！

首要问题，就是峨眉派的武功太渣了。苏小舞放下茶杯，右手无意识地在杯沿滑动着，脑海中慢慢整理最近了解到的情况。

孤钵师父到底武功是多高还是多渣，她无从得知，只是有次特意早起去观摩峨眉派早课，觉得和在学校的体育课做准备活动没有什么区别。嗯，好吧，除了蹲一个时辰的马步以外。之后派内的子弟们就散了，有的人去做她安排的事，有的人就会被之秋或知冬叫住，私下传授武艺。

她却没资格观看。

苏小舞不甘心对地努努嘴。她虽然是把派内揭不开锅的状况打理得井井有条，可是没有经过孤钵师父的交待，她在峨眉派就是个小师妹，最晚进山门的那个，而且现在还是被她们当作管家在用。

哼，之秋和知冬绝对被孤钵师父叮嘱过，但是前者一脸保留的态度，后者一副不甘心的神色，看上去就是在排斥她。

别说盟主了，她现在就连峨眉派掌门的位置都拿不到。苏小舞想着想着，不禁叹气出声。

“小舞姐，为什么愁眉苦脸的？”夏生为她倒满茶，担心地看着她的脸色。

苏小舞定定地看着茶杯中的茶叶碎末随着水面上的波纹飘动，忽然间嘴角微微上扬。

人在江湖飘，随波逐流。她走一步算一步吧，首先，就是要想办法成为峨眉派掌门，佛挡杀佛，神挡杀神，目标直指灭绝！

峨眉派的伏云庵其实原名圣水庵，这里的水，指的就是庵内后院的那眼“神水池”。

苏小舞站在神水池旁，慢慢俯下身看去。从夏生处得知，此池非常怪异，终年流水不枯，在现在天气最热的三伏天里，居然还能依旧保持冰寒。

“小舞姐，这神水池其实就起的是禅中的警醒作用，时刻冰冷的泉水，提醒着僧侣以及信佛之人，心就如这潭泉水要时刻保持不变，不论周围环境怎样改变，这乃是禅中的大定。”苏小舞回忆起夏生用一本正经的神色说出的话语，呆愣了半晌，静静地看着池水中反射着的自己，许久之后终于伸出手，掬起一捧清水拍了拍脸，让自己清醒一下。

“神水池啊神水池，不好意思，已经被我变成姻缘池了……”苏小舞甩掉脸上的水珠，看着池内堆积着厚厚的铜钱，面上全是得意的笑。她也是随口说说，传说想求姻缘的男女在池水中会看到自己的另一半，如果没看到的话，就可以背过身，往池水里投一枚铜钱向神水仙子许愿，请求好姻缘。

没想到大受欢迎！连神水池旁边的翠柏上，都系满了红色的姻缘绳。

当然，十枚铜钱一条，庵内专供。

看来不管哪个时代，剩男剩女都是存在的。

苏小舞闭上眼睛，深深呼吸了一口峨眉山上的清新空气。她今天难得早起，天才刚蒙蒙亮，峨眉派还上下一片寂静。

她无聊，又睡不着觉，就索性早起锻炼身体。做了几下准备活动，苏小舞开始练起太极拳。这太极拳是她小时候外公教她健身的，她往往在心情浮躁的时候打上一套，便会觉得心平气和。

装模作样地打着招式，苏小舞一边想着事情，一边身体有意识地一招招打下去。直到转了个身，看到院门口一个白色的身影正呆呆地看着她，连忙收势起身。

“夏生，你起的好早啊。”苏小舞不好意思地撩起额前的碎发，她至今仍然没有学会怎么绾发，只有在别的姐妹有空的时候帮她弄一下，今天早上又是随便的系着马尾，就怕被夏生逮住唠叨。

哪知夏生根本就没有在意她头发的问题，直直地向她走来，面上是少见的坚持和激动，“小舞姐，你方才练的是什么武功？”

“太、太极拳……”苏小舞反射性地后退几步，最后退无可退，靠在神水池边，结结巴巴地说道。话刚出口，苏小舞便已后悔。谁知道武当这时候有没有这门武功，到时候又产生这个那个不好的联想，她百口莫辩啊！

偷偷地抬头瞄着面前若有所思的夏生，苏小舞满脸为难的神情。

“太极拳，太极拳。”夏生喃喃自语，俊秀的脸上全是向往，呆想了半天，猛然间回过神，双眼直直地盯住苏小舞，又向前走了一步，拉近两人之间的距离，有些咄咄逼人又有些忐忑不安地问道：“小舞姐，能不能……能不能把太极拳教我？”

苏小舞被他身后初升起的阳光晃得有些睁不开眼，索性坐在池边，老老实实地躲在夏生的阴影下，歪着头思考着。不是她不想教啊，而是这太极拳有用么？她打起来，说实话，和她做瑜伽的感觉差不多，甚至还没有后者有塑形体的功用。而且，最重要的是，这太极拳不是相传是武当的绝学吗？谁知道现在有没有这门功夫？看夏生的反应，应当是从来没见过。可是他没见过却不代表没有啊……

夏生从这个角度看过去，苏小舞侧脸的轮廓线条精雕细琢，白皙的皮肤在初升的阳光下几乎泛着令人眼晕的光泽，夏生连忙收敛心神，调开眼神，发现她面上一览无余的犹豫神色。夏生内心渐渐懊悔自己说话太直接，本来撞见她练武就是习武之人的大忌，可是不知道为什么，他居然也能毫不犹豫地把心中所想说了出来。也许，是想要变得更强的心驱使的。他不想放弃任何机会，直到救出姐姐为止。

可是，他是不是太强人所难了？可能是苏小舞脸上沉思的神情太过于让他难受，夏生别开头，正好看到池水面上反射着她的侧脸，在清晨的阳光下闪着柔柔的光华，不禁一愣。随后又想起这个池子的传说，顿时觉得面颊发烧。

苏小舞没有察觉到夏生多变的心思，专注地托着下巴想了一会儿，叹气道："夏生,嗯,这套拳法,你别再给其他人看。我教你便是了。"直到确认了武当没有这套拳，他再拿出去现不迟。甫抬起头，苏小舞呆了一呆，以为是阳光的关系，映着夏生的脸颊似火燎一般，本来就比女子还秀气的脸庞更加的透着淡淡腼腆。

嗯,好可爱。苏小舞干咳了一声，知道他这个年纪的男生最恨别人说他没长大，索性装作没看到，笑嘻嘻地问道："夏生，你方才看到了多少，学会了多少？去给姐姐打一遍看看？"她对待夏生完全是对待自家弟弟一样，毕竟他是个孩子，虽然最近半个月，由于饮食过于良好，身高已经开始抽长。

夏生闻言本来黯淡的眼神立刻恢复光彩，立刻转身走到空地处，凭着刚才的记忆，一招一式地开始练起。

"不对不对，记住，拳随心境，舒展绵长，恢宏大气，容万物于心。太极拳是以柔克刚，以静制动，后发先至，能四两拨千斤。"苏小舞拨开被风吹动的长发，内心震惊于夏生看了一遍就能记住的资质，口中缓缓将内心所记的太极要义说了出来。

只见夏生初起时，还有些生硬，直到越练越熟，几遍下来虽然还没有融会贯通，但是太极的架势已经初成规模。苏小舞静静地看着，一开始把各招各式她能记下来的名字说说，偶尔指点两句，渐渐的也没有地方可以指导了。

学的好快啊……苏小舞在边上不满地鼓起嘴。她才想感受一下做师父的乐趣，结果徒弟一下子就超过师父了。而且她也不是没感觉到，夏生已经开始把内力融会到太极拳中，打起来虎虎生风，估计之后真的有可能练成像电影里拍的那样。可惜她刚才怎么练，都无法使体内皇甫非墨留下的那一丝内力游走顺畅。

"夏生，最好去找个水缸，在水里练习画太极圈，到后期，可以在林子里练。"想起电影，苏小舞忽然想到张三丰练太极的时候是怎么样的。如果夏生练成的话，到时候一定要观摩，场面绝对壮观。

夏生收招起身，脸上隐隐有汗珠滑落，却遮不住他兴奋的神情，"小舞姐，我……"

苏小舞站起身，抬手制止他下面想说的感激话，"别说了，去练吧。没经过我允许,别外传就好。"反正她练也练不出个所以然,能把太极拳变成峨眉绝学……嗯，就要靠夏生同学的努力了！

第五章 相亲=比武大会？

夏生擦了擦面上滑落的汗珠，连忙点点头，道："肯定不会外传，夏生晓得。"

苏小舞转过头，随手拨弄着阳光下粼光闪闪的池水，斟酌了半晌开口问道："夏生，这个江湖里都有哪些门派啊？我就知道有个武当派，其他的给我讲讲吧。"

夏生抓了抓头，连珠炮地说道："门派啊，少林和武当是两大泰斗，其次就是五岳剑派，还有丐帮等等，具体的我也不清楚，你要是问江湖十大少侠少邪和侠女，我倒是可以给你详细说说。"

苏小舞翻翻白眼，果然是够八卦，居然注意这些虚的名头。这种排名有什么用啊？估计是一堆剩男剩女榜吧？高手榜还有点用处。她干咳了一声，接着问道："那么，江湖中可有武林盟主？"

夏生一愣，脸上浮现出古怪的神情，呆了片刻才说道："现在是没有的，我听说很久之前是一直流传着这个制度，每两年由武林各大门派选出一个杰出人物，来担任武林盟主。说是甄选，其实好像是轮换的。"

苏小舞失望地坐回到池边，莫不是说没有这个制度，就是有，轮到哪年哪月才能轮到这个看上去很渣实际上更渣的峨眉派？

夏生在一旁察颜观色，等待了好久也不见苏小舞有何反应，忍不住期期艾艾地问道："小舞姐，你是不是……想当武林盟主？"

苏小舞蹙起秀眉，知道知冬肯定是告诉夏生她在后山的举动了，当下也不在意，若无其事地点点头道："是啊，我的愿望就是当武林盟主。你别笑啊，我和一个人约定好了，要完成这个目标的。"

夏生哭笑不得地说道："好，我不笑你。只是小舞姐，你不觉得这太不现实了么？"

苏小舞赌气地撇撇嘴，她当然知道不现实，可是她必须当上盟主才能回家，谁知道当初的一句戏言，居然会让她陷入这个境界。

不过，她也乐在其中就是了。

决定了，不管前途多么渺茫，她也要快乐地玩下去。嘿嘿，毕竟这个体验是不可多得的嘛！没有武林大会，她可以创造契机，不会选她，她可以努力拉票。

苏小舞眉飞色舞地 YY 了一阵，回过神发现夏生在一边茫然地看着她，尴尬地干咳一声道："夏生，你自己去找个地方练太极拳吧！等到差不多时，再来找我看看。"

夏生"哦"了一声，有些担心地看了她一眼，之后转身而去。

此时太阳光已经开始有点刺眼，苏小舞迎着阳光闭目沉思了一会儿，终于深吸口气，睁开眼睛转身去派内的素菜馆寻觅早餐。

草草地吃过，苏小舞处理了日常琐事，便抽空去后山练飞镖。她在一棵一人可以环抱的树干上画了一个简易的靶子，用红漆在靶中心涂成红心，每天争取在这里练上一个时辰。镖是她仿造三角镖的样式，中间镂空，请山下的铁匠铺打造而成。

"啪！"

苏小舞勾起嘴角，满意地看着飞出去的六支飞镖有四支正中红心。她没有其他自保能力，只好想办法练暗器。可惜没人可以教她。

"哼，我说你躲在这里做什么呢。"身后突然传来一个嗤笑的声音，苏小舞暗叹一口气，自从她为了峨眉派做了如此多的事情，在峨眉山上，和她这么说话的也只有某人而已。转身循声望去，果然见知冬从远处慢悠悠地走来，一双杏眼挑剔地看着她的靶子，轻蔑地说道："也不怎么样嘛，如果换是别人，在这离着五步远的地方，闭上眼睛都能投到你这个样子。"

苏小舞苦笑地看着自己和靶子之间的距离，要求不要太高嘛，慢慢来。

知冬站在苏小舞身边，咄咄逼人地继续说道："而且，那么点力道，你那是掷暗器还是抛绣球啊？"

苏小舞连回嘴的能力都无，沉住气握紧手中的三角镖，用尽全身的力气投出，却只见"啪"的一声，飞镖勉强挂在靶子的边缘。

知冬非常不给面子地大笑出声，有些得意地看着满脸通红的苏小舞，"师父叫我们过去一下，走吧。"说罢也没有等她，就那么转身而去。

苏小舞朝她的背影做了一个无声的鬼脸，转回来随手又甩出一镖，同时运气轻身向前冲去，在三角镖钉到靶子之前用带着手套的左手轻松接住。

"嗯，下回试试十步远的。"苏小舞垂首看着安静地躺在她掌心的三角镖，窃笑了一下，随后把靶上的镖拔下揣入怀中，整了整衣衫快步追着知冬的背影去了。

苏小舞随着知冬走在翻新的伏云庵内，其实在短时间内她也没有请人大兴土木，伏云庵够大够气派，只是时间久远了，经历了风雨而破败，只是简单修缮一下就可以，更显得岁月的沧桑古朴。她更加着重园林的建设。

在庵内第一重普贤殿和第二重大雄殿之间有一四方天井，庵内颇有盛名的离垢园就隐匿在这天井当中。离垢园的神奇，乃因其独特的地势环境。每夜三更一股山风顺山道石阶来到伏云庵，因四周被参天大树所包裹，风被林阻，因此便在天井内慢慢形成了旋风，能卷走寺内散落的枯叶，所以每天早上都不用清扫这里，完全干净。此处也被传言为佛净之地。

苏小舞也不信这个传言，直到她不信邪地熬夜挨冻守在这里亲眼所见，才不得不佩服设计这个伏云庵的巧妙才思，也许也只是后天的巧合，不过省去了天天打扫的辛苦。

这就是天然能源啊……苏小舞扫了一眼没有一片落叶的石板地面，耳朵里却听到大雄殿内传来一声不大不小的惊奇声。

"咦？习武交流大会要延期？"

只见知冬加快步伐走进大雄殿，扬声问道："为什么？本来不是要决定后天就出发了吗？"

苏小舞跟着她的后面步入殿内，发现只有之秋、知冬和孤钵师太在殿中，后者手中拿着一封信。

“刚刚武当派人来送信，不仅交流大会要延期一个月，而且地点要从武当改为华山。”孤钵师太抖了抖手中的信纸，叹气道。

“出了什么事？”之秋敏感地察觉到孤钵师太不同于往日的表情，连忙追问道。

孤钵师太把信纸递给之秋，长叹道：“出事了，皇甫非墨失踪了半个月，他从峨眉派走后就没有了他任何消息。”

苏小舞闻言一呆，皇甫非墨？就是好心救了她的那个帅哥？好吧，虽然她没看到脸，不过帅哥也不是仅仅要看面貌，言行举止和气质也是重要的，更何况那人还是江湖排行第四的少侠，应该是玉树临风级别的帅哥吧。

可是失踪了？少侠一般不都是行踪成谜的吗？况且才半个月，不至于这么大惊小怪吧。

果然听身边的知冬追问道：“师父，皇甫少侠向来是游走江湖，武当派是不是有些过于紧张了？”

孤钵师太紧缩眉头，沉声道：“不止如此，信上说有人看到魔教右护法身上别着的，是皇甫非墨的暮雨剑。”

知冬倒抽一口凉气，结结巴巴地问道：“怎么会这样？”

看来大事不好啊。苏小舞眨了眨眼睛，她知道江湖中人定有“剑在人在，剑亡人亡”的说法，更何况听上去好像皇甫帅哥的暮雨剑蛮有名的。

“现在武当派几乎全派出动，满江湖寻找皇甫非墨的下落，自然没有闲心再去办什么习武交流会。所以改在华山了。”孤钵师太道了一声佛号，手中不快不慢地数着念珠，半闭目养神，心中不知道在想什么。

之秋看过信，传给一旁脸色难看至极的知冬，淡淡地说道：“师父，武当来人没有说芷春的消息？”

孤钵师太微微摇了摇头，嗔道：“之秋，武当正被皇甫非墨的事情弄得焦头烂额，师父纵然关心芷春，也问不出口啊！”

之秋秀眉挑了挑，轻声道了声歉，可是脸上却没有任何反省的神情，反而有着对于没有得到任何姐妹的消息的不满。

看来之秋是个护短的主，苏小舞冷眼旁观，相比知冬明显担心的脸色，这之秋云淡风轻的态度实在是太惹眼了。

“之秋，知冬，我打算让小舞下个月带领十几个人去华山参加习武交流大会，你们两人要好好地帮助她。”孤钵师太显然是知道自己徒弟的性情，也不多在这个问题上纠缠，神色一正，肃容说道。

苏小舞硬着头皮迎上身边两人好似刀子般的目光，强作微笑道："师父，小舞何德何能，怎么能带领众师姐前去？这种场合，应该是师父您出马才对啊！"她嘴上是这么说，可是心里却大叫天助我也，这是爬向武林高层的绝佳机会啊！

孤钵师太微微一笑道："如果没有发生皇甫非墨这件事，我也就去了。武林将要到多事之秋，我怕峨眉山上会发生什么不测，所以这次你就代替我去吧！"

"师父！"之秋和知冬同时脆声呼道。

苏小舞暗暗翻翻白眼，什么怕发生不测，这个奸诈的老太婆肯定是知道些什么，故意推卸责任，才把她推到风浪口……不过，苏小舞一咬牙，她也是急需这个机会。"师父，那让之秋姐带领师姐妹去吧，不行还有知冬姐，按辈分，小舞是怎么样都轮不到的啊！"苏小舞嘴上客气着，可是眼神却紧紧地盯住孤钵师太，生怕她说出一个对字。

孤钵师太如她期待地摇摇头，"之秋这个人太护短，不会圆滑处事，如果代表峨眉派出去，少不了会得罪人。而知冬？更加不行，太浮躁，看不清周围的事，早晚会出事。至于小舞你，虽然相处的时间不多，可是从你处事来看，把峨眉派托付给你是最适合不过的了。唉，就是可惜你一点武功都不会，又过了学武的年纪，所以只是让你当个代理掌门，等你从华山回来再说。"

我去……原来只是个苦力，苏小舞内心一百个不满，可是相比她身边更加不满的两个人，她只能唯唯诺诺地半推半就地接过这个苦差事。

唉，就她一个空壳司令，这能成吗？

一个月后，苏小舞带着峨眉派的十四个姐妹，外加之秋知冬和唯一的男弟子夏生，一行十八人，浩浩荡荡地从峨眉山出发，朝华山而去。

路上苦不堪言，至少是对苏小舞而言。虽然不至于每日都风餐露宿，可是光是一天在马背上十个小时的奔波，就能要了她半条命。

好在她有先见之明地在大腿的内侧做了厚厚的棉垫，防止皮肤磨伤。再加上她一个月来把重心放在锻炼身体和修炼轻功上，倒也还能挺得住。

可是，天啊，她以后可不要永远留在古代！苏小舞抬起袖口擦了擦脸上滑落的汗，现在正是夏天最热的时候，纵使现在已经夕阳西下，热度还是惊人啊。也不知道这些天下来脸有没有晒黑，这年代又没有水银镜子，那种模模糊糊的铜镜怎么能看得出来。

苏小舞压了压头上的遮阳斗笠，哑声问她身边的夏生道：“我们现在就在华山山脚了么？”昨天的时候就说要到了，现在该差不多了吧。

夏生笑着点点头，扬手指着前面直竖云间的山峰，道：“是啊，路过前面的那个小镇，后面便是华山了，估计吃过晚饭之后能到。”

苏小舞松了口气，终于快到了，她这才知道飞机火车汽车甚至自行车是多么伟大的发明……好吧，就算是有也没用，古代这里也没有足够平坦的路……

“今晚大家在前面的小镇休息一晚，明天我们再上华山。”苏小舞回过头，和后面的师姐妹们说道。

“为什么今晚不直接上华山？”知冬拍马从队伍后面走上前，皱眉问道。

苏小舞无奈地叹了口气，这位姐姐，华山这么险，你还想大晚上的爬？她和知冬并排拍马而行，解释道：“知冬姐，你看我们晚上如果去了华山派，他们还要为我们临时准备住处，把人家弄个措手不及，多不好啊。何况我们算准了时间的，大会开始的时间是后天。而且，你看姐妹们现在的样子，适合出场吗？”

知冬一愣，转回头去看，发现除了有数的几个人，其他人都是风尘仆仆，满脸休息不佳的菜色，只好无奈道：“好吧，那我们就在山下休息一晚。”其实她也是节俭惯了，若是早一晚上华山，也可以省下一宿的住宿费和两顿餐食钱。

苏小舞满意地点点头，这才乖嘛！她可不想大半夜的爬华山，都说华山险，她上学那会儿还听说有的学校禁止学生私自去爬华山。现代饶是如此，更别提古代了，恐怕连栈道都没有修好……泪，她可是半点武功都不会，掉下悬崖可没有什么悬崖不灭定律——肯定死定了！

众人前行了半个时辰，来到了华山脚下的一个城镇。苏小舞不顾知冬的反对，坚持要让大家住进城镇里最好的客栈，并且最次要做到两人一间。

“为什么这么浪费？一直和在路上一样，住几个人一间的普通房间不就好了吗？”这下连之秋都忍不住过来询问。

苏小舞扬扬眉，振振有词地说道：“当然要休息好，大家路上辛苦了那么久。况且，这点钱我还是有的。”苏小舞可是发誓要慢慢转变这帮人的价值观，这次跟她出来的都是俗家弟子，一个出家人都没有。为什么还要弄得和苦行僧一样？都说儿子要穷养防止他学坏，女儿要富养防止很容易就被别人骗走，所以要形成正确的价值观。她这峨眉派又不是慈航静斋，吃苦耐劳的典型。她要打造江湖第一偶像派，不是第一偶像出家派啊！

之秋不甚赞同地瞥了苏小舞一眼，但是看到其他弟子雀跃的神情，终究是没有再说什么。

苏小舞得意地哼着歌曲，转身朝自己的房间走去。由于夏生是男孩子，一个人一间，其他人都是双人间，多出来的那个她自然就是住个奢侈的单间。

舒服地洗了个热水澡，苏小舞边擦头发边细细地想着明天将要发生的事情。就要接触到实质的江湖了，她内心有些忐忑不安。

她这样毫无武功的峨眉派代理掌门，能行么？会不会被人说？会不会变成江湖笑柄？苏小舞越想越觉得心虚，之前赶路的时候完全没有时间想这个问题，现在迫在眉睫了，才刚刚考虑到。

苏小舞终于坐不住，推开门走到隔壁之秋和知冬住的房间，轻敲门扉。

"进来吧。"之秋冷淡的声音传来，苏小舞知道她只是不擅于表达自己的感情，成天就是这个腔调。

嗯嗯，倒是别有冰山美人的风范，少侠少邪们就最吃这一套了，一定要继续保持住。

苏小舞推门而入，只见冰美人之秋坐在桌边看着书，屏风后面隐隐传来水声，应该是知冬在洗澡。

"之秋姐，小舞有事要问。"苏小舞嘟长了嘴，一屁股坐在之秋的对面，双手拄着下巴郁闷地问道，"之秋姐，这个习武交流大会是怎么开的啊？小舞什么都不知道，到时候怕闹笑话。"

之秋微讶地抬起头，道："咦？师父没和你说吗？我以为你早就知道了。"

苏小舞不好意思地笑道："师父没有说过啊。"其实是她没想起来问。

之秋合上书，端起桌上的茶壶给苏小舞倒了杯热茶，淡淡道："一般习武大会进行五天，每派派出四个代表，在之后的四天按照抽签互相交流武艺，最后一天随意交流，就这样而已。"

就这样而已？？？？苏小舞拿过滚烫的杯子，愣得一时都没觉得烫手。这不就是变相的打擂台吗？"那个，有规定每派的掌门都要参加吗？"苏小舞硬着头皮问道。

之秋了然地挑挑眉，话语里破天荒地有了一丝笑意，道："是没有这个规定，一般掌门都自持身份，不会下场去比武。我想，这也是师父让你做代理掌门的用意。"

苏小舞大松一口气，才觉得手中的杯子烫得要命，连忙放手。还好不用她上去挨打，否则她还真是要考虑临阵脱逃。

“那，今次参加的都有哪些门派？”苏小舞又来了精神，双眼感兴趣地看着之秋，八卦啊她最喜欢了。

之秋沉吟了片刻，不确定地说道：“具体的我也不清楚，不过如果是往年，就是五岳门派和武当参加，其他的门派，例如少林丐帮之类的，都不愿意到场。”

苏小舞不解地眨眨眼，问道：“为何？”

“因为，这个名义上的习武交流大会，实际上就是个相亲大会！”屏风后传出知冬哈哈大笑的声音，成功地使苏小舞喷了一口茶水出来。

之秋行动迅速地从受灾区闪离，坐在了苏小舞的侧面。

尼玛啊！居然是相亲大会！苏小舞擦了擦唇边的茶水，哭笑不得。她刚才想了无数种可能，也没有料到居然是这个答案。

有才，太油菜了！苏小舞佩服得五体投地，好半天都没有说出话来。怪不得这次跟她来的人都是俗家子弟，其中还有很多山下富商的女儿，原来都是瞄准了江湖少侠……“那，女的会不会太少，比例失调啊？”苏小舞好奇地问道。她倒不是真的担心这个问题，女生越少越好，除去恒山尼姑派，她峨眉派岂不就是香饽饽？

“其他门派其实也有收女弟子，只不过更加少而已。”知冬从屏风后转出，擦着湿漉漉的头发，笑嘻嘻地说道。言下之意就是其他门派的那些凤毛麟角的女弟子，早就被层层叠叠的师兄师弟给护住了，别人都甭想靠前。

“哦……”苏小舞意味深长地挑高了语调。看来那个芷春师姐，八九不离十的就是在这个神马交流大会上被泡走的。

“知冬，不要胡说，也就是芷春一个人嫁到别家了，你就认定这个交流大会不单纯。”之秋淡淡地嗔道。

知冬撇撇嘴，在床边坐下，“实话啊，不过也是我们峨眉派洁身自好，就是云星辰那家伙手段太高明了，芷春姐也不知道怎么回事，那么轻易就嫁了，哼！”

苏小舞津津有味地听着，看来作战计划要修改一下，没想到啊没想到，居然是相亲大会，那么操作起来就容易多了。咩哈哈哈！

“之秋姐，知冬姐，小舞有个提议，不知道可行否……”

华山

华山有东、西、南、北、中五峰，主峰有南峰落雁、东峰朝阳、西峰莲花，三峰鼎峙，人称天外三峰。还有云台、玉女二峰相辅于侧，36小峰罗列于前，虎踞龙盘，气象森森，因山上气候多变，给人以仙境美感，是所谓的西京王气之所系。

清晨，峨眉派一行十八人，弃马步行。头一次领略到华山之险的苏小舞，可是尝尽了苦头。

华山派坐落在华山的东峰，是华山主峰之一，因位置居东得名。峰顶有一平台，居高临险，视野开阔，是著名的观日出的地方，人称朝阳台，东峰也因之被称为朝阳峰。山岗那如削出的一面坡，高数十丈，上面仅凿了几个足窝，两边又无树枝藤蔓可以攀援，登峰的人只有爬在岗石上，脚手并用才能到达峰巅。

苏小舞颤颤巍巍地看着身边的云海和略微低下头就能看到的万丈深渊，不禁浑身发软。还好她前后就是之秋和知冬两人，在她们的帮助下，有惊无险地登了上去。

还好昨天不是摸黑爬山……苏小舞站在东峰顶，这里生满了巨桧乔松，浓荫蔽日，却有一股山风吹来，令她背后寒毛竖立。怎么办，这种地方，根本下山更加成问题！

“小舞，走了。”之秋在前面喊着仍然呆愣在那里的苏小舞，后者叹了口气，赶忙追上。

沿着山间小路走了不知道多久，前方隐隐约约出现层层楼阁，不出半个时辰，她们便停在一个气势宏伟的大门前，门匾上用篆体写着“华山派”三个大字。

苏小舞弹了弹身上的灰尘，面上恢复自信的笑容，淡笑着对门前知客的华山弟子说道：“师兄，峨眉派代理掌门苏小舞和师姐妹们拜山。”

曲肖明无聊地靠在接客厅门外的柱子上，有一搭没一搭地听着身边的小师妹尚玟蓉小声地发着牢骚。左一个这个少侠身上的衣服好难看，右一个那个弟子的武器好挫……好吧，他是万分庆幸小师妹没对他说哪个哪个玉树临风、潇洒倜傥之类的话。

可是她已经说了两个时辰了，还不烦么……曲肖明不着痕迹地打了个呵欠，心想若不是大师兄不在，他可以代为指派众师弟去招待客人，在这里偷懒，谁还有空陪尚玟蓉在这里胡扯啊，啊，不，是听她胡扯。

曲肖明正要不耐烦地随便找个借口溜掉，便诧异地发现一直就没停过的声音突然戛然而止。怎么了？

他顺着尚玟蓉的目光看去，只见远处款款走来一队白衣少女。打头的那人身上不过是一身简单的白色长袍，但一举手一投足都优雅至无懈可击的地步，有一种像是即便他人身穿华服也无法比拟的风姿气度。长长的秀发轻轻地挽在背后，露出不施半点脂粉的脸容，虽然因为很远看不清容貌，但是那股出尘的气质仿佛漠视天下的一切事物的神情淡淡地散发出来，让人移不开眼睛。她的腰间别着一柄木剑，轻盈地带头缓步前行，不知不觉中所有人都停下了说话声，不由自主地把目光落到了她的身上。

曲肖明愣愣地看着，虽然知道这样盯着人家看很失礼，可是，除了小师妹，他还没有见过如此出尘气质的女侠。更何况，每年峨眉派的到场都是万众瞩目，这次看起来尤为惊艳，这女子究竟是谁？而且看起来她身后的一队人，都气势非凡，比起昔日畏畏缩缩的峨眉派，简直是一个天上一个地下。

曲肖明不知道，几乎在华山派接客厅的人都愣住了。年轻一辈是被入眼姿色各异的女侠容貌看花了眼，老一辈的则是对打头那个少女看起来似足不沾地地一路行来另眼相看。能在平时的行进中就使出如此轻功，不是撑场面便是真的内力深厚，一想到峨眉派这次居然派了一个如此年轻的姑娘前来，恐怕是别有内情。

众人正在各自思量之时，只见峨眉派的队伍里忽然闪出四名白衣少女，各执一个或长或短的木盒，飘进接客厅，朗声说道："峨眉派代理掌门人苏小舞，率领门下弟子，拜见华山派掌门尚君诚。"

华山派掌门尚君诚坐在主位，肃容说道："请进。"说罢起身不动声色地迎了出去。其实这一句场面话，却是给了尚君诚极大的面子，就算是之前来拜会的那些掌门人，各个都拿捏着自己的身份，完全不把他当主人看待，反而要他率先迎客。峨眉派这一出，让尚君诚心中暗爽不已，舒坦至极。

四名白衣少女行礼后倒退，转身而出，翩然而来，飘然而去。更难得的是四人齐进齐出，行进犹如一人，甚至连衣袍翻飞的角度都相差无几，脚下更是有如行云流水般轻盈飘逸，这曼妙的姿态又引得众人眼光追随。

不多时，但见十余名女弟子一色的白衣，列队而进，此时众人才发现在队伍最后面还有一位男弟子，身穿玄色长袍，谦和儒雅，不像其他门派的武林人物那么锋芒毕露，倒也很好地融入了峨眉这些白衣女子中间，并不觉得突兀。峨眉派弟子每人都提着一只木盒，或长或短，除了苏小舞身上的一柄木剑，其余人众身上和手中均不带兵刃，显然都盛在木盒之中。

尚君诚心中暗赞，峨眉派果然甚是知礼。兵刃不露，那就是敬重华山派之意。这下越发对这位年轻的女掌门大生好感，连忙迎上去亲自带着苏小舞入到接客厅的上位而去。

苏小舞面上维持着优雅的笑容，先是打量了一下面前的尚君诚，暗赞其不愧为江湖第一儒生，虽已届不惑之年，仍是一副精华内蕴丰神俊朗的样貌，五绺长须，身材修长，有一种说不出的悠闲自得和孤傲不群，确是一派之长所能拥有的气度。苏小舞回头示意其他师姐妹在华山门人的安排下就座，自己随着尚君诚朝主位走去，一边走一边不着痕迹地看着周围人的表情。

看来偷师自某周女侠的峨眉派出场画面，让这帮土包子们很震撼啊！

苏小舞强催着内力维持着轻盈的步伐，还好她这一个月都着重练习如何让自己仅有的轻功走起来像是身怀绝世内力的样子。话说，武林高手不都是在举手投足间显示着高手的气度吗？为此她回忆了无数个武侠剧，才慢慢养成很高手的气派。

所谓高手气派，就是一个字“狂”！认为天下没有人比自己更厉害的人物了。看人要向上倾斜十五度角，看人的眉毛。而且要练习炯炯有神的目光，人称身怀武功的人向来都是眼神锐利，苏小舞对着镜子练了一个月之后，自我感觉“用眼神杀死你”的这招可以出师了。再加上时时面上挂着“正如我所料”的微笑，或者眼中流露着“我已经看透你”了的目光，绝对够装B！

看上去一段很近的路，苏小舞却觉得非常遥远。好不容易没有在到达主位之前穿帮，苏小舞方静下心沉住气朝主位上的各个人瞧去。

她在来之前已经找之秋恶补过了，加上身边尚君诚热心地一个个介绍过去，自然很轻易地就分辨出来，在座的唯一女性，也是身穿灰色僧袍的中年女尼，定是恒山派的掌门青莲师太。而在青莲师太左侧端坐的，是衡山派掌门夏流阳，看样貌已经有五十余岁，论外貌当然远逊于尚君诚，略嫌微胖，头发有点灰白，脸上挂着笑容，声音柔软悦耳，一点都不似一个练武之人，倒像是个无害的富家翁。

在衡山掌门夏流阳的左侧，坐着的是泰山派掌门傅崧之，他拥有着一副高大强健的体魄，生就是一副紫膛脸，短髯如戟，连鬓接唇，配上高鼻深目，给人印象深刻，不似普通中原人。他说话更是震耳欲聋，令人闻之恨不得捂上耳朵。

主位上只有这三个人，苏小舞以晚辈见过前辈的礼一一拜过去，虽然她是代理掌门和他们同级，但是论辈分她还是要表面恭敬。

“苏掌门，为何不见孤钵师太到来啊？可是出了什么事？”苏小舞刚坐下，她身边的青莲师太便迫不及待地问了起来。

苏小舞微微一笑，略欠身，有礼地说道：“师父最近有感于皇甫少侠在峨眉派附近失踪，觉得有愧于武当派，所以留下来组织众师姐全力寻找皇甫少侠的下落。”她早就想好怎么给她师父开脱了，多好的借口，冠冕堂皇，绝对挑不出任何刺。

青莲师太听到这个回答，满意地点点头，接着叹了口气道：“这世间魔教盛行，妖孽横生，维护江湖安定实在是我们这些武林正道的职责啊！”

苏小舞陪着叹气，内心却不以为然。正道有什么，邪道又有什么？自古便有正邪之分，可是谁又能坚持自己的信念到底呢？

不过，青莲师太这两句话很有深意，魔教盛行，妖孽横生……恐怕是意有所指。苏小舞暗暗记在心间，得体地陪着他们几位掌门聊天。

虽然她在江湖半点水都没沾过，可是她知道，和这些自命不凡的掌门人聊天，他们所需要的只不过是他人的赞同和附和。所以半个时辰下来，苏小舞给各个掌门的印象，就成功定位在举止有礼进退有方，武功应该有所成就的杰出峨眉子弟，怪不得孤钵师太能把掌门之位预传给她。

“木羽先生怎么还没到？”尚君诚微皱眉头，显然是对于还没有出现的嵩山派不满。

苏小舞从刚才他们的谈话中得知，此次习武交流大会武当派由于皇甫非墨的失踪而缺席，所以，就剩下嵩山派没有到场了。

“君诚兄，你也知道，木羽那家伙向来是成事不足败事有余。能在明天之前带着他那几个关门弟子到场就不错了。”衡山派夏流阳呵呵直笑，显然是看不惯那个木羽先生。

苏小舞回忆着从之秋那里得到的情报，嵩山派木羽先生，本来只是嵩山派一个名不见经传的弟子，可是由于多年前嵩山派原来的掌门陈嵩在嵩山胜观峰遭受魔教的伏击和暗算，派内的几大弟子也惨遭毒手，嵩山派就这么没落了下去，高手伤亡殆尽，大部分武功从此失传。在其他五岳门派的眼里，嵩山派只不过是为了五岳门派凑数的份子，所以言语间也没多大的敬重。

“对了君诚兄，你门下大弟子袁不破人呢？日前听说他在渔阳干了件大事，崧之我可要好好地夸奖夸奖他！”泰山派掌门傅崧之声音洪亮地哈哈大笑，引得接客厅中其他人侧目，众人眼光都对准了华山掌门尚君诚，显然对于袁不破没有到场很是关心。

尚君诚连忙替自己的大徒弟自谦了几句，眉宇间却丝毫掩不住自豪之情。

苏小舞耳边听着他们你来我往的场面话，内心实在是厌恶到了极点，所以便分出一半的心神去打量厅内的其他人。

果然是相亲大会，苏小舞没意外地发现这厅内除了坐在主位的几个大叔和一个大婶，其他的人均是正当年少。几派壁垒分明地坐在下面，从衣服款式辨别，好像就是峨眉派来的人最少，但是却是最吸引目光的一派。

唉，居然不采用她更华丽的入场计划，撒花瓣奏乐器什么的都冷酷无情地取消了，只妥协了一点点。苏小舞半眯着双眼看向厅中一角端坐的之秋和知冬，她们身边有两个华山派的子弟，看上去应该是相熟之人，相谈甚欢。

她们倒好，有帅哥相陪，放她一个人应付这么几个大叔级人物，苏小舞内心一阵腹诽。她耳朵里听着身边乏味可陈的对话，面上还要维持完美的微笑，简直是酷刑啊！

正胡思乱想间，厅外忽传来一声通报："嵩山派掌门木羽先生到！"

苏小舞连忙好奇地往外望去，只见一个身穿蓝衫长袍，散发披肩之人摇摇晃晃地步入厅内。苏小舞甫见之下，立刻微微地皱起秀眉。

若说她刚才的峨眉派入场是人人注目，这嵩山派的到场也太差强人意了……再怎么样，也不能只出现掌门一个人吧！撑场面的弟子都哪里去了？

不只苏小舞有这个疑问，在场的众人均是伸长了脖子往木羽先生的身后望去，可是，空空如也。

木羽先生迎着众人的目光，悠哉地朝主位走去，尚君诚也是吃惊之下忘记了应该迎上去，直到前者大大方方地坐在苏小舞身边的空位上，才回过神问道："木羽兄，你的门人呢？"

随着他坐下，扑鼻而来的酒气让青莲师太都不禁微微皱眉，更何况是离他最近的苏小舞。勉强地向后靠了靠呼吸几口新鲜空气，苏小舞侧过头打量着传说中的木羽先生。

此人不过三十余岁，头发个性地披散着，鹰钩鼻丰隆高挺，一对眼却深深凹陷下去，两额高而露骨，有点令人望之生畏，浓密眉毛下那双看似混浊的眼睛，似乎给人一种事事不在乎的印象。只见他嘲讽地勾勾唇角，说道："鄙人来了不就行了？门下那帮兔崽子都被鄙人派去赚钱了，没时间参加这个什么劳什子的大会。"

苏小舞眨了眨眼睛，看着木羽先生身上洗得泛白的长袍，没想到，还有比峨眉派更穷的门派……又看了看其他掌门的衣服，才惊觉并不是武林门派都是很轻易地存活在江湖上。恒山派的青莲师太，一看就是典型的吃苦耐劳型，相信恒山派的境况肯定也不比原来的峨眉派好多少。而泰山派的门人虽然多，但是气质各自迥异，显然是掌门调教不力的结果，相比之下华山派门人站出去虽然各个不同，可是总体给人感觉这就是名门正派的弟子。至于衡山派的夏流阳，苏小舞持保留态度。此人从头到脚都是华贵的服饰，一点都不像是个江湖中人。

尚君诚被木羽先生顶得无话可说，估计也是见惯了后者如此行径，正了正神色也就不在意了。"既然人都到齐了，我们就开始安排明日的对战表。苏掌门，不知道这次峨眉派哪四个人出场呢？"尚君诚首先询问苏小舞。

苏小舞见他身边有人在一旁做记录，暗自放下心，让她去写毛笔字不是要把之前竖立的形象全毁了么。"峨眉派之秋、知冬、夏生和陆风凌。"最后一个是峨眉子弟的佼佼者，应该可以撑撑场面……不过她都是不知道这个"好"是指到什么程度而已。

其他各派都一一报上参加的弟子名字，嵩山派自然无人参加，只是木羽先生过来凑个数。轮到最后华山派的时候，苏小舞注意到尚君诚口中最后说出袁不破的名字。

"不破能赶回来吗？他不是还在外面帮着寻找皇甫非墨的下落？"夏流阳捏了捏他那双层的下巴，好奇地问道。

尚君诚微微一笑，道："我让他回来是有其他事，参加这个大会只不过是顺便，如果不能及时回来就算了。"言下之意显然是非常信任自己的弟子能按时归来。

苏小舞内心充满了好奇，究竟这个袁不破是何方神圣，居然能让几大门派的掌门人都交口称赞。值得期待。

第六章 报仇！不报不行！

木羽百无聊赖地拿着酒壶在华山派上下转悠着。此时已经是子夜，他觉得屋内气闷，索性出来散步。一个人漫步在月光下，上有团团绿荫，如伞如盖，耳畔阵阵松涛，如吟如咏，理应觉得心旷神怡，超然物外，可是他的内心却是异常的失落。

嵩山派已经式微，这是他早就知道的，所以对于所受的冷遇，自然也有预见。这也是他没有带其他弟子前来的原因，那些兔崽子虽然缺乏历练，可是这种受气的历练不受也罢。

华山派上下只闻蝉鸣，半点人声也无。木羽一仰头吞下一口苦酒，抹了抹唇边的酒渍，晃晃悠悠地向前走去。也不知道走了多久，木羽忽然听到前方隐约传来一个女子清脆的话语，随后就是更多莺莺燕燕的声音。

嗬？华山派何时有了如此多的女弟子？木羽一时没有想到，凝神看去，只见前方的院落里只有一个房间微微透露着灯火，窗纸上隐隐映照出许多身影。

木羽皱眉一想，才想起这里必是峨眉派或是恒山派休息的院落，轻轻地一拍额头，暗骂自己喝酒都喝糊涂了，居然晃到女子住宿的地方，如果被有心人看到，不知道要如何渲染呢。

刚要往回走，突然先前那个清脆的女声又传来，这次显然是比第一次说话的时候大上少许，以至于比较清晰地传进了他的耳朵里。

"大家听清楚了没？这次来华山的唯一目标，就是要偷学武功！我苏小舞不管你们用什么方法，什么手段，都要去至少套来一招半式。什么？不会？没关系，你挑准一个人，就把他当成哥哥一样，你在家里怎么对待自己兄弟的？汗，凶悍的不要，要温柔对待。对，要放下矜持，每一招每一式都要问清楚，大家分工来。不是习武交流大会吗？很好，一定要把其他门派的武功都给我交流回来！”

什么？

木羽以为自己耳朵幻听了。哪有这么嚣张的门派？偷学武功还弄得这么大张旗鼓？苏小舞……好像是峨眉派的新任代理掌门……峨眉派什么时候变成这样了？

“什么？怕学过来的武功没有用处？心法套不来？没关系，先偷学来招式再说。天下武学本一家，等到时候融会贯通五岳剑法，再修改修改变成峨眉绝学，换个什么名字好呢？嗯，就叫玉女剑法！”就在木羽愣神的时候，那个清脆的女声还在源源不断地传来。

“姐妹们！我们的目标是什么？”

“偷学武功！”

“没有蛀牙！……哎呦……小舞姐，你下手轻点，你不是经常对夏生这么说嘛！”

一阵冷风吹过，木羽已经完全失去思考能力。今日所听到的对话，实在是颠覆了他之前的所有人生理念。

原来，人还可以这么无耻……

而且……尼玛……他就算说出去也不会有人信啊！

翌日清晨，苏小舞神清气爽地带着峨眉派众弟子出现在华山派的比武场上，同昨天不同的是，她的面上蒙了一层薄薄的白色面纱，隐隐能看清面纱下若隐若现的轮廓，风姿更加胜昨天一筹。

苏小舞环视了一下比武场，满意地看到众人的眼光都投向这里。她戴上这个面纱也是临时起意，谁让现在她身边步步紧逼着的，是酒鬼木羽呢！浑身散发着熏人的酒气，她只好把香帕拿出来遮住口鼻，省得脸上不耐的表情外露。

想到这里，苏小舞不禁斜过眼朝身边的木羽先生看去。这个一脸若无其事样子的酒鬼，从今天早上出了门就“碰巧”遇到了，一直在没有重点地闲扯胡聊，明明昨天看上去很愤世嫉俗很个性的一个人，怎么一晚上就转变成这么缠人的男人。

暂且忽略身边亦步亦趋的木羽先生，苏小舞把注意力转到比武场中，只见华山派的比武场是建在一块完整的巨石之上，浑然天成。西北方绝崖千丈，似刀削锯截，其陡峭巍峨、阳刚挺拔之势是华山山形的代表，因此华山也叫莲花山。巨石之上分隔成四块场地，以腰粗的巨木搭建而成，彼此间相隔俱有十几丈之远，台子的侧面分别写着青龙、白虎、玄武、朱雀。台下已经稀稀落落地站满了人，等待着比武的开始。而最右边的青龙场地台下，一张数人高的红榜耸立起来，上面用碗大的镶金黑字写着参加比试的诸弟子名字、门派和场次。苏小舞很想看峨眉派四个人的对手是谁。

峨眉派和嵩山派是最后到场的，华山派掌门尚君诚走过来和他们解释了一下分组情况。由于嵩山派无人参加，所以其他五派共二十人，第一天分两两对阵，本应共十场比赛，可是由于华山派袁不破尚未归来，所以抽中和他对阵的那人将会幸运地轮空，直接进入第二天的比试。而如果第二天袁不破还未归来，那么入围的十人分五场比试，将有五个人入围第三天的比试，如果袁不破归来，则三人进入第四天的决赛，如果未归，就一人轮空最后共四人进入最后一天的比试。

苏小舞静静地听着，不着痕迹地挑了挑眉，看周围其他门派的掌门对这个安排并没有不满，而且还是一脸理所当然的表情，显然认为这次比试最终的冠军非袁不破莫属，缺席几天的比试都无所谓。

这时跑过去看红榜分配场次的夏生走了回来，满脸不可思议的神情，低声在苏小舞身边说道:“掌门人，之秋将对阵泰山派弟子郝晨雄，知冬是和衡山派夏殇舟，陆风凌陆师姐是和恒山派静照交手……”

苏小舞见夏生顿住声音，好奇地追问道：“哦？那你呢？”

夏生抓了抓头，满脸通红地说道：“轮空了。”显然是觉得虽然幸运，但是又有些胜之不武。

苏小舞轻笑出声，“那很好啊，去看看别人的比试去吧，好好学习。”她着重强调了一下最后两个字，却敏感地察觉到身边的木羽先生投过来怪异的目光。

苏小舞无辜地用纯真无邪的目光看着他，直到把后者看到不好意思自觉地掉转过头。有问题，苏小舞的直觉告诉她。可是左思右想也没有想出来到底什么地方得罪了人家。

“当！”一声清脆的钟鼎声传来，在飘渺的云海中传出去甚远，一时间原本喧闹的比武场上顿时安静了下来。

只见在青龙的台子上面，华山派掌门尚君诚飞身上台，环顾台下无数弟子，并未多费唇舌，只是淡淡朗声道："比试开始。"

由于一共只有四个场地，除了苏小舞和木羽先生外，每座擂台下都有一个门派的掌门坐镇，防止年轻弟子年少气盛，打得兴起危及性命。

共十八个人比试，九场比试，四座擂台自然是要分作三批，而在第一批比试中，只有之秋上场比试，因为她是四场比试中唯一的女性，所以众人蜂拥而至，台下一边站着峨眉派的其余女弟子，另一边则围着泰山派和其他门派的弟子。

苏小舞不用做裁判，落得一身清闲，和轮空的夏生走向北边之秋将要上场的朱雀台。当然身后还跟着不请自来的木羽先生。

之秋的对手泰山派郝晨雄，此刻已经站在了擂台之上，苏小舞抬头望去，却由于背光看不清面目，只能看到其高大魁梧的身材，以及他手中和他体型同样魁梧的似刀非刀似剑非剑的武器。

"郝晨雄用的居然是和白展同类型的宽刃剑！"听到身后的夏生小声地嘀咕着，苏小舞后退一小步，避开木羽先生小声地问道："白展是谁啊？"

夏生双眼一亮，有点激动地说道："白展，人送外号'百斩'，就是百人斩的那个百斩。他十六岁出道，只用了一年时间，'百斩'之名就扬名武林。现在又是皇帝身边的红人，是整个天下最风光的江湖人，而成名多年的白展现在才二十二岁。"

苏小舞闻言眨了眨眼睛，轻笑道："那，他在江湖十大少侠里面排行第几啊？"

"第二。"夏生崇拜地说道，"也正因为白展的出名，江湖中立刻流行起宽刃剑来。白展所配的虎牙剑，传说是前朝的神兵利器。宽刃似刀，可是却是双刃兵器。能掌握好其特性的人很少，所以，我不看好郝晨雄。"

苏小舞挑挑眉，她也看不出来对方武功深浅，甚至不知道之秋的武功到底如何，所以只能无聊地想问夏生江湖十大少侠排名首位的是谁，刚打算开口，就听到朱雀台下一阵欢呼声。

抬头看去，只见之秋飞身上台，身形飘逸潇洒，被山风吹起的猎猎白袍勾勒出她完美的曲线，再加上她面若冰霜的俏脸，足够让台下众位少侠呆看一阵的了。

苏小舞看了看之秋手中拿着的一柄长剑，看上去不堪一击，想起峨眉派穷到家的境况，惊觉自己居然会忘了替她们置备武器！

她只是随便找来一把木剑来撑撑场面，因为铁剑太沉了嘛。可是却忘记了给其他人买兵器。苏小舞担心地咬咬下唇，内心暗骂自己怎么会忘记这么重要的事。就像她打游戏一样，装备之于武人虽然不能提升武艺，但是各种数据会加点啊。

夏生见苏小舞焦急地紧紧盯住之秋手中的剑，了然地小声说道："小舞姐，之秋姐手中的秋水剑是师父当年行走江湖的兵器，虽然称不上是和虎牙剑一般的神兵利器，但是也是不凡之物。不用担心。"

苏小舞闻言松了口气，却发现她和夏生的谈话均被木羽先生听在耳内，连忙理直气壮地瞪了回去。怎么没见过这么挫连自己门内事务都不知道的掌门啊？反正也不怕他四处乱嚼舌根，表面上最落魄的掌门人是他，没人会信。

正窃笑间，台上忽然传来金铁交击的声音。苏小舞连忙抬头去看，只见台上两人已经战作一团。近距离观看这样心惊肉跳的交手，苏小舞瞪大双眼也看不出来到底是谁更占优势。求助地向身旁的夏生看去，却发现后者正紧张地握拳，一瞬不瞬地盯着场上的形势，显然是没有工夫也没有心情帮她讲解。

"我看这郝晨雄虽然来势汹汹，可是你们峨眉十三剑也是久有声誉。郝晨雄这把宽刃剑使得勉勉强强全身破绽，如不是贵派弟子惧其力量避其锋芒，应该很快就能获胜。"木羽先生淡淡的声音传来，充满着商量的口气，可是苏小舞却知道他是在故意说给她听。

虽然不知道对方为什么那么肯定的知道她看不懂，但还是轻声地道了声谢。

略放下心，苏小舞重新往台上看去，纯以看电视剧武打片的心情去看，果然不多时之秋手中的秋水剑忽然剑光倏起，忽然间漫天剑影，反映着天上的阳光，分裂成万千光点，瞬间朝郝晨雄击去。

尽管距离很远，苏小舞还是被秋水剑晃得眼睛一花，等到恢复视力之后，便只听台下轰然而起的叫好声。

汗，这就完了？看着台上郝晨雄右肩衣衫破裂，幸好只是划破皮肉，但已是狼狈非常。苏小舞有些得意地在面纱下翘翘唇角，峨眉派开门红，而且她环顾了一周，其他擂台上都没有结束比试，嗯嗯，她还小看了峨眉派的武功，居然还不算差。

"峨眉派，之秋胜！"衡山派掌门夏流阳站起身，高声说道。立时青龙台那里的红榜处跃起一人，拿着黑色的大毛笔瞬间就把郝晨雄的名字划掉。

"之秋姐，干得好！"苏小舞对着来到她身边的之秋轻声说道，言语间掩不住的兴奋。

之秋面上还是冷若冰霜的表情，眉梢都没动一下，淡淡道：“对方还可以，之秋侥幸。可是知冬和风凌可就不会那么容易过关了。”

“因为对手的关系吗？”苏小舞皱了皱眉，面纱下轻轻咬了咬下唇。谁知道他们是怎么分的组啊，有没有内幕有没有暗箱操作。可惜峨眉派式微，她又是辈分低了一级，根本无法参与到他们掌门内部的安排。或许也就是华山掌门尚君诚一个人随意安排的。

之秋先是看了眼她刚刚走下来的朱雀台又继续了下一场比试，淡然道：“风凌的对手是恒山派青莲师太的大弟子静照，对方一手快剑就是连我都未必抵挡得住。而知冬的对手就更加没有希望获胜了，正是夏流阳的儿子夏殇舟。”

“很厉害么？”苏小舞见之秋顿住不说，询问道。结果果然看到她重重地点了点头。

“夏殇舟是五岳剑派杰出的下一代，堪比袁不破，如果不出意外，这次习武大会，恐怕决赛是要在这两人之间举行。”木羽先生自来熟地和她们聊了起来。之秋挑了挑眉想说话，却被苏小舞眼神制止了。

之秋肯定是不爽对方贴过来要赶人，苏小舞可不想双方闹僵，毕竟人家可是一派之尊。好吧，虽然是光杆司令，可是她们也不应该歧视他。

能争取的力量就要争取。苏小舞感到木羽先生在向峨眉派示好，可是也不清楚为什么一夜之间就会变得如此。

算了，交来当朋友也不错。

和木羽先生断断续续地聊着，苏小舞和之秋等人在玄武台下面候着，等台上的比试结束后，上场的就是知冬。

苏小舞无心看擂台上的精彩过招，不着痕迹地往一边那群身着衡山派服饰的人看去。“哪个是传说中的夏殇舟啊？看夏流阳长得那么阿福，肯定也不怎么样。”苏小舞小声地喃喃自语中。

正着重把注意力放在扫描体型可观之人身上，苏小舞注意到衡山派那边的阵营里走出一个风度翩翩的帅哥，直直地朝她们走来。眉清目秀，身着黄衣，有着说不出风流潇洒，双目星闪，棱角分明的五官，略嫌单薄的唇透着一股玩世不恭的笑意，给人一种说不出的懒洋洋的感觉，但又是雄姿英发的味道，整个人复杂而又吸引人探知。

帅哥啊！苏小舞内心狂喊，十足的妖邪美男！她昨天怎么就没注意到？

看到帅哥缓步走来，苏小舞正沉下心打算好好应对，还未开口，就眼睁睁地看着他从她身边缓缓走过，朝她的后右方略微欠身的一拱手道:“知冬，好久不见。”妖邪美男的声音有着沙哑的磁性。

原来……是知冬的追求者……

没想到知冬也会有人追……苏小舞面纱下的唇角微微抽搐，还没等在震撼中回过神，就听到知冬冷冷地回道：“夏殇舟，一会儿你可要手下留情啊！”话语中带着咄咄逼人的反讽，众目睽睽之下，一点都不给来人面子。

神马？他就是夏殇舟？苏小舞眼神甫变，立刻感到造物主的神奇。难道，还真是夏流阳遭受到了人间三大惨事之——美女迟暮、英雄末路、帅哥发福……

夏殇舟俊颜上挂满了苦笑，连忙说道：“知冬，我也不愿意和你在擂台上兵刃相向，只是抓阄的结果恰好如此，夏某也无可奈何。只求无论结果如何，请你不要放在心上。”

一番话说下来，不仅知冬火冒三丈，峨眉派所有弟子都怒目朝他看去，而后者却不知道是装的还是确实不知道，脸上全是诚恳的神情。

苏小舞在面纱下撇了撇嘴，帅哥啊，追女生也不是这么追的。当别人都没有自尊心啊，明摆着的事也不能当面说出来嘛！

“这位少侠，请你回去准备上场吧，当然，也请你无论结果如何都不要放在心上。”苏小舞头都没回，直视前方的云海，淡淡地把他方才说的话反抛回去。

夏殇舟好像此时才注意到苏小舞的存在一样，诧异地朝她望来。听到她冷淡的口吻，正想开口解释什么，却听到在玄武擂台坐镇的泰山派傅崧之响亮的声音传来说道：“下一场，衡山派夏殇舟和峨眉派知冬，请两位上台。”

夏殇舟闻言潇洒地朝她们施了一礼，风度翩翩地转身而去。苏小舞回过头，看到一脸愤恨神情的知冬，轻笑道：“知冬姐，习武之人最忌动怒，小舞不知道他和你有什么过往，可是比武更要沉心静气。”

知冬深呼吸了几下，转身朝擂台走去。

苏小舞暗叹，估计以知冬的性格，很难这么快就平静下来。“之秋姐，那个夏殇舟武功是不是实际上不怎么样啊？要不然怎么会在比武前特意跑过来干扰知冬姐的心神？”

之秋摇了摇头，还没等开口，她身边的夏生就咬牙切齿地说道：“才不是呢！他武功可以算是年轻一代的佼佼者，轻松取胜我们也是预料到的。可是就是不知道为什么总是来招惹知冬姐。真是太过分了！”

听到夏生正太义愤填膺的话语，苏小舞无奈地翻了翻白眼。笨蛋夏生，人家是看上我们家知冬了啊。不过大庭广众之下她也不好教育夏生的情商，只能耸耸肩，转头去看玄武擂台上遥遥相对的两人。一阵山风吹过，两人衣衫猎猎作响，女的俏丽可人，男的英俊潇洒，看上去确是般配的一对，可惜却要即将在擂台上争个胜负。

“他们在说什么？”苏小舞问的是她身边的木羽先生，她只能隐约看到对面夏殇舟的唇在不断地蠕动，表情诚恳，说了什么却一点都听不到，全都湮灭在台下起哄的声音里了。

木羽先生脸上现出尴尬的神色，支支吾吾的没有说话。

苏小舞微一皱眉，正要追问，只见知冬手中剑瞬间出鞘，化作一道长虹，激射而出。

剑刃交击声不绝于耳。

白色和黄色的两条身影分分合合，满场游斗，一时胜负难分。

苏小舞还是同上场比武一样看得眼花缭乱，可是看了半晌却也觉得有问题。“不对啊，你们不是说夏殇舟武功很厉害嘛？为什么还在拼斗？”都交手好久了，也没见分出胜负。而且看身边的人越来越凝重的神色和另一边越来越嚣张的起哄声，苏小舞终于问了出来。

夏生暗咬牙根，恨声说道：“那个人渣，在占知冬姐的便宜！”

苏小舞愕然望去，放弃看他们的武功招式，改为仔细观察两人的表情，果然看到每次两人交手分开后，知冬都是满脸通红加愤怒值满点，而夏殇舟却是一脸无辜抱歉的表情，但是苏小舞肯定，他眼角肯定飘着得意的神情。

尼玛！欺负人也不能这样！苏小舞立刻朝玄武台坐镇的泰山派掌门傅崧之看去，不意外地看到后者正津津有味地看着比试，一点要阻止的念头都没有。

微一愣神，迟一步苏小舞才想起这次比武大会的真相是相亲大会，老一辈自然是乐见其成，可是……也不能这么过分啊！

什么江湖儿女不拘小节！卧了个槽！苏小舞当场也不管什么气质不气质的了，举步就想往坐镇的泰山派掌门傅崧之那里冲去，不管用任何办法都要让比武结束，她们认输都可以。明摆着被人耍着玩的事她可不允许！

脚还没抬出去一步，就听到擂台上一声闷哼，知冬左肩衣衫破裂鲜血淋漓，眼神如刀似剑地紧紧瞪着状似后悔无辜的夏殇舟，也不顾一直滴落的鲜血，冷哼了一声转身而去。

负责裁决的傅崧之愣了一会儿，才高声说道："衡山派夏殇舟胜出！"

峨眉派众人连忙朝刚走下擂台的知冬围了过去，苏小舞站在原地，耳朵里听着木羽先生叹道："知冬果然是刚强女子，宁可送上去让对方刺伤，也不愿受此污辱。"

苏小舞咬紧下唇，暗暗发誓。

夏殇舟！此仇不报非女子！

第七章 八卦，断袖分桃

由于知冬比武的时间过长，同时间在另一个场地比试的陆风凌已经败给了衡山派的静照，苏小舞安慰了一下，又嘱咐她今晚最好去和静照师姐"讨教讨教"武学，这才往峨眉派休息的地方走去。

方才衡山派掌门夏流阳亲自过来和她道歉，她不软不硬地表达了自己的不满之情，又碍于峨眉派确实是势小力微，说话甚无底气，也无法多加为难前者。

恨！落后就要挨打！

苏小舞现在是彻底认识到这句话的内涵了。她的内心充满着愧疚，如果不是她来而是孤钵师太来的话，对方肯定不会欺她们年少做出如此欺负人的事。明摆着知冬和夏殇舟的对战是后者私下安排的，否则怎么会如此的凑巧？

谢绝了木羽先生想要帮忙的好意，苏小舞一个人回到峨眉派的住处，推开知冬的门，就看到左肩被包扎的严严实实的她气呼呼地坐在圆桌旁。

“知冬姐，伤要不要紧？”苏小舞担心地问道。虽然她和知冬不和，可是毕竟是同处一派。在一起生活了两个多月，对方的性子和脾气都了如指掌，她敢肯定，今晚知冬肯定会私下去找夏殇舟理论。

正中人家下怀……

“哼！小舞，你别想拦我，姓夏那小子都欺负到峨眉派头上来了，我定要找回场子！”知冬瞟了眼苏小舞担心的表情，立刻知道她想要说什么，抢先说了出来。

“找场子？”苏小舞见她精神亢奋，心知那伤不过是皮肉伤，最痛的还是这高傲的知冬美眉内心的自尊被挫了一个洞，“好啊，送上门让人家调戏，这下可是月黑风高杀人夜，任其摆布了啊！”苏小舞一把扯掉面纱，露出一脸调侃的表情，闲闲地坐在她的对面。只要伤得不要紧就好，内心的创伤等以后再加倍地补回来。

知冬额头上现出一个明显的井字，却不得不承认苏小舞说的很对。“那……这口气就这么咽了？”知冬忽然间泄了气，郁闷地问道。

“绝对不！”苏小舞反而狠狠地一拍桌子，秀眉倒竖。这口气不能就这么咽了，虽然表面上峨眉派落了下风，但是玩阴的也要阴回去！

知冬先是被吓了一跳，接着满脸期待地问道：“那，小舞有何高见？”

是夜，华山派上下寂静一片。

曲肖明一个人抬着比武场上的杂物走向练武厅，哼，为什么这年头当师兄的都不能指使师弟了？那帮家伙也就是趁大师兄不在，欺负他老实。等着，等他武功练得比大师兄还高，看他们听不听他的吩咐！

内心暗爽地 YY 着，曲肖明转过回廊，停在练武厅门口，因为双手都拿着东西，所以他转了个身，用后背撞开门，就那么后退着走进漆黑的练武厅。

只听黑暗中传来一声闷哼，叮咣杂物掉落的声音和几句“不要害羞嘛！”“今天都是我不好！”

……

“你们在做什么！”一声怒吼传来，尚君诚举着灯笼火冒三丈地站在门口，后面跟着各派的一堆“及时”赶过来看热闹的人马。

只见黑漆漆的暗室里，夏殇舟一脸难看地瞪着他身下显然是吓傻了的一个男人，地上混乱的堆着杂物，可见战况激烈。两人衣衫虽然完好，可是如此经典的场面，再加上之前经典的那几句暧昧不明的话，无论他夏殇舟长了几张嘴都解释不清。

“我……他……”众目睽睽之下，他只能虚弱地发出几个音节。

咦？本来应该是夏生的啊？怎么中途换人了？

苏小舞略微踮起脚，透过尚君诚的肩头看过去。她刚刚正要抢出去替夏生恶人先告状，就发现夏殇舟身下的男子身着华山派的服饰，分明不认识。不过，还真是唇红齿白，眉清目秀，比起夏生来也不逊色……叹，这才是和夏殇舟般配的一对啊！

“我什么他什么？肖明！你还不快起来！到底怎么回事？”尚君诚怒吼道。这样的状况下，即使是见惯各种场面的他也无法保持冷静。

“殇舟！你！”同来的衡山派掌门夏流阳此时才回过神，一脸不敢置信地呆看着。

场面顿时一片混乱。

苏小舞同情地看了一眼气得浑身直颤的尚君诚，内心默默对那个无辜的男人说声对不起。

谁让他出现的时机如此的好……这是天意啊……

本来她的计划是，让知冬写了封语焉不详的信，约姓夏的在人迹罕至的练武厅见面，然后打算让夏生去赴约，最后通过一个私下里和知冬交好的华山弟子跑去和尚君诚告状，说是发现练武厅有不正常的声响。正巧当时所有掌门人都在场，所以就一起赶来。

本是仓促的计划，却因为另外一个男主角临时换人而变得异常完美。这下夏殇舟可是吃定哑巴亏了！

苏小舞装模作样地叹了口气，内心却在想着，夏生那个正太跑哪里去了？

此时，夏生正蹲在池塘边，一瓣一瓣地摧残着花朵。

“去、不去、去、不去、去、不去……去。”

“不行，重来……”

“去、不去、……”

翌日，此届习武交流大会最大的八卦火热出炉。

听说，衡山派的夏殇舟实际上非是风流少侠，而是……断袖。

听说，他早先在故意占别的女侠便宜，是为了掩饰他自己喜欢的是男人的这个事实。

听说，他早就有了心爱之人，两人还经常出双入对，就是大家一直都没往那个方面去想。

听说……

苏小舞优雅地举起手，小小地打了一个哈欠。没办法，昨天晚上的戏份太精彩了，比什么电视剧都好看，她兴奋得好久都没睡着，直接导致她今天精神不足。

她身边的知冬却是精神亢奋，嘿嘿地笑道："小舞，你知道吗？刚才姓夏的那个败类输给泰山派的师兄了。活该！"

苏小舞微眯着双眼，笑问道："他怎么会输？他的武功不是在这一代数一数二的吗？"

知冬眉飞色舞地比划道："数一数二也架不住台下泰山派的人起哄啊，他每出一招，都有人在擂台下讽刺他。真是精彩，小舞你真该去看看。"知冬这下是彻底出了口气，昨天她受到的羞辱，已经加倍地还给了对方。

苏小舞懒懒地坐在比武场一旁的休息长凳上，又在面纱下打了一个哈欠，才缓缓说道："低调，我们要低调。"夏殇舟即使吃了哑巴亏，他也肯定会和夏流阳说清楚到底是怎么回事。后者必定会知道是她们峨眉派搞的鬼。不管事情谁对谁错，自己儿子的前途被毁了大半的夏流阳肯定会记恨峨眉派。

知冬看了看苏小舞眉间的神情，忽然间兴奋的表情蔫了下来，懦懦道："小舞，是不是因为我，和衡山派闹僵了？"

苏小舞双眼流露出笑意，不管怎么样，她收复了知冬的心，这比什么都重要。"放心，淫贼人人得而诛之。我苏小舞不会允许有人欺负到我们峨眉派头上的。何况这点惩罚还算轻的，没让他变成东方不败就不错了！只是……"她忽然间现出为难的面色。

"只是什么？"知冬追问道，谁是东方不败要记得等下再问。

"只是，那华山派的曲肖明，真是可怜啊！"苏小舞轻叹了口气，却掩不住笑意。没办法，谁让他昨晚那么凑巧地出现，造成的场面实在是太经典了。

"这……"知冬面上浮现出愧疚的神情，左右为难了一阵，小小声地说道："那怎么办？要不然，我去和尚掌门说清楚？"她向比武场内张望了一阵，没有看到曲肖明的身影，不禁有些愧疚。

苏小舞哂笑道："不用了，尚君诚已经把所有事情推到夏殇舟的身上，现在八卦的级别已经翻新到夏某人暗恋曲师兄多年，最终打算霸王硬上弓的版本。应该对后者的声誉没有什么损伤。"端看昨晚尚君诚的处理手段，就可以知晓其已经是老狐狸级别的了。不要说这件事他门下的弟子无错，就是有错，她也相信他也能扭转过来。

"呼，那就好。"知冬轻呼一口气，放下心来，才有心情向比武场那里看去，"小舞，你不是最关心夏生的吗？为什么不去看他比试，一个人坐在这里啊？"

苏小舞轻哼一声，道："那个正太，昨天居然不听我的话，不就牺牲被人扑一下嘛！这都不肯。我让他今天不赢就不要回来见我！"若不是昨天有曲肖明出来顶扛，篓子可就捅大了。

"呃……"

苏小舞也是不担心，早上她特意请之秋替她说明了一下今天的对阵情况。夏生的对手不算出名，应该可以获胜，而之秋的对手虽然有些难度，但是听她自己讲的，大约不成问题。

苏小舞知道之秋是那种没有把握就不会轻易断言的人，所以也就不担心。昨天晚上她为了计划是否能成功担惊受怕了许久，还要打点精神应付那帮掌门，实在是不想站在太阳底下去看那么激烈的比武。嗯，反正她也看不懂，瞎担心。

"知冬，到底峨眉派在江湖中是什么地位啊？"本来她以为峨眉派的武功很渣，可是之秋的武功还不错，至少可以轻松晋级两轮，看来也不是吊车尾的那种。

知冬捏了捏下颌迟疑道："应该还算不错吧……好吧，是不怎么样，不过师父的武功很厉害，只是我没有学到家。之秋的武功也只有当年芷春的七成左右。也不知道芷春现在怎么样了，云星辰那家伙有没有好好对待她。"

苏小舞淡淡地"哦"了一声，神情落寞地看着前方热闹非凡的比武场。她总觉得融入不进他们的世界里，她又没有武功，怎么能号令群雄？武林盟主，应该是武功和人气各占一部分，但是武功很高，才是让其他众人甘于听从的原因。

知冬有点不知所措地看着苏小舞难得一见的低落神情，连忙安慰道："小舞，回峨眉之后，知冬亲自教你武功！那个，先教你怎么掷飞镖！"

苏小舞展颜一笑，心知她自己已经过了习武的年龄，想要有所突破，就只能期待奇遇。可是，上次误食毒果后被皇甫非墨救下，她就不敢再轻易尝试什么了。

体内仅有的内力也只能练些轻功撑撑场面。皇甫非墨……那家伙是真的被魔教干掉了吗？

正要详细问问情况，就远远地看到夏生一脸汗水地走来，脸上全是掩不住的兴奋。

“小舞姐，我赢啦！你真应该去看看我的比武，明天不许缺席了！”夏生一屁股坐在苏小舞的另一侧，长长地呼出一口气。

扑面而来的汗味让苏小舞皱了皱眉，“好好，明天一定去看，你趁现在，赶紧去看看明天要比拼的对手是谁，提前做好准备。”越往后越艰难，自然要提前收集好情报。

“对哦，我赶紧去瞧瞧。顺便，之秋姐也赢了，现在正在和对手交流武艺，恒山的青莲师太也在传授经验。你们要不要去看看？”夏生赶忙跳起来，兴奋地说道。

苏小舞摇摇头，她又看不懂，如果顺便让她也给“讲解”下，她岂不是死定了？

她推了推身边的知冬，温柔而又语带威胁地说道：“快去学习，一定要给我把武功招数都交流回来。”

夜深人静，苏小舞一个人在华山的后山乱晃。东峰西侧的一座小峰上林木葱茏开满奇花异草，环境清幽，穿行其中，在月下颇有一番韵味。传说此地是春秋时秦穆公女弄玉的修身之地，因而此峰又被称为玉女峰。

苏小舞紧了紧衣衫，抬头往黑黝黝的峰上望去。话说，玉女峰上不是有一个华山历代弟子犯规后囚禁受罚的山洞吗？

相传独孤九剑不用内力也可以学，如果能找到那个危崖之上的山洞……苏小舞叹了口气，她这是怎么了，她不是知道这里世界没有灭绝师太，没有倚天剑吗？

但是保不准就有独孤九剑和五岳剑法！苏小舞握紧双拳，心知自己大半夜地跑出来确实很危险，可是她又不能带着夏生或知冬出来，光解释理由就无法说清楚。

苏小舞硬着头皮摸索着往玉女峰的方向走去，山风在树林里呼啸而过，发出呜呜不停的声音，吹在人身上如刀子一般。艰难地前行了一阵，苏小舞只能愣愣地站在玉女峰的下面，无奈地叹了口气。

借着月光，苏小舞可以看到峰头是由几组巨石拼接，浑然天成，绝顶处有平台。如果没有绝世武功，想轻松地爬上去绝对不可能。别说是晚上视线看不清，就是白天，她也无能为力。

撇撇嘴，苏小舞无奈地放弃，她的轻功倒是可以勉强一试，但是如果失足，下面就是万丈深渊。

苏小舞不甘心地看了下山顶的平台，准备转身回去。

“谁？”一个冰冷的男声从她的头顶传来。苏小舞愕然望去，发现月光下刚才还明明空无一人的平台，忽然多出来一个漆黑身影。

糟了，被人逮住了。苏小舞心下暗惊，却明白此时不能逃，到时候反而解释不清了，当下只好清了清喉咙，脆声道：“我是峨眉派代理掌门苏小舞，这里是哪里？我迷路了。”

那人闻言一愣，飞身而下，潇洒的在半空中轻轻巧巧地一个转身，无声无息地落在苏小舞面前。

苏小舞只觉得眼睛一花，便觉得迎面劲风袭来，吹得她秀发纷飞。连忙扯住面纱防止飞掉，眨了眨眼睛，苏小舞仔细地打量着她面前笔挺瘦长的黑衣人，首先注意到的是，他腰间挂着的那支银白色的长剑，比之她见惯的佩剑还要长上寸许。黑衣配白剑，在月光下异常的醒目。

一张略带慵懒而微显不羁的俊逸脸庞出现在她的头顶之上，那人唇边带着淡漠的微笑，一双虎目锐利而略显张狂地紧紧盯住苏小舞。“你就是峨眉派的新任掌门？”话语中充满着怀疑。

“没错。”苏小舞挺直身体，落落大方地说道，“你又是谁？”半夜出来晃的又不止她一个，凭什么盘问她？而且这几天她大概把来参加比武大会的人员认得都差不多了，绝对没见过这么出色的人物。

“我是谁？”那人嘿嘿一笑，却毫无征兆地伸手去揭苏小舞的面纱。

苏小舞连忙轻身向后退去，但却只退了一步，双足刚好落在危崖的边上，只要再后退一步，那便坠入万丈深谷。

黑衣人一抓之下竟然落空，也没有步步紧逼，举起双手表示自己没有恶意，轻笑道：“对不起，我只是好奇。”

好奇什么？苏小舞略带怒气地瞪回去。她刚才如果向后迈的步子稍微大了一点，就再也见不到明天的太阳了！亏他还笑得出来！

“你确实是峨眉派掌门？”黑衣人又锲而不舍地追问了一句，显然是根本不信。

“你到底是谁？”苏小舞已经懒得回答对方的问题。

“不对啊，峨眉掌门不会不认识我啊？”那人一脸调侃的笑容，显然是很享受苏小舞的怒气。

你以为你是谁啊？苏小舞刚想回嘴，忽然间灵光一闪，莫非此人就是华山派的大弟子袁不破？如果她没猜错，此处应当是华山派的禁地，外人一般不会来此的。犹豫是不是开口询问，可是对方唇边的笑容实在是太碍眼，苏小舞索性打算装傻到底。正想反击嘲笑他，就听玉女峰上绝顶处又传来一个男声，“大师兄，是谁啊？是不是小师妹来看我了？”

“不是。肖明，你先在这里熬一夜，我明天早上去向师父求情。”袁不破微笑道，声音也不见得抬高了多少，但是却悠扬地传到了峰顶。

峰上那人失望地“哦”了一声，就再无声息。

原来峰上的那人是昨晚无辜被连累的曲肖明同学，苏小舞在面纱下轻念了一声“罪过”。看样子是被尚君诚发配到悔过洞里来面壁了，而袁不破估计是一回到华山就知道了这件事，所以就过来看望师弟。

呃，绝对不能让他知道这件事情里另有内情，最好造成华山派和衡山派的不和。苏小舞迎着袁不破烁烁的目光嫣然一笑道：“袁大侠，可否指明方向？小舞可以自己回去。”她还记得她现在是在迷路中，这悔过洞的刷新点看来是要放弃了。

袁不破勾起嘴角，玩味说道：“还是由在下亲自送苏掌门回去吧，请。”说罢向后退了一步。

苏小舞怎么听怎么觉得他那句“苏掌门”特别刺耳，瞧不起她么？哼，不就是没有立刻认出这鼎鼎大名的袁不破嘛，至于这么记仇？当下也不客气，迈步和他并肩走在漆黑的树林里。

一阵足以令人窒息的沉默后，苏小舞淡淡开口问道：“袁大侠，可有皇甫少侠的消息？”她之前听说袁不破一直在山下寻找皇甫非墨的下落，一直挂念于心，此时终于忍不住问了出来。

“哦？为何称他为少侠，称呼我就是大侠？我有那么老吗？”身边的袁不破却不满地取笑道。

无聊的男人。苏小舞无奈地翻翻白眼，一般人不是应该听到称呼为大侠而高兴的吗？“皇甫少侠曾经在峨眉山上救过小舞一命，如果袁少侠知道他的消息，还请告知。”苏小舞从善如流地改掉称呼，停下脚步认真地询问道。

“小舞？峨眉？难道，你就是皇甫口中那个笨女人？”袁不破旋风般地转过身，一脸不可思议的表情看向月下亭亭玉立的苏小舞。

黑线，这下露馅了。

第八章 比武，太极初现

比武大赛第三天，风和日丽。

比武还没有正式开始，今天由于袁不破的归来，有资格的总共有六人。其中包括峨眉派的之秋和夏生、泰山派的宁惊禹，恒山派的静照、华山派的林世杰和袁不破。衡山派全军覆没。

峨眉派此次能有两个人入围，已经让各派为之侧目，不过众人心中也知道，随着袁不破的归来，这比武大会也已经成了鸡肋。

苏小舞心情忐忑地朝袁不破的方向看去，只见被众人围在中央的他脸上挂着谦和儒雅的笑容。如果不是她确定昨天晚上发生的事情不是做梦，她怎么也不敢相信这么谦谦君子模样的人，面容上会流落出那样轻佻的神情。

双面人么？苏小舞了然地撇撇嘴，昨天夜里当袁不破问出那句之后，她既没承认也没否认，前者也没追问，唇角一直挂着令她心惊的了然笑容一直把她送回了峨眉派的住处。

“你昨晚和我大师兄去了哪里？”一个刁蛮的声音在苏小舞的身后娇斥道，成功地使她从回想中惊醒。

愕然回头，苏小舞发现她身后不知道什么时候站着一个俏丽的美人。美女上身穿的是素绿色燕尾形衣裾缀有飘带的袿衣，下配淡黄色绫罗裙，纤腰缠博带显出那苗条匀称的身段，那柳眉下明亮纯净的一双杏眼正略带怒气地瞪着苏小舞。

“去了哪里？”苏小舞已经认出此人就是华山派掌门尚君诚的爱女尚玟蓉，莫不是昨晚看到她和袁不破在一起的画面，苏小舞诚恳地浅笑道：“尚小姐，昨晚小舞迷路，正巧碰到袁少侠，是他好心送我回来的。”

尚玟蓉“哦”了一声，显然是放下心，旋即又觉得自己跑过来突兀地质问人家一派之长如此尴尬的问题太过失礼，小声地道歉道：“苏姐姐，是玟蓉不懂事，你别放在心上。”少女的声音清脆而舒服，又带有令人无法拒绝的娇媚。

“怎么会，尚师妹是担心师兄嘛。”苏小舞话中有话地说道，不意外地看着眼前的美人羞红了脸之后跑掉。

师兄师妹啊，真的是经典的配对。苏小舞回想到昨夜在玉女峰面壁上苦等小师妹去的曲肖明，脸上浮现出有趣的笑容。

“你昨晚去哪了？”木羽先生如幽灵般出现在苏小舞的身边，又是一身扑鼻的酒气。苏小舞无奈地皱皱眉。昨天一天都没见他,还以为成功地摆脱他的纠缠了呢。

“木羽先生，小舞觉得没有必要要向您汇报我的一举一动，您说是么？”苏小舞举步朝之秋即将要比试的青龙擂台,今天她是无论如何是要到场的,撑撑场面嘛。

木羽先生碰了一个不软不硬的钉子,也不气馁,还是亦步亦趋地跟在她的身后,轻笑道：“木羽失礼了。就当在下没问过吧。不过，请苏掌门事事小心，毕竟这里是人家的地盘。”

苏小舞皱了皱秀眉，难道他在警告她?可是也不能多问，两人已经来到了青龙擂台下方，这里已经密密麻麻的站满了人，只见夏生在右方冲他们招了招手，显然是已经占好了位置。

今天一共只要进行三场比试，所以一场接一场的只在青龙擂台上进行。苏小舞抬头往身前的红榜上看去，只见上面的对阵写着之秋的对手正是第一天就赢了峨眉陆风凌的恒山静照，夏生的对手是华山派林世杰，这两场比赛的胜者将在明日和今日袁不破与泰山宁惊禹的胜者争夺第一。

无论从哪个角度看，袁不破同学的待遇也太好了。如果他最后夺得第一，那总共就只对打了两场，轻松啊轻松。

在苏小舞胡思乱想中，之秋已经一个飞身站在了擂台之上，拱手向一身缁衣的静照说道：“静照师姐，请多多指教。”

静照是一位已经年过三十的女尼,容貌清丽,面色也许是因为苦修而略微苍白,柳眉倒竖凤目含煞一脸肃杀之相。而且她的身材甚高，几乎比得上一般男子，此时手持一把三尺青锋，浑身散发着冰冷的气息。比起之秋只是拒人于千里之外的冷若冰霜，这位静照师姐的气质简直就是……简直就是活脱脱的灭绝师太年轻版啊！

苏小舞想起之前之秋对静照的评价，一手快剑也许连她自己都不能抵挡得住，心下不禁担心。

擂台下的百许人鸦雀无声，须知每年一次的比武大会，实则是交流武艺，表面上是为男女弟子交流情谊。可是毕竟是比武大会。文无第一，武无第二，每次大会都可以了解其他门派的习武进展，若说没有人在意排名，那才真是笑话。

之秋缓缓抽出秋水剑，恭敬地使出一个峨眉十三剑的起势“童子叩门”，以后辈等待前辈指教的招式，请静照先攻。

“叮！”静照的长剑出鞘，像一道闪电般，迅疾无伦地朝之秋袭去。恒山快剑静照，果然名不虚传。台下众人无不感到静照已经和她手中的剑合为一体，化成一把可怕的利剑，大有挡者披靡的威力。

“五岳剑派向来以剑术为长，华山派注重内力御剑，衡山派注重剑法的招式，泰山派鼓励门人另辟蹊径，而恒山派因为是女子习剑，内力略逊于其他门派，所以在速度上下苦工。要知，出剑的快速和流畅，再加上精妙的剑法，确实是难以抵挡。”木羽先生缓缓地说道，在这期间，台上的之秋和静照已经以快打快的过了数招，金铁交击的声音不断传来。

苏小舞看得目不转睛，但是听木羽先生并没有继续讲下去，侧过头略带疑问地看过去。

“嗯，武当和峨眉讲究的都是以柔克刚。残红者，非言剑之残者也，犹棋之残局，一着即可定输赢矣。这场比试，如果贵派的之秋再多磨练两年，定然能够获胜，现在……”木羽先生淡淡地续道，再也没理会苏小舞满面狐疑的神情，陷入沉默。

苏小舞不满地撇撇嘴，看静照的架势，之秋姐也危险。看来对方这一年内的进步显然是超出之秋的预计。输了就输了吧，技不如人没什么可抱怨的。但是，木羽这家伙能不能说话不说全，单单漏掉了他自己的嵩山派，实在是吊她胃口。

“当！”一声脆响，秋水剑被击落在地。之秋面上微微一黯，随后立刻又恢复了面无表情，复拱手说道：“多谢静照师姐指教，之秋甘拜下风。”

静照面上同样也是无悲无喜，一拱手之后就转身走下擂台。倒是擂台下的青莲师太满面笑容，显然是为弟子赢得比试喜上眉梢。

之秋也拾起掉落在地的秋水剑，缓缓走下擂台，来到一脸紧张的夏生身边说道：“夏生，该你了。”

夏生手足无措地点点头，俊脸涨得通红，还在衣服上抹了抹手心上出的汗。

苏小舞无奈地摇摇头，这样子怎么上去比武？“夏生，就当作是平时的过招，对方是华山派的师兄，我们输了不丢人。”

夏生看向苏小舞的双目眸光变幻，最终坚定地点点头，“小舞姐，你在这里好好看着，夏生去去就回。”

苏小舞闻言有些莫名其妙，愣了片刻却听到身旁木羽先生的笑声。狠狠地瞪了他一眼，他又知道什么了？不过知道问他也不会老实地交待，只好把目光投向擂台之上。

一身青衣的华山派林世杰，面目平凡，身形一般，绝对是扔在人堆里都找不出来的那类人。可是当他握起剑后，接着腰脊一挺，整个人像突然长高了般，连原本平凡的面目都变得器宇轩昂，自有其睥睨所有对手的气概。

“林世杰是华山派仅次于袁不破的好手，贵派的夏生恐怕抵挡不住。”木羽先生仍然充当着解说员的角色。

其实就是他不解说，苏小舞自己也看得出来，高手的风范就是不一样。相比之下，在众人目光下显得有些畏缩的夏生……汗，希望不要输的太难看吧。

只见夏生深吸一口气，目光烁烁地紧盯住林世杰，沉声道：“请师兄指教。”这份气势倒也似模似样。

林世杰低声道了一句：“得罪了！”说罢随手抛开剑鞘，任它掉往一旁地上，接着往前疾步冲去，长剑从上至下依循一道弯旋的弧线轨迹，往夏生斩去。

夏生反而一改之前的不安，秀气的脸上露出一丝笑意，忽然间往侧方晃错，当人人以为他要躲避时，又电射往前，长剑疾挑。

“叮”长剑像一道闪电般迅疾无伦地缠住林世杰手中的三尺青锋，在肉眼难看得清楚的高速下，双剑交击。

接着夏生一个旋身，左手撮掌为刀，狠狠劈在林世杰的剑背之上。

林世杰一声长啸，剑法一变，幻出惊涛骇浪般的剑影，如大江倾泻地追击而去。

夏生俊颜静若止水，疾退数丈后，又抢了回来横剑接招。

“当当当！”在电光石火的迅疾光景中，两人交换了三招。一时刀光四射，剑气横空。

台下众人都为之一惊，本以为夏生是峨眉派一个名不见经传的小弟子，不论从年龄还是经验都逊林世杰不止一筹，况且他又是第一轮轮空上来的，总给人以侥幸之感。可是却没想到一开始就能接住林世杰蓄势已久的剑招，并且做出反击，实在是让人侧目。

夏生忽然剑势收窄，只紧守一个狭小的空间，在林世杰有如惊涛骇浪、大开大阖的剑影中，稳守住自己的身前。

乍看似是他落在下风，但在场的眼力高明者却知道这实是对付林世杰最高明的策略。要知凡以强攻为主的招数，最是耗损真气，假若夏生能把目前的情况延长下去，到林世杰力竭时，就是夏生反守为攻的一刻了。

只是，夏生的剑法终究是嫩了一些，在迎接住林世杰数十招连绵不绝风驰电掣的剑招后，终于慢了一步。

“当！”

夏生手中的剑应声而落。可是林世杰的剑势却仍未消退，劈头照面地往夏生的胸口刺去。

青龙擂台下过半人失声惊呼。

擂台上坐镇的尚君诚连忙冲上前去，但是已经来不及阻止即将发生的惨剧。

林世杰眼看收不回这来势汹汹的一剑，脸上也不禁露出惊慌的神色。夏生眼见长剑袭身，平日朝夕所练的太极拳下意识地使了出来，当即一招“揽雀尾”，右脚实，左脚虚，旋身一转推开对方的剑身，粘连粘随，顺逆缠绕，化开对方的剑势。这一招使得犹如行云流水，潇洒无比。

台下立时叫好不断，单是这一招，就足以让众人对峨眉派另眼相看。尚君诚见危势已解，没有造成任何流血事件，捋着五缕长须满意地笑着点点头。

林世杰闻得叫好声，本来打算收势的剑法又舞将起来。本来他击落夏生的长剑，理应算他为胜，可是夏生这一招从来没见过的招数，完全抢去了他的风头。咬咬牙，居然甩手扔掉剑，揉身而上，双手或拳或掌，变幻莫测，十根手指如判官笔，如刀如剑，如枪如戟，攻势凌厉之极。正是华山的劈石破玉掌。

夏生方才是在性命危机时激起潜力自救，太极拳招数虽熟但是临敌经验为零。登时手忙脚乱应付不来。突然间“撕拉”的一声，左肩的衣衫被撕下一截，狼狈躲过。

正在不知所措间，苏小舞淡然的声音穿过台下嘈杂的噪音直直传到他的耳里。

“夏生，拳随心境，舒展绵长，恢宏大气，容万物于心。用意不用力，太极圆转，无使断绝。当得机得势，令对手其根自断。”

苏小舞清脆的声音并不大，可是刚说出两句之时，全场便已经是一片寂静。只要不是聋的，都知道这是师父在指教弟子。

比武大会没有规定在比武的时候不许指导武功，反而还鼓励这种模式。因为在正式的比拼中对武学的理解更加深刻，比起事后指导，现场的效果显然是好上许多。

夏生身形略一停滞，听了苏小舞这几句话，登时便有所领悟。心中回忆着那太极图圆转不断、阴阳变化之意，忽然有所领悟。此时林世杰正好右手五指挥掌而到，夏生使出一招“云手”，左手高，右手低，一个圆圈已将他的手臂套住。果然体会到了太极圆的精妙之意，一个圆圈跟着一个圆圈发出，登时便套得林世杰跌跌撞撞，身不由主地立足不稳。

夏生头一次用太极拳与人交手，初时手忙脚乱。但是经过苏小舞的点拨，现在又占了上风，太极四十二式源源不断地一招招打出来，竟然把林世杰当成了练拳的对象。内力化于全身，做到劲断意不断，然后再轻推慢拨，挥洒自如，一举一动，随心所欲，尽在掌控之中。他的动作徐缓舒畅，像是游刃有余，再加之本身就是一个俊美少年，大有飘然腾云之意境。看得台下众人目瞪口呆，内心赞叹不已。

台上坐镇的尚君诚虽然脸上还挂着笑容，可是已经不是那么的自然了。

峨眉派何时变得如此的强？这套悠扬的拳法从未见过，如果是孤钵师太新创的武学，绝对值得他动容。要知，武学之中新创一路拳法剑法当真谈何容易？若非武功既高，又有过人的才智学识，绝难别开蹊径，另创新招。像他这华山派这等开山立派数百年的名门大派，武功的一招一式无不经过千锤百炼，要将其中一招稍加变易，也已经是极难办到，何况另创一门如此精妙的拳法？

所以他根本就没有想到这套拳法是苏小舞传给夏生的，只是初步肯定苏小舞肯定要比夏生的武功高出不止一筹。端看苏小舞自然地指导夏生拳法口诀，便知此路拳法苏小舞必然比夏生使得更好。

看来，他一开始就觉得苏小舞武功高强没错。

不止尚君诚如此思考，场上只要在武学上有所成就之人都是如此思量的。

苏小舞感受到旁人投射过来的目光，仍然神情自若而立，双眼紧紧盯住台上的形势，其实心中焦急不已。因为，夏生看样子只学会了如何绕圈子，还没领会到如何用太极拳攻击别人。

呃，她当然更加不会……

台上两人就这样近身交换数招过后，林世杰终于认识到再这样下去就是自取其辱，面如死灰地跳出战圈沉声说道："林世杰认输，多谢师弟指教。"

苏小舞不着痕迹地松了口气，还好还好，如果林世杰强撑下去，说不定输的就是夏生，因为后者内力显然不足。

夏生在众人的欢呼声中腼腆地走下台，由于获胜而腰板更加挺直，略微还嫌稚气的脸上渐渐浮现刚强的神情。

苏小舞说不出内心有何感想，只是觉得心情无比的激动。这是她一手打造的新一代少侠啊！嗯，就是还欠好多火候。

"笨女人，今晚老地方见。"正心情激荡间，身后传来袁不破低沉的声音。

愕然回头看去，苏小舞却只见袁不破神情自若地从她身旁走过走上擂台，而本来在她身边的木羽先生却不知所踪。

老地方？难道是玉女峰的思过崖下？苏小舞微一皱眉，一时想不通他到底有何用意。借故环顾下四周，还好众人的目光都投向夏生同学，没有人注意到角落里他们的小小秘密。

这，难道是传说中的约会？

苏小舞轻咬下唇，思考着袁不破的动机，却想破头了都没有想通。正犹豫是否去赴约的时候，就听到周围一阵震耳欲聋的欢呼声。

苏小舞诧异地抬头望去，只见袁不破银白色的长剑正架在泰山派宁惊禹的脖颈上。前者正好向她的这个方向看来，目光中好似流露出"如果你不敢来，同样小心你的脖子。"这样的警告。

寒。苏小舞下意识地点了点头，眼见袁不破唇边微微一笑，收回银白色的长剑，谦和地对宁惊禹说道："宁师弟，得罪了。"

眼花了，她绝对是眼花了，为什么这个人变脸变得这么快啊！苏小舞暗恨道。

第九章 男女，授受不亲

月凉如水，星辰满天，山林间微风拂面，有种让人无比惬意的宁逸之感。

苏小舞还是一身粗布白衣，面覆薄纱，静静地站在昨夜与袁不破初见的玉女峰下。

“来的挺早的嘛！”袁不破的声音从漆黑一片的树林里传来，随后黑色的身影缓缓出现，腰间还是别着那把银白色的长剑。

“不知袁少侠请小舞来此有何事？”苏小舞转过头冷冷地说道，面上全是拒人于千里之外的冰冷。嗯，学习自之秋同学。

袁不破有趣地挑挑剑眉，唇边又现出那种轻佻的笑容，道:“奇怪啊，和我在一起还摆出这种表情，明明和在下一样，是人前带着面具的人嘛！怎么今天就变得这么冷淡？”

苏小舞仍然不为所动，淡然说道：“如果无事，小舞就回去了。男女授受不亲，为了不引起无聊的流言，请袁少侠自重。”说罢作势举步前行。

袁不破连忙正容说道：“苏掌门，袁不破请问，贵派夏生的这套拳法是从何处学来？”

苏小舞闻言一愣，原本迈出去的脚又收了回来，秀目诧异地望向袁不破，“此话怎讲？”

“在下看今日夏生师弟展示出来的拳法，似乎和武当的绵掌很相似。况且，在下好像听皇甫曾经说过，武当曾经有门绝学叫太极拳，可惜已经失传。今日隐约听苏掌门传授拳诀时提到太极二字,所以冒昧相问。”袁不破一改之前的轻狂，一本正经地询问道。

失传了？活该。苏小舞微微一笑，她这拳法也凑巧叫太极拳，就是峨眉派的绝学，还怕武当抢不成？是武当的你打遍给我看看？

苏小舞略微仰头，正巧看到一弯圆月升上半空，映照着玉女峰上的思过崖洁白一片，散发出柔和的光芒。苏小舞眼角带着算计的笑容，朝袁不破看去："想要知道是谁教我的？好办，帮我做件事。"

袁不破洒然笑道："不知苏掌门要在下办何事呢？如果力所能及，自然可以。"

苏小舞秀眸目光流转，伸出右手缓缓指向思过崖，曼声说道："不难，小舞对那个地方很好奇，想去看看。不知袁少侠能否带小舞上去？"

袁不破一愣，顺着她所指的方向看去，沉吟了片刻道："此地是华山派弟子面壁思过的地方，有什么可看的？如果苏掌门是想找曲肖明曲师弟，他已经回到华山派了。"

苏小舞轻轻摇了摇头，面纱随之摆动，纱下的红唇若隐若现，不禁让袁不破略微愣神。

没有人才最好，苏小舞更加积极地说道："那里是华山派禁地吗？小舞只是很好奇那个地方，袁少侠不好奇为何小舞好奇吗？不想知道夏生的太极拳是小舞从哪里学来的吗？如果不好奇，那就算了。"苏小舞连珠炮地说道，满意地看到袁不破脸上现出沉思的神色。这男人不是墨守成规的那种人，肯定会答应的。

袁不破长指轻抚下颌，一双利目微微眯了起来，片刻之后问道："唉，也不知道苏掌门为何这么执着，那地方寸草不生，除了石头什么都没有。好吧，在下答应你，只是，我要如何带你上去呢？"最后一句带着浓浓的戏味，显然是想看她如何反应。

苏小舞落落大方地走近袁不破淡笑道："随便啦，小舞既然提出这个要求，自然不会有任何怨言。"

袁不破看着面前神态自若的苏小舞，郁闷的好想扯开她的面纱，看看这女人究竟长得是何面貌。刚才还口口声声地说"男女授受不亲"，现在又如此模样，真是……

袁不破本想拒绝，但是接触到苏小舞眼中轻蔑的目光，一咬牙，一把上前把苏小舞拦腰抱起，足尖一点，如流云般潇洒自如地沿着绝壁巨石攀岩而上。

苏小舞只觉得一阵高速飞行的眩晕感传来，等再次睁开眼睛的时候，两人已经来到了玉女峰上。

若无其事地推开袁不破，苏小舞觉得脸上有些火热，连忙假借着看四周的景色背转过身。她虽然表现出来莫不在乎的神情，可是毕竟是第一次被人抱，虽然只有短短的几秒钟。

“这里就是思过崖？”苏小舞被崖上凛冽的山风一吹，立时回过神，山崖之上光秃秃的寸草不生，更无一株树木，除了近处一个山洞外，一无所有，果然如袁不破所说的极度荒凉。

袁不破点点头，指着不远处的那个山洞说道：“华山向来草木清华，景色极幽，可是这危崖却是例外，相传是玉女发簪上的一颗珍珠。当年华山派的祖师以此危崖为惩罚弟子之所，主要便是因为此处无草无木无虫无鸟，受罚的弟子在面壁思过之时，不致为外物所扰，心有旁骛。”

苏小舞闻言走进山洞，只见大概内有十坪大小，地上有块光溜溜的大石，显然是很多人就是坐在这里面壁思过的。

“袁少侠，可否从外面拿一块石头进来？”苏小舞抑制不住内心的兴奋，也许，这后面就有那个石洞，四周的石壁上面画满了五岳剑法和破解五岳剑法的图画。

袁不破悠然从山洞外走了进来，取笑道：“下一步，是不是就要让我把石头往石壁上扔过去啊？”

苏小舞愣然回过头，结结巴巴地问道：“你、你怎么知道？”

袁不破得意地笑道：“终于看到你大吃一惊的表情了，要不然在下还真的怀疑，自己看人还有花了眼的一天。”说罢把手中的石头向石壁扔了过去，只听“砰”的一声闷响，石块碎裂成两块，掉落在地。

苏小舞失望地叹了口气，听这个声音，就知道石壁后什么都没有。“你为什么知道我要做什么？”失落了一会儿，仿佛全身都没了力气，苏小舞索性坐在那块光溜溜的大石头上休息。但是她必须要问清楚为何袁不破会知道她想要做什么。

袁不破倚靠在身边的石壁上，笑吟吟地说道：“我也是猜的。主要是，原来也有个人要求到这上面来，做了同样的事。”

苏小舞闻言一惊，连忙起身追问道：“是谁？”

袁不破高深莫测地微微一笑，施施然地伸了一个懒腰，口齿不清地说道：“天色已晚，苏掌门所要求的事情在下已经办到，不如早些告诉在下究竟贵派的新拳法是谁所教，在下也好去休息。明天可是比武大会的决赛，苏掌门莫不是希望在下缺席吧？”

苏小舞冷哼一声，就知道这家伙不会轻易地说出来。“走吧，你先要送我下去。”

万一这家伙得到答案一走了之，她可怎么办？

袁不破无奈地摇了摇头，显然是知道苏小舞在担心什么，低声笑道："在下像是那样的无耻之徒吗？苏掌门过虑了。"

苏小舞狠狠瞪过去，没错，是不像，而是就是！

当苏小舞重新站立在草地上的时候，月已中天。

袁不破放开她，退后一步，正容问道："苏掌门，这时该给在下一个交待了吧？"

苏小舞露在面纱外的秀目漾出微笑的目光，淡淡地说道："是我外公教我的。"

袁不破追问道："那，苏掌门的外公是何方前辈？"

苏小舞双手一摊，状似无奈地说道："袁少侠，刚才说好的，小舞只是告诉你拳法从谁那里学来，并不包括解释那人是谁啊。"

袁不破嘴角微微抽搐，霎那间明白为何在峰顶上苏小舞不立即回答他的问题，如果他得到的是这个答案，不一走了之他袁不破三个字倒过来念。

苏小舞立时解气，谁让他都不说到底和她来这里做同样事情的人是谁，现在以牙还牙了吧！

"那可否告知令外公的名号？"见苏小舞转身就要离去，袁不破不死心地追问道。

苏小舞轻笑出声，"对不起，我都不知道他老人家叫什么。别那样看着我嘛！小舞确实不知道啊！平时都是外公外公的叫的。"说罢转回身，垂下螓首，露出女儿家的娇羞。她此刻的模样，实在让袁不破无法和方才的精明女子相提并论。

"我送你回去吧。"最终还是叹了口气，袁不破认栽。心想凭他在江湖中的势力，还调查不出来一个老人的下落？

"不必了，昨日你送小舞回去的时候都被你小师妹看到了，今日我可不敢如此。省得破坏你们师兄妹的感情。"苏小舞一对美目在夜色里闪闪生辉，笑着拒绝道。

袁不破站在原地目送着苏小舞白色的身影渐渐没入树林中，怀中仿佛还充满着她盈盈的发香，一时不禁痴了。

第十章 挑衅？一战成名！

习武交流大会的最后一天，青龙擂台边人山人海，台上立了六张红木大椅，专门是为了掌门而准备的。苏小舞端坐在台上，回想着昨晚袁不破脸上吃瘪的表情，顿时觉得心情舒畅。

方才夏生已经输给了恒山派的静照，毕竟是后者功力纯熟，经验丰富，输了也不觉得丢人。只是静照一人赢下峨眉派三名弟子，恐怕很长的一段时间里，峨眉不如恒山的印象将存留在众人的脑海中。

但是夏生今日并没有使出众人期待的那套拳法，所以众人心中都有着疑问，如果换成昨日的情况，最后胜出的又将是谁呢？倒是成功地把恒山胜出的结果削弱了几分。

当然夏生是按照苏小舞的指示，没有轻易地再次使出太极拳。毕竟前者的功力还未到，还不会利用太极拳攻击对方，遇上行家反而会一败涂地。献丑不如藏拙，令其他人心里惦记着。

在袁不破和静照决赛之前，为了让静照恢复到巅峰状态，这时其他弟子可以点名挑战任何一人，私下的恩怨也可以在比武场上一决胜负。

苏小舞正觉得无聊，就发现一个眼熟的青色身影跳到青龙擂台上，高声喊道："华山曲肖明，想请衡山派夏殇舟师兄指教！"

台下一片起哄的喊叫声，苏小舞抬眼看去，果真见一脸抑制不住愤慨之情的曲肖明，卓立在擂台之上，正拿眼四处扫去，寻找夏殇舟的踪迹。

笨蛋一个啊！苏小舞暗地里摇了摇头。这男人不知道对付八卦的最有效方法就是低调吗？还站出来挑战自己的“情人”，生怕别人无料可曝啊？

曲肖明来回看了好几遍，也没有找到夏殇舟的身影，只好把目光投向坐在掌门位置的衡山派掌门夏流阳。

夏流阳一脸阴郁的捏着颌下的双层下巴，淡淡地开口道：“肖明，殇舟已经让我遣回衡山了，他做出如此对不起你的事，实在是无颜呆在华山。”一句话说的似是而非，可以用好几种意思理解，当场就让华山派掌门尚君诚变了脸色。

“流阳兄，话可不能这么说。”尚君诚沉声说道，言语中全是对夏流阳的不满。

夏流阳不着痕迹地看了眼事不关己的苏小舞，又恢复了平日的笑脸道：“君诚兄，犬子确实是做错了事情，流阳定会好好地教训他，此事确实和肖明无关，请不要怪罪于他。”

苏小舞明知道夏流阳话中有话，可是就是充愣装傻到底，一双无辜的大眼睛来回看来看去。

曲肖明见夏殇舟确实没有在场，自己又在台上成了众矢之的，反而自取其辱，迎上师父恨铁不成钢的目光，只好一甩袖悻悻然走下台。

苏小舞刚松了一口气，就发现台上又多出一个粉红色的娇娆身影，正是尚君诚的爱女尚玟蓉，一双杏目正含着煞气瞪向苏小舞。

苏小舞内心一沉，正想抢先开口，就听到尚玟蓉脆声说道：“华山尚玟蓉，想挑战峨眉掌门苏小舞。请赐教！”

坏了，这小妮子昨天定然是看到什么了。苏小舞勉强维持住笑脸，可是心下却在后悔，自己怎么会没有注意昨晚有没有人跟踪？

尚玟蓉话一出口，顿时引得台下又是起哄声一片。公开挑战掌门？这种事还是头一次发生，此次比武大会还真是精彩纷呈啊！

众掌门都知道尚君诚的爱女尚玟蓉是出了名的刁蛮，当下也不以为意，都拿一双眼睛看向苏小舞，全看她是否接受挑战。其实如果苏小舞自恃身份，倒是有大把的理由可以拒绝尚玟蓉。可是尚君诚捋着五缕长须，心里却在希望看到苏小舞展示武艺。

苏小舞环顾台下，正好对上袁不破看好戏的目光，苏小舞一气之下优雅起身，柔声说道：“玟蓉师妹，小舞得罪了。”

此话一出，台下所有峨眉派弟子都齐齐变了脸色。

峨眉众人面色的变化，尚君诚自然看在眼内。却拿不准他们究竟是在担心自己掌门，还是担心苏小舞会下手不知轻重伤了尚玟蓉。

没有理会其他人心内是何想法，苏小舞款款走向擂台中央，好似不是去和人拼个你死我活，而是去要赴一个晚宴一样，姿态优雅得无懈可击。

尚玟蓉没想到苏小舞立刻就答应下场比武，一脸戒备地看着她，右手握住腰间的剑，被对方气势所引，掌心紧张得渗出冷汗。

“我知道你为何挑战我。”苏小舞亭亭立在尚玟蓉的对面，在面纱下淡淡的轻声说道，小心地使面纱不随着她的吐气而起伏，“不就是为了袁不破袁师兄嘛！”

尚玟蓉杏目圆睁，却一句话都没有说出来。毕竟这些小女儿心思，怎么好意思在大庭广众之下说出来。呆愣了半天，才被台下的起哄声唤回神智。

比起苏小舞的气度风姿，她刁蛮任性的形象早就深入人心，同站在台上就落了下层。

缓缓地抽出佩剑，尚玟蓉娇声道：“苏小舞，你就用你身上的木剑和我过招吗？小心一剑被我劈断了！”说罢却不等苏小舞回答，长剑挽了一个剑花，就朝苏小舞刺去。

天啊，这女孩儿还真不讲理。苏小舞轻身避开尚玟蓉毫无预兆的一剑，却没有拿出木剑来与她过招，只是满场游走，用恰到好处的轻功来躲避着她略微有些凌厉的剑法。

尚玟蓉气急败坏地娇斥道：“为什么不拔出武器？就那么瞧不起我吗？”

她也要有时间拔剑啊？苏小舞额上开始慢慢渗出细细的汗珠，知道自己的真气毫无破绽地挺到现在已属不易。

一边险险地躲避着迎面刺来的剑势，一边察看着尚玟蓉面上的怒容，苏小舞突然轻声开口道：“我在等你来刺伤我啊！”

尚玟蓉闻言剑势一滞，本来应该能刺到苏小舞右肩上的剑锋硬生生地被她错开。台下一阵惊呼，都以为苏小舞是用高深的内力把长剑逼开。

苏小舞见尚玟蓉没有追问，自顾自地续下去说道：“如果我被你刺伤了，正好名声言顺地让不破来照顾我，因为是因他而起的责任嘛，他自然要照顾我到伤势痊愈的那天。”她说话的时候小心翼翼的低声细气，生怕他人听到。正好由于面纱的缘故，谁都看不到苏小舞的唇动，都以为她全神贯注的在和对手比武。

尚玟蓉脸色立变，手下的剑招更加不成章法，只觉得眼前苏小舞的身法越来越慢，仿佛真的和她所讲一样在等着她刺下去。而她自己只要稍微一用力就能轻松地刺伤对方。可是内心却在刺还是不刺的问题上纠缠来纠缠去。

苏小舞见这招真的有效，索性继续加猛料地说道：“如果我和不破能有结果，小舞还要谢谢尚师妹呢！”

尚玟蓉气得手中的剑都直发颤，眼圈都开始微微发红，手下的剑势更加缓慢。

苏小舞内心暗骂袁不破冤孽，若不是这该死的男人招惹来的情债，她怎么会在这里诱骗小萝莉？当下柔声说道：“玟蓉妹妹，小舞知道你的心意，其实昨夜无论你看到了什么，都不是你内心所想的那样。这样吧，情况换过来，由我出手假装把你打伤，让你袁师兄照顾你可好？他和你青梅竹马这么多年，心里怎么可能没有你的地方呢？”

尚玟蓉脸上忽现红晕，一时居然连剑都差点握不住，薄唇微微颤动，想说什么，却没有开口。

苏小舞可不管她答应还是不答应，看准时机，一招太极拳的“如封似闭”，将她迎面而来毫无内力的剑势挡住，之后姿态优美的右手圆转向前，朝尚玟蓉的面门挥去，正是太极拳中的一招“高探马”。

尚玟蓉一惊之下向后仰去，重心不稳，苏小舞趁机使出一招“野马分鬃”，左脚尖里扣踏实，身微左转，右手向前推去。

只见尚玟蓉眼神一阵迷离，顺势就向擂台下面倒去。而她倒下去的方向，正好就是袁不破在的地方。

苏小舞姿态优雅地收掌回势，面上虽然神情冷然，可是内心却冷汗连连。

这小丫头，作戏都不会，我明明手还没碰到你啊！泪！就那么迫不及待的想跳进师兄的怀抱？

台下台上都一片寂静，不知情的人谁都没料到峨眉派代理掌门苏小舞的武功居然高强到可以隔空发力的地步。苏小舞从头到尾一直躲避尚玟蓉的攻势，也被他们自动解释为因为掌门的地位而谦让对方，让了数招。但是，不出手则已，一出手惊人啊！看似平平常常的一个推手，便轻松地把尚君诚的爱女打落擂台。

而知晓苏小舞底细的峨眉派一干人马也是一阵茫然，丝毫没有想通为何尚玟蓉这么给面子的替苏小舞做秀，难道她们是早就商量好的？

苏小舞盈盈立在擂台之上，山风吹动衫裙，似乎连她娇柔的身子也吹得摇摇晃晃，在场数百人没有一个人能忍心打破这个寂静的画面。

日后，夏生曾经和苏小舞谈到过这个场景，叹道她苏小舞只此一个亮相，便不知道俘获了多少少侠的心。

苏小舞不好意思地嘿嘿笑道："当时我只是觉得不能动而已，没有什么气势之说啊。"

夏生不解地追问道："为何不能动？"

苏小舞一脸看白痴的表情说道："动了发型就乱了啊！"

"……"

暂且不提苏小舞是如何在众人敬仰的目光中走回主位，也暂且不提尚玟蓉在师兄怀中是何样心情，也暂且不提在这之后又有如何如何的人上来轮番比武过招，太阳一点点的向西移去。

终于快到了黄昏时刻，再也没有人跳出来挑战，尚君诚站起来宣布道："恒山派的静照和华山派的袁不破上场。"

在众人期待已久的欢呼声中，现今江湖年轻一代的两位佼佼者，终于站在了擂台之上。

袁不破显然是受了之前尚玟蓉"受伤"的影响，显然面上笼罩着一层阴郁。众人都以为他是为小师妹的伤势担忧，因为尚玟蓉好久都未曾醒转。只有苏小舞才知道，本来打算看好戏的袁不破是怎么都想不通为何她能轻易地战胜尚玟蓉。

袁不破两足微分，配合他挺拔如松柏的身形立在青龙擂台上，确有不动如山，渊亭岳峙的气势。登时惹起一阵喝声，更添其威风。

苏小舞把注意力放在袁不破腰间的那把银白色长剑上面。听夏生所说，这把比普通佩剑都长上数寸的长剑剑名"淬雪"，是华山派上一代掌门所配之物。当时在江湖上就赫赫有名，传到袁不破这一代，更是因为其在江湖上行侠仗义斩妖除魔而大放异彩。

静照仍然是一身灰衣缁袍，神色冷清地站在另一边，仿佛胜败都对她无动于衷。

台上两个人散发的气势感染了台下所有人，无不感到那种风雨即临，高手对仗千钧系于一发的紧迫形势。人人屏止呼吸，全神观看。

苏小舞暗松了一口气，放下心神观看这次比武大会的最后一场比试。天啊，也就这么几天，出了多少事？多亏她老天保佑，可以有惊无险地度过。苏小舞按下内心的不平静，沉心静气地直视前方即将进行的龙虎斗……哦，是龙凤斗。

静照左肩向前微倾，右脚弹起，左脚前跨，整个人俯冲向袁不破，右手反到背后，这时左脚刚踏前三尺。

同一时间，袁不破的手握上了淬雪剑冰冷的剑柄。

静照名满天下的恒山快剑从背上划出一个小半圆，剑尖平指向五尺之外袁不破的咽喉，左脚弹起，右脚闪电般向前，活脱脱的像一只饿虎，手中的剑身从各个角度晃起夕阳的余辉。

苏小舞不禁变了变脸色，直到今日才知，静照在之前的比试中，显然是没有露出真实的功力。幸好自己没有让夏生硬碰，否则怎么输的都不知道。

袁不破微眯起双目，他看不到静照，但是可以在若干个剑影中看出她直直而来的剑身。

剑尖犹如一点寒星，向着他的喉咙奔来。

一阵低啸有若龙吟，场内顿生寒光剑气，淬雪剑出鞘，使出的剑法居然比恒山快剑还快上三分，轻轻松松地便将静照的剑势化开。

苏小舞一时什么都看不到，只觉得眼前尽是剑影，耳内贯满了剑啸声吟。众人看得目眩神迷，连喝彩打气都忘掉。

“砰！”

两人内力一撞短兵相接，同时旋开，当距离拉远至两丈许时，像约好般倏地止旋稳立，正面对峙。

全场此时才爆起轰天喝彩声。

两人目光交击，似是全听不到喝彩声，更像根本没有人在观战，彼此的眼中只有对手。

苏小舞看得热血沸腾，又想到之前自己和尚玟蓉的比试，不禁有些脸红。这才是真正的比武，她那个算什么？

殊不知，她的高深莫测在众人心内留下了很深的印象。反而要比如此势均力敌的比试更加让人惦记。

尚君诚满意地微微点了点头，此时仍不忘侧过头去看苏小舞的反应，却发现其面上神情依旧冷淡，内心一凛。想起自己爱女方才莫名其妙的失利，此时爱徒略占上风的喜悦不禁冲淡了几分。

他明明没有看到苏小舞的手碰到尚玟蓉的身体，难道她的那套神秘拳法已经练到可以隔空伤人的地步了吗？峨眉何时有了如此厉害的掌法？何时调教出如此厉害的弟子？

而且他方才也没有发现尚玟容身体有何损伤，问她也问不出所以然，只是红着脸低着头一句话也不说。难道苏小舞真的会什么邪法不成？

想着想着，尚君诚望向苏小舞的眼神都有了些变化。

正在漫无边际地想着，此时场中的形势再变。

静照又是驱剑进攻，两条人影战成一团。

苏小舞虽然是近距离观看比武，可是双目为两支剑影所眩，其他事物一点也看不到，有一刹那间，她甚至都听不到双剑碰触下的交鸣声。

“叮！”袁不破挑中静照的剑锋。

静照的剑势再也施展不下去，唯有避开，再度回复隔远对峙之局。

喝彩声震天响起。

静照面色霍地转白，跟着眼观鼻，鼻观心，好一会才回复先前模样。

苏小舞就算是一点武功都不懂，此时也知道究竟是谁胜了。毕竟，另一边的袁不破依然大模大样地站在原地，面带谦和的招牌微笑。

静照双目寒光掠过，盯着袁不破说道：“一年不见，袁师弟的武功又突飞猛进了。”自苏小舞见过静照以来，还是头一次听她说话，声音寒冷如冰，字字句句犹如冰珠一样。

袁不破微微一笑道：“静照师姐才是令不破吃惊，看来在剑道上又有新的悟境。不如我们再次切磋一下？”

静照冷哼一声，“锵”的一声入剑回鞘，冷冷道：“静照输了。”

袁不破像是早就知道静照会这样说一样，面上一点意外的神情都没有，拱手道：“承让了。”

苏小舞听得耳边震天响起的喝彩声，松了口气，比武大会终于有惊无险地结束了。

与此同时，华山栈道上一个蓝色的身影正迅如雷电般的向上奔驰着，时不时往深入云海的主峰上看去，满面愁容。

第十一章 决定，围剿魔教

苏小舞举步走进华山派的大堂，此时已是深夜，刚才她们峨眉派正在准备收拾行李明日离开华山，就有人请她过来一叙。进得大堂之后，苏小舞发现室内除了各派掌门和袁不破之外，多出来一人。

这个男人一身蓝色劲装打扮，腰配长剑，脸目颇为俊俏，二十余岁，一身正气。令人一望便知他是那种名门正派的子弟，给人第一印象很好。

苏小舞进来之前，大堂之内显然在讨论着什么，但是此时却鸦雀无声气氛低迷，人人脸上神情凝重。

“苏掌门，这位是武当派的大弟子云星辰。星辰，这位就是峨眉派的代理掌门苏小舞，相信你们应该早就互相有所耳闻了。”尚君诚见苏小舞好像是初见云星辰，连忙介绍道。

苏小舞微微一笑道：“是有所耳闻，云少侠，不知皇甫少侠可有消息？”苏小舞立刻猜到了云星辰到这里的来意，除了那个皇甫非墨，还能有什么事让他能放下怀了孕的芷春娘子出远门？

感到左侧袁不破投过来不满的目光，苏小舞略略挑了挑眉，知道前者是想起来那晚争议的“少侠”“大侠”的称呼问题。

可是问题是她第一眼看到袁不破的印象实在是太差了。其实老实说，表面上他和云星辰的气质都是那种传说中的少侠气质，只是某人掩饰的也太不专业了。如果仔细看，他的眼神中还是有那么一点点的狂妄不羁。眉目间怎么也不像云星辰那样的一派正气。

眼角都没往袁不破那个方向瞥去，苏小舞装作没看到地向堂内空着的椅子走去。

云星辰待苏小舞坐下来之后，才叹了口气说道：“星辰来此，就是想告知众位本派这些日子的结果，非墨师弟他，一点消息都没有。”

苏小舞紧颦娥眉，室内一时毫无声息，显然其他人是早就知道了。看着其他人的脸色，显然已有了定论，苏小舞自觉身份不够，所以黯下神色没有说话。

尚君诚手捋五缕长须，轻叹一声道：“如今魔教猖獗，居然越来越嚣张了。长此以往，江湖上不知道会变成什么模样。”

青莲师太点头赞同道：“没错，所以我们应当做些事情，魔教妖邪，人人得而诛之！”

泰山派掌门傅崧之一拍红木椅子的扶手，怒火冲天地高声喝道：“气死我了！居然连皇甫非墨都落在了他们的手中！这样挑衅，简直不把我们放在眼里！”

夏流阳随声附和了两句，也表示了愤慨。

一时大堂内就只有嵩山派掌门木羽先生和苏小舞没有表态。前者仍是一脸睡眼惺忪的颓废样子，尚君诚也没指望他有何想法，眼神自然落到了苏小舞身上。

苏小舞听着他们几个人你唱我和好像是排练好的对话，心下觉得不妙，但是也不能不开口，只能柔声问道：“小舞江湖资历甚浅，不知道前辈们有何妙策？”

尚君诚点了点头，神色一正沉声道：“魔教实在猖獗，如果不再做出点行动，岂不是欺我们中原武林正道无人？”

苏小舞内心咯噔一下，心想不会这么巧吧，难道他们要围剿魔教不成？

正这么想着，苏小舞就听见其他掌门纷纷表态，身边的木羽先生嘟嘟囔囔地说道：“随便你们，反正我嵩山派只有我一个人代表，老子就是赔了这条命也无所谓！”

苏小舞闻言心下有些疑惑，暗想起嵩山派基本上是相当于被魔教灭门，为何木羽先生如此淡然反应，按理说他应该才是最积极的那一个。难道有何内情不成？

可是将眼神落到木羽先生身上时，苏小舞立时打消了这个念头。这家伙分明就是嫌麻烦，估计连自己门下的弟子都指使不动。怪不得这次只来了他一个人。

愣了一阵，苏小舞才感到堂内所有人都在等她的答复。不慌不忙地垂下眼帘，苏小舞缓缓说道：“替天行道，峨眉派当然义不容辞，可是派内除了几个人的武功还过得去，其他师姐妹们实在是不能堪当大局。这……”内心想到梓夏就是被魔教所掠走，夏生他们肯定是要吵着去的。

青莲师太一脸的不赞同，老气横秋地说道：“小舞，你这就不对了，多一个人多一伤力量。而且，从这次比武大会来看，峨眉派的武功突飞猛进，这是事实摆在大家眼前的啊！”

苏小舞闻言苦笑，如果早知道会变成这样，她就叮嘱大家表现得窝囊点了。丢人还是其次，冲上去送死多划不来啊！

“青莲师太，不是小舞不想让师姐妹贡献力量，只是你也可能注意到了，很多弟子才刚刚入门，小舞也不忍心她们像梓夏师姐一样落入魔教的手中啊！”苏小舞越说越黯下神色，眉宇间轻愁遮面，顿时惹来大堂内其他几人的同情。

青莲师太听得她主动提起梓夏，知道苏小舞并没有忘记这件事，合掌口喧佛号，再也没说什么。

尚君诚见室内气氛低迷，连忙打圆场道：“苏掌门的难处我们了解了，只是这次行动最主要是靠大家同心协力的支持，峨眉派不用去很多人，只要能和武林正道同进同退就可以。”

苏小舞面纱下不禁微微撇了撇唇角，好么，原来只是要凑数，亮出几大派围剿魔教，听上去就气势非凡。

迎上众人期待的目光，迫于压力，苏小舞终于点了点头，内心却万分后悔。魔教啊！那可是魔教啊！她可是连魔教是神马东东都不知道啊！！！

众人见苏小舞终于表态，也就转移了话题，开始研究如何同其他各派联系，何时启程，如何分配行动上面来。

苏小舞漫不经心地听着，内心却在飞快地想着究竟派谁跟在她身边比较好。当然不能多带人去，最多带上之秋和知冬，毕竟峨眉派里面这两个人武功最高嘛！放在身边当保镖还是安心点。至于夏生，最好能劝他别去，省得到时候见到梓夏出问题。

想来想去，苏小舞也想不到一个很好的理由来拒绝夏生的跟随，一抬头环顾室内，却发现走神的不只是她一人。

木羽先生眼神迷茫地坐在一旁暂且不提，站在尚君诚身后的袁不破竟然也是一脸心不在焉的神情，眼神飘忽不定。

苏小舞心下狐疑，暗想难道是袁不破担心皇甫非墨？但是回想起和袁不破初见之时，她就开口询问皇甫非墨的下落，前者并没有露出些许忧虑的神情啊！

究竟是怎么回事？苏小舞暗记心间，但是旋即又被迫在眉睫的围剿魔教大计占据了所有心神。

“小舞姐，不用再说了，这次夏生说什么也要去。”夏生果然如苏小舞所料，坚持要跟着去围剿魔教。清秀的脸上全是坚定不移的神情。

苏小舞无奈地翻翻白眼，她此时已经回到华山上峨眉派居住的地方，叫来了夏生、知冬和之秋来讨论这件事。目光转向一边同样面目严肃的之秋，苏小舞不解地问道：“之秋姐，刚才在掌门聚会的时候小舞不好意思问，这个魔教到底是什么来头？我听他们说是要进攻什么歧天谷，那里是他们的总舵？”

之秋淡淡地说道：“魔教只是简称，此教全教上下身穿玄衣，所以叫玄衣教。由于行事乖张，特立独行，所以江湖上人称玄衣魔教，玄衣教中人自称是玄衣圣教。歧天谷，那是他们的总教所在。”

“就这样？”苏小舞等了半天，都没见之秋继续说下去，也没听她说什么玄衣魔教的事迹。玄衣，这不就是活脱脱的古代黑手党嘛！哦，不，应该说是黑衣党。

之秋点了点头，神情淡然地说道：“凭心而论，我倒不觉的玄衣教是魔教，他们是最近一百年才兴起的教派，只是行事过于神秘，做事又难以让人苟同，所以被武林其他门派所不齿。”停顿了一下，续道：“况且，你不觉得他们太好让人模仿了吗？”

苏小舞一愣，想起刚才之秋提到的，玄衣教唯一的标志就是玄衣。这……怪不得会变成魔教，旁人做个坏事，穿上个黑衣，就是自称玄衣魔教的人了。难道……

“之秋姐，那梓夏师姐是……”苏小舞回想起木羽先生一脸无所谓的表情，暗想难道嵩山派灭门惨案另有内情？那么梓夏呢？

夏生像是被踩了尾巴的猫一样，立刻暴跳如雷道：“姐姐肯定是被魔教的人掠走的！”

苏小舞吓了一跳，她从来没见到过夏生这么生气，看来梓夏果然是他的逆鳞，连忙询问道：“夏生，你为什么这么肯定？”她什么都不知道嘛，不知者不怪。

夏生平复了一下心情，气呼呼地坐在桌边，却一句话也没说。倒是另一边的知冬摇了摇头，紧握双拳说道：“梓夏是去武当派看芷春，路上就失踪了。等到过了数天，一张黑色的信纸送到峨眉派，上面的字迹是梓夏的。”

“写了什么？”苏小舞小心翼翼地问道。

“上面写着‘我很好，不用担心。’”之秋若无其事地倒满一杯茶水，慢慢地放在唇边抿着。

苏小舞这时才发觉之秋的态度有些怪怪的，按理说她应该是最护短的，武当派来的人没有提到芷春的情况，她都要万分不满。怎么梓夏出了这么大的事，眉梢都没动一下？

之秋察觉到苏小舞疑惑的目光，抬起头来淡然说道："梓夏说她自己过的很好，那就是很好，我们为什么要多管闲事？"

夏生一掌拍在桌子上，震起桌上的茶杯茶壶一阵嗡嗡作响，"这有什么用？肯定是恶人逼迫着姐姐写的，能当真吗？"

之秋平心静气地说道："看一个人的笔迹，可以看出来她当时的心情和状态。我可以确定梓夏写这张字条的时候，心情很愉快，甚至连最后心字的那一个点都和她过年写对联时一样的向下倾斜。"

苏小舞突然觉得面前的之秋很恐怖，居然连这么细致的地方都可以记得住。但是，还是好怪啊，她居然担心芷春在武当会被人欺负，却一点都不担忧陷落在魔教的梓夏。

之秋盯着苏小舞面上的表情，忽然间唇角微微勾起，道："小舞，我知道你在想什么。你心中所想的事情，我之前也对他们解释过。芷春性情活泼好动，说话又不经过大脑，嫁到武当那么大的门派去，丈夫又是未来的掌门候选，少不了得罪人。大处是不可能吃亏的，可是小处却免不了有人算计。"

苏小舞连连点头，心想所谓的名门正派暗地里勾心斗角的事情她听得多了，所以很快地同意了之秋的观点，想通了为何之秋一直把芷春挂在心上的原因。瞥了一眼正在赌气的夏生，苏小舞关心地问道："那梓夏呢？"

之秋却出乎她意料地叹了口气，半晌之后才说道："不管夏生承不承认，梓夏肯定是嫁人了。"

夏生紧咬牙关，扭过头去一言不发。

之秋淡淡地续道："梓夏性情温和，多愁善感，能让她都心甘情愿地写下字条，对方肯定是能疼惜她的人。所以，我觉得只要她是幸福的，旁人没有必要干涉。"

第十二章 出发，前路堪忧

苏小舞静静地听完，虚心求教地问道："之秋姐，那我们现在怎么办？是不是退出此次围攻歧天谷的行动？"

一旁的夏生想说什么，却被知冬一个眼神狠狠瞪过去，立刻蔫了下来。

之秋沉吟片刻，摇了摇头道："不管梓夏如何，看来尚君诚是想弄成武林正道的一次大规模的行动，峨眉派如果不随大流，很容易站在风浪尖上。所以，还是要去。"

见苏小舞点了点头，之秋喝了口茶润了润唇，续道："只是这个'去'字，我们要好好斟酌。小舞，你把刚才掌门会议的过程说给我听一遍。"

苏小舞连忙说了一遍，"之秋姐，我看他们只不过是想要几大派围攻歧天谷的名声响亮，不会在乎我们去几个人的，峨眉派只是凑数的。所以我还是觉得不要让师姐妹们都去受苦的好。"

之秋冷哼一声，"什么名门正派！自己派内的弟子都管教不好，有什么资格去围剿别人？"显然是想起前几天知冬被夏殇舟欺负的事情。

苏小舞被之秋话语中的寒气说得背后寒毛竖立，好久没见之秋生气了，果然威力不减啊！看来孤钵师太不让之秋当代理掌门是正确的，就她这脾气，说出的话就如她的秋水剑一样，犀利又难以招架，不知道要得罪多少人。

夏生也吓了一跳，但是仍然不满的小声嘟囔了两句。

当事人知冬倒是不放在心上，显然回想起夏殇舟被整得更惨，一挑秀眉，心情愉快的说道："之秋姐，你说要去，又说不应该去，到底怎么办？"

之秋沉思片刻，凤目扫过屋内的三个人，正容道："小舞，这次还是少带人去，如果遇到危险，旁人也好救你们。"

苏小舞听着心里真不是滋味，不过却不得不承认这是事实。如果有可能，她也不想去啊，虽然能参与到武林中的大事，可是这件事可比比武大会危险多了，万事保命要紧啊！

"至于带谁去……"之秋拖长了尾音，看到夏生期盼的眼神，终于松口道："夏生,你和知冬陪着小舞去吧。记住要注意万事不要出风头。我要带着师妹们回峨眉，交给风凌我不放心。"

苏小舞了解地点点头，之秋不去虽然她少了一个可靠的保镖，但是回峨眉的路途同样不好走。想起某部书里经典的桥段，连忙郑重其事地嘱咐道："之秋姐，回去的路上要万分小心，我怕尚君诚他们这么大张旗鼓地围剿玄衣魔教，保不准对方为了自救，反过来围魏救赵。"

之秋微微一愣，随后陷入沉思。

苏小舞看了一眼欣喜若狂的夏生，不解地续问道："之秋姐，你明知道让夏生跟着会不得安宁。"苏小舞自动屏蔽夏生不满的目光，对于她来说，小正太的那一点点愤恨指数根本不放在眼里。

之秋还在琢磨方才苏小舞说的话，闻言随口说道："不让他去？我可没有精力每时每刻都守着他，迟早就会逮到机会溜过去的，还不如跟着大队人马走。而且，让他亲眼看看梓夏，就会认同我的说法了。"

苏小舞无奈地撇撇嘴，看来她确实是要带着夏生正太同行了。心里虽然有几分不安，但是看到他略带童稚的面上激动不已的神情，心下一软。是啊，失散的是人家亲姐姐，担心是自然的。

"小舞，记得离夏流阳远一点，你们胡闹让衡山派吃了暗亏，他不会善罢甘休的。尽量和袁不破亲近些，现在华山派和衡山派有了芥蒂，而且我看他很关心你，出了事可以照顾你。"之秋静静地想了一会儿，细细地嘱托道。

关心？苏小舞翻了翻白眼，也不知道之秋哪只眼睛看到袁不破那家伙关心她了。估计那家伙心心念念都是想知道她那套太极拳是哪里弄来的，成天盯着她，被别人看到当然会误会。虽然知道事实不是像之秋言下之意那样，苏小舞俏脸也仍然微微一红，口中娇嗔道："之秋姐，你说什么？怎么像……怎么像……"怎么像吩咐遗言一样……苏小舞声音越说越低，后面的话怎么也说不出口。

之秋不在乎地摇了摇头，目光紧攫着苏小舞，仍是以那种冰冷的语调道："小舞，人在江湖，不知道会不会见到明天的太阳。你要抱着这样的念头和谨慎才能活下去。更别提这次你们是要去围剿魔教，虽说我不认为江湖上一系列的恶事都是他们所为，但是世事难料。"

苏小舞呼吸顿止，始知为何今天一向不怎么爱说话的之秋说了这么多话。她何尝不是把穿越时空的这段时间当成是游戏？除了吃错毒果被皇甫非墨救下来之后，就没有遇到过什么危险的事，让她觉得江湖也是蛮好玩的一个地方。丝毫没有想到还会有危及生命的程度，顿时脸色变得苍白。

知冬却在一旁托着腮笑嘻嘻地说道："小舞，别被之秋吓到了，她那个人，在每次和我们分开或者姐妹们要自己下山办事的时候，都会来上一段。我们都百听不厌了。"

苏小舞一愣，发现一边的夏生也是一副不得不听的无奈神色，心下忽然觉得感动。之秋是已经把她当成自己的家人一样对待了，否则她之前才不会浪费唇舌地教育她。

"之秋姐，小舞记住了。"苏小舞神色一正，郑重其事地回答道。眼神落到她自己左边那个兴高采烈准备摩拳擦掌大干一场的知冬，还有右边那个神思恍惚坐立不安的夏生，忽然觉得此去歧天谷，前路堪忧……

此次围剿玄衣魔教的行动，怕传递消息的时候被魔教中人察觉，兵贵神速，所以比武交流大会结束的第二天，各门派就选拔好弟子，分成几个小组，向歧天谷进发。

苏小舞冷眼旁观，见尚君诚在交待如何行动上言之有物，策划安排老辣干练，想来是计划了甚久。看来，觊觎武林盟主位置的人，不只她一个，而且这个人还真是有可能成功。毕竟人家华山派是几百年的大派，在武林中颇有名声，缺就是缺一个契机。如果此次能成功剿灭玄衣魔教，那么只要尚君诚肯，武林盟主之位不是手到擒来？

不过，苏小舞嫉妒归嫉妒，也只能干瞪眼，她说的话刚刚能指使得了峨眉派的弟子，离武林盟主候选之位还差十万八千里。

正在郁闷中，眨眼间尚君诚便把分组的情况交待了出来。为了防止魔教一网打尽，所以尚君诚把一百二十人的队伍按地支分成十二个小组，每组十个人，分三个路线，每个路线四组人分不同的时间行进，可以前后呼应首尾相顾。其他门派尚君诚再派人前去联系，由于此次来参加比武交流大会的都是各派的年轻弟子，所以各派还都遣人回山，请长老出山。

分组结束后，苏小舞忍住想掉头就走的欲望，无精打采地看着她眼前的几人。她所在的“卯”组，除了夏生和知冬外，有木羽先生，她忍。有曲肖明，她继续忍。可是，为什么袁不破这个家伙也在啊！

袁不破显然对她的反应很满意，像模像样地略微欠身，向她和木羽先生一施礼道：“本组有两位掌门坐镇，看来是不用不破费心了。”语气诚恳非常，如果不是苏小舞心有成见之下，根本就发现不了他嘴角不正常的弧度。

苏小舞恨得暗咬下唇，虽然承认和他一组要有安全感得多，可是一想到同行上路的郁闷，心情瞬间低落。不明白为什么他会对她影响这么大，但是有一点绝对没错，肯定是因为这男人的性格太欠扁了。

其他的四人都是华山派的弟子，还好尚玟蓉没有跟来，被尚君诚以“内伤”的借口留在了华山。嘿嘿，估计这下真的要内伤了——被气得内伤。

苏小舞随口谦让了两句，把领导的重任推还给袁不破身上，毕竟那些华山派弟子她连认都不认识，路线也不熟悉，木羽先生又是一脸的不可靠，只有交给他。

卯组一行十人，从华山东峰的另一边下山，向西北方走去。还好这次所走的道路比上山的时候平缓多了，不至于让苏小舞出丑。不过接下来的路程痛苦异常，若不是袁不破每次都在她熬不住的时候停下休息，她肯定早就挂掉了。就冲着这一点，苏小舞对袁不破漠视的态度稍微回转了一些。幸好他们是这条路线上的最后一组，不会被后面的组追上来这么丢脸。

十几日后的夜晚，他们进入了一个荒村。路边两方的房舍错落有致，在前方延伸开去，贯通全村的大路之上野草蔓生，一片荒芜。借着月光看去，其中大多数房舍已破落不堪，一看就已是荒无人烟，屋舍也仅有几间尚保持完整，其他都是断壁残垣。入村处有座牌匾，上书“白家镇”三字。阵阵寒风刮过，卷起尘土和草屑无数，更显得这里无比荒凉。

众人逐屋搜查，却没有任何发现，只在一间较完整的房子发现有人逗留过的遗痕，看火堆燃烧过的痕迹，大概已经是两三天之前的了。袁不破细察地上痕迹，可以见到脚印和火堆烧过的情况，应是前面的几个组路经此处留下的。

苏小舞心下不禁愧疚，如果不是她拖累，他们就不会落后这么多日程，万一因此造成什么后果，她会后悔死的。

袁不破见众人四下收集干柴开始烧饭，只余苏小舞一个人站在原地发呆，了然地走过来说道："已经找到了'辰'组留下的平安暗记，苏掌门不必担心。"

苏小舞松了一口气，正不知道说什么，就听他续道："此处已经离歧天谷很近了，翻过前面那座山，歧天谷就在山脚下。"

苏小舞举目眺望，发现此村位于两个山脉之间，好似一个天然出入口，是南北往来的必经通道。可以想像在村子全盛时期，必是商旅途经之地，只不过如今已变成有若鬼域的模样。环顾四周，她看得出来这个镇子昔日的繁荣，而且好像是瞬间衰败的，细心观察下，甚至还能看到某些荒屋墙壁上深褐色的血迹。"难道，这个村子荒芜下来，就是因为玄衣魔教？"一阵初秋的寒风吹过，让苏小舞觉得冰冷刺骨。

袁不破哑然失笑，连忙摇头否认。可是却又随即黯下神色，像是怕苏小舞追问一般，转身借故离去。

搞什么嘛！弄得和她欺负他一样。苏小舞愣了一下，心想肯定是袁不破之前就来到过这里，说不定这地方还和他有所渊源。

月到中天，众人吃过之后便寻了一间比较大的荒屋休息下，今夜负责守夜的是苏小舞和一名华山弟子，分别守上半夜和下半夜。

本来他们是不想让女子守夜的，可是苏小舞坚持不能有优待，反正就是拼着几小时不睡觉，她以前上网玩游戏的时候不是经常这样？

可是，看了看身边坚持要陪她的夏生，苏小舞还是觉得有些丢人，她就看上去那么不可靠吗？

不过，此去魔教，应该是前路堪忧。苏小舞掏出怀中贴身的玉佩看了看，又和手中的扳指对比着两件物事上面的花纹。每天端详，都已经成了苏小舞静不下心时的必修课。仿佛盯着它们，离着可以回家的路又近了一些一样。哦，对了，还有三根金针，许不了愿的金针。她也舍不得扔掉，一直带在身边。

嗯嗯，不过上次她随便说了一句"天降美男"，就立刻出现了一个皇甫非墨……这算不算灵验啊……

"小舞姐，这块玉佩，是你的家人送的吗？"夏生本来不想问。但是这个问题已经在他心里来回问了好多遍，此时月色正迷人，照在苏小舞难得没有带着面纱的玉容之上，看着她忧郁的神情，一直想问的话不禁脱口而出。

苏小舞一怔，垂下眼帘，藏住眼中的苦闷，勉强提起精神道："不是，是一个人送给我的。"虽然这玉佩好看，值钱，但她宁可不要啊……

看着苏小舞复杂的表情，夏生不知道是什么滋味涌上心头，只觉得好难受好难受，他不想小舞姐出现这样的表情，也不想她用这种表情去想别人。这么会这样？他对姐姐也没有过这样的心情，有谁能来告诉他，为什么会这样？

苏小舞也沉浸在自己的思绪中，忽然觉得眼角闪过一个黑色的身影。看身形动作，好像是袁不破……

"夏生，夏生，我去去就回，你好好在这里呆着。"苏小舞连忙站起身，朝正在愣神的夏生微微一笑。

夏生突然间眼前出现了幻觉，姐姐走的那次，也是这样笑着和他说道："夏生，我去去就回，你好好在峨眉山呆着哦……"

"姐姐！"夏生从回忆中惊醒，却发现面前早已经空无一人，只有空中的一轮弯月孤独地挂在天际。

第十三章 帅哥，黑上加黑

苏小舞小心翼翼地施展着半调子的轻功，跟在袁不破身后。眼见他横掠过荒村，朝远处的密林快步走去。

苏小舞略微迟疑了一下，刚才借着月光，她分明看到袁不破面上紧皱的眉头和一脸犹豫不决的神情。看着远处阴暗的密林，苏小舞的好奇心终于战胜了恐惧，一咬牙跟了过去。

幸好袁不破因为身怀心事，前行的速度不是很快，而且脚踏落叶的声音在暗夜中清晰可闻，苏小舞毫不费力的远远追在他的后面。

跟着袁不破走了半个时辰，忽然见他停了下来，苏小舞拔身而起，落在一株老树的横枝上，从这角度看去，袁不破正坐在一个破败的草亭内。此亭应是为打猎的人避雨的地方，四周虫鸣蝉唱，一片月夜之下和谐宁谧的气氛。

危危险险地盘坐在树枝上，苏小舞一脸疑惑的朝草亭内的袁不破看去。他，这是在等人？

荒郊野岭的，等谁？难道是在等“辰”组的人？可是，也没必要离开荒村避人耳目地走这么远吧……

正胡乱猜测间，忽然听到西北方向有破风声传来，听声音便可知其武功有多高。苏小舞立刻平缓心跳，减弱呼吸。

也就顷刻之间，苏小舞只觉得眼前一花，便看到草亭之内除了袁不破多出来一个黑色的人影。凝神看去，不由得小小地倒抽一口凉气。

来人大概二十余岁，身上的那件黑色华服一尘不染，外披一件长可及地的黑色披风，手中拿着一个酒坛。一头乌黑的长发简单地拢在脑后，闪烁着耀眼的光泽。那张没有半点瑕疵的英俊脸庞上，棱角分明，浑身透着一股邪魅之气，看一眼便让人移不开目光。一阵晚风刮来，吹得他衣衫猎猎作响，乌黑的长发随风四散。

他身上没带任何武器，身上除了外露的雪白肤色，就是纯黑的黑色。

苏小舞心下一沉，这黑上加黑的装束，加上此处离玄衣魔教的大本营歧天谷如此的近，她不得不怀疑此人就是玄衣魔教中人。

那人朝她藏身的浓密枝叶处漫不经意地瞥上一眼，看得自以为隐藏得全无破绽的苏小舞遍体生寒，知道瞒不过他，偏又毫无办法。

“叶离，为什么留下暗记让我来找你？”袁不破没有浪费时间客套，等那人坐下之后，便立刻出声问道。

原来那人名字叫叶离。苏小舞歪着头想了一会儿，一点都没有印象。早知道就让夏生把江湖的少侠少邪排行榜大致说一遍了，如此人物，不是排行榜里的，她绝对不信。

“为什么？找你喝酒不行吗？”叶离轻笑一声，抬手往草亭的石桌上放了一坛酒。

相对于叶离轻松的表情，袁不破却是紧锁眉头，沉声道：“你们教里是什么反应？”

叶离双目瞬间射出凌厉的神色，缓缓道：“你我二人，不是约好只把酒言欢，不谈江湖之事吗？”

袁不破仰头望向天上的星星，以静若止水的语调道：“你我都知道，这是不可能的。我终有一天会当上华山派掌门，你也有可能接管玄衣教，到时……”

苏小舞一颗心沉到谷底，原来还真是这样。袁不破和魔教中人结交……嗯，在她看来倒也不是什么大事，就是没想到袁不破这人真是活得很累，真性情偏偏要压在面具之下生活，看来是抵不住师父的养育之恩，表面上要装好。

只是，黑上加黑这样的人物居然还不是玄衣魔教最上位的人物，那教主该是何等风采。

叶离闻言郑重其事地肃容说道：“袁不破，教主是在下一生中最佩服的人，玄衣教上下也只会奉教主一人为尊，请再休提此事。”

袁不破呆了一呆，不解地问道：“你们教主不是失踪了好几年了吗？你们教众遍布天下,不就是为了寻找那人的下落？连知晓天下情报的‘风月阁’都查不出来，你们还没放弃啊？”

叶离眼中寒芒一闪，冷然道：“玄衣教存在一天，就一直不会放弃寻找教主。”

袁不破拿他没办法地摇摇头，劈手抢过桌上的酒坛，拍开坛口的红泥，仰头喝下。

“如果不是你们人力分散到各地，又群龙无首，我师父也未必敢召集武林各派来围剿你们。”袁不破“砰”的一声放下酒坛，叹气道。

叶离接过酒坛，冷哼一声道：“武林正道，也亏得你们敢称是武林正道！”

袁不破仰首望天，脸上现出惆怅无奈的神色，缓缓道：“我和师父说了，皇甫不是你们下的手，可是他拒绝相信。”

叶离像是早就知道是这样情况，面无表情的一口一口喝着酒，许久才开口道：“没用的，他们是想借这个机会除掉我们。”

袁不破长叹道：“谁让你们都不解释，江湖上过半的事多推到你们的头上，我早就知道会有这样的结果。”

“解释？”叶离冷哼道：“这种事越解释越没人听。况且，我们为什么要为没有做过的事情解释？”

苏小舞在树上听得直翻白眼，这“魔教”不是自己找抽吗？

草亭内两人闷头喝着苦酒，许久都没有再说话。

“算了，酒也喝完了，我也该回去了，省得他们怀疑。”袁不破抬头看了看月色，算算时间也快到交接守夜的时候了，起身说道。

叶离唇角现出一丝冰冷笑意，道："期待下次的见面。"

袁不破走出草亭的身形顿了一顿，却没有回头，叹了口气之后没入密林之中。

……

五分钟以后，苏小舞快疯掉了，为啥这个黑上加黑还不走？还是坐在亭子里面悠哉地喝酒？一个人有什么好喝的？

心下正在担心回去晚了会被人狠狠地骂，苏小舞只觉得劲风拂面，一惊之下向后仰去，却忘记自已正坐在树上……

"啊啊啊啊啊！！！"

"嘭！"

尖叫声戛然而止，苏小舞感到自己被人抱在怀中，惊讶地睁开眼睛，只见叶离冷峻的面容出现在她的面前。

"你！你！"苏小舞惊得语无伦次，袁不破满怀心事，自然没有注意到她在树上窥探，可是一开始叶离就发现了，她听得入神，居然忘记了这回事。

叶离用那对狭长幽深冰冷的双目打量了苏小舞片刻，忽道："你就是苏小舞？"

苏小舞已经没有力气惊讶了，没精打采地说道："是啊，我就是苏小舞。"她什么时候这么成名了？她该沾沾自喜吗？

"找到人了，幸亏我过来看一下。"叶离冷冷道。

苏小舞一愣,他是为了找她？"放我下来！快点！"为了什么找她一会儿再想，抱着人家不放算怎么回事。苏小舞越想越来气，伸手向叶离推去。

叶离眯起双目，喃喃自语道："不是说是气质优雅的女侠吗？怎么这样？不过，还真是和不破兄很像呢！"

眼见苏小舞仍然不停歇地叫唤着，耳边听到远处有破风声响起，连忙腾出来一只手，闪电般的拂过苏小舞的睡穴，世界瞬间安静了。

"呼，早就该这么做了。"

苏小舞的意识像在最深的海洋底下，逐渐往上浮升，飘飘荡荡。直到最后飘上海面，忽然睁开双眼。

但是入目的画面，却陌生至极。

这是一个宽敞的房间，布置简约。她由床上拥被坐起来，阳光从一边的窗子洒进来，让她的眼睛很不适应地眯了眯。

她为什么会在这里呢？

对了，她是在林子里偷看袁不破和叶离会面，后来，后来……

天啊，她不会是被抓了吧？苏小舞赶忙从床上弹起，先是冲到窗户边上向外张望。只见窗外是一个花园，绿树成荫，树木苍苍。柔和的日光洒照着院内的水池石山，桥亭流水，配上夏虫鸣唱的合奏，中间的荷塘上泛起粼粼的波光，夹杂着芙蕖优雅清淡的香气，四散弥漫在空气中，一片静谧安详的景色。

“咦？你醒啦？”一个优美动听的女声从身后传来，苏小舞讶然看去。

来人一身素雅的碧纱裙，有如缎锦般纤柔的乌黑秀发静静地垂在背上，白嫩似玉的肌肤和淡雅的装束相得益彰下，更突出她俏丽的容颜。尤为动人的是那对似会说话的眼睛，带着一种仿佛对世事一无所知的天真浪漫。她的声音舒服而清脆，剔透晶莹，如她的美貌般令人叹为观止。

只是，苏小舞呆了一呆，她怎么这人觉得好面熟啊。

“你是……”苏小舞好奇地问道，“黑上加黑那个家伙呢？”她要找他算账！就这么把她绑来了，夏生他们不知道要多着急呢！

“黑上加黑？”碧纱美女一愣，显然不知道苏小舞说的是谁。

“哦，就是叶离。”苏小舞不好意思地吐吐舌头，自己想到什么就说什么了，这可是她现起的外号。不知道为什么，她虽然知道自己被玄衣魔教绑架了，但是却一点都不担心。可能是由于之秋的解释，还有昨天旁听到袁不破和叶离的谈话，得知魔教也不怎么魔……她就是担心夏生他们着急啦！

嗯，好吧，她是怕挨骂。

碧纱美女愣了片刻，才反应过来苏小舞的意思，发出一阵悦耳动听的笑声，说道：“叶离出门去了，我是梓夏，你应该听说过我吧？掌门人？”

苏小舞惊讶地睁大双眼，仔细地又看过去，怪不得方才觉得她有些面熟，原来就是夏生的姐姐。“梓夏，我终于见到你了，夏生很担心你。”

梓夏叹了口气，拉着苏小舞的手坐到了屋内的圆桌边，无奈道：“不是我不想回去，只是歧天谷有规矩，外人入谷，不到一年时间不得出谷。”

“啊？怎么会有这种规矩？”苏小舞首先想到的是，她也算外人啊，难道要在这里呆上一年？不会这么背吧。

梓夏轻摇螓首，柔声道：“我也不清楚，歧天谷有许多奇奇怪怪的规矩，听说都是玄衣教失踪的教主大人立下的。"

"梓夏，你在这里，你在这里过得好不好？"苏小舞细细端详面前的梓夏，发觉她气色红润，眉宇间散发着淡淡的幸福，难道果真如之秋所预料的那样？

梓夏笑着点点头道："很好，此事一言难尽。不过，真的不是江湖上流传的那样。"

苏小舞意味深长地"哦"了一声，有趣地追问道："那，那个人是不是确实存在？"

梓夏闻言双颊飞红，扭捏了一会儿才轻轻地点了点头。

不会吧！苏小舞赶忙问道："是谁？难道是黑上加黑？"那男人一脸邪气，怎么看都不像是能疼老婆的那种人啊！

梓夏又是一愣，显然对叶离新鲜出炉的外号不是很习惯，反应了一会才轻掩薄唇笑道："才不是呢，叶离是玄衣教的左护法。我的相公，是右护法萧逸。"

"右护法？"苏小舞一惊，连忙追问道："他人呢？我有要紧事问他！"

梓夏被苏小舞面上突变的表情吓了一跳，赶忙摆手解释道："掌门人，皇甫非墨的事，不是萧逸做的。"

第十四章 妖孽，魔教圣子

苏小舞讶然道："不是他？那是怎么回事？还有，叫我小舞就可以了。掌门人……那是师父随便推我出去的，做不得数。"

梓夏浅浅一笑，柔声道："好的，叫你小舞。皇甫的事情，我听萧逸说过，剑是在他回谷的路中捡到的，因为剑身上刻着'暮雨'二字，所以判断出来是皇甫非墨的乌木剑。萧逸想把剑归还给皇甫少侠，也曾经四处找寻他的下落呢！"

苏小舞听得暗暗称奇，双方各执一词，到底谁是谁非？

还是其中另有隐情？

“那为什么不解释清楚？”苏小舞不解地问道，为了一两个误会大动干戈，值得吗？她还真是搞不懂这帮江湖人。

梓夏幽幽一叹，樱唇轻吐道：“小舞，解释不清的，尤其……”

“尤其什么？”苏小舞急死了，她最受不了和说话这么吞吞吐吐的人交流了。

梓夏抿了抿唇，低声说道：“尤其江湖中人，一直想除掉圣子大人。”

啥？怎么又冒出来什么圣子？苏小舞一头雾水。“你是说，江湖中人一直看不惯玄衣教，其实是想干掉教中的那个圣子？”

梓夏轻轻地点了点头，秀美的面上全是难过的神情。

“那个，小舞很想知道，为何这个圣子这么厉害，能让全江湖的人这么惦记着。”苏小舞小心地问道。

梓夏期期艾艾地说道：“好像原因是五年前的武林大会，但是具体发生了什么，我也不清楚。我也是偶尔听萧逸提起过。而且江湖上流传的不多，大概只有老一辈人才知道玄衣教圣子的存在。”

怪不得没听之秋说起，苏小舞若有所思地顺顺长发，心下忽然想起青莲师太说的那句“妖孽横行”，自言自语地说道：“不会这么巧吧，难道，那个妖孽是指这个什么圣子？”

梓夏慌手慌脚地说道：“小舞，不能在歧天谷说那两个字，水涵光会生气的。”

“水涵光？”

“就是圣子大人。”梓夏黯下神色，小声说道，“其实圣子大人很可怜啊。”

苏小舞听得一点重点都没有，无奈地问道：“那为什么要抓我过来啊？”她多无辜啊？弄不好还要在这个鬼地方待上一年，哦，不对，九大派人马正在谷外计划围剿，她不会被当成人质吧。

不过，她好像没有重要到可以当人质的地步……苏小舞心情郁闷地想着。

梓夏的俏脸上现出尴尬的神情，吞吞吐吐地说道：“其实……其实我只是想让叶离顺便去传个话，又不能找夏生，他会沉不住气不相信的，所以只能找你。可是……可是没想到他会直接带你过来……还说……还说……”

“还说什么？”苏小舞杏眼圆睁。

“他说你难以沟通，所以就直接带回来了。”梓夏声音越说越低，不时还偷瞄着苏小舞脸上的神情。

苏小舞怒极反笑。这年头，绑匪还有理了！

“这歧天谷里谁做主？”苏小舞反而定了定神，问道。现在首要的事情不是去找黑上加黑算账，而是去找能做主的人，最好能化解这场武林浩劫。

“是圣子大人。”梓夏面上浮现为难的神情，“可是他一般不见外人，连我都很少见到他。你可以去找长老，不过他们现在都不大管事了。”

苏小舞拉住梓夏的手，恳求道：“梓夏姐，小舞没来这里也就算了。可是既然来了，肯定要做点什么，如果能化干戈为玉帛，不是最好吗？带我去见见圣子大人，我去说服他。”

梓夏也是六神无主，咬着下唇思量了一会儿，终于下定决心，起身说道：“好吧，我带你去见他。”

苏小舞随着梓夏出了门，外面的花园仿江南园林布置。两人通过翠竹遍植两旁的小石径，进入中园，这是个以竹石为主景的园林，园中有四季假山，各自成景。苏小舞随着梓夏走进两座山之间，现出一座书斋坐北朝南，依傍着假山而建，正好是一半是山一半是书斋的格局。可是奇怪的是，偌大的花园里，居然除了她们一个人都没有。

梓夏在门上轻敲两下，反身对苏小舞柔声说道：“小舞，你先在这里等一下，我要去问问水涵光见不见你。”

苏小舞只觉得这个圣子大人大牌至极，但是人家地盘人家做主，她只能乖乖地站在门外。隐约听到里面传来的交谈声，苏小舞无聊地背过身看着庭院里的风景。

歧天谷里，还真悠闲啊，居然一个人影都没有看到。一点都不像是要被围攻的地方，听梓夏的口气，好像玄衣教知道武林九大派要来围剿，为什么这么有恃无恐呢？

吱呀一声，书斋的门应声而开，梓夏一脸担忧地走出来，面上全是欲言又止的神情，动了动唇想要说什么，却还是忍住了。只是侧过身，示意苏小舞可以进去了。

苏小舞满腹疑窦，心想谁怕谁啊？夷然举步而入。

甫进入书斋，苏小舞瞬间有些茫然，因为其间四周的窗户都用厚重的窗帘严严实实地罩住，触目所及漆黑一片，什么都看不到。扑面的却是浓郁的书墨香和淡淡的药香。

门在她身后悄然地关上，仅有的一点光线也消失了，书斋内更加黑暗。苏小舞感到梓夏并没有进来，默立了一阵，直到眼睛适应了黑暗之后，才用神打量起来。

迎面而立的是数十个排列得整整齐齐的书架，在最后面的书架透出点点微弱的烛火。

苏小舞举步向烛火的地方走去，心下腹诽。这个人怎么这样？大白天的看书不拉开窗帘，非要浪费点着这么小的蜡烛，眼睛不要了啊？

转过最后一个书架，苏小舞凝神看去，纵使做足了心理准备，仍然不可抑制地愣住了。

映入眼帘的就是流水般散落在地板上那片银色的长发，在烛光的闪烁下，反射着粼粼的波光。银发下那张异常苍白的脸更加显现得特别的精致动人。那人凤目微垂，眼睑下长长的银色睫毛，薄唇几乎没有任何血色，微尖的下颌和纤长的脖颈呈现出非常优美的线条。他正单手托着侧脸，专注地看着手中的书，半倚靠在床榻上。胸前的衣襟微微敞开，黑色华丽的丝绸衣衫更加衬得他的肌肤不正常的苍白，侧颈曲线和性感的锁骨更是一览无余。

苏小舞瞬时觉得有些呼吸困难，也清楚了为何青莲师太会称此人为妖孽。毕竟白化症的患者在古代，不被看成妖孽才怪呢。

“吓到了？”水涵光微睁凤目，果然是火红色的眼瞳。

“怎么会，很漂亮啊……”苏小舞弯下腰，半蹲在他面前，定定地看着他。怪不得大白天要躲在这么阴暗的地方，她记得白化症的人不能接触阳光，会使皮肤过敏。

“漂亮？”水涵光防备的表情微微一愣，久远的记忆里，好像也有一个人温柔地摸着他的银发，经常这么说。

心跳不受控制的加快了几分，水涵光想从苏小舞的眼中找到虚伪的神色，可是接触到的，竟然全是星星眼。

苏小舞像看一件珍稀宝物一样，把水涵光从头到脚地扫描来扫描去。她可是头一次看到真正的白化儿，更何况是这么极品的，真的好像瓷娃娃一样，一碰就碎。

“你做什么？”水涵光在苏小舞魔手伸过来之前，冷冷地出声制止。这女人，头脑没毛病吧，一般人看到他早就大叫妖怪了，她为什么……

苏小舞不好意思地收回手，克制了自己想要摸一下的欲望，尴尬地嘿嘿笑道：“没事，咳，你就是那个圣子？”

“苏小舞，峨眉派代理掌门人。在华山比武大会上首次露面，来历神秘，武功据说高深不可测，身怀的绝技可能是武当失传的太极拳。”水涵光没有理会她的询问，从正在看着的书中拿出一片薄如蝉翼的绢纸，清冷地念道。

苏小舞一惊，被水涵光超乎寻常的美貌震撼到天边的神智终于又飞回来了。他怎么会知道得这么清楚？难道玄衣教的势力已经这么大了吗？

“好奇？”水涵光白皙的长指抚上唇，嘴角勾起的邪笑加深了几分，配上他的银发赤瞳，果真妖异非常。“这是风月阁传来的，关于你的情报只有这么短短的三行。对于号称江湖百晓生的风月阁来说，真是少见啊。”

风月阁？苏小舞是第二次听到这个名字，第一次就是昨晚在密林里听袁不破和黑上加黑提起过。既然号称是百晓生，想来应该是江湖上以贩卖情报为生的组织。

“那小舞还应该沾沾自喜喽！”苏小舞蹲得太久，腿有些麻，站起身靠在墙边，她来历越神秘，就越吸引人去查，越查不到，她就越没人敢惹。哼哼，不错！

想了想，苏小舞看了一眼在跳动的烛火里，水涵光那张苍白精致的脸，轻声问道：“既然圣子大人和风月阁联系甚密，自然应该知道九大派即将围剿歧天谷的事情吧？”

“哼！不知道哪里来的帮派就敢称九大派，也太小瞧我们玄衣教了！”水涵光闻言一双凤眼微微地眯了起来，话语中流露出来的恨意硬生生的让苏小舞打了一个寒颤。

“那个……好吧，我们峨眉派是小门小派。可是也不能说少林和武当是小门派吧……”苏小舞拨了拨额前的碎发，无奈地说道。这玄衣教也太自信了吧，少林和武当加上五岳都不放在眼里。

“什么？”这次轮到水涵光张口结舌，愣了一会儿连忙从手中的书里又拿出来一张绢纸，仔细地看过去，慢慢变了脸色。

苏小舞好奇地凑过去，只见上面写着武当、峨眉、华山，但是紧跟着写在后面的几个门派，她连听都没听说过。

看着水涵光惊疑不定的神情，苏小舞同情地叹了口气。不知道他被谁涮了，居然发假情报给他。而且半真半假，他这种深居幽谷之人，怎么会察觉得到？

水涵光缓缓起身，柔亮的银发几乎长可及地，苍白的面容转向另一边，怒形于色道：“隐戈，去查一下。”

黑暗中传来一个低沉的声音答应了一声，随后就再也没有声响。

苏小舞扯扯嘴角，居然这个屋子里还有别人。

“等着，过不久，就能知道你是不是在骗我。”水涵光冷哼一声，赤瞳里突然寒光一闪，犀利的像一把锋芒逼人的宝剑。

苏小舞反而沉下心，她又不指望第一次见面的人就能死心塌地地信任她。懒懒地抬起眉眼，苏小舞丝毫不掩饰自己的不耐烦。“我骗你做什么，我才是受害者呢！喂，是你们教的叶离不小心抓我进歧天谷了，听说这里有什么古怪的规矩，进谷一年之内不能离去。我又不是想进来，可不可以例外啊？”

水涵光将他的凤眼眯了起来，盯着苏小舞许久，才不紧不慢地吐出两个字来：“不行。”

“哦……”苏小舞像是要故意激怒他一样，反而开心地笑了起来，“真可惜。”

水涵光却没有在意她说了什么，握紧手中的那张绢纸，本是苍白的脸色更加惨白，咬着几乎没有血色的下唇一言不发。

真没意思，苏小舞无趣地撇撇嘴，叹气道:“我先出去了。”这样也没办法沟通，本来想说服他和几大派和平谈判，现在看来根本就不是那么一回事。

不等水涵光有何反应，苏小舞大步向外走去。伸手推开书斋的大门，外面的阳光霎那间刺痛了她的双眼，身后漆黑的书斋恍如隔世。

第十五章 竹林，泥足深陷

苏小舞长呼一口气，眨了眨眼睛适应了一下强烈的光线，对上梓夏担心的目光，苦笑道：“这谷里的其他人呢？”本来以为是势均力敌的对抗才跑过来劝说的，结果，却是一边倒啊！

梓夏愣了一下，连忙说道：“这里是歧天谷的最里面，长老和其他教众都住在外围，而且很多人都派到各地去寻找教主的下落了，这个庭院里就更加没有人在。”

苏小舞环顾四周，果真还是和刚才一样，别说人影，鬼影都不见一个。唇角微微抽搐，苏小舞总觉得不大可靠，这样下去水涵光不是死定了？也许是同情弱者，苏小舞第一个反应就是担心他的安危。

梓夏满面愁容地问道：“小舞，出什么事了？”

苏小舞沉吟了一会儿，终于叹了口气，决定不管怎么样，她要制止武林各派不分黑白的妄杀无辜。毕竟白化病在现代只不过是正常的一种遗传病，算起来最可怜的是水涵光啊。

“梓夏姐，事情要比想象中的更严重，玄衣教到底有多少人？能否说来给小舞听听？”苏小舞深吸一口气，站直身体。

梓夏看着苏小舞眼中诚恳，紧张地抿了抿唇道：“其实……其实我来到这里经常见的，就左右护法两人和圣子大人。哦，对了，还有圣子大人的保镖隐戈，可惜我从来没见过他。还有就是三大长老和各坛坛主，长老们经常闭关，坛主分散各地，每半年回来一次。”

这叫魔教？这就是名震江湖的魔教？这就是武林各大派小心翼翼大动干戈要剿灭的魔教？真是……真是欺骗感情啊！

“那，之前为什么没有人找到这个谷？玄衣教不是在江湖上人人喊打吗？”苏小舞隐隐听到身后的书斋里传来一阵刻意的咳嗽声，连忙拽着梓夏远离书斋。

梓夏想了想，满腹狐疑地说道：“的确是有点怪，我听萧逸说，这里很隐蔽的，是避世的好地方。玄衣教在江湖中传言神秘，就是他们根本找不到歧天谷的所在。”

那这回怎么这么巧？苏小舞脚步越走越沉重，这是怎么回事？回想着尚君诚他们计划围剿魔教的种种细节，她为什么心底的不安越来越大。好像是被人拽进了一个深潭一样，泥足深陷，却不知道究竟最终等待着她的是什么。

“小舞，要不然我设法去联系一下萧逸？看看他怎么说？”梓夏六神无主，首先想要依靠的自然是心上人。

苏小舞点了点头，摸着有些饿的肚子，不好意思地笑道：“梓夏姐，有没有吃的东西啊？”事情再大也没有饿肚子的事情大。

梓夏随手一指，柔声说道：“看到那个白色的房子没？那里就是膳堂。你自己过去找点吃的，我先去找萧逸。对了，除了这个庭院，最好不要四处乱走哦！”

苏小舞了解地答应了一声，却见梓夏盯着她的头顶看去，本来忧愁的面容转而一脸古怪的笑意。

“怎么了？”苏小舞被她看得浑身发毛，她头上怎么了？

“没事。”梓夏微微一笑，转身而去。

目送梓夏曼妙的身影消失在假山之后，苏小舞抓了抓头发，才反应过来她原来一直带着的是夏生的蓝色头绳。苏小舞无奈地撇了撇嘴，不会是梓夏误会了吧？夏生才多大啊？

摇了摇头，苏小舞举步往东边的膳堂走去。双足踏在铺满鹅卵石的石径上，在静静的庭院里足音清晰可闻，苏小舞缓缓地放慢脚步，一边走一边整理着思路，玄衣教不是魔教，歧天谷是为了保护患病的水涵光而建立的一个避世之所。

而此时此刻，武林九大门派就在歧天谷的外面准备一举歼灭玄衣教。服了，这谷里就这么点人，值得大动干戈么？

苏小舞觉得到处都是疑点，她本来在的卯组到达歧天谷附近就已经落后其他小组好几天了，按理说其他人多多少少也应该来到这里了啊？为什么这里这么平和，人都哪里去了？还有，五年前的武林大会究竟发生了什么？

苏小舞顺着回廊，朝膳堂走去，不久视野忽然开阔起来，发现膳堂的后面竟然是一片碧绿的竹林。微风拂面，竹影婆娑，阳光透过竹叶的缝隙洒在草地上，形成斑斑点点的亮色，让苏小舞一时不觉地看痴了。

“别过去！”一个冰冷的男声在她身后响起，苏小舞一惊，回过神，才发现自己已经不知道什么时候走到了竹林边缘。

耳听这个男声有些熟悉，苏小舞缓缓转过身，果然见黑上加黑还是昨晚的那个装束，环胸站在回廊内阳光照射不到的阴影里，正面无表情地看着她。

神出鬼没的，怎么像吸血鬼一样？苏小舞站在原地，想起昨晚硬被他带到这里，不禁怒火中烧，冷哂道：“怎么？我是你的囚犯吗？难道我想出谷都不行？”

叶离神情不变地说道：“快回来。”

苏小舞光火地说道：“你说回去我就回去，那本姑娘多没面子？”反正本性都让他知道了，再装就矫情了。

叶离的唇角破天荒地现出一丝笑意，但是却是带着冷意，哂道：“苏小舞，不要在本使面前虚张声势，你体内的真气少的可怜，还真以为能毫发无伤地走出歧天谷吗？”

苏小舞内心一慌，她在人前装惯了自己武功很高的样子，久而久之也就产生了错觉，有的时候甚至有一种自己也许真的身怀武功的感受。被黑上加黑这么不客气地一语戳穿，顿时让她有种被人赤裸裸盯住的手足无措感。

叶离显然是很享受苏小舞这种慌乱的神情，阴恻恻地笑道："从风月阁的情报来看，你能骗得那么多人都以为你身怀绝技，那么你就应该是个聪明人。知道为什么谷外武林九大派围攻歧天谷，这里却连个声响都听不见吗？"

苏小舞秀目一亮，心想难道是她理解错误？黑上加黑果然是知道内情，是怕水涵光担心才不说破吗？那份假情报是他善意的谎言吗？

回头看了看这一片连绵不绝、仿佛没有尽头的竹林，苏小舞缓缓地沉声说道："难道，这片竹林有玄机？"

叶离冷哼一声，既没有承认也没有否认。

苏小舞凝神看着这片景色优美的竹林，怎么也不相信里面暗藏杀机。"即使这里是按照五行八卦的阵法布置的，难道九大派里面就没有人能参透得了？"苏小舞看到叶离脸上那得意的笑容，就觉得浑身不舒服。

叶离无所谓地应道："教主大人说这里是没有人能够进来的。"

苏小舞先是嗤之以鼻，接着沉吟道："这么说，我出还出不去了？"

叶离一撩额前自然垂下的长发，冷然道："出不去不好吗？像梓夏，找个人嫁了多好。"

苏小舞冷哼一声，道："嫁谁？反正不会嫁你，嫁给你们的圣子大人？"

叶离闻言双目射出凌厉的神色，色变道："你说什么？"

苏小舞泰然自若地摊摊手，是他先取笑她的，她难道不能反击？

叶离双目杀机大盛，从回廊的阴影地方一步步地走出来，活像魔王从地狱降临人间一般。

苏小舞顿时觉得阳光照在身上一点温度都没有，面对着叶离的杀气，浑身犹如落入了冰窖一般，头一次感到武功的可怕之处。她觉得自己仿佛是被一只凶狠的黑豹盯住的猎物，一动都不能动。

"女人，你见过涵光了？"叶离停在苏小舞面前，语气冰冷地问道。

苏小舞被笼罩在叶离高大身躯的暗影里，强迫自己直视他凌厉的双眼，毫不退缩地说道："是见过，如果你担心我嘲笑他，大可放心。我苏小舞并不会歧视一个患病的人。"

叶离杀机立刻消散，双手紧紧抓住苏小舞的双肩，虎目射出慑人的精芒，连忙追问道："患病？你为什么确定涵光是患病？"

苏小舞无奈地撇撇嘴，她是能确定，但是解释不清楚啊。

叶离不等苏小舞想好怎么说，立刻又继续问道："能不能有办法治好？"

苏小舞为难地看着他，迎上他期待的目光，硬着头皮说道："这个……好像不能。"她记得白化病是治不好的啊，就是与生俱来的。

叶离一愣，眼底突然阴郁一片，但是也只是一瞬间的事情，脸色便恢复了常态。缓缓地把双手从苏小舞的肩上拿开，后者才觉得双肩被捏得生疼。

"你倒是说说，何以见得涵光是患病？"叶离嘴角勾起冰冷的笑，双目射出精芒，仿佛如果苏小舞回答得不合他心意，小心她的性命。

苏小舞反而松了口气，一脸高深莫测地说道："他是不是从小就这样？皮肤呈白色，毛发银白或淡黄色，眼睛淡红色，视力很差，看东西经常眯着眼睛，怕光。不能见太阳，否则皮肤会起粉色的小红点。"

叶离双目登时亮了起来，旋即又敛去，颓然叹道："你知道有什么用，连京城悬壶轩的端木齐都说这不是病，根本这世上没有人相信。"

苏小舞轻咳一声，安慰道："黑上……公子也不必担忧，没人相信也属正常，这个白化病几十万人才有一个，他人没见过，自然心怀疑惑。"

叶离见再也问不出什么，转过身向前走去，冷哼道："你是不是过来拿吃的？跟我来吧。还有，不要叫我公子。"

苏小舞"哦"了一声，以超级天真无辜的语调说道："壮士……"

叶离那宽阔的肩膀抖了抖，从牙缝中一字一字地缓缓说道："闭嘴！"

苏小舞得意地在叶离身后做着鬼脸，谁让他刚才居然敢凶她，活该！

胡乱地吃了点东西，苏小舞心满意足地捧着杯热茶，看着一直若有所思地坐在她对面的叶离，苏小舞抿嘴笑道："怎么，你不吃吗？"话说这黑上加黑虽然刚才的气势很吓人，但是貌似是虚张声势。

叶离显然是没有心情，随意地摆了摆手，起身走到窗边，望着外面阳光明媚的景色，长叹道："我们的愿望也不高，只希望有一天涵光站在这样的阳光里，就够了。"

苏小舞翻翻白眼，其实他这要求还挺高的。

"你就这么放心？谷里面人可不多啊，不怕九大派冲进来把我们灭了？"苏小舞一小口一小口地喝着热茶，看他面上一点都不担心，好奇地问道。

叶离闻言有些讶异地转过头，一双冷峻的双目盯着苏小舞使劲地看。

“怎么了？我脸上有东西吗？”苏小舞无辜地眨了眨眼睛，不明白他在看什么。

叶离摇摇头，一本正经地说道：“你刚才说‘我们’……”

“口误，口误。”苏小舞嘟长了嘴，发现古代人都特别计较细节，她在谷里，自然要算在内啊。“还有，梓夏到底是怎么回事？我不好意思问她，你肯定是知道的吧？”

叶离面无表情地说道：“那是她和萧逸的事情，本使从不过问。”

口胡！什么从不过问，那他眼中那抹阴险的笑意是什么？苏小舞立刻脑海中出现一系列画面。梓夏的个性肯定是被动接受的，更何况是和魔教中人。传说中那个萧逸什么的，肯定是用了阴险的招数让生米煮成熟饭……无耻，非常无耻……

叶离挑挑眉，一副你能拿我怎么办的挑衅表情。

苏小舞轻哼了一声，表达自己的不满。想了想继续问道：“你还没回答我，你们怎么不怕九大派攻进来？外面的阵法就那么管用？”

叶离重新把视线调转到窗外，冷哂道：“其实，九大派攻到这里是迟早的事，我想劝涵光离开这里避一避，可是他不肯。”

“为什么？”苏小舞奇怪的问，避其锋芒不是正确的选择吗？尤其他们这么弱。

叶离沉默了下去，直到连苏小舞都以为他不会再回答的时候，才喟然叹道：“他是在等教主回来……”

第十六章 夜袭？纠缠不清

也许是叶离口中那句虽然冰冷，但是包含了深刻感情的话震撼到了苏小舞，后者愣了许久都没有说话。

仿佛才意识到自己有些情绪外露，叶离冷下脸，一言不发的望向窗外。

室内一阵令人窒息的沉默。

苏小舞无聊的喝着茶，瞬间觉得屋内的温度下降了几度。转了转眼睛，苏小舞直言不讳的说道："喂，我想化解两边的恩怨，你能帮我吗？"

叶离闻言微微一愣，转过头定定的看着苏小舞，冷冷道："为何？"

苏小舞潇洒的耸耸肩，轻笑道："如果功利的说，我是想光大峨眉派，想在江湖里说话有点分量。"

叶离眼中闪过一丝有趣的笑意，继续问道："那，如果不功利的说呢？"

苏小舞叹道："当然，是不想你们的圣子大人被人误会成妖孽，他太可怜了。"想起方才见到水涵光的情景，银发少年满身的戒备，和害怕与人相处的表情，处处让人心疼。

叶离呆了一呆，许久之后才淡然说道："你能帮什么忙？"语气虽然还是一样的冷，但是苏小舞感受不到那种咄咄逼人的尖刺了。

苏小舞把玩着长发，不好意思的嘿嘿笑了两声，她确实不知道能帮什么忙。不过车到山前必有路，见机行事嘛！

叶离漆黑的眸子里渐渐有了些温度，淡淡的说道："你帮不了什么，玄衣教在江湖中风评极坏，如果你真的是想让峨眉派发扬光大，那么最好断了和我们的关系，出谷之后去说梓夏是我们绑来的。"

苏小舞撇撇嘴，刚才还说外人入谷一年都不许出去，现在就立刻改口？"风评极坏？不是很多事都不是你们做的吗？一件一件解释清楚不就好了？"虽然麻烦而且不切实际，但是总是要慢慢做出努力的啊。

叶离冷笑一声，夷然道："凭什么我们要低声下气的去求他们？"

苏小舞无可救药地翻了翻白眼，想起昨夜旁观袁不破和他的对话，瞬间体会到袁不破的心情。江湖中向来是刀剑代替言语，一切强者为尊。想到自己也许是多管闲事，神色不禁黯淡下来。

"玄衣教上一代教主，是江湖上赫赫有名的人物，至今还有人提起慕容玄瑟这个名字闻声色变。但是自从五年前逝去之后，玄衣教在现任教主大人的意会下，退隐江湖。可是武林中人却拿玄衣教当挡箭牌，所以我们解释什么都是无用的。"叶离看了看苏小舞的脸色，终于忍不住淡淡的说道。

又是五年前。苏小舞好奇得要死，但是看叶离一脸不想再说的表情，只能动了动唇，克制自己不要再问下去。

“我出去看看，你不要在这里乱走，我去给袁不破留个暗号，晚上争取送你出去。”叶离提及旧事，心情立刻恶劣到极点，扔下一句话转身向外走去。

苏小舞无奈地打了个哈欠，他倒是不嫌累，送来送去的。带她进来就是为了让梓夏安心？那这男人也不是很硬的心肠嘛！心下不禁开始编理由，怎么向那帮人解释她消失了两天。

是夜，苏小舞在厢房内翻来覆去地睡不着觉，心想着说不定一会儿叶离就拽她走了，可是等着等着眼皮渐渐沉重起来。

迷迷糊糊之间苏小舞隐约听到有些声响，想挣扎着起身，却无能为力。她想坐起来，立感浑体酸痛，四肢乏力，眼前模糊，呼吸不畅，有种沉进水底遇溺般的感觉。

心底觉得有点不对劲，因为她此刻的感觉诡异到极点，明明意识还在，但是却控制不了自己的身体，连手指头都动不了一下，五感都迟钝地要死，那种怪异地感觉使她难受得想哭。

毫无办法之下，苏小舞试着去控制体内的真气，却不知道如何运用，只能任凭那少得可怜的真气在体内经脉里乱闯。直到许久之后，不知道怎么回事，好像是一下子被解开了魔咒一样，苏小舞忽然间深吸一口气，双眼终于睁开。

入目的就是头顶上华贵的床盖，让之前几乎每天看到峨眉派简单房梁的苏小舞不习惯的眨了眨眼。迟一步才发觉自己好像贴着一个有些温暖而滑腻的东西。

这是什么？苏小舞大脑瞬间一片空白，强迫自己慢慢回过神，骇然发现她动不了是因为被什么东西紧紧地压在下面。扑鼻的是一股浓郁的药香味。

逃避事实了几秒钟，苏小舞才不得不承认，趴在她身上的，是一个人。

那人细软的发丝正铺散在她的脖颈上，而她的耳边传来细不可闻的呼吸声，轻柔缓慢，带着湿热的气息。

苏小舞紧紧闭上双眼，抑制住想要爆发的火气，但最终实在是忍不住浑身地厌恶感，用尽全身力气把身上的那人往床下推去。

只听重物落地“咚”的一声闷响，便再无声音。

苏小舞连忙爬起来，检查了一下自己身上还是睡觉前的那身衣服。因为怕叶离送她走，所以穿的整整齐齐，还好没有异样。

苏小舞大大的松了一口气，内心先是咒骂了一遍所有玄衣教的人，才迟钝地发现刚才被她推下床的人一点动静都没有。

深呼吸了一阵平稳心情，苏小舞慢慢从床上探出头去，一下子愣住了。

房内虽然漆黑，但是那人一头亮银色的长发清晰可见。在这个谷里除了那圣子大人，还会有谁?

“喂！”苏小舞试探性地叫了一声，想不通这圣子大人衣衫不整的半夜三更跑到她房里做什么。

地上的人却一动不动。

苏小舞此时才发觉事情的不对劲，水涵光身体的几乎没有呼吸的起伏。心下有了大事不好的预感，连忙跳下床，小心翼翼地扶着他的肩，把他翻过来。

入目的就是水涵光苍白如纸的俊颜，凤目紧闭，没有颜色的薄唇边还挂着丝丝血迹。

见到这宛如沉睡精灵的面容，苏小舞心脏骤停了几秒。继而想起之前身体不受自己控制的状况，此时水涵光奄奄一息地躺在她身边，难道是有人要嫁祸于她?

第一个怀疑的人便是黑上加黑，可是苏小舞一甩头否定了这个想法，先不说黑上加黑对水涵光多么重视，他可是知道她没有武功的真相，不会做这么白痴的事。

“水涵光？喂，醒醒！”苏小舞脑海中瞬间闪过这些推断，但是怀中水涵光毫无生气的样子，令她心急如焚，不会就这么死了吧?

水涵光闭着眼，睫毛微微颤动着，终于轻启薄唇道了一句：“密……密道……”

苏小舞几乎贴着他的唇才听见他说的是什么，连忙靠在他的耳边询问道：“哪里有密道？”

水涵光吃力地张开双目，一霎那间，苏小舞都以为看到他的眼中在滴血。等看清了他在向房中的书架看去，苏小舞连忙艰难地扶起他，来到足有一人多高的书架面前。

水涵光的嘴角不断的涌现出鲜血，苏小舞一边替他擦拭一边小心的不让血迹掉在地上。

“放……手！我不用、你怜悯！”水涵光气喘吁吁的想推开苏小舞，可惜力气明显不如人，只是挥舞了几下手臂。

“哼！”苏小舞才没管他是不是身受重伤，一点都不客气地拍了他头一下，“谁心疼你了？我是怕血迹滴在地上，怕人循迹追来。你真是笨到家了！”这个圣子大人到底是怎么长大的？是身边的人保护得太好了吧。

水涵光不服气地瞪了回去，绝美的脸尽力地往后仰去，坚持不让苏小舞碰他。

苏小舞气不打一处来，又拿他没办法，见他宁可把口中的血硬生生地吞回去，也不愿意让她擦拭，只得冷哼一声的放弃。

水涵光别过头，注意力转到面前的书架上，努力分辨着架上的书籍。

苏小舞让他扶着书架站稳，蹲下身拿袖子仔细把地上一点点的血迹擦干净，然后抬头正好看到凌乱的床铺上有着一小滩鲜血，瞬间有想晕倒的欲望。

可是却没有时间给她毁尸灭迹，一长串轻微略嫌刺耳的“轧轧”声传来，一条黑黝黝的甬道从书架的背后现出。水涵光费力的回过头，冷哼道:“女人，过来！扶我……进去！”

苏小舞真想一脚把他踹进去，牛逼什么？把她当丫鬟对待？她现在一只手都可以随意地摆弄他，还装什么？

心里虽然立即幻想了N种如何对付水涵光的办法，苏小舞仍然不情不愿地起身走过去扶着他，没入仅容一人通过的甬道里。

水涵光在苏小舞地帮助下从里面重新锁上活门，凸现而出的活壁这次无声无息的缩回到墙内，回复原状。

活壁刚刚在眼前合上，苏小舞便听到活壁外有若干足音传来。试着呼吸一口密道内的空气，虽然有些霉味，但不甚闷浊，显然是密道里有着良好的通气系统。更能通过连足音都能听得一清二楚判断，这里可以透过通气系统把屋内的任何声音都收入耳内。

此时不容得她多想，先是不客气的敲门声，随后密集的足音一个接一个地走进屋内。苏小舞眼前一片黑暗，但是光听声音，虽不能目睹，但也能对外面发生的事情有所了解。

苏小舞的耳鼓里响起叶离冰冷的声音，道：“这是怎么回事？苏小舞人呢？”

“叶离！你私自带外人入谷，该当何罪？”一个苍老的声音咄咄逼人地指责道。

“木长老，我叶离做什么事情难道还要件件向您请示不成？”叶离毫不示弱地反讽回去，一点尊老的概念都没有。

苏小舞几乎都能想象得到他那如万年寒冰般的双目射出犀利的目光，足可以使他人片刻间哑口无言。

果然屋内一阵令人难堪的沉默，直到有人干咳了几声，打圆场地说道:“叶护法，我们争吵也不是办法，现在当务之急便是寻找圣子大人和苏掌门的下落。”这个声音同样有些苍老，但是比之前一个柔和一些。

苏小舞感到靠在她肩上的水涵光微微一抖，像是心有余悸。黑暗中无法看清他的表情，苏小舞只好继续拉回注意力，去听外面的动静。

只听到那个柔和的声音突然间拔高了声音，失声叫道：“天啊！这血是圣子大人的吗？”

苏小舞翻翻白眼，知道他们定是看到床铺上的血迹了，可是怎么就认定是水涵光的血？她还怕被人误会她和水涵光有不清不楚的关系呢！

又是一阵令人窒息的沉默，苏小舞摒住自己的呼吸，外面几个人好久都没有再说话。

时间久到连苏小舞都以为他们都走掉了的时候，叶离冰冷的声音再次响起：“传令下去，务必在半个时辰内找到圣子和苏小舞！务必！”

第十七章 暗室，暧昧不明

苏小舞正在疑惑为什么叶离强调要在半个时辰之内找到她和水涵光时，屋内已经空无一人了。

也不知道为何水涵光要躲着这些人逃入密道，苏小舞心想既然躲过了就好。她当时是怕她和水涵光太过于暧昧，又苦于无法解释清楚为什么他们伟大的圣子大人会在她的房间里，所以才和水涵光躲入密道。

可是此时已经没有人了，她可以出去偷偷找叶离解释，相信他会帮她的。苏小舞正想扭开机关出去，便感到耳边的水涵光虚弱地说道：“不能……出去。”

苏小舞微微一愣，他说的是不能出去，而不是不要出去。这已经是请求的语气而不是命令的口吻了。心下一软，轻声问道：“不出去的话，我们要往里面走？”

水涵光缓缓地点了点头。

苏小舞回头看了一下黑漆漆的密道，里面伸手不见五指，迎面吹拂过来的丝丝寒风，像仿佛在尽头藏着什么可以吞噬人的怪物一般令人不寒而栗。

“这密道不会是什么玄衣教的圣地吧？外人不得入内的那种，如果进去了就不能活着出来的那种？”苏小舞苦笑道。

水涵光即使虚弱至极，闻得苏小舞此言，仍挣扎着轻哼了一声，“怎么说……你现在……也算进来了……晚了……咳咳！”

苏小舞哭笑不得，这家伙宁愿少休息一会儿，也不忘了讽刺她。

“是啊是啊，我既然都进来了，自然要进去转个遍，到处写上‘苏小舞到此一游’的印记。喂！你等着，我不是说笑哦！”苏小舞扶着水涵光艰难的在仅容一人通过的密道里向前慢慢挪动。感到肩上的水涵光越来越重，苏小舞赶紧逗着他说话，心里害怕到极点。

“对、对不起……”水涵光细弱蚊吟的声音传来，苏小舞还在纳闷他为何道歉，便觉得肩头忽然间一片温热，显然是他忍不住一口血吐了出来。

“喂喂！你这人也太不厚道了！把我这身衣服都弄脏了，要知道峨眉派很穷啊很穷，一件衣服都要穿好久的啊！道个歉就当没事了？出去之后记得要赔我十件，哦、不，一百件……喂！你听到我说话了没？”苏小舞一边缓慢地向前走去，一边不忘继续碎碎念，防止水涵光就这么睡死过去。

可是无论她再怎么说，水涵光也没有任何回应。内心慌得不知道该怎么办，苏小舞就这么机械地扶着他往密道的深处走去。像是期望密道尽头有能解救水涵光的方法一样，本来觉得恐惧的路程，反而变得令人期待得快点走过去。

密道其实也并不长，不一会儿苏小舞便发现前方有微弱的光线传来，连忙尽力加快了几步，视野忽然间开阔了一些。

这是一个大约能装下四五个人的空间，四周看上去好像都是石头搭建而成，右边的石壁上有一条细小的缝隙，月光正是从那里射了进来，为本来阴暗的石室带来一丝光线。

苏小舞把水涵光扶在一块光滑的大石头上躺好，担心地试了试他的鼻息，随后稍微放下心。因为他虽然呼吸微弱，但是总是还活着。苏小舞想起水涵光除了口吐鲜血之外，并没有外伤，明显是受了严重的内伤。

转过头发现石壁上的细缝，苏小舞摒住呼吸凑过去看，因为她超级没有方向感，根本弄不清他们走着走着来到了哪里。

透过石缝向外张望，入目所见的居然就是庭院的花园，此时正寂静无声，但仔细看去仍可见四周穿梭而过的几个黑影。

原来他们现在正身在假山之内。苏小舞回想起庭院内的房屋好像都是依着假山所建，难道每个内院的每个屋子都有密道吗？可是看刚才叶离的样子，好像根本不知道有密道的存在一样，更别提同来的那两个长老了。

她又不能出去叫人，心下不知道该怎么办才好，苏小舞环视了一下石室内，发现一角有一个木头箱子，除此之外别无他物。

好奇地走进沾满尘土的木箱，迟疑了一会儿才小心翼翼地打开。还好这个魔教没什么古怪的癖好，在箱子里放个暗器什么的。

像旅行箱一样大小木箱里用纸包好着的几块腊肉和一竹筒清水，下方是几件华丽的黑色绸衣。苏小舞翻了翻，失望地叹了口气。怎么都没有伤药一类的东西？有传说中的九花 XX 丸那种无敌灵药，水涵光的内伤不就小菜一碟了？

身后穿来水涵光轻微的咳嗽声，苏小舞赶紧拿起那一竹筒清水，拿到他面前，正好看到水涵光一双赤目正一瞬不瞬地盯着她的肩头看着。

“给，喝点水。”苏小舞不明所以地看了眼自己沾满他鲜血的右肩，然后轻笑自己果然眼花了，居然看到这小恶魔的眼中居然有几分愧疚。小心的扶起他喂了他几口清水，为了让他舒服些，苏小舞一点都不避嫌地让他的头枕在她的腿上。后者微微挣扎了几下，无果后索性放弃。

“说吧，到底怎么回事。”苏小舞见他精神稍微好了些，只是睁大了双眼无神的看向假山的石壁，干脆把心中一直的疑问问出口。

随手替他顺着有些打结的银色长发，苏小舞本来没指望水涵光能回答她的问题，却听他虚弱地说道：“是土长老下的手。”

“土长老？”苏小舞歪着头，回想到方才在密道里的情况，问道：“难道是后来的那个比较柔和的声音？劝架的那个？”怪不得当时水涵光听到他的声音颤抖了一下。

水涵光微不可闻的“嗯”了一声。

“他想嫁祸于我？”苏小舞见他又不说话，索性自顾自地推测道。可是又不对啊，她来谷里才一天，土长老怎么会知道得这么清楚?

水涵光不屑地轻哼一声，哑声说道：“本来、是想嫁祸梓夏的，结果发现她不在……咳！”

苏小舞报复性地扯了扯他银色的长发，不理会他龇牙咧嘴地抗议，继续问道：“你那个贴身保镖呢？他在你身边还保护不好你？”她记得不是有个像忍者一样的家伙么?

“隐戈……昨天出去了之后……就没、就没回来过。”水涵光略带黯然地说道。

苏小舞默然无语，半晌之后才轻声问道：“土长老为什么要杀你？是因为武林九大派要围剿歧天谷吗？”

水涵光点点头，略带无奈地说道：“想来，他也是……想除掉我好久了。玄衣教上一代虽然在江湖上有魔教之称，可是……却一直没有人敢聚众围剿。一是由于慕容玄瑟前教主的威名，二是之前教中没有我。”他边说话边挣扎得要坐起来，苏小舞只好扶着他和她一样坐在大石头上，背靠石壁。

水涵光妖艳俊颜上还是如白纸一样苍白，可是一双赤瞳闪烁着异样的光芒，充满回忆地说道：“知道吗？我其实是玄衣教水长老和火长老的儿子。可是生下来就是这么一副被天地诅咒的模样……”

苏小舞静静的听着，不知道为何他突然间向她倾吐往事，但是有秘辛听自然再好不过了。

“爹娘为了我的模样开始夜以继日的吵架，最终丢下我离开玄衣教……呵，女人，我该高兴么？至少他们不是把我扔了出去……”水涵光面上现出癫狂的笑容，令苏小舞看得心疼不已，一时也不知道说什么好。

“后来，是玄瑟教主收养了我，还封我为玄衣教的圣子，教中再无人敢欺负于我……”水涵光淡淡的续道。“因为我相貌独特，江湖中人开始流传玄衣教有妖孽现世的谣言。这也是九大派要围攻这里的原因，大概土长老是想除掉我，九大派就会放过歧天谷吧。”

苏小舞挑挑秀眉，说道：“还不错嘛，魔教教主也不像传言中的那样无情啊！”

水涵光闻言发出一阵凄厉的笑声，令苏小舞疑惑不解地看了过去。只见他绝美的脸上浮现出难以用言语形容的绝望表情，许久之后才缓缓说道：“女人，玄瑟教主，是拿我来做药人的……”

苏小舞更加听不懂，“什么是药人？”

“身体夜以继日地用各种毒药浸泡，炼制十年，终成药人。此药人需要极阴体质，练成之后，见血封喉。”水涵光一字一句的说道，却始终避开苏小舞的眼神，连眼角都不敢看向她。

苏小舞还是听不懂的抓抓头，最后不好意思的嘿嘿笑道：“那个，什么叫见血封喉啊？”

水涵光终于转过头，赤瞳里带着愧疚的神色，苦涩的说道：“就是说……只要粘到我的血，就会在半个时辰内魂归西天……”

晴天霹雳！

苏小舞表情瞬间僵硬在脸上，随后机械地转过头，看向自己肩头的那滩已经隐约变成了紫红色的血迹。“不、不会吧……只是、只是粘上一点而已。”苏小舞紧张地吞了吞口水，勉强提起精神问道。

水涵光身躯微颤，赤瞳里全是歉然的目光，轻声说道：“只要粘上了皮肤，就会……”

苏小舞赶紧跳起身把外袍脱了下来，却骇然发现原来后颈那一片早就沾满了他的鲜血。

六神无主地呆愣了一会儿，苏小舞忽然间像是抓到了什么救命稻草，连忙问道：“那解药呢？总会有解药的吧？”刚才叶离不是说要在半个时辰内找到他们吗？对，别紧张，有毒肯定就有解药的。

水涵光虚弱的摇了摇头，垂下眼帘不敢去看苏小舞的反应。

苏小舞大脑一片空白，可是蹦出的第一句话却是：“那个，是怎么样个死法？”

水涵光茫然回答道：“是七窍流血而死……”

“会不会很痛苦？”苏小舞反而比他还平静，沉吟片刻后问道。

“应该……不会很痛苦。”水涵光别过头，艰难地说道。

“哦，那就好。”苏小舞坐下来，背靠在冰凉的石壁上，一时头脑混乱。她中毒了？只有半个时辰的命？哦，不，是不到半个时辰的命……

她死后是能回家？还是直接去见马克思？

“对不起，对不起……”水涵光双目射出伤感的神色，一遍遍地道着歉。

苏小舞回过神，摸着他微微出汗的额头，叹气道：“没事，不是你的错。”确实不是他的错，难怪他一开始坚持不让她去擦他唇边的血迹，难怪他会一副拒人于千里之外的神情。

许久之后，苏小舞叹了口气。

“喂，给我讲讲你们教主吧，就是那个你们很仰慕的那个，不是慕容玄瑟。”惊吓过后，苏小舞觉得浑身无力，一时提不起精神，只能勉强开口让水涵光说说话，转移她地注意力。

可是她却没有听清楚水涵光都说了什么，缓缓的歪过头，枕在水涵光的肩头沉沉睡去。

水涵光紧咬下唇，小心地不让自己的呜咽声溢出，眼角隐隐有水光划过。

清晨的日光从假山的细缝中倾泻而入，水涵光只觉得头上被人狠狠的拍了一巴掌，随后耳边传来一声压抑的怒吼。

“死小鬼！居然敢欺骗本姑娘！丫的！我不是还活得好好的吗？”

水涵光惊讶地睁开双眼，只见苏小舞生龙活虎地叉着腰站在他面前，正对着他怒目而视。

第十八章 毒药，冰神极渊

水涵光露出比苏小舞还诧异的表情，喃喃自语道：“不可能啊！这不可能！”双目因为阳光的缘故微眯起来，上下打量着苏小舞。

“有什么不可能的！难道我现在是鬼魂啊？”苏小舞越想越气，这家伙是不是骗人不偿命啊？还以为一觉就睡死过去了，没想到醒过来还是在这个石室里。

看到水涵光“色眯眯”地紧盯着她，苏小舞才反应过来她现在因为昨晚脱掉了外衣，只身着白色的内袍，气得又一个爆栗弹过去，口不择言地说道："看什么？没看过女人啊？闭眼！"

只见水涵光赶紧闭上双眼，苍白的俊颜上浮现出可疑的两片红晕，期期艾艾的回嘴道："是……是没看过这样的……"

苏小舞瞬间有想晕倒的感觉，赶紧从石室角落里的箱子里翻出一件黑袍穿好，又扔给水涵光一件，秀眉一横说道："你也穿上吧，省得着凉。"不看还好，一看才发现他还是昨晚那样衣衫不整。

幸亏现在没人发现他们在这里，要不然她苏小舞一世清白全毁了……

不同于面上神情变幻莫测的苏小舞，水涵光满腹疑团地穿好衣服，越想越不对劲。自然地想抬头往苏小舞的方向看去，说到底，他还是不信有人能从他的毒血里幸免。可是一眼望去，却一下子呆住了。

苏小舞满头丰盈乌黑的秀发被她斜拢在一边的肩膀上专注得梳理着，另一边脖颈处露出大片白玉般的肌肤，身着黑袍的她更显得英姿飒爽，比起白衣的她别有一番韵味。

水涵光赶紧别过头，脸上微微发热。不对啊，他明明喜欢的是……

苏小舞梳理好头发，见水涵光一脸迷茫地靠在石壁上，叹了口气道："到底怎么回事？"

水涵光见苏小舞体贴的替他把石缝中的阳光用衣服堵住，心下虽然感动，但口中仍然倔强倨傲地说道："谁知道怎么回事，不过昨晚我说的可都是真的！可恶，早知道不和你说这么多了，以为你要死了才向你都交待的！"

苏小舞心下感叹这圣子的恢复能力真强，昨晚还奄奄一息呢，今天就恢复到盛气凌人的模样。唉，昨晚虚弱的样子多可爱……

"那这是怎么回事？"苏小舞无奈地一摊手，她还活着应该不是幻觉吧？昨晚除了感到困倦之外，其他他说的该有的症状一律没有啊！

水涵光若有所思的低下头，半晌之后才说道："你是不是吃过什么东西，让你百毒不侵了？还是身上有带着什么避毒的物事？"

苏小舞闻言一愣，吃过什么？呵呵，这问题问得好。想当初她在峨眉后山把是果子的东西全吃过了，谁知道是哪个在起作用？还有她身上带着能回家的玉佩和同样花纹还能诡异变形的扳指，无论是哪个东西保佑了她，她都不会觉得奇怪。

不过，百毒不侵，这个护身符太好了。简直就是武林人士的终极梦想啊！苏小舞盯住水涵光白皙的脖颈，心想要不要做回吸血鬼再试试？但是抿了抿唇放弃了这个想法，她还没有这个胆量。

水涵光见苏小舞没有反应，所以自顾自的续道："这也可以解释为何你能在冰神极渊的极品迷毒中醒来。"

"什么？"苏小舞不明所以的眨了眨眼睛。

"冰神极渊，是传说从唐朝流传下来的极品迷毒。无色无味，只需一滴便可消散在空气中，范围极大。所中之人犹如在深渊中起起伏伏，随用药的量而逐渐消失五感。最轻是夺走人支配四肢的能力，最重的程度是把人变成无人能叫醒的活尸体，最后活生生地被饿死。"水涵光缓缓说道，面上却是少见的严肃神情。

啊，那她还差一点变成植物人啊。苏小舞回想起昨夜那种痛苦的感觉，不禁心有余悸地打了个寒颤。"那这毒有解药没？"

水涵光摇了摇头，长可及地的银发也随之摆动，"此药解法神秘，本来这世间拥有此药之人就已经少得可怜，知道此药如何解法的，就更加稀少。但是一般如果不是太严重的症状，都会在长短不一的时间内恢复过来。"

苏小舞呆了一呆，追问道："这样也不能确定我确实是百毒不侵啊，也许是我中的迷药用量不多，所以即时醒过来了啊！"

水涵光抬眼，一双赤瞳泛着妖艳的光芒定定地看着苏小舞，徐徐说道："中此毒者，最少的解开时间是两个时辰。土长老带着人进来之时，你本应该浑身无力、口不能言地任凭他对你栽赃陷害，而你当时都已经可以活动自如了。"

苏小舞暗呼一声好险，当时确实是危险到了极点。如果她没有及时醒过来，她铁定是罪名落实，即使叶离知道她没有武功也不能表面上偏袒于她，土长老大有可能趁乱解决掉她，顺便解决掉水涵光。

"对了，听梓夏说，这个歧天谷的位置很少有人知道。这次九大派大张旗鼓地讨伐，是不是你们教里有内奸啊？"苏小舞坐在水涵光的身边，奇怪地问道。如果是土长老叛变，这一切也就说得通了。

水涵光紧咬下唇一言不发，苏小舞体贴地拍了拍他的肩膀以示安慰，毕竟被自己手下的人打伤并背叛，肯定不好受。

没想到水涵光一把挥开她的手，有些蛮横地说道："我不喜欢别人随便碰我！"

死小鬼！苏小舞倾身过去，两只手一把捏住水涵光有些清瘦的双颊，哼哼道："还害羞？昨晚任凭我捏扁搓圆的是谁啊？小鬼，本姑奶奶不怕你身上的什么奇毒，所以过来让我好好蹂躏一下！"

水涵光迎上苏小舞虽然带着恶狠狠的语气但却满面纵容的笑脸，许久不曾被人温暖的心一紧。

眼见水涵光赤瞳里隐隐有水光泛起，苏小舞吓了一跳，赶紧放开手，看到他苍白的面容上被她掐出来的两片红晕，呵呵的取笑道："都多大了，还怕疼？"

水涵光抬起右手遮住双眼，嘶哑地说道："是啊，真的很疼……"

两人笑闹了一阵，水涵光突然正容开口道："内奸不是土长老。"

苏小舞一愣，反问道："何以见得？"

水涵光面上那双赤瞳闪过一丝杀机，语气冰冷的说道："他想杀我，也不过是想在九大派围攻的时候保存玄衣教而已。不可能自动的透露歧天谷的位置，引来外人的围剿。毕竟他自已也是玄衣教的长老，这样做对他没有好处。"

苏小舞闻言连连点头，确实是这么回事。"那又会是谁？"

水涵光神色变得凝重起来，眉间皱成几道波纹，好久之后才摇头道："想不通。教里的人都曾立下毒誓，绝对不会透露歧天谷的位置。而且，土长老哪里得到的冰神极渊，这也是值得怀疑的。"

苏小舞想了想，不解的问道："那，那条虚假的九大派情报是叶离怕你担心，交给你的善意谎言吗？"

水涵光默念了几句"善意谎言"，若有所思的说道："不是，这条消息是风月阁发给我的。教里和风月阁有很多生意上地来往，都是由我直接负责。"

"生意？"魔教也有生意做？苏小舞捏着下巴超级好奇。

水涵光斜着赤瞳瞥了苏小舞几眼，冷哼了一声道："算了，你都已经知道很多教中的秘密，也不差这一件。风月阁的营生是贩卖情报，而情报的来源自然需要人手。武林正派大都固定一处，而且不屑于这种事，所以风月阁的线报来源大概就是散落各地的玄衣教和丐帮。"

"然后你们需要的情报就直接从风月阁拿？"苏小舞见水涵光点了下头，奇怪地说道："你们的人手收集的情报，转给人家，然后再从人家那里得到情报，这不是很怪？"多此一举还是怎么的？这样多容易被人控制住耳目？

水涵光低头沉思，侧面的俊脸如画中的精灵般俊美，苏小舞心满意足地欣赏着，摇头暗叹世人不会欣赏啊。这如果放在现代，那肯定是偶像派的级别啊！嘿嘿，不过这里她还可以近距离观赏。

“经你一说，确实有点奇怪。”水涵光妖艳的赤瞳在银白色的睫毛下异彩连连，“可是风月阁和我教合作了三年，都没有出过任何状况。而且风月阁素以能综合分析情报而著称，所以我得到的情报常常要比从手下那里得到的全多了。”

苏小舞嘴角微翘以表示不屑，哂道：“那为何这次会出错？这次九大派围攻歧天谷的事情虽然决定的比较突然，但是路上我们也走了好久，这在江湖上已经不是秘密，为何这么关键的情报还误报？”

水涵光沉默不语，显然也是想不通。

苏小舞仰头看向头顶的石块，心想难道是华山掌门尚君诚有能力影响风月阁的人？令他们修改情报？

水涵光微闭双眼，长长的睫毛轻轻地颤动着，在迷离的光线下，他没有颜色的苍白面容带着超乎现实的病态美。他嘴角现出一丝苦涩的表情，轻声道：“其实，我们和风月阁合作，初衷是想寻找教主。”

又是教主。苏小舞不着痕迹的撇撇嘴，一个失踪抛下整个教的人，值得这么痛苦地寻找吗？说不定躲在哪里去练什么XX大挪移了。本来想顺口讽刺几句的苏小舞，一看到水涵光面上那种痛苦的表情，本来想说的话到了唇边，又硬生生地咽了回去。

所以，纵使内心对这个玄衣教的教主好奇到了极点，苏小舞也只能暗在心内猜测。在慕容玄瑟后面接手的教主之位的人，十有八九是那人的后代才能服众。因为看水涵光和叶离怀念的那个样子，肯定不是像土长老那样的老头嘛！——嗯，不过前提是慕容玄瑟不是像X方不败那样……

想到这里，苏小舞不禁轻笑出声，然后在水涵光疑惑的目光尴尬的轻咳几下，转移话题道：“那边的箱子里有几块腊肉，我们先将就吃些，边吃边想之后怎么办。”

不等水涵光有何回应，苏小舞就已经跑过去拿回来了腊肉，分给了他一块。“你说，我们为何还要躲在这里啊？难道你是不相信叶离？”苏小舞拿掉堵住石缝的衣物，凑过去向外张望。

突然射进来的阳光让水涵光微闭双目，淡淡的说道：“我虽然不会怀疑叶离，但是我更相信此时土长老肯定会时时刻刻地跟在他左右，防止我去求救。”

苏小舞乖乖的“哦”了一声，敲了自己脑袋一下。看来她终究是太嫩了，这么简单的事情都想不到。“那，外面的这些人都不能信任？”苏小舞比划了一下，示意外面现在有很多人。

水涵光垂下眼帘，把玩着手中的腊肉并没有吃，面上苦笑道："女人，因为我的相貌，我在教里一般是不露面的。只有少数的几个人认识我，即使我跳出去说我是圣子，估计也会在被人认出来之前当作冒充的人被除掉。"

苏小舞耸耸肩，她就更没人相信了。她算是叶离偷渡过来的嘛！

"对了，你的伤势要不要紧啊？昨晚虚弱成那个样子。"苏小舞堵上假山石壁上的石缝，石室内又恢复一片黑暗。

"不要紧了。"水涵光冷哼道，"土长老实在是太小看义父对我的锻炼了，区区几掌，就能要我的命？"

苏小舞偷偷的翻了个白眼，原来这位是小强级别的啊。"你伤势既然没问题了，那外面那些小喽罗自然不在你话下喽？冲出去谁不相信你就干掉他呗，反正叶离会在你被围殴之前过来的啊！"

水涵光面上顿时现出古怪的神情，吞吞吐吐的说道："女人，我没和你说过吗？我并不会武功……"

绝倒！苏小舞被打击得无以复加。

"那你呢？你又没受伤，出去解决几个人应该不成问题吧？"水涵光见苏小舞一脸鄙视的表情，不甘示弱的反击道。

苏小舞扯扯嘴角，苦笑道："不好意思，在下和你半斤八两。"

水涵光彻底无语。

两人正在苦思如何逃出生天之时，只听外面忽然间传来一阵金铁交击的声响，一个清朗的声音道："武当派云星辰在此，魔教教主何在？"

第十九章 对峙，冷眼看戏

苏小舞和水涵光闻言相视一愣，难道九大派居然这么快就攻到歧天谷的内院了么？

跳起来凑到石缝处观看，苏小舞此时才惊觉从昨夜庭院内多出来的许多人并不是为了抓他们而存在的，而是九大派已经杀了进来，玄衣教众最后退守这里而已。

看来歧天谷的竹林机关果然没有起到多大的作用，苏小舞暗叹道。既然歧天谷原本隐秘的位置都被人知道了，那么竹林的机关早晚会没有任何悬念的被破解。不过，究竟尚君诚他们是如何得知玄衣教的秘密？

苏小舞心下虽有不安，可是却没有时间让她好好思考，只见一身蓝衣的云星辰已经手持三尺青锋卓立在庭院内，而跟随在他身后的正是两日不见的袁不破。

怎么就他们两个人？苏小舞凝神看去，只见云星辰的蓝衣上血迹斑斑，其人又是一脸暗含怒气、中气十足的表情，显然身上的血迹大半全是他人的。

他身侧的袁不破却是一身白衣，一尘不染，面色凝重地看着对面一排正严阵以待的玄衣教众。

苏小舞目不转睛地看着两边对峙的情形，突然发觉她和水涵光所处的假山前面就是庭院正厅里的一大片空地，地下用青石板铺成，足有一个篮球场大小，也居然正是他们双方现在站的地方。

这地方还真是观赏武打片的贵宾席啊！而且还是包厢。苏小舞一挑眉，把角落里面的箱子搬了过来，盘膝坐在上面，闲闲的吃着腊肉，专心看热闹。

“魔教已经无人了吗？”云星辰见许久都没有人理会他，压抑着怒火沉声道。

可是回应他的却是一片沉默，对面一排黑衣教众均眼观鼻，鼻观心，低垂着头紧盯着青石块铺成的地板。

“你们！”云星辰身形一动，立即被身侧的袁不破拦住。

“云师兄，先不宜动武。我们两人孤军深入，这里又好像是魔教的内院，还是小心为上。”袁不破轻身谨慎的说道。

云星辰按下怒气，收剑回鞘，但是一双鹰目还是一瞬不瞬的盯着对面的玄衣教众。

苏小舞暗想袁不破对玄衣教还真是仁至义尽，不但没有杀伤一个人，还处处维护。只不过做的圆滑，没人发觉。若不是她亲眼看到他和叶离月下共饮，也绝不会想到他们两人之间还有这样的关系。

此时，一阵破风声响起，苏小舞眼一花，再看去时，便见云星辰和袁不破身后多出几个身影，当前一人青衣儒雅，五缕长须，正是华山派掌门尚君诚。跟在他身侧的分别是青莲师太、夏流阳等人，还有几人身披袈裟，手拿念珠，估计是少林派的人士。另外几个有些年龄、服饰各异的人想必就是其他门派的掌门。

"不破，你们还在等什么？"尚君诚上前一步，沉声问道。

袁不破恭敬的垂首回答道："师父，弟子怕魔教诡计多端，恐有陷阱存在，所以在此等候众位前辈定夺。"

云星辰此时已经恢复冷静，一弹衣角，点头附议道："不破所言即是，尚掌门，我们一路行来，确实是有些过于轻松。"

他们说话间，破风声不断响起，身后的人也不断增加。苏小舞不断地看到熟悉的身影，每出现一个心就往下沉一点，因为她没有在里面看到知冬和夏生。

如果他们在路上被……不，不会的，苏小舞咬紧下唇，但仍是没有控制住，向水涵光的方向看过去，目光复杂。

水涵光正靠着石壁紧闭双目，银发在阳光下泛着粼粼的波光，面上像是沉睡了一般宁静平和。仿佛外面发生的事情和他根本没有关系一般，毫不关心。

苏小舞正在疑惑间，外面的情况却已经到了剑拔弩张的地步。只见尚君诚冷哼一声道："魔教人人得而诛之。此番如此顺利，当是天佑我们，管他们有什么后招陷阱，我尚君诚兵来将挡，水来土掩！"

苏小舞听得嘴角抽搐，这尚君诚是不是被胜利冲昏了头？还是心下早就有定计？这番话实在不是一个深思熟虑的人说出来的。

但是不可否认，尚君诚的这番话确实煽动性十足，九大派众人纷纷附和，一时士气上升到极点，人人热血沸腾。相比之下，玄衣教这边的人少之又少，但是仍然低垂着头默然不语，严阵以待。

苏小舞用指甲刮了刮脸颊，面对着眼前有些诡异的气氛，直觉地感到有些不对劲。一边是气势恢宏，一边是不动如山。况且，玄衣教这边连个能出来应话的人都没有，到底谁的形势更加占优势，真是很难判断啊。

正在暗自揣测间，苏小舞忽然发觉九大派那边瞬间鸦雀无声。好奇地向另一边望去，只见玄衣教众那边的人数不断增多，呼吸之间就由原来的十几人增加到几十人。而且周围房屋的瓦背上稀稀落落的现出黑色人影，人人手持弓弩，抢占了所有居高点，蓄势以待。

此时已经是日当正午，可是玄衣教众人头顶上正好有棵参天大树，把他们全部罩在阴影下，加之玄衣教一片黑衣，犹如夜行鬼出现，令观者心头发寒。

九大派众人一动不敢动，生怕引起混战，不多时，玄衣教那方有人排众而出，施施然地走到最前面。

此人年纪与叶离相若，不同于其他玄衣教众华丽的绸布黑衣，他身上的是一身粗布黑衣。一副高大魁梧的强健体魄，健康的古铜肤色，鹰钩鼻高挺，一对虎目却深深凹陷下去。唇边带着悠闲笑意，大大咧咧的往前一站，仿佛一点都不把对面的百十来号人放在眼内。

吸引苏小舞目光的并不是他腰间别着的那把大得离谱的砍刀，而是他背上那只似曾相识的木剑。

难道，他就是传说中的玄衣教右使萧逸?

苏小舞还在猜测，外面就有人帮她把问题问了出来。“你是何人？”恒山派掌门青莲师太不客气的出声问道。

那人夷然说道：“我是萧逸。”

在场之人一片哗然，云星辰上前一步，愤然问道：“萧逸！你把我皇甫师弟怎么了？”

萧逸耸肩，漫不经意的说道：“我能把他怎么样？他一个大男人，还保护不了自己吗？”

苏小舞差点笑喷，连忙捂住嘴。暗叹萧逸话虽然说得痛快，但是这不是刺激人家拔刀相向吗？不过如果换成是她被人误会，欺负到家门口来了，也会先出口恶气，再寻思报复。

嗯，不过不包括被这么多门派围剿……

苏小舞在胸前划了一个十字，为萧逸默哀十秒钟。这家伙看样子应该是一根肠子通到底的类型，他这样说话也不怕被人拆了泄恨。

但是，如果梓夏对她所说的话属实，那么皇甫同学也太不小心了，连佩剑都能被人抢走，然后成为挑拨两方的导火索。苏小舞隐隐觉得有些不对劲，整件事情就像一张拼图少了几块似的，知道缺失了几片却怎么也找不到。

她虽然能冷静的思考着，但是不表示其他人也能冷静。

云星辰平时虽然脾气甚好，待人谦和，可是也不能容忍旁人拿自己的师弟开玩笑。怒极反笑道：“好，好！既然你都这样说了，那在下今日定要为师弟报仇！请！”说罢一甩衣袖，竟是请萧逸搏命比试之意。

萧逸连眼角都没有看向云星辰，缓缓地把刀用左手抽出，右手轻轻地抚摸刀身，像是回忆往事一样面带微笑，片刻之后说道："所谓的名门正派与人较量武功，就是这样以多欺少吗？"

苏小舞捂着嘴偷偷笑，怎么样看来，现在也是玄衣教略占上风吧，四周的高处全是他们的人，这萧逸还能面不改色的说出这种话，真是够无耻。

青莲师太冷哼道："在江湖上，力强者胜，力弱者败。就算我们以多欺少，恃强凌弱，那也是为了江湖太平。"

萧逸一声长笑，镇定如常，"江湖上即使没有玄衣教，也不见得会有多太平。照我说啊，还不如大家一起回家种田算了！这样保证太平！"

云星辰喝道："多说无益，让我取下你颈上人头，以祭皇甫师弟在天之灵。"

萧逸见他盛怒之下，居然仍能气度沉凝，全身不露丝毫破绽，不禁心下佩服道："果然是武当首徒……"话还未尽，只见云星辰已经长剑在手，化为绕身疾走的青芒，剑影迅速越过三丈的距离，划向萧逸。

萧逸大喝一声，不退不进，长刀劈出，只一刀便劈散了云星辰漫天剑影。

苏小舞在假山的石室内悠闲地看着，她尚是首次见识武当派的武功。除去自己盗用人家版权的太极拳，她内心对武当派其余武功本来是看不上眼的。可是今日一见，始知武当派能和少林并肩称雄，倒也不是浪得虚名。

只是武当派的武功要旨是以柔克刚，招式变化精微，云星辰的剑对萧逸的长刀，理应是以柔克刚的最佳典范。相对之下，萧逸的长刀一砍一劈，横扫直刺，均实而不华，刀招甚至令人感到平平无奇，看来应是很容易格挡一般，偏偏云星辰的剑并不能挡得他的长刀，一时竟然久攻不下。

苏小舞微一沉吟，便看出来究竟哪里不对劲。因为萧逸握刀的是左手。

"原来竟是这样么？用左手的人对上用右手的人，显然是占了便宜。"苏小舞喃喃自语道。这种情况其实在现代的体育比赛里也经常出现。用惯左手的人当然习惯对付用右手的人，而反过来却不成立。

"萧逸，江湖中人送外号'左手刀'。"水涵光那个方向传来淡淡的声音。

苏小舞循声望去，发现水涵光还是那副闭目养神的模样，一点担心的表情都没有。

这家伙还真是镇定……苏小舞撇了撇嘴，转过头去看已经战成一团的两个人影，忽然想到这两人都算是峨眉派的女婿，云星辰是芷春的相公，萧逸是梓夏的男人。哎呀呀，这样生死搏斗好像不太好。虽然心内这样想，可是苏小舞却幸灾乐祸咬着腊肉。

反正她觉得皇甫非墨根本没有事，说不定也和她一样躲在哪个地方看闹剧……当然，这要看梓夏转述的话是不是真的。

想归想，她不担心也有大半的原因是因为根本看不大懂他们的比武，但是有了之前在华山看比武的经验，苏小舞把目光转向旁观的人群，注意看他们的脸色。只见尚君诚众人均面色凝重地注视着场中形势，有些人还着意看着四周房顶上的黑衣人。

苏小舞扫视了半天，还是没有看到夏生和知冬的身影。因为石缝的视野有限，她只能看到九大派阵营里前几排的人，只得把视线又调回场中，只见一蓝一黑两道人影此时均快得如失去实质，在她的眼力根本看不清武功招式，已经化为两道轻烟，可是发出的劲气却毫不含糊，青石地板上的落叶纷纷顺着剑气刀力飞舞，像两股龙卷风般。劲气交击声音密集而激烈，看来已经到了动辄分出生死的地步。

正看得心惊之时，苏小舞突然发现黑影霎那间毫无预警的停滞了一下，被白影一剑扫中黑影的左肩。

黑影应剑像断线的风筝般横飞开去，地上瞬间留下一道血迹，直到快落到池塘里时才勉强站稳。

与此同时传来一个女子的惊呼："萧逸！"

坏了，梓夏同学，你来的可真是时候！苏小舞无奈的翻翻白眼，这下有好戏看了。

第二十章 发现，始料难及

苏小舞努力地朝梓夏发出声音的那边看去，因为她发现，好像那个方向正是九大派阵营那里。

果然不到几秒钟，就有一个绿色的身影跑了出来，却被青莲师太手中的拂尘一横，挡在战圈外。

咦？这又是怎么回事？苏小舞看着跟着梓夏身后追出来的夏生和知冬，一直担心他们的心放回原地，好奇的心又被吊了起来。

“梓夏，不用担心，这点小伤不成问题！”萧逸抬手拂了几个穴道止住肩上的血，脸上还是那种像阳光般灿烂的笑容，接着朝梓夏瞧去，眼中射出深刻的感情，语气真挚的说道：“你没事就好。”

梓夏羞得连耳根都红了，乌溜溜的双目求情的望向青莲师太，祈求地说道：“师太，让我过去吧。”

青莲师太柳眉一竖，冷然道：“梓夏，此人是魔教中人，无论他对你做了什么，我们都会帮你讨回来！”

梓夏连连摇头，想辩解什么，却被一边的夏生抢先拉住，“姐，让云大哥为你出气就够了，你用不着过去。”

梓夏更加着急，却不知道该如何是好，左右来回看着青莲师太和夏生，不知道该先回答哪一个。

云星辰随手一挥长剑，剑身上的血珠全部掉在青石板上，面不改色地说道：“萧逸，你左手刀已经不能再用了，如果不想死无全尸的话，自裁吧。”

萧逸像是听到了什么笑话一样哈哈大笑，“云星辰，武当的柔云剑法确实名不虚传，可是你却没有学到家。如果是换了你师父圣阳子，方才趁我走神，足可以让我把左臂交待掉。可是你却仅能在我肩上留下一道伤痕。”

云星辰闻言并不动怒，反而恢复到平心静气的模样，泰然自若地说道：“多说无益，你们魔教无人了吗？如果只有你的话，那么就别怪我云星辰欺负受伤之人。”

萧逸面不改色，先是关切的往梓夏的方向看了一眼，之后忽然嘴角飘出一丝笑意，把左手的长刀交换到右手中。

云星辰面色一变，露出凝重的神色。“左手刀”何时也会用右手了？虽然想说服自己，这是萧逸的权宜之计。但是凝神看去，对方举手投足只见，无不透出强大的自信和不可一世的气概，一点都不像是受伤之人。

这时梓夏的呼喊声传来，脆声道：“云大哥，皇甫少侠的事情不是萧逸做的！”

云星辰冷哼一声，道：“不是？那为何非墨的暮雨剑在他身上？”

梓夏着急地想解释，可是萧逸一扬手阻止道：“梓夏，我说过和他们讲话就是浪费唇舌，什么为江湖除害，分明就是某些人想称霸武林的阴谋。”

苏小舞在石室内听得直点头，就差冲出去帮他说两句了。

可惜没证据没真相，即使换了她，也不知道该怎么证明，其实最直接的方法就是皇甫非墨那个家伙现身，不过现在看来貌似是痴心妄想。

刚走了一会儿神，苏小舞便发现那两人又战作一团，而梓夏那边好像在和夏生激烈地争论着什么，可惜由于距离太远还有劲气的交击声，根本听不到两人在说什么。

“喂，你本来是怎么计划的？”苏小舞按耐不住，终于别过头转向水涵光的方向。她就不信了，水涵光能没有一点安排。

水涵光闻言，绝美的脸上现出一个苦涩和神伤的表情，缓缓道：“我本来是想借这个机会，逼一个人出来的。可惜，看来一切只是我的一厢情愿。”

苏小舞无语，她当然知道水涵光指的那个人是谁，不就是那个伟大的教主吗？“那如果那人不出现呢？你总要把后招想好吧？”

水涵光缓缓睁开双目，露出妖艳的赤瞳，整个人的气质瞬间变化，薄唇露出一丝阴恻恻的笑意，道：“玄衣教有句教义，是这么说的：别人欺吾一寸，吾便还他一尺。”

苏小舞若不是不想错过外面的任何动静，早就想走过去拍拍他脑袋有没有进水。

这哪里是解决的办法？她可不想梓夏和萧逸成为罗密欧和茱丽叶，嗯，当然梁山伯和祝英台也不行。

苏小舞正在集中精力思考时，却听云星辰大喝一声，利剑在空中划出一道剑影，攻向萧逸。而萧逸手中的长刀变化了三次，最后击在剑影正中。

“蓬！”

气劲交击声传来，萧逸没有想到云星辰不光剑术精湛，内力也如此纯正，被迫退后了两步。

云星辰精神大振，利剑一招紧接一招，变幻无穷，若长江大河般朝萧逸攻去。

萧逸虽然落在下风，但是却沉着迎战，一步一步的向后退去。

云星辰越战越勇，使出平生绝学，长剑幻化出漫天剑影，招招不离对方大穴要脉。兵刃交击声不绝于耳。

“我还以为萧逸的右手刀会比左手刀更加厉害，看来还是伤势拖累了他。”苏小舞小声地说道，把吃剩下的腊肉放回到木箱内，专心地看武打片。

水涵光又闭上双眼，仿佛外面的龙争虎斗一点都不感兴趣一般。

云星辰蓄势已久，大喝一声全力击出。

萧逸看似毫无意义的往侧一挥，然后双手握刀，刀光倏闪，惊雷电掣般的向云星辰砍去。

一时劲气袭人，空地上碎石横飞。苏小舞俏脸变色，即使她看不懂比武，也知道两人此时已是你死我活的境界，她自然是不想两人有任何一人损伤。无论是谁血溅当场，一场混战肯定在所难免。

“砰！砰！”

两个不大不小的交击声传来，苏小舞强提精神看去，只见云星辰和萧逸都好端端的站着，前者的剑擦着后者的脖颈而过，削掉一小片黑发；而后者的刀显然是劈在了空处，脚下的青石地板断成了两截。

两人都面色铁青的看着脚边仍然滴溜溜转动着的两颗铁弹子，一言不发。

水涵光此时缓缓地睁开了双目。

萧逸只是失神了片刻，便恢复了微笑的神情，大大咧咧地把长刀往腰间一收，抬头笑道：“叶离，你这家伙不地道啊！要不是你阻止，云星辰这条臂膀就已经被本大爷收下了！”

叶离冰冷的声音从屋顶上响起，冷冷反驳道：“那你的头颅也不在你的肩膀上了。”

呃，居然不是那个传说中的教主。苏小舞刚觉得遗憾，便觉得眼前一花，叶离瞬间如魔王降世般出现在空地之上，长长的黑发随风飘起，露出他俊逸的脸庞，双眼带着丝丝邪气，冷漠中带着些许关切的看向萧逸。

云星辰尴尬的收剑回鞘，他自然也练过暗器，可是叶离这手能在两人激战中分毫不差的同时击上双方的武器，致使无人受伤的功夫，他自叹不如。如果这铁弹子是打在他身上……

“你就是魔教左使叶离？”尚君诚朗声问道。

叶离狭长幽深的双目冰冷的瞥过萧逸左肩上的伤口和青石地板上的血迹，冷漠地说道：“是我。”便再没有说话。

尚君诚自己讨了个没趣，眉梢抽动了几下，心平气和地接着说道：“叶离，我们今日来，是为了讨一个说法，如果你能给我们一个合理的解释，我们自当退却。”

苏小舞不以为然地撇撇嘴，他说的倒是轻巧，是不是看现在形势对他们不利啊？

尚君诚话音未落，叶离的身后又出现几个人影。苏小舞着意看去，发现是几个头发花白，年纪不轻的黑衣人，其中有一个还拄着一个奇怪形状的碧玉拐杖。

看样子，应该是那几个传说中的长老。苏小舞想辨认出哪个是黑他们的土长老，可惜不说话的话根本认不出来。

"说法？"叶离嘴角勾起冰冷的笑，目光转到仍在和夏生拉拉扯扯的梓夏身上，冷然道："那个女人是我们玄衣教的人，不知名门正派什么时候也有了强抢民女的爱好？"

苏小舞无语，她怎么没看出来叶离这家伙原来强词夺理这么厉害。

夏生气得身躯直颤，高声道："她是我姐姐！"

叶离冷哼一声，徐徐道："那你自己问问她，愿意在哪里？"

此言一出，在场的数百双眼睛齐刷刷的注视着手足无措的梓夏，后者玉颊霞烧，明亮如清泉的双眸忽闪了两下，坚定地说道："夏生，你当姐姐已经死了吧。"

众人一片哗然。夏生闻言如遭雷击，不敢置信地看着梓夏，一句话都说不出来。

知冬着急地拽着梓夏的衣襟，局促不安地劝道："梓夏，有事好好商量，我们来这里不就是为了带你回去吗？你这样置我们于何地？"

梓夏两行清泪悄然滑下，摇头叹道："知冬，梓夏知道对不起你们，可是……"咬了咬下唇，梓夏还是没能说出口，毕竟这种事情，当着这么多人的面，如何开得了口。

"娘子，和他们废话做什么？快过来吧！出嫁从夫嘛！"萧逸听得梓夏表白心迹，笑逐颜开。

梓夏深深地看了一眼呆若木鸡的夏生，之后朝尚君诚等人盈盈一拜，柔声说道："梓夏不忠不孝，对不起师门和各位前辈，以后就当没有梓夏这个人了吧。"

青莲师太横眉竖眼地厉声喝道："梓夏，如果今日你师父在此，你也如此说吗？"

衡山派掌门夏流阳一脸鄙夷地挑了挑眉，并没有开口。

梓夏并没有抬起头，她豆大的泪珠不断滴下，面下的青石地板上湿了一片，口中却坚定地回道："前辈，如果师父在这里，我相信她会原谅我的。"

青莲师太冷哼一声，显然不信，但是也没有再说什么。

梓夏恭恭敬敬地施了一礼，之后毅然转身，一步步地朝萧逸走去。

苏小舞看得目瞪口呆，心下不禁好奇孤钵师太究竟是怎么教导自己徒弟的，怎么一个个都这么有个性？原来她以为性格软弱的梓夏，居然能在大庭广众之下坚持追求自己的爱情，这在她看来实在是不可思议，连带着对没见过面的芷春也充满了好奇。

同情的看了眼大受打击的夏生，苏小舞内心其实还是很赞同梓夏的决定。姑且不论正邪之分，毕竟自己的幸福要靠自己争取，最终和自己过一辈子的是相公不是弟弟啊。

梓夏在数百人的注视下，一步步坚定地朝前走去。空地上静如鬼域，有人面带不屑，有人暗自感叹，有人面无表情事不关己。

"姐，小舞姐人呢？"夏生终于回过神，对着梓夏的背影，冷冷的沉声追问道。虽然还是称梓夏为姐，但是语气就好像是对陌生人说话一般。

梓夏闻言娇躯一颤，脚步停滞了下来，缓缓道："她……"

袁不破也不禁上前一步问道："梓夏师妹，请问你有没有见到苏小舞，就是峨眉派的代理掌门。"俊秀的脸上全是担心的神色。

苏小舞略感安慰的弯弯嘴角，心想这家伙还有点责任心，总算没把她忘掉。

水涵光忽然不声不响地坐在她身边，眯起双眼朝外望去。

苏小舞赶紧把他推开，轻声嗔道："你不要命了啊，这里有太阳光啊！"虽然不至于威胁生命，但是谁知道会和他药人的体质产生什么不良反应。

水涵光阴影下的脸看不清是何表情，苏小舞警告地瞪了他一眼，随后注意力拉回到外面，只听梓夏吞吞吐吐地说道："小舞她……我也不知道她在哪里。"

袁不破以为梓夏从来没见过苏小舞，黯下神色退回队伍中去。

梓夏又举步朝前走去，慢慢地、却很坚定，脸上虽然不断流下眼泪，但是望向萧逸的唇角却是带着甜蜜的微笑。

苏小舞忽然觉得很感动，能在茫茫人海中找到一个可以和自己同生共死的人，此生无悔。

"怎么你眼圈还红了？"一旁的水涵光讶然问道。

苏小舞使劲眨了眨眼睛，倔强地回嘴道："你眼花了。"

话音还未落，苏小舞眼睁睁地看着有几枚暗器从九大派阵营里闪电般飞出，在众人的惊呼声中，朝梓夏的背后要穴飞去。

苏小舞差点失声尖叫，但是在她叫出声之前，水涵光抢过来用手捂住她的唇。

呆看着梓夏行云流水般侧身轻身躲过暗器，最后被怒火中烧冲过来的萧逸一把抱在怀内。苏小舞提到嗓子眼的心又落回肚子里，她怎么忘记了梓夏也是学过武功的，暗器虽然来势凶猛，但是距离毕竟远了些。

“是谁？”萧逸怒不可遏地喝道。

从九大派阵营中闪出一个灰色人影，苏小舞凝神看去，正是身着道袍，面色不愉的恒山派静照。

感到唇上冰凉的触感，苏小舞抬眼看了一下凑在她身边的水涵光，头微微向后躲开他的手。“好了，我错了还不行么？下次不会了。”苏小舞轻声道着歉，无辜的眨了眨眼睛。

她的肌肤润热，异样的温暖从他的掌心一丝丝的传到他的心内，舍不得放开手。水涵光愣愣地看着已经空空的手心，眯着赤瞳轻哼了一声，暴露在阳光下的肌肤几近透明。他静静地盯着苏小舞片刻，最终还是退回到阴影里。

呼，这才乖嘛！苏小舞视线又转向外面，只见叶离正面无表情地说道：“原来背后暗箭伤人就是名门正派的手段，叶离今天见识到了。”

静照神情出乎意外地坚决道：“忘恩负义之辈，不配活在这个世上！我替峨眉派清理门户，有何不可？”

苏小舞气得直发抖，你是尼姑就不许人家男欢女爱了啊？还代替峨眉派，她这个代理掌门都没发话呢，她算哪根葱？

叶离勾起一抹冷笑，眼神好似漫不经心地瞥过苏小舞和水涵光藏身的假山，随后淡淡开口道：“清理门户，你好像还不够资格吧？”

静照以静若止水的语调说道：“我静照不但要替峨眉派清理门户，还要替江湖除妖驱魔，今日你们都别想生离此地！”

苏小舞听着叹了口气，这不就是灭绝师太吗？自己不好还见不得别人好，自己清规戒律，就要求别人也一样。

尚君诚等人没有跟着开口，看来是默认了静照所说的话。

叶离扫视一圈，神色冷漠地从容说道：“那你们是想一个个上呢？还是一起上？”伴随着他的话音，埋伏在房顶上的玄衣教众一阵清晰可闻的弓弦声。顿时庭院内的气氛就犹如这拉紧的弓弦一样，就等着断掉的那一刹那来临。

此时袁不破缓步上前，拦在静照身前，谦和有礼地说道：“静照师姐，不破想挑战下魔教左使叶离的无影手，还请师姐成全。”

静照微一沉吟，缓缓道："师弟小心。"说罢冷冷瞪了一眼被萧逸护在身后的梓夏，转身回归队伍。

云星辰和萧逸也各自退后回到两大阵营，场中只剩下袁不破和叶离遥遥相对。

苏小舞轻叹一声，前天晚上，她也是躲在一边，偷看他们喝酒。谁能想到现在两人就要作生死之战。

忽然像是想起了什么一样，她把视线转移到尚君诚身后的几人身上，发现没见过的那几位掌门均心不在焉地站在那里，包括那几个垂目念经的老和尚，和神情专注的尚君诚等人形成鲜明的对比。想到从开始到现在，他们一直都没有发过话，苏小舞无声地哼了几下。

原来，这次的所谓围剿魔教，凑数的还不止她峨眉派和嵩山派。苏小舞有趣地勾起嘴角，倒想看看尚君诚怎么收场。难道全部赶尽杀绝？说实话，她不认为他们有这个实力。不说他们现在在别人的包围下，这人心不齐，早晚要出事。

袁不破谦谦有礼地向他颔首，说道："不破仰慕叶离兄许久，此次有机会讨教一二，实在是荣幸。"

叶离冷然一笑，并不答话。

袁不破不以为然地笑笑，拔剑出鞘，轻声道："得罪了。"

尚君诚眉头微皱，显然不理解为何自己的徒弟对一个魔教中人如此敬重。

可是当袁不破淬雪剑出鞘的那一瞬间，尚君诚唯一的一点疑问都消失殆尽，因为他看出他的大弟子此剑是聚集了全身的功力，瞬间越过三丈的距离，攻向仍然卓立不动的叶离，使后者的长发被剑气迫得往两边飞散。

淬雪剑没有带起任何破风声，诡异的形成一个气场牢牢的锁住叶离。袁不破俊秀的脸上神情严肃，催动剑气刺向叶离。盖顶压下，笼罩范围之广，劲气之强，实属他出道以来最厉害之作。

叶离的黑袍无风自鼓，纯以内力用衣物硬架下袁不破这一剑，然后借力飞起，横过半丈的空间。袁不破轻身而上，在半空中举剑上挑，不等他落地，剑影便已经封住了他身周数尺之地。更加因为在阳光之下，淬雪剑从各个角度反射着光芒，一时让人眼花缭乱。

叶离像是未卜先知一般，头脚在空中调换位置，上下颠倒，只凭左手画圆生出的劲气，硬生生地把袁不破的剑气化掉。

两道人影在众强环伺的空地上以惊人的高速闪挪腾移，以快对快，没有半分迟滞。看得在场众人目不转睛，精彩至难以用任何语言形容。

苏小舞看的只觉得眼睛痛，放弃地揉了揉眼睛，就听到气劲的交击声越来越近，居然片刻之间就到了她的头顶之上。

天啊，求求两位少侠少邪，打架也别在她头顶上打啊！苏小舞惊出一身冷汗，一声佛主保佑还没念完，便听到头顶上"轰隆"的巨响传来，大片的阳光伴着尘土倾泻而入。

仰头对上袁不破愕然的俊脸，苏小舞勉强地嫣然一笑，挥手道："嗨，好久不见。"

第二十一章 怪病，天行赤眼

苏小舞握着袁不破伸过来的手，从假山里钻出来，先是被头顶上刺眼的阳光晃得眼前一黑，差点摔倒。接着就看到在场众人几百人疑问的双眼，只能尴尬地微微一笑，不知道说什么好。

夏生双目登时亮了起来，立时就想冲过来，可是却被尚君诚一把拦住。后者冷静地问道："苏掌门，你为何出现在这里？"

苏小舞哑口无言，她要怎么解释？抿了抿因为紧张而干燥的唇，苏小舞看到他们脸上那种明显幸灾乐祸的表情，气得更是头顶冒烟，可惜她一时真的找不到可以应付的理由。

"她是我的俘虏。"一个淡然的声音从假山内传来。苏小舞愕然望去，她方才什么都没有说，就是怕暴露水涵光的存在，没想到这个笨蛋居然不打自招。

水涵光在叶离的扶持下缓缓走了出来，银色的长发和赤色的妖瞳，立刻就引起了在场众人的惊呼。在一片妖孽妖怪的非议声中，水涵光用那种看人像是看死物一般的冷漠眼神，漠然扫视了一圈。而接触到他目光的人都不禁打了个冷颤，别过头不敢直视。

苏小舞心急如焚地看着水涵光阳光下闪烁着耀眼光泽的银发，暗骂他为什么不顾自身的安危跑了出来，却碍于袁不破在身侧，只能投过去关心的目光。同时眼角瞥到萧逸身后几个长老那边，那个手拿碧玉拐杖的老头微微一颤，面上划过惊诧的异色，心下暗暗怀疑此人便是那个土长老。

幸好叶离不着痕迹地拉着水涵光稍移了一步，站在假山的阴影内。苏小舞松了口气，发现水涵光正眯着双眼盯着她，才反应过来她和袁不破一直交握的手，连忙挣脱开。

“尚掌门，小舞学艺不精，让你们担心了。”苏小舞恢复处之泰然的神情，弹了弹肩上的灰尘，强自镇定地说道。面对着他们异样的目光，苏小舞权当没看到。

尚君诚见她无恙，点了点头转而看向一脸冷漠的水涵光，双目闪过杀机，沉声道：“果然是妖孽，五年了，连容貌都没变。这次绝对不能再放过你！”

苏小舞扯扯嘴角，五年有什么的，容貌五年没有什么太大的变化不是很正常么？更何况是水涵光这种成天躲在屋子里不见阳光的人。

“阿弥陀佛，水施主，惠痴劝你和贫僧到少林寺修身养性，苦海无涯，回头是岸。”一直沉默的一个身披袈裟的少林寺老和尚，忽然合十开口说道。

水涵光将他的凤眼眯了起来，紧盯着惠痴和尚，一言不发。

“没错！妖孽！少林寺能收容你那是上天有好生之德，既然惠痴大师如此，你就速速和他去少林寺清修吧！”泰山派掌门傅崧之天生大嗓门，声若洪钟地说道。

苏小舞见水涵光并不答话，气氛僵硬到了极点，赶紧转移话题，仰首对着人群中的静照淡淡一笑道：“静照师姐好兴致，居然对峨眉派这么关照，小舞还要代师父多谢谢你呢！”她虽然面上笑着，但是笑意并没有到达眼底，自然还在记恨静照对梓夏出阴招。

静照不为所动，平静地回道：“哪里，只是可惜了。”

是可惜梓夏所爱非人，还是可惜刚才没有除掉她？

苏小舞双眸射出锐利的神色，淡然自若道：“没有可惜，梓夏找到了她的幸福，我们该恭喜她。”此言一出，在场之人一片哗然，连苏小舞身边的袁不破都不禁好奇地看着她，更别提目瞪口呆的夏生了。

苏小舞见成功地转移了众人的注意力，令他们不再盯着水涵光，迎着头顶有些毒辣的太阳，深吸一口气装作从容不迫地站在原地。

静照面无表情的脸上破天荒地勾起一抹冷笑，目光投往另一边的萧逸，冷冷道："那样的男人，值得托付终身吗？皇甫少侠被其所害，只这一点便不能原谅。"

苏小舞闻言仪态自若地浅浅笑道："哦？是这样吗？萧逸，把你背上的暮雨剑解下来还给武当派吧。"

萧逸疑惑地抓了抓头，转头看向一旁的水涵光。待后者轻轻点了点头之后，解下暮雨剑，随手丢给云星辰。

云星辰一把接过，习惯性地拿起来端详。

苏小舞心提到了嗓子眼，如果她没有料错……

"奇怪，这剑并不是非墨的！"云星辰露出深思的神色，片刻之后抬头说道，"这到底是怎么回事？"

苏小舞见萧逸一脸被打击的表情，油然替他解释道："听梓夏和我说起，这把剑是萧右使回岐天谷的路上捡到的，而他这些天一直是在寻找皇甫少侠的下落。"她特意强调那个"捡"字，脸上扬起不出她所料的笑容。

云星辰双目登时亮了起来，自是因为自己师弟安危无恙而高兴，拱手致歉道："那这一切是云某唐突，萧兄莫怪。"

苏小舞对云星辰实事求是很有好感，好奇地追问道："云师兄怎么能知道这把剑不是皇甫少侠的？"她也就是冒险一试，总觉得此事蹊跷，没想到确实如此。想那皇甫同学好歹也是少侠榜第四的人物，怎么能不声不响地就被人卸了兵器吧。

云星辰叹着气，看着手中的乌木剑，徐徐道："非墨师弟用的暮雨剑是师叔三清老人随身佩剑，在下经常和非墨过招，自然很清楚。首先重量就不对，原剑所用的千年乌木没有此剑这么轻，并且剑身上的'暮雨剑'三个篆体，并不是三清老人的手笔。"说罢神情一冷，断定道："看来是有心人想算计我们。"

苏小舞暗道云星辰真乖，省去她唇舌。其实她不说，在场的众人都能想到此点，均面面相觑，空地上一片窒息的静默。

尚君诚忽然开口道："那么皇甫非墨究竟在哪里？"

没有人能回答他。

苏小舞一扬眉，淡笑道："先不论皇甫少侠身在何地，至少峨眉派自此之后不再过问梓夏的事情。"

夏生不敢置信地呆望着苏小舞，不相信这句话是从她口中说出来的。

梓夏目光复杂地看向苏小舞，脸上不知道是释然还是绝望。

静照闻言柳眉一竖，不以为然地说道：“一句逐出师门就可以了？峨眉派还真是门规森严啊！”语气冰冷自然，不仔细听还真听不出她话语中冷嘲热讽之意。

苏小舞微微一笑，挑眉道：“静照师姐，你何时听到小舞说要把梓夏逐出师门？小舞的意思是不追究玄衣教的责任了。”

梓夏一呆，捉住萧逸的手一紧，秀眸射出异样的神采，期待地看着苏小舞却不敢询问。

静照目光紧攫着苏小舞，仍是以那种冰冷的语调道：“为何？”

苏小舞嘴角逸出一丝笑意，扫视了相依偎在一起的萧逸和梓夏，平静地说道：“静照师姐，梓夏可曾剃度？”

“不曾。”静照答道。

“那，为何不许人家男欢女爱？现在误会解除，我代替师父已经同意梓夏嫁入玄衣教，有何不可？”苏小舞边说边看向夏生，用眼神制止他提出异议。

静照冷哼一声，坚持道：“好，就算萧逸没有杀害皇甫非墨的嫌疑，那么他和你又是怎么回事？”静照举起剑鞘，直直指向苏小舞身后的水涵光。

苏小舞无辜地眨了眨眼睛，好整以暇道：“怎么了？水公子虽然说是劫持了我，可是后来经我和他沟通，也是误会造成的。”

青莲师太此时上前一步，一甩拂尘冷声问道：“是什么误会？”竟是一副不得到回答不罢休的样子。

“事情是这样的。”苏小舞一边慢悠悠地说道，一边飞快地在脑海里组织言语，“本来是梓夏偷偷找我，想要解释她的事情。但我不放心，怕她所托非人，所以缠着她让她私带我进歧天谷。”苏小舞一字一句地缓缓说着，目光扫过在场的所有人面上各异的表情。知道身边袁不破略带疑问的目光，却假装没看到，硬着头皮编下去。

“而看到萧逸之后，梓夏解释了他捡到暮雨剑的经过，小舞才怀疑此事另有隐情。”苏小舞微颦秀眉，仿佛真的为此事而苦恼一般，“所以我想留下暗自查探，没想到碰上了水公子。被他当成奸细抓了起来。就是这样而已。”

苏小舞言罢坦然地望向众人审视的目光，一身的黑衣衬得她一夜没休息好的面容更加苍白无血色。

尚君诚回首和几位掌门交换了下眼色，正容说道：“本来梓夏这件事就是峨眉派内部的事情，既然苏掌门不发话，此事就作罢。”

苏小舞心内暗松一口气,狠下心别过头避开对面夏生询问的眼神。夏生正太啊，我可是为了你姐姐以后的幸福，别恨我哦!

正想随着袁不破走回九大派的队伍中去，苏小舞就听到那个惠痴和尚开口，仍然喋喋不休地劝说水涵光和他回少林寺，旁边还有众人帮腔，那架势堪比唐僧再世。

听着他们一口一个妖孽，苏小舞眼角瞥见水涵光惨白的俊脸，终于忍不住停下脚步，略带不解地轻颦黛眉问道：“尚掌门，为何你们要为难一个身患重病之人呢？”

叶离闻言抬头朝苏小舞望来，冷漠得有如古井深潭的眼眸闪过一丝涟漪，而他身边的水涵光却平静的木然无语，好像他们说的那人不是他一样。

尚君诚等人一愣，青莲师太皱眉问道：“重病？京城悬壶轩的端木齐虽然没有亲眼见过水涵光，可是曾声明他从未见过这种病症。”

苏小舞露出更加狐疑的神色，期期艾艾地说道：“那怎么会，小舞曾经见到过类似病症的人啊？难道是那位端木大夫说的有错？不可能吧，人家可是悬壶轩的人啊，那可能就是我看错了吧。”从他们的对话和叶离提到过的那次，苏小舞确定悬壶轩肯定是天下闻名的医馆。她一招以退为进配合着脸上大惑不解的迷茫神情，让人完全忘记了她方才是多么坚决地决定了梓夏的去留。

萧逸却不管尚君诚他们有何反应，高声问道：“苏掌门，你为何确定涵光是得了重病？到底这个病症严不严重啊？”

苏小舞抬首望向远处的云端，面上浮现出回忆的神色，长吁短叹吊了众人许久的胃口，才轻笑地说道：“你们难道没有见到过少白头吗？因为思念某人一夜白头，也不是不可能啊。”

感到叶离惊讶的目光，苏小舞无可奈何地眨了眨眼。她还能怎么说？说不能近亲结婚、说可能隔代遗传、说隐性基因和显性基因？不把她也当成妖怪抓起来都对不起惠痴和尚那句“阿弥陀佛”。

衡山派掌门夏流阳眯着他本来就细小的双眼，不信的朝水涵光一指，问道：“那他的眼睛是怎么回事？”

苏小舞耸耸肩，大惑不解地反问道：“难道你们没见过什么叫天行赤眼吗？”

一副嫌他们大惊小怪的模样。天行赤眼，就是现代俗称的红眼病，苏小舞的同学曾经得过，她曾好奇在网上百度的时候得知的中医名称。

青莲师太将信将疑地上下打量着水涵光，虽然觉得苏小舞有点强词夺理，可是却一时找不到什么话来反驳她。

“那你又为何说他身患重病？好像这两种病都不是很严重吧？”夏流阳咄咄逼人地追问道。

“他得了天行赤眼都五年了，视力都快失去了，还不算重病？”苏小舞急中生智地回了一句，她刚刚也是随便说了一句重病，没想到夏流阳这么计较。

尚君诚若有所思地沉吟了一阵，一面双目紧紧盯住苏小舞面上的表情，想从她的眉宇间找出一点点动摇的迹象，一面缓缓说道:“那，他的血液有毒怎么回事？”

苏小舞毫无准备的一愣，反射性地朝水涵光看去，竟然发现他像是回忆起什么事情一样，赤瞳里闪现着慌乱的神色。

第二十二章 埋伏？急转直下

苏小舞没想到水涵光血液有毒的事情，除了玄衣教之外还有人知道，脸上虽然只是愣了那么一刹那，也足够尚君诚琢磨的了。

“这个小舞还真的不清楚。”苏小舞忽然扬起更加灿烂的笑容，“不知道尚掌门为何知道的这么详细？水公子可曾害过什么人吗？”之秋当时介绍玄衣教的时候，可没有介绍什么圣子，可见水涵光的存在一般江湖人还不知道，或者是讳莫如深的绝口不提。那么他血液有毒，一定知道的人更少。或许，还是和五年前的武林大会有关。

苏小舞不出所料地看着尚君诚面色一僵，内心好奇到极点。到底五年前发生了什么？那个传说中的魔头慕容玄瑟真的如水涵光所说，死了吗？还是今天这场戏就是尚君诚他们想逼出慕容玄瑟而做的？毕竟，她旁观到现在，都觉得有些离谱了。

尚君诚脸色很快就恢复常态，不紧不慢地捋着长须说道："老夫曾经亲眼见过一人，在粘上水涵光的血液之后，全身肌肤逐渐溃烂，哀嚎了一天一夜之后鲜血流尽而死。"

他的话语虽然平静如昔，但是其间描述的惨状，让在阳光底下站着的苏小舞硬生生地打了一个冷战。咬着下唇不解地看着强自镇定的水涵光，他昨晚可不是这么对她说的啊！

苏小舞还注意到尚君诚此话一出，在场有数的几个人都纷纷面色一白，显然也是曾经见过。紧张了抿了抿唇，苏小舞实在不知道还能说什么，难道要她现场试一下她粘上他的血之后能不能中毒？

"贫尼不解，为何苏掌门这么替玄衣魔教说话，尤其是替这个人。他明明是一个见不得阳光的妖孽，值得苏掌门如此回护吗？"青莲师太上前一步，面上笑容可掬，可是说出来的话却是盛气凌人锐比剑锋，一点都不留余地。

苏小舞哑口无言。确实，她自从从假山里出来之后，句句话说的都是为玄衣教。都不用提现在一脸陌生眼神看着她的夏生，连和玄衣教叶离有交情的袁不破，也在她身边用不解的目光凝视着她。

立时气氛变得古怪起来。

唉，她还是做得不对吗？作为峨眉派掌门，她就应该像静照那样义正严词地指责玄衣教是魔教，萧逸是淫徒，忽略梓夏和他两厢情愿的事实把前者逐出师门，然后站在一旁看热闹？

或者，像袁不破那样，私底下和他们交好，可是表面上还是壁垒分明，该出手时就出手，绝不含糊。

苏小舞心烦意乱，上面的事情也不是很难做，但是她就是觉得郁闷。这就是江湖吗？江湖不应该充斥着大碗喝酒大口吃肉的豪情吗？江湖不应该是充满着剑客和侠女邂逅的浪漫吗？为什么她见到的都如此的现实？和小说里写的完全不一样？这样的江湖她想要吗？

不行，这不是她想要的。苏小舞俏脸惨白，动了动唇刚想说什么。就听到水涵光清冷的声音从远处传来，缓缓道："苏掌门只是不想挑起争端，维持武林和平而已。"

苏小舞愕然望去，只见水涵光缓步走出假山的阴影，卓立在阳光下，单薄的身躯挺得笔直。阳光洒在他的银发上，像是笼罩了一个光圈，让人移不开目光。

他？他怎么走出来了？苏小舞一怔，心忍不住漏跳了一拍，虽然晒一下不要紧，但是她也不知道会有什么反应啊，如果让这帮老家伙抓住把柄，岂不是下一步就要被老和尚镇压到雷峰塔下面去了？

"想维持武林和平？"尚君诚视线来回在水涵光和苏小舞的身上徘徊，淡淡笑道："可是老夫没觉得玄衣教有这个念头。"

水涵光神色不漏半分情绪的波动，赤瞳里却闪过一丝毒辣的目光，夷然说道："在下本来不想多做解释，只是一直奉行解释就是掩饰，掩饰就是确有其事。今日玄衣教也不是怕了众位相逼，只是看在苏掌门的面子上，你们都要讨回什么公道，在下一一解释给你们听！"

苏小舞呆了一呆，心下不知道是什么滋味，只觉得看到站在阳光下勉强站直身躯的他，心里觉得异常地难受。

"好！那请问去年九月河南安阳惨案究竟玄衣教如何解释？"在九大派阵营里有人立刻毫不客气地开口问道。

水涵光神色从容地回道："去年九月河南吕家灭门惨案的事情是巨鲸帮冒充玄衣教所为，事情的起源是因为…………"竟然洋洋洒洒不停歇地说了一盏茶的时间，把事件的起源和经过详详细细地说得一清二楚。其话语间的利害纠葛，令在场之人均垂首深思。

苏小舞渐渐放下心，想起玄衣教既然和风月阁那种情报组织合作，自然对冒充本教的事情多加留意，之前没有解释只是不屑于向白道之人低头而已。

"你有没有事？"袁不破关心地低声问道，顺便借机会朝苏小舞的侧脸看去，他还没有见过没蒙面纱的她。

苏小舞发觉没有人朝他们这边看来，都被水涵光说的话吸引了全部注意力，毕竟他现在爆料的都是武林秘辛。

"没什么。"苏小舞忍住朝水涵光看去的欲望，心里对他的做法还是有些芥蒂，看来她根本不适合武林盟主。

"你耳后的血迹是谁的？怎么是紫红色的？"袁不破没有理会她的冷淡，沉声追问道。

苏小舞自然地抬起手把领子向上竖起来遮住血迹，漫不经意地回答道："没事，是别人的。"原来水涵光的血是紫红色的，怪不得昨晚土长老一看到床铺上的血迹就那么确定，她还是因为光线暗看不出来有什么分别呢。

袁不破不以为意地耸耸肩，显然苏小舞之前对他也是这样爱理不理，迟钝地没发现她有什么不对。倒是叶离察觉到他们这边小小的交谈，投过来淡淡的目光。

苏小舞一瞬不瞬地盯着水涵光在阳光下几近透明的面容，连他口中说着什么都没兴趣听，只求快点结束。可是越是如此祈祷，越是觉得时间难熬，直到阳光挪移了一个位置，空地上才静了下来。

"还有没有人需要解释的？"也许是因为阳光太过刺眼，水涵光干脆闭上赤瞳，平静地说道，面上出奇的没有一丝不耐烦。

尚君诚脸颊两边渗出细汗，显然方才水涵光说的一连串事件给他的打击很大。难道他一手发起的围剿活动会是场闹剧？而且今日水涵光每说出的任何一件事，都可以造成在之后的几个月内，江湖上将掀起前所未有的血雨腥风。他现在突然明白了为何玄衣教隐忍不说的原因，他们大可以用此来要挟涉案者。

维持武林和平？尚君诚想起水涵光最开始说的话，悄悄地握紧右拳。这分明是反语！他居然把这些事都一件件地晒在了太阳底下，自此武林再也没有和平之日。

"我要问！嵩山派七年前，掌门陈嵩在嵩山胜观峰遭受魔教的伏击和暗算，派内的几大弟子也惨遭毒手,究竟是谁做的？"一直躲在队伍里的木羽先生闪身而出，瞪着一双几乎比得上水涵光一样赤红的双目，狠狠地说道。

苏小舞暗叹，只听木羽先生并没有问水涵光作何解释，而是直接问是谁做的，便知道前者早就心知肚明，只是不清楚是何人所为。

水涵光闻言微睁赤瞳，头一次嘴角勾起笑容，显得有些高深莫测的说道："嵩山派木羽先生，七年前元月七日的事情，你真的想知道吗？"言罢眼神状似无意地扫过五岳剑派的另几位掌门，唇角的弧度加深了几分。

木羽先生神色变幻了许久，艰难地从牙缝里挤出话语来说道："当然想知道。为人弟子者，纵使报不了仇，也要知道仇人是谁！"

水涵光依旧淡笑，可是仔细看去，他赤眸里却闪烁着令人不寒而栗的目光。"你就不怕被那人先下手为强？顺便把嵩山派完全消失在这个世上？"

木羽先生悲不自胜地仰天长笑，视线扫过在场众人，惨然说道："这么多人在场，即使鄙人无能，但是苍天有眼，恶人必有恶报。"

"苍天有眼？"水涵光唇角的笑意逐渐扩大，最后无声地笑了几下，声音有些嘶哑的说道："在下最讨厌有人说这句话，苍天有眼？哈哈！真是好笑！"

木羽先生面色一僵，没想到别人想要解决的问题水涵光都毫不犹豫地一一回答，轮到自己的时候，为何变得这么喜怒无常？

苏小舞一直注意着水涵光，当然没有漏下他看向其他五岳掌门的那个眼神。顺着他的目光看去，那几个人面色各异，可是她却看不出来什么。

难道嵩山派惨案居然和他们有关吗？

想着想着，却越想越乱，苏小舞只觉得有些头晕，她昨晚本来就因为要等叶离带她走，就一直没睡。后来又出了被人夜袭的事，基本没睡，早上到现在都已经下午了，只是喝了点清水和腊肉，身体早就受不了了。可是一想到水涵光应该比她还虚弱的身体，昨晚被人重伤，然后现在还暴晒在日光下，又要费劲心力回想各种秘辛。苏小舞咬紧下唇，担心得要死，生怕他下一秒就软倒在地。此时竟然盼着他快点把这帮人的问题全部解决了的好，至于会产生什么后果，她不关心也管不了。

木羽先生一时无语，又不知道该怎样改口，面上神色复杂到极点。

水涵光深吸一口气，紧闭了一下双目，然后又突然间睁开，像是下定决心一般开口道："也罢，今日在下结怨甚多，也不怕再多上这么一件。"说罢轻咳了几下，面色愈加惨白。

一时庭院内只剩下众人的呼吸声，水涵光方才每说出一件事都是丝毫不犹豫地张口就来，为何这个秘密还需要思考一阵？莫非真的是惊天丑闻吗？

苏小舞也感同身受，心跳不受控制地加速，竖起耳朵等待听八卦。

水涵光的唇动了动，还未等说出话音，就听到一声巨响，西方不远处一个火红的烟花直冲上天，蔚蓝的天空像是被硬生生地撕裂了一个丑陋的伤疤，然后慢慢消散。

众人愕然。

白展眼中寒芒一闪，收刀回鞘，冷然望着眼前已经倒地身亡的几个黑衣人，其中一个手中还握着烟雾未尽的烟花筒。

“白展，你也不行啊，居然还有时间让他们临死前放出信号。”一个满身药香的青年缓缓走到白展身边，略带取笑地说道。他身穿一袭素雅蓝衫，眉眼秀长，眼神温润如水，白肤淡唇，略显苍白的肤色带着几分不易察觉的病容。

白展傲然而立，弹了弹衣角并不存在的灰尘，不在乎地说道：“那又如何？我带来的人已经把这里包围住了，他们插翅难飞。端木齐，你就在这里等着，我派人保护你。”

端木齐竖起食指摇了摇，正容说道：“是端木剂，齐通剂，我的名字是通假字，虽然写是写的端木齐，但不是念端木齐。和你说了多少遍了都改不过来？”

白展悠然自得地朝前方一片碧玉的竹林看去，心不在焉地回道：“全天下的人都管你叫端木齐，你认了吧！算了，还是要带你进去，看起来面前的这片竹林有玄机，还要靠你破解下。”

端木齐闷闷不乐扫了一眼竹林，把身上的药箱一扬，随意回道：“我是来看看那个传说中的圣子是不是妖孽的，不是来替你解阵法陷阱的。”

“算了吧！你是为了躲你老爹逼你相亲才哀求我带你出京城的。要不然我才不想带你这个累赘，害我前天又追丢了青衣盗那个家伙！”白展扯扯嘴角，一直绷紧的神经稍微松懈了下来，说到最后的那个人名时，俊逸的脸上瞬间爬满了愤恨。

端木齐不好意思的嘿嘿赔笑着，顾左右而言他地说道：“这里好风景哈！呵呵！”

白展眉梢微微抽搐，满地的鲜血和遍地的横尸，这也叫风景好？

见前方探路的手下回了一个手势，白展知道前路已经畅通，立刻不管端木齐大呼小叫的不乐意，一把拽住他的药箱，拖着他向前走去。

“喂，白展，这次事件虽然是皇上下旨让你彻查叛党，可是收集的情报显示并不是这样。呃，这样好吗？”端木齐随他来到竹林的正前方，整了整衣衫，忧心忡忡地开口问道。

白展旋风般地转过身，一改之前地谈笑风生，对着端木齐正容冷哼道：“不，那里面全是乱党，并不是什么武林人士，记住。”

第二十三章 中计！真凶现身

苏小舞不解地看着天空上缓缓消散的烟花，发现在场的人面色都不好看。

“没想到，你们谷外还有人马。那只好先把你们解决掉了再说！”萧逸右手按上刀柄，满面杀机地说道。此时一直在屋顶占据高点的玄衣教众纷纷重新拉满弓弦。

“等等！”尚君诚沉声说道，“外面的绝对不是我们的人。”

苏小舞回过头以询问的目光看向袁不破，后者面色凝重地摇了摇头。

这都是怎么回事？苏小舞满心的疑团，却心知在场众人心中的疑惑并不下于她。

叶离略皱眉头，开口向水涵光说道：“涵光，这是最紧急的红色信号。要不要我去看一眼？”

水涵光还未回答，便听到头顶传来一阵振翅声。略仰起头，眯起眼睛看着远处飞来的一只信鸽，水涵光低声道：“等等。”

苏小舞眼见那只身上仍然沾有血迹的信鸽摇摇晃晃的落在水涵光的肩头，心下却在想，如果是有人在谷外布下天罗地网，怎么能让一只受伤的信鸽漏网？

水涵光取下鸽子脚上的小竹筒，从里面倒出来一个丝布，小心地展开。

所有人都私下议论纷纷，但是都没有忘记留意水涵光的面色。袁不破悄声地对苏小舞解释道：“看这个鸽子的品种和竹筒的样式，应该是风月阁培养的风速信鸽。”

苏小舞表示知道地点了点头，又是风月阁。上次水涵光从那里收到的情报就是假的，这次呢？

水涵光冷下脸，不敢置信地反复看了几遍，才把信纸递给一旁的叶离，好半晌之后才吐出几个字道："外面的是官兵。"

众皆哗然。

儒以文乱法，侠以武犯禁。武林虽然势力庞大，官府也只是头疼一些犯案众多杀人越货的江湖败类，还没有出现过大规模清洗的事件。

"他们可是想要助我们一扫魔教吗？"青莲师太讶异地问道，"若是如此，我们就出去解释，纵使方才水公子所说不能完全证实玄衣教是清白无辜的，但是我站在这一边。"青莲师太一改之前的咄咄逼人，软下语气说道。

叶离抬头，冷冷说道："恐怕事情没那么简单。"一扬手中的丝布，缓缓续道："风月阁传来的紧急消息，官府的目的是想要趁机把江湖中人一网打尽。"

尚君诚感到背后汗津津的全是冷汗，急问道："怎么会这样？这消息确定准吗？"这话甫问出口，尚君诚便觉得欠缺考量，风月阁那是什么地方？还没有谁宣称过那里发出来的情报是假的。

水涵光却是收到过风月阁来的假情报，但是看着天边已经消散的烟火，他选择相信。"叶离，现在我们怎么办？"水涵光抬手扶住叶离的肩膀，顺便不着痕迹地把自己一半的重量转移过去。

叶离却不给他维持形象的机会，伸手抵住他的背心，输入真气，缓缓道："先不用着急，你的身体要紧。"

苏小舞眼见众人乱成一团，提议交涉的也有，决定杀出去的也有，几位掌门都聚集在一起争论着，唯独木羽先生呆立在空地中央，好像还在等水涵光说出灭门嵩山派的仇人一样。

叹了口气，苏小舞款款朝水涵光和叶离的方向走去，这时他们已经回到大树的阴影之下，避开了阳光的直射。

"你要做什么？"水涵光摆出冷漠的脸色，正眼都没向她瞧来。

耍什么脾气？苏小舞翻了个白眼，由于她正好背对着九大派的人，所以不用担心她打造的美好形象幻灭。"我想请你们顺便救救他们。"想归想，真正开口求人的滋味还真不好受。

水涵光还没回答，叶离先一步抬眼向她看来，冷淡中略带诧异地问道："你怎么知道我们这么有把握逃出生天？"

苏小舞撇撇嘴，这不是显然么？相对于慌乱的另一边，这边的人也太悠闲了点。

嗯，不算那个在一边缠着萧逸担心得要死的梓夏。

“这是个谷，易守难攻，但是如果被人把守住了出口，围上个十天半个月，你们恐怕没有什么问题,这些人大概饿都会饿死了。”苏小舞嘴角微翘似示不屑,晒道。

“那你是来求情的？”水涵光挑了挑他那几乎没有颜色的淡眉，像是有点力不从心说道，“我不是说过吗？别人欺我一寸，我便还他一尺。玄衣教从没被人欺负到家门口来过，为什么我们要帮他们？”

苏小舞低头浅笑，油然道：“得了吧，你自己也知道，方才你说的那些话能造成江湖上多少风雨，还在这里装。你也不想想，如果他们死了，你今天的话岂不是白说了？然后玄衣教恐怕又要背上黑锅。”

水涵光一愣，视线投往九大派的人，咬牙切齿地说道：“的确。”

叶离面上闪过一丝赞赏的神色，但是却没有发表自己的意见，双目看着水涵光，显然是在等他决定。

水涵光目光转回到苏小舞身上，赤瞳里闪烁着不甘心的神色，悻悻然地说道：“好吧，如果你说对了我们如何自救，我就带上他们一起。说错了，我可不管了。”

苏小舞高深莫测地微微一笑，“这还不简单？”她抬头仰望，歧天谷四周环绕着高山，只怕是在周围入谷的地方全部种满了竹林，而他们现在所在的地方已经是歧天谷的内苑，苑后同样是一片竹林，可是不远处就有一片犹如刀切般平整的石壁，像是石山被硬生生劈开了一半一般。

“我知道了。”苏小舞目光停留在那一片石壁之上，气定神闲的笑笑道，“既然连普通的客房都有密道,那么这里肯定有更加隐蔽的密道存在。我猜,就是在那里。”按照桥段，歧天谷这么大的地方肯定会有什么教中圣地一类的地方，最好还有什么武功秘籍之类的。也许，说不定失踪的教主骸骨正孤零零地躺在里面呢。

水涵光凝视她半晌，最后摇头苦笑道：“果然还是被你说中了。也罢，即使不看在你的面子上，也不能浪费我刚才费尽唇舌的辛苦。只是，那边的人，你自己去沟通。”水涵光别有深意地看了她一眼，之后合上赤瞳，闭目调息。

苏小舞想了想他话中的含义，叹了口气转身离去。

她当然知道他言下之意，所以，当苏小舞对上尚君诚等人怀疑的目光时，只能无奈地撇撇嘴。

“苏掌门，你是说，让我们去低头和魔教一起避难？”泰山掌门傅崧之首先就不赞同，眼睛瞪得和铜铃一般大，声音嚷嚷着震天响，生怕玄衣教那边听不见。

"别人的意见呢？"苏小舞都懒得理他，淡淡地询问着其他人。

尚君诚低头沉吟不语，青莲师太是看着尚君诚的脸色，而夏流阳则面无表情地站在一旁，好似没听到苏小舞的话一样。惠痴和尚则是仍然不死心地看着水涵光，口里直念阿弥陀佛。

倒是云星辰认真考虑了一下，肃容道："苏掌门，在下认为外面到底怎么回事，应该派人去探查一下，才好做决定。"

苏小舞暗自思忖，也怪不得他们怀疑，因为烟火和信鸽，都是玄衣教这边的布置，他们不可能只听一面之词就深入玄衣教的腹地。"歧天谷外，难道就没有我们的人吗？"

尚君诚抬眼看了下苏小舞，皱眉道："有是有，可是大部分人都迷失在那片竹林里，只有星辰带着我们这些人进到了这里。"

苏小舞略带诧异地看向云星辰，没想到此人能破解八卦阵法。她沉吟片刻，动了动唇说些什么，却又觉得不好说出口。

云星辰像是知道苏小舞想说什么似的，从容说道："那在下就去看看是否出事，各位掌门可以和玄衣教众避入密道之中，留下几个人接应在下即可。"

青莲师太担心地说道："为了保险起见，不如多派几人和你同去吧。"

云星辰神情坚决地摇了摇头道："青莲师太，人多反而容易暴露行藏，再者竹林内阵法千变万化，来的时候我是强行破除了西方的休门才勉强带着大家出阵，这次再重新进入，不知道会有多凶险。"

苏小舞见他去意已决，所以并未开口劝阻。实际上，她心里在好奇外面的人是谁？风月阁的消息究竟准不准，别人也许不会怀疑，可是她可是见过风月阁放出的假情报，谁知道这次是不是真的啊！

而且，这种被人掌控的滋味真不好受。苏小舞觉得所有事情的发展像是被人推着往深渊里跳一般，身不由己。

云星辰略一躬身，转身几个起落便消失在院落之外。

尚君诚此时开口，用商量的语气说道："苏掌门，我决定留一部分人在这里等云星辰回来，剩下的人随玄衣教躲入密道，你看可否？"

苏小舞仔细看着尚君诚脸上的神情，一时把握不住他内心的想法，只好回道："这件事最好尚掌门去和玄衣教商量，小舞做不了主。"

尚君诚面上现出理应如此的脸色，举步越过仍在空地中央呆愣的木羽先生，朝另一边疗伤的水涵光走去。

看着尚君诚心平气和地和水涵光交涉起来，苏小舞放下半悬的心。其实尚君诚此人的心理还是很好摸清的，无非是想扩大华山派尤其是想扩大自己的威望。现在明显玄衣教更容易拉拢，自然不会摆脸色给他们看。

感受到一边超级有怨念的视线，苏小舞微颦秀眉，缓步走向面色很难看的夏生，叹气道："夏生，你还在生气？"

夏生别扭地偏过头，一言不发。他旁边的知冬耸耸肩，比划手势，意思是交给她了，之后识趣地走开。

苏小舞眼眸一转，便知道夏生在生气什么，浅浅笑道："夏生，等这里事情结束之后，我保证会把梓夏带回峨眉山的。这下你满意不？"

夏生一惊，回过头来急忙问道："真的？"随后才醒悟到自己刚刚还下定决心再也不和苏小舞说话了，居然这么快打破誓言，瞬间涨红了俊脸。

苏小舞忍住心中的好笑，煞有其事地点了点头，续道："我说的话什么时候失言过？既然说了带梓夏回峨眉，自然会说到做到。"

夏生一扫方才的颓然，兴奋的朝远处的梓夏望去。

"不过……"苏小舞沉沉地拉长了音调，欲言又止地皱起秀眉。

夏生大气也不敢喘一下，不安地问道："不过什么？"

苏小舞假模假样地叹了口气，遗憾地说道："不过这以后的日子，梓夏恐怕要为伊消得人憔悴了，从此郁郁寡欢，最后流干眼泪而去也说不定。"苏小舞边说边偷瞄夏生脸上一阵青一阵白的表情，暗叹这萌正太的挣扎实在是让人有上前摧毁的欲望。

不离巢的幼鸟如何能够用自己的翅膀飞翔？嘿嘿，她可是最喜欢做这种推幼鸟离巢的动作。

看着夏生仿佛一瞬间成熟了许多的神情，苏小舞满意地笑了笑。可是夏生接下来的话却让她的刚刚展开一半的笑脸立刻僵硬。

"小舞姐！这还不容易？我再给姐姐找个姐夫不就得了？"

"……"

不知道尚君诚和水涵光是怎么交涉的，反正他们很快就达成协议，同意在庭院内双方各留下十个人，其他人马转移到密道里等候消息。

苏小舞发觉很多人的目光都在聚集在她身上，不禁开始反省是不是自己太过于出风头。

低调，从现在开始要低调行事。

所以跟着心情忽然变好的夏生和一脸好奇的知冬，苏小舞混入人群，慢吞吞地跟在大队伍里面。

走过院后东边的那片竹林，苏小舞特意留神看了许久，可是无论她怎么看，也没发现这里和普通的竹林有什么不同。

希望不是叶离当时在骗她。苏小舞郁闷地打了一个哈欠，她怎么感觉玄衣教这帮人说话骗死人不偿命啊？明明说的外人入谷一年内不许离开，结果叶离当晚就说可以把她送走。口胡！她现在超级怀疑这种规矩就是特意编给梓夏听的。

还有那个什么圣子的！苏小舞一抬眼就看到队伍最前面的亮银色长发，居然骗她说粘上他血液死得不会很痛苦，明明超级恐怖！

胡思乱想中，众人来到了那块石壁之前。苏小舞看不清前面的人究竟如何触动的机关，连应该发出的轰隆声音都没听到，仿佛一眨眼石壁之上就开启了一个只能容人侧身而过的甬道。

“小舞姐，我们真的要进去吗？”夏生垮下笑脸，可怜兮兮地问道，双眼看着黑黝黝的甬道，面上全是不安的神色。

“是的吧，现在没什么别的办法。”苏小舞跟着人群缓缓向前移动，心内虽觉不妥，但是这个要求是她提出来的，她没道理现在提出反对。

跟着前面的人走进密道，一股潮湿之气迎面扑来，等眼睛在突然暗下来的环境里适应了一阵后，苏小舞才发现这个密道地上居然是用平整的大理石块铺成。如此的工艺在落后的古代来说着实难得，不过，即使是皇宫也没有必要把一个区区避难所用的密道弄得这么奢侈吧？

难道，这个地方不仅仅是个避难之所？心怀期待的苏小舞慢慢向前在黑暗中曲折前进，不多时便看到前方点起了烛火，视线突然间开阔，出现了一个极大的石洞，应该是走到了山腹之内。凝神看去，只见这个石洞可以容纳数百人之众，地上仍然是铺着平整华丽的大理石，偶有几十个分散开来的石凳。四壁上有着几盏油灯，虽然不够亮，但是足以让她看清楚这么一个偌大的山洞，除了他们进来的这么多人之外，空空如也，什么都没有。

没错，石壁上既没有武功心法，石洞里也没有满是尘埃的骸骨，就连另一个出口都没有。这下好了，如果玄衣教想把他们一网打尽，只要把密道口封住即可。

显然不是苏小舞一人这么怀疑，九大派中人几乎个个脸色都很难看。

“尚掌门，请你看好你自己的人。这歧天山内部的密道错综复杂，不下于外面的竹林阵法，如果你刚才私下派出去的人不小心触动机关，和我们可是一点关系都没有。”叶离扶着水涵光在一旁的石凳上坐好，背对着尚君诚淡淡说道，犹如背后长了眼睛一般。

尚君诚强压怒气地说道：“我们刚才不是说好是离开歧天谷的密道吗？”

叶离转过身，一挑眉冷冷道：“没有离开歧天谷的密道，因为不想和官府正面起冲突，只好到这里避一避。如果尚掌门不满意的话，可以按原路返回，叶某概不留客。”这一席话说的义正词严，好像他们一番好心被人误解多深一般。

对，就是这种调调！苏小舞听得几乎咬牙切齿，现在才明白过来为何玄衣教在江湖上的名声不好。除了传说中那个慕容玄瑟魔头造成的不良历史之外，他们这种说话极其不负责任的态度根本造成了和自诩为江湖正道门派的偏离。

毕竟，说话变得这么快的人，她还是不经常能见到。

尚君诚脸色一变，还没有谁能当着他的面如此语气地和他说话，再好的修养也不能忍受，正想和他们撕破脸皮，便听到一个声音压抑地问道：“我不管你们到底在说什么，我还是要问，究竟是谁杀了我的师父！”

木羽先生抓起不知道哪里弄来的小酒瓶，仰头喝了一口，借着酒气冷眼看着闭目坐在一角的水涵光。

苏小舞一愣，才知道这位仁兄压根就没打消念头，一直想找机会开口问这件事。默默地拽着夏生和知冬躲在别人身后，靠着石壁而立。他们要低调，要低调，不论发生什么事都不能再出头。

水涵光微睁赤瞳，银色的亮发在油灯的映照下，闪着诡异的亮橘色光芒，衬着他原本惨白的肌肤有了一丝红润，闲闲地开口道：“哦，我刚才没说啊。”

木羽先生瞪着两只布满血丝的眼睛，深吸一口气等着水涵光说出真相。

苏小舞冷眼旁观，悄悄计算玄衣教众的人数，却发现几乎没有少。难道玄衣教确实是真心想要帮助九大派共度难关吗？

“咣当！”

苏小舞循声望去，只见木羽先生一脸不敢相信的模样站在当场，地上是破碎一地的酒瓶碎片，同时一股浓郁的酒气扑面传来。

他搞什么鬼？苏小舞不满的皱皱秀眉，水涵光不是还没说出来凶手是谁吗？做什么一副大受打击的样子？

还没反应过来怎么回事，苏小舞便感到身旁的夏生拽住自己的衣袖，并且越来越大力。

略带不解的转头看去，却见夏生有气无力地靠在石壁上，渐渐下滑颓然坐在地上。

“夏生，你怎么了？”苏小舞心惊的蹲下身，悄声急问道。

“砰！砰！……”石洞内传来此起彼伏的跌坐声，等苏小舞愕然看去时，能凭自己能力站在当场的人已是有数的几个。

“冰……冰神极渊……”尚君诚勉强站在原地，从牙缝里艰难地挤出这几个字，双眼怒火滔天地凝视着仍然坐得笔直的水涵光。

第二十四章 愿望！绝世武功

此起彼伏的跌坐声告一段落之后，一时石洞内突然鸦雀无声，众人均面面相觑，暗中提气，视察体内的情况。而当听清楚尚君诚所说的话后，半数以上的人面色大变。

九大派这边人人惊呼喝骂玄衣教卑鄙无耻，显然是无一幸免，场面乱成一团。

苏小舞奇怪得要死，她怎么什么感觉都没有啊，再正常不过了。“夏生，你怎么样？”苏小舞悄声问道。

夏生费劲地吐出几个字，道：“小舞姐，我……觉得身体不是自己的了，你呢？”

苏小舞一惊，这不正是她昨晚的症状吗？往玄衣教聚集的那个方向看去，发现那里也是无一例外的软倒在地，只有叶离和萧逸强撑着站直身体。

“呃，我也觉得好难过……怎么回事？尚掌门说的冰神极渊又是什么东西？”苏小舞连忙就势坐在地上，低调低调，她可没忘了这条保命真理。

“好像是一种毒药。”相比夏生，知冬的说话利落了许多，大概是内力比夏生强些的原因，“我听师父提起过一次，不过没听仔细。”知冬坐在苏小舞的另一边，皱眉说道。

苏小舞此时也注意到那个手拿碧玉拐杖的土长老也一脸慌乱地坐在原地，看样子不像是作假，难道这冰神极渊的毒药并不是他所放？

视线和水涵光的接触上，瞬间又错开。苏小舞垂下头，她选择相信他。这件事应该不是他做的，但是看他坐得笔直的模样，并不像是中毒的症状，莫非他也是百毒不侵？

可是苏小舞相信并不代表别人相信。

“水涵光！你居然卑鄙到下毒！”泰山掌门傅崧之一屁股坐在大理石地上，还不忘大声喝骂水涵光，词汇运用得精彩纷呈，苏小舞闻所未闻。

水涵光神情没有一丝波动，淡色的睫毛忽闪了几下，若无其事地说道：“若毒是我下的，我现在就走过去让你下地府见阎王，看你对着他那张嘴还能骂出什么词来。”

傅崧之的声音戛然而止，面上的神色变幻莫测。

尚君诚脸色再变，为了节省体力，缓缓的盘膝坐在地上，其他人也跟着一一坐下。

而叶离和萧逸也同样保存体力而坐下，此时石洞内就只剩水涵光端坐在石凳之上。

一时石洞内恢复了令人窒息的沉默，像极了实施死刑前的寂静。只能听到油灯偶尔爆出的火花声，像是催命符般“啪啪”的响着。

苏小舞紧张地抿了抿唇，这又是怎么回事？石洞这些人之间，肯定是有人下了毒，而且本来就是两大阵营，分别各自以怀疑的目光看着对方。

“是谁下的毒？”萧逸忍不住厉声喝道，回声空旷的石洞内轰隆作响。

“别贼喊捉贼！”青莲师太颤声反驳道。

双方均你眼望我眼，互相怀疑，形势诡异到极点。

“我知道是谁。”木羽先生突然打破了沉默，嘶哑着声音说道。

众人都把目光投向他，等待他的下文。此时有许多年轻的弟子连坐在地上都无法支撑，纷纷狼狈地躺在地上，还好夏生和知冬靠着石壁，勉强地让身体坐着。

“下毒的人，就是杀我师父之人！他为了不想让水涵光说出自己的名字，所以才下毒！”木羽先生几乎声嘶力竭地费劲说道。

过半数的人脸上出现不以为然的神情，“木羽，你怎么这时候还想着套话啊？杀陈嵩的那家伙也许都不在这里，怎么下毒啊？我们还是研究怎么把毒解了，之后随你怎么问水涵光！”傅崧之哈哈大笑，显然看不起木羽先生。

“不管是谁下的毒，水公子，能否把凶手告知鄙人？让鄙人做个明白鬼？”木羽先生颓然地坐在地上那一滩酒水上，要不是现在动弹不得，苏小舞相信他绝对都要给水涵光跪下了。

水涵光垂首不语，半晌之后才缓缓说道：“杀你师父的这个人，现在确实在场。”

众皆哗然，一时失去行动能力反而不能吸引他们的注意力了。现在在场，这意味着什么？

“难道真的是你们玄衣教所为不成？”青莲师太愤然道。因为水涵光三番两次吞吞吐吐的态度，给了她错觉。

水涵光冷哂道：“嵩山派和玄衣教有何关系？而且七年前玄瑟教主在江湖中呼风唤雨，也没必要和一个落魄的门派过不去。”

“那你婆婆妈妈的干啥？快说！”傅崧之好奇心也被吊起，高声催促道。

苏小舞低调地坐在冰冷的大理石地面上，双眼不住地瞄着九大派中人。由水涵光的态度来看，灭门嵩山派的凶手肯定不是玄衣教，那么排除法，在场的就只有剩下的这一半人。会是谁呢？

水涵光冷笑道：“还需要我亲自说出来吗？这石洞里的毒是你放的吧？应该不会那么笨连自己都中毒了，站不起来吧？”

众人知道水涵光这一番话就是对那个凶手所说，均摒住呼吸四处张望。

“哈哈！水涵光，看来我还小看了你，居然冰神极渊对于你也没有任何作用！”嚣张的笑声传来，一个身影缓缓站起，赫然就是衡山派掌门夏流阳。

尚君诚等人目瞪口呆，怎么也不能相信凶手居然会是他，木羽先生更是目眦欲裂。但是看他行动自如，明显没有中毒的迹象，自己又站出来承认，不容得他们怀疑。

苏小舞撇了撇嘴，果然是这个家伙。儿子不是好东西，没想到老子也不是好人。

水涵光仍然不动声色地坐在石凳之上，赤目低垂，一脸果然不出所料的表情，浅浅的微笑着。

“夏流阳！居然是你杀了我师父！”木羽先生愤然喝道，怒火中烧地想站起身，可是力不从心，连手都抬不起来。“老子和你拼命！”

夏流阳呵呵的笑着，脸上肥肉乱颤，显出其一直隐藏的阴险气质，“是又如何？你现在不过是一只只能乱叫的狗！我夏流阳一个手指头就能要你的命！呵呵，不过你还真是和你那师父一个性子啊，连说的话都一样，哈哈！”说罢还踹了木羽先生一脚，看着他无力地躺在地上，夏流阳丧心病狂地发出长笑声。

苏小舞看得心惊，心里默念佛主保佑，头又往下缩了缩。保佑他别想起来她恶整他儿子的事吧……

“夏流阳，你究竟为了什么杀了陈嵩？”尚君诚冷下一张脸，一开始惊诧的神情已经卸下，冷静地问道。

“为了什么？”夏流阳捏着双层的下巴，好像回忆了很久，才故意的恍然“哦”了一声，“那老头子啊，居然藏了好多剑谱，还不说出来在哪里，光知道施展几招向我炫耀，哼，老夫一生气就杀了他呗。”

苏小舞听得心寒，果然在江湖中，武功是至高无上的追求，居然就是为了几本剑谱就可以刀刃相向。

木羽先生在地上气得浑身直颤，居然连骂人的力气都没有了。

傅崧之怒目圆睁，喝道：“那你现在把我们放倒在地是什么意思？难道要把我们全部灭口不成？你别忘了，云星辰还在外面呢，他回来会怎么想？”

夏流阳闻言本来停歇的笑声更加猖狂，“哈哈！云星辰？你们就没想到过，云星辰也是我的人？”

这下比重磅炮弹更加有威力，武当此次来的人纷纷喝骂，怒斥他乱造谣。

“小舞姐，他……他乱说的吧？”苏小舞耳边传来夏生颤抖的声音。

“嗯，他乱说的，别信。”苏小舞低声回道，却不知道究竟该相信谁。这都是什么乱七八糟的事情啊？偏偏还就她能行动自如，可是她一点武功都不会，顶多轻功骗骗人，怎么办？当然，坐在那边一动不动的水涵光被她排除在外。

紧咬下唇，苏小舞大脑一片空白，不由自主的伸出左手入怀摸到了那块不离身的玉佩，入手凉凉的，玉佩并没有因为她的体温而转热。

连着用红布包着的三枚金针和玉佩一起拿了出来，苏小舞悄悄握在手里，从玉佩传来的冰冷感觉直冲背脊。

苏小舞被冰得打了一个哆嗦，金针不小心刺破了手指尖，一滴鲜血从扳指一直流到了玉佩上。苏小舞怕被人发现她动作太大，所以只能忍着痛却不能擦拭。

“你的人？夏流阳，你究竟是什么人？目的是什么？”尚君诚面无表情地沉声问道。

夏流阳得意地在尚君诚的周围来回走了走，悠然自得地开口道：“哦，也许不该这么说，云星辰不是我的人，但也应该是我主上的人。”

“主上？你是在为谁做事？”青莲师太敏感地抓住夏流阳的话头，疾言厉色地问道。

夏流阳停下脚步，嘿嘿笑道：“老夫这里有一种毒药，名曰知名不具，需要一个月服一次解药制止发作时的痛苦。师太如果想知道老夫的主子是谁，大可服下此药，以表忠心。老夫会看在昔日的情分上，帮你说说好话。”

青莲师太不屑地冷哼一声，自然知道不服药的后果是什么，所以闭嘴一言不发。

苏小舞这下听出来是怎么回事了。有人通过夏流阳，想要控制武林的势力。这也就可以说的通那把假造皇甫非墨的暮雨剑为何那么恰巧地被萧逸捡到，如果想的更远一些，难道外面的官兵都是那个神秘人所控制的？

但是此人当真可怕，居然能算准尚君诚等人会来围剿魔教，造成现今的局势。

且不管苏小舞是如何乱猜，夏流阳收回在青莲师太身上的目光，转投向在一边坐得笔直的水涵光，阴笑道：“不知道主上为何千叮万嘱地要我留意你，不过没想到冰神极渊居然对你没有作用，果然是当年杀人无数的妖孽啊！”

水涵光身躯一颤，抿住唇一言不发。

“住嘴！你这个人面兽心的家伙！到底你想怎么样？唔……”萧逸怒火中烧地喝道，不过下一秒声音就戛然而止，本来就被云星辰重创的左肩上被夏流阳毫不客气的刺上一剑。

夏流阳毫不在意，丝毫不像是刚刚下过毒手之人，偏过头抚着下巴期盼地盯着水涵光，说道：“我想要什么？相信水公子自己心里清楚。我用的冰神极渊的分量足够你们两个时辰不能动弹，我们慢慢耗。不过，每过一炷香的时间，我会杀一个掌门或者你的左右使，不用着急，好好考虑。”

苏小舞大气都不敢喘一下，听得糊里糊涂。不过夏流阳最后说的倒是懂了，她也算是掌门级别的——尤其后者还特意朝她的方向阴森森地看过来。

水涵光面色一变，冷冷说道：“你想要的东西就在我身上，何不自己动手来拿？”

夏流阳不出他所料的一笑，举步朝水涵光走去，当然不忘抽出腰间的利剑。“既然水公子慷慨，那老夫也就不客气了！”说罢朝端坐的水涵光举剑刺去。

在苏小舞差点失声惊呼的时候，眼中却分明看到水涵光不慌不忙地举起双手，化作千百掌影，衣袖翻飞，动作无比的潇洒自如。在夏流阳剑影威逼下，下身纹丝不动的坐在石凳之上，双手或抓或掌或弹或拳，夏流阳一时居然拿他没有办法。

纵使形势凶险异常，水涵光的银发被剑气吹得向后飘散，可他的脸上却仍静如止水。

苏小舞已经无力再生气了，早该想到这家伙和她说的不会武功是谎话。

可是她也能看出来，水涵光不知道为什么不肯站起来，夏流阳几十年的功力也不是白给的，这样下去怎么能行？一旁的叶离闭目调息中，而萧逸肩头的伤口血流不止，这两人根本指望不上。更别提九大门派这边，都是一脸大受打击的模样，没有人关心水涵光的死活。

苏小舞心急如焚，正束手无策之际，却突然感到手中原本寒冷如冰的玉佩忽然之间变得滚烫，而且那种热力是一阵阵的，令她生出玉佩正在跳动着的古怪感受，仿佛手中握着的就像是一颗正在跳动着的心脏。

苏小舞双眼紧紧盯住石洞中央打斗的两人，无暇低头去看自己手上的玉佩是怎么回事。但是脑海里却没有停止思考。

金针、玉佩、扳指，难道这三样碰在一起才能产生作用吗？不对，刚才她好像流了血——居然是滴血认主这么俗的方法？

俗就俗吧？那为什么那个疯子帅哥没和她说明白用途？苏小舞内心诅咒了两句。

不过她现在还不是武林盟主，好像即使喊了三遍估计也回不去。苏小舞紧咬下唇，感受着手上玉佩越来越烫，小声地念道：“我要绝世武功……”

“小舞姐……你在念什么？”夏生侧过头来，悄声问道。

“别管我。”苏小舞见毫无反应，索性把红布包着的金针翻了出来，拿起一根放在玉佩上一起拿在手中。狠心地往自己的指尖扎去，同时小声念道：“我要绝世武功……又没反应。好吧，我不贪心，能打赢夏流阳就够了！”

苏小舞感到指尖的疼痛瞬间麻木，眼睁睁的看着手里的金针就这么凭空消失。

大气都不敢喘一下，苏小舞不敢置信地瞪大双眼，愣愣地看着玉佩上的血逐渐渗进碧绿的玉佩中，然后慢慢消散。

而在这之后指尖的麻木感觉，像是一条有意识的毒蛇一般，沿着她的手臂往上慢慢爬过去，从小臂到肩头，缓缓的延展到全身。

苏小舞苦笑，这次可是真的身体一点控制力都没有了，头脑以下的身躯失去了一般，可比冰神极渊更加厉害。幸好左手是平放在地面上的，玉佩并没有掉下来。

连眼皮渐渐都失去了支撑，违背主人意志的隔绝了外面的世界，水涵光那头银色的亮发也消失在了她的视线里。苏小舞眼前一片漆黑，渐渐连打斗声都无法听到了。

不知道过了多久，苏小舞的意识从深沉的睡眠中，醒转过来。

她首先听到的还是打斗声。可是不同于失去意识前那种距离颇远的声音，这次好像就是在她耳边一样，清晰又真切。

难道居然在她身边打起来了？苏小舞不知自己昏迷了多久，心急如焚。可是偏偏眼皮不听使唤，黑暗中她几乎可以感到身上每一个毛孔的呼吸，经脉里充满了无穷的力量。

"小舞姐，没想到水涵光武功真好。不过，他为什么没中毒呢？"耳边传来夏生轻声地询问。

什么？还在打？苏小舞一惊之下睁开了双眼，入目的情景几乎和她闭上眼之前没有区别，可是眼前的世界给她的感觉完全变了样。虽然还是在那个石洞内，但是这里在她眼中辉煌足以比做皇宫，每样东西都出奇的美丽。

烛火好像更加亮了些，映照着石洞内光线更加清晰，一切事物都散发着闪闪光辉。夏流阳和水涵光仍然在缠斗，后者依然端坐石凳之上丝毫不动。可是在苏小舞眼里，他们两人的动作慢了许多，就连之前看到水涵光掌影翻飞的情况也不复存在，他双手的动作她可以看得一清二楚。

一股前所未有的喜悦涌上心头。苏小舞醒悟到，她应该是借着金针玉佩的能力，瞬间成长为武林高手。而好眼力，自然是高手所具备的最基本技能。

在夏生眼中，苏小舞睁开双目的时候，眼中闪过前所未有的慑人异芒，稍留即逝，虽然现在已经回复到平常的眼神，但是已比往日更加深邃动人。

夏生莫名其妙的微微脸红，已经忘了自己刚才要说什么，目光完全离不开苏小舞好似散发着光芒的脸颊。

"砰！"夏流阳和水涵光内力交击声传来，夏流阳退后三步，双眼闪烁着凶狠毒辣的目光朝着水涵光看去。

"为什么不站起来？瞧不起我吗？"夏流阳剑尖微微颤抖，显然是认识到自己连一个坐着不动并且手无寸铁的人都无法打过，大受打击。

水涵光弹了弹肩上些许被剑气扫到断掉的银发，长吁短叹地取笑道："不用站起来也可以啊，毕竟衡山派只是些三脚猫的功夫，这点江湖上的人都知道。”

夏流阳面上一阵青一阵白，片刻之后却恢复常态，呵呵笑道：“我知道了，不是你托大不站起来，而是你根本站不起来。看来冰神极渊这毒药对你并不是没有作用啊！”

苏小舞恍然，这才解释得通，为何昨夜武功如此强悍的水涵光也能着了土长老的道。慢着，土长老……对啊，昨夜的冰神极渊是土长老下的，那么他肯定有解药。

略微伸长了脖子确定了土长老所在的位置，苏小舞遗憾地叹了叹气。呃，是远了点，不惊动任何人爬过去简直就是痴心妄想。

先偷偷地把玉佩和剩下的两枚金针小心翼翼地收回到怀中，苏小舞刚放好，就看到夏流阳凶恶的眼神朝她望来，吓得她一动都不敢动。

“站不站得起来，试试就知道了。呵呵，我还真笨，还有这么多时间，应该好好玩玩嘛！”夏流阳狰狞地狂笑道，双眼一直盯着苏小舞。

水涵光俊脸首次大惊失色，不禁开口惊呼道：“快逃！”

夏流阳闻言更加猖狂地笑着：“逃？你让她怎么逃？中了冰神极渊，还不是让老夫随便千刀万剐？也对，我和这女人还有账，要好好算算！”

苏小舞内心一暖，水涵光定然知道她不会中毒，所以让她先逃。

若无其事地拍了拍身上的灰尘，苏小舞在众人好似见了鬼的表情中站起身，随后对着夏流阳嫣然一笑道：“什么账要和小舞算呢？小舞好害怕哦！”

第二十五章 高手，辣手狠心

夏流阳吃了一惊，反射性地问道：“你怎么会……”

苏小舞无奈地摊摊手，若无其事地说道：“可能是你用的冰神极渊过期了吧，反正我没觉得有什么症状。”

夏流阳疑神疑鬼地环顾四周，当然是害怕还有其他人和苏小舞一样，突然之间就站了起来。呆看了几圈之后，见并无其他动静，才放心的呵呵笑道：“不知道你怎么会没中毒，不过，就你一个丫头片子，老夫还不放在眼里。”

水涵光受不了他们在这里好像没事人似的聊天，忍不住提高音量说道：“苏小舞！你还不快走？通知留守苑内的人过来救我们！”

夏流阳闻言奸笑道：“想走？我怕她根本走不了！”说罢越过地上许多“障碍物”，轻身朝苏小舞扑去。

明明眼内看着苏小舞笑盈盈地站在当场，夏流阳心内还在怀疑为何她一点惊慌的表情都没有。但是他已经封死她可以逃走的所有路线，不怕她耍什么花招。

正在自鸣得意时，夏流阳却眼睁睁地看着苏小舞消失在他的视线里。

事情几乎是瞬间发生，他纵横江湖许多年，还未看过如此骇人的轻功。等他回过神时，不解地看着没有借机会逃出石洞，反而朝石洞深处掠去的苏小舞。

苏小舞深呼吸，平静下急速跳动的心脏。原来，武林高手就是这样的感觉，她的身体几乎是身随意动，刚想抬腿往这个方向奔来，刹那间就到了。

低下头正容地对面前端坐的土长老轻声说道：“解药呢？我知道你有冰神极渊的解药。不想死在这里的话，最好快点拿出来。”苏小舞面上勾起一抹略带威胁的笑容，话说，有了底气的人说话果然就是不一样。

土长老闭目摇了摇头，倒是一旁的叶离睁开双目，有些诧异地朝苏小舞看来。显然是不相信苏小舞为何没有中毒，而且武功突然之间变得这么厉害，当初他可是亲手把过脉确认的。

苏小舞微颦秀眉，弯腰抢过土长老膝上的碧玉拐杖，一点都不客气的在他身上捅来捅去，果然没有瓶瓶罐罐的样子。

难道是因为太过于珍贵所以不随身携带吗？苏小舞秀眉皱得越发厉害，难道她只能管夏流阳那个败类要吗？虽然她现在武功貌似很强，但是她武功招式也不会啊——哦，会太极……

正在胡思乱想中，苏小舞就听到身旁的叶离不紧不慢地冷冷说道：“女人，别发呆了，这个糟老头子有什么好非礼的？你看夏流阳嫉妒了不是？”

叶离刚刚开口，苏小舞便敏感的听到身后破风声响起，逼人的寒气透骨而来。不慌不忙地翩然一闪身，苏小舞轻松地躲开夏流阳的攻击，可是当她转过身看清楚发生了什么事之后，俏脸变色。

夏流阳的剑势并没有停止，而是顺势插入了土长老的胸膛之中，后者当即毙命。而此时，叶离的话音才刚刚落下。

苏小舞头皮发麻，呼吸顿止。她尚且是头一次见到活生生的生命在她眼前消逝，顿时杏目圆睁，好久都没回过神。

夏流阳利落地抽出剑，好像未曾下毒手杀过任何人般，仍然笑嘻嘻地说道："这样才好，死了多干净。"

苏小舞愣愣地看着他剑尖上仍然滴落的鲜血，头脑一时空白。眼看着土长老死前惊讶的神情，苏小舞突然想到，难不成这个人也是夏流阳那个主上安插在玄衣教的暗桩？可是，为何夏流阳下辣手呢？

"苏掌门，这只是一个魔教的长老，至于为他如此伤心吗？"夏流阳好奇地问道，面上的表情反而是一脸的道貌岸然。

苏小舞冷下脸，且不论土长老到底是不是居心叵测，玄衣教是不是魔教，而夏流阳现在已经完完全全是个丧心病狂的魔头了。

"夏流阳，多行不义必自毙。苏小舞不才，想领教所谓的衡山剑法。"苏小舞横过手中原本属于土长老的拐杖，低垂双目，左手轻轻抚过。这是一个浑体通莹以碧玉制成，仿竹枝形状的拐杖，扶手的地方光滑通透，想是应该有了很长的年头。

夏流阳冷笑，还未回嘴，便听到"砰"的一下玉杖触地的声音传来，声音直刺耳鼓。他眼神自然地落到玉杖接触地面的地方，不禁脸色微变。

结实的大理石地面被玉杖尖端硬生生砸了一个小坑，足见其内力之强。想起之前苏小舞在华山比武大会之上，能隔空发劲击倒尚君诚精心教导的爱女尚玟蓉，那么能做到这点也不足为奇。

夏流阳恢复神态自若的神情，在他想来，苏小舞不过是个不到二十岁的女娃，来历不明又能当上峨眉派的代理掌门，有点实力是正常，但是终归是个江湖菜鸟。"也罢，老夫就代替孤钵师太教训教训你，让你知道何为江湖凶险。"说罢还意有所指地看了看仍然端坐的水涵光。

苏小舞仍然低垂着双目，并没有向夏流阳看去，丹红的唇角飘出一丝淡淡的笑意，整个人的气质好像都起了变化，身后的长发无风自动，面容在烛光的映照下显得无比超凡脱俗。

一时劲气狂飙，杀气漫空。

水涵光放下心来，虽然意外苏小舞武功如此高深，但是自己同样隐瞒了身怀武功之事……只是那时他是不想那么早就从假山里出去，难道她竟然也是和他一样的心思吗？

心下这样想着，水涵光再看向苏小舞的目光就有了一丝不同。

水涵光是不知道苏小舞的底细，而夏生和知冬则不同。“知冬姐，难道小舞姐一直在……在骗我们吗？”夏生颤声问道。

知冬抿紧了双唇，她曾听孤钵师父说过，有人武功高到一定境界，会返璞归真，可以隐藏自己的武功。可是她想不出来苏小舞这么做有什么意义。难道，她说想当武林盟主并不是戏言？但是她隐藏身份混在峨眉能得到什么啊？

苏小舞纯以气机牢牢锁住夏流阳，同时感到提运真气时，体内真气运转的速度完全翻番，这简直就是自行车升级为飞机啊！

这种脱胎换骨的感觉实在是令她吃惊不已。

石洞内任何声息都逃不过她的耳朵，更加真切地感应到对面夏流阳散发的杀气迫使空气中产生的变化。

她无法用言语形容她的感觉，好似带了一个玩游戏的三维眼镜，可以感到对方的气势。看上去他周身的气势并不是均匀分布，而是有强有弱，像是随着对方意念而动一般。

苏小舞从未想过有天能如此清楚地看到一个人的虚实，更别提面前这人是武林高手了。就好像突然间眼前开阔了另一个世界一般。她整个头脑突然间清晰无比，下一步该攻往夏流阳身上何处，之后对方会有何反应，自己如何应对等等，全部出现在脑海中，之后身体就完全不受控制。

在其他人眼中，苏小舞简简单单向前踏上一步，凌厉的杀气立时紧罩住夏流阳。她面上表情气定神闲，举止优雅的在手中把玩着碧玉竹节拐杖，可是转瞬间就幻化成漫天的杖影朝夏流阳攻去。

森寒的气劲连一丈外的水涵光都感觉得到，有若平地里卷起的旋风刮起的暴雪，割得人脸发痛，连呼吸也难以顺畅。

在风暴圈内，功力高深的比如叶离、萧逸等人还可勉强运气真气抵抗，而其他人则由于冰神极渊控制大部分内力的原因，连坐都坐不稳，纷纷不由自主地向后倒去。

夏流阳早蓄势以待，但是仍然想不到苏小舞居然能使得出这样犹如狂风暴雨般的可怕杖法。要知一个人习武，最常见的情况是专精一门兵器，使剑的擅长用剑，练掌的习惯用掌。只有少数天资聪颖的人才可以熟练运用几门兵器，但是这样未免多而不专，得不偿失。可是像苏小舞这样拿起碧玉杖来，就好像天生就会杖法一般的熟练，简直是不可想象。

以夏流阳四十余年的功力，一时都无法捉摸到苏小舞那浑然天成无缝可寻的杖法，骇然之下只好在面前挥成一个剑网，勉强抵抗得住。

那枝碧玉竹节杖到了她双看似柔弱的素手上，已经转化成一种可怕至极的武器，甚至还可以发挥出其他兵器的特色。她的杖法绝无成规，但是每出一招，都是针对夏流阳的致命弱点，让他只有招架之功无反击之力。

尚君诚呆看着场中几乎一边倒的形势，不敢置信地喃喃自语道："可怕，太可怕了，峨眉何时有了如此高深的武功？简直出乎老夫的意料。"原本他以为，苏小舞即使是隔空击败了尚玟蓉，但是武功也应有限。毕竟自己的女儿自己清楚，尚玟蓉的功夫本来就是三脚猫，更容易受情绪波动影响。虽然那次因为苏小舞面带薄纱，看不清是否有说话的迹象，但是尚玟蓉她突然间古怪的神情他是看在眼内的。

而苏小舞和夏生使出的那套新拳法，他来歧天谷的一路上，特意把和夏生对阵的林世杰编到自己的组里，反复让他回忆研讨，最后认定这只是一套保守的拳法，不适合进攻，不足以惧。

所以，他认为苏小舞的武功即使很高，但是也不会高深到哪里去。可是今日所见，不得不让他推翻之前的臆测。且不说为何旁人都中了冰神极渊的毒，连水涵光都行动不便，苏小舞却能无碍。单是她这一手的杖法便可在江湖奇门兵器榜上占据一席之地，如果换做他在场中，也许也只能比夏流阳好上一点点而已。

"师父，你说云星辰真的是夏流阳的人吗？"尚君诚身边的一直不作声的袁不破终于忍不住开口问道。

尚君诚沉下脸，肃容说道："这个我们不能妄下定论，但是通知我们皇甫非墨佩剑流落玄衣教的是他，带我们突破竹林阵法来到歧天谷的是他，检查佩剑之后说是赝品的是他，刚才自告奋勇出去探寻是否是官兵围剿的也是他。这一切，实在是……唉！这些事情先不要考虑了。"说罢皱着眉头，继续把视线投往场中交手的两人。

袁不破同样沉着脸，一步步的陷阱丝丝入扣，现在想来确实是可笑至极，但是现在已经是这种无法挽回的地步。

幸亏有她在……

袁不破把目光调回面前的争斗，只见杖影漫空剑气横飞之下，苏小舞仍是举止雍容，体态优雅，不禁开始迷茫。皇甫非墨口中的笨女人，可是个不会武功的菜鸟，而在他看来，这个笨女人无非是个能耍小聪明，人前能装模作样远胜于他的狡猾女人。她和尚玟蓉比武的内幕，他虽然不曾亲耳听到后者的解释，可是也能猜的八九不离十，这也是他之后对她另眼相看的转折点，而不是单单因为皇甫非墨的一句嘱托而去照顾她。他只是想知道，这个身无武功的峨眉派代理掌门究竟还能走多远。

这一切难道都是被她骗了吗？难道她竟是心机深沉之人吗？

也就是只有袁不破内心挣扎得异常激烈，其他人都摒住呼吸，一心一意祈求苏小舞能顺利打败夏流阳，毕竟这是性命攸关的事情。

夏流阳除去一开始的慌乱，剑法逐渐流畅，几十年的功力不可小觑，一时间石洞内剑气之声大盛。夏流阳当时成名的衡山剑法就以凌厉狠辣著称，以其及其雄厚的内力，剑气弥漫，青光满天，发出蚀骨的寒气。

苏小舞的碧玉杖立生感应，一转方才的犀利杖法，开始用碧玉杖的尖端缓缓的画出一个个完美无缺的小圆，衣袂和秀发四散飘飞。神情专注地在夏流阳攻来的剑势中不紧不慢地划着圆圈。她每一招看上去都是缓慢无比，但是偏偏都能应对上夏流阳迅如闪电的攻势。两人一快一慢，一动一静，看上去无比违和，偏偏却在做生死对决，场面委实是诡异到了极点。

夏流阳却是越战越心慌，和水涵光斗的时候，一柄利剑敌不过人家双掌，并且是在对方只能坐着不动的时候。这可以解释成对方不是普通人是妖孽，可是苏小舞呢？他纵横江湖数十年，居然连一个后辈都比不过。而且此战是他出道以来从未遇到过的，交战竟无兵器交击之声，对方仅凭凌空御气便能挡住他的剑势，实在是让他越战越气馁。

苏小舞的碧玉杖终于毫无花巧的侧击在夏流阳刺来的剑背之上。

“砰！”

一声本该是玉铁交击清脆的声音传来，听在众人耳中反而是沉闷不舒服，声波在封闭的石洞内激荡传去，又反复回音传来，在耳鼓里回响不断，使人心烦意乱。

夏流阳心知不妙，待得他运力上挑，没曾想碧玉杖上所带的气劲使得强悍如他都不能躲开。右手被震得一麻，三尺青锋瞬间就脱离了他的掌控，反射着四壁的灯火，明晃晃的朝空中飞去。

苏小舞右手继续挥着碧玉杖没有停歇的朝夏流阳的右肩刺去，本来不是很锐利的玉杖尖端几乎像是捅破一层薄纸般透体而出。夏流阳吃痛后退一步，可是后面就是石壁，退无可退。苏小舞借着攻势，恰好把他钉在石壁之上。

此时弹到半空中的利剑才开始下落，苏小舞面上微微一笑，杖交左手，背后像长了眼睛一般，向后平伸出右手，正好一把握住剑柄。

夏流阳已经痛得说不出话来，一张肥脸完全扭曲，待他回过气来想出声讨饶，便见得眼前寒光一闪……

“小舞！”

水涵光焦急的声音传来，已经几乎失去理智的苏小舞一愣，眼神恢复清明，甫入目就是一片血红。

第二十六章 解药？左右为难

自己都做了什么？苏小舞目瞪口呆地看着石壁上不知死活紧闭双眼的夏流阳，还有自己左手上穿过他右肩的玉杖，和右手中已经划破他脖子一层外皮的锋利长剑。

呆愣了几秒钟，苏小舞头脑一片空白地看着夏流阳身上不断流血的两处伤口，这是她干的？

“哐当！”长剑从她手中滑落在地，在大理石地面上发出一声清脆的响声。

呃，她什么时候化身暴力女王了？她不是一向崇尚言语可以解决一切问题的吗？她方才的事记得一清二楚，可是身体像是自己有意识般一招接一招地朝夏流阳攻去，再被水涵光唤醒之前根本无法停止下来。

苏小舞咬紧下唇，再三确定夏流阳只是吓晕了过去，肩上碗大的伤口她不敢动，怕把碧玉杖抽出来之后血流的更多。

“小舞，你有没有事？”水涵光略带关心的话传来，在空旷的石洞里隐隐有回声。

苏小舞一怔，这家伙还第一次这么亲热地叫她，不对，刚才唤醒她的那声好像也是他。

可是，对着悲惨的夏流阳，苏小舞为难地苦着脸，觉得没脸见人了。居然大庭广众之下如此的暴力，她苦心一直维护的形象啊！全毁了！

可是也不能不作声，苏小舞做足了心理建设，面无表情地转过身，摇了摇头道：“无事，幸亏水公子提醒，否则小舞就要犯下杀孽了。”幸好啊幸好，否则她不是要因为这个败类做一辈子的噩梦？

水涵光才发现刚才的称呼有些过于亲昵，尴尬地咳嗽两声，掩饰地说道：“咳，在下是怕夏流阳死了之后，大家中的冰神极渊就没有解药了，现在外面形势不明，当然是越快恢复越好。”

苏小舞原来如此地轻声“哦”了一下，转过身看了看已经失去知觉的夏流阳，苏小舞背对众人翻了翻白眼，她刚才被水涵光惊醒的那一刹那，感到自己身上的武功同时消失得一干二净，差点连站着的力气都没有。所以方才一下子手中的剑忽然觉得无比的沉重，掉在了地上。

服了……苏小舞此时就想痛哭流涕，她为什么只说了打败夏流阳这么没有追求的愿望，要是说了个打败慕容玄瑟的要求，岂不是她神功盖世了？

抓狂！

石洞中的众人数百双眼睛都盯着苏小舞一动不动的背影等着她有所行动，等若数千瓦的聚光灯照射一样。可是后者压根就毫无知觉，沉浸在自己的怨念中。

“师父，苏掌门她又怎么了？”某弟子询问中。

“别吵，没看到她在运功调息吗？周身散发着一股逼人的气劲，估计是在练什么功。”某师父义正词严地说道。

苏小舞深深地吸了一口气，在众人的期待中，伸出双手……探入夏流阳的怀中摸索。

因为对方的体型很容易就能看到，腰间放着几个瓶瓶罐罐状的东西。苏小舞忍住恶心，一个个掏了出来，一共三个瓷瓶，一个白色的，一个黑色的，和一个红色的。

摇晃了几下夏流阳，没反应。这下糟了，她下手太狠，看样子他一时半会儿醒不过来，她又不会穴位刺激穴道强迫他清醒。那个用过冰神极渊的土长老又被夏流阳杀了，苏小舞静下心想了想，她体质又不畏毒，不如自己闻闻好了。

呃，红色的那瓶一看就不是好东西，略过。苏小舞打开黑色的那瓶，扑鼻的臭味传来，熏得她连忙向后仰去。

不用想了，这肯定是解药。也许冰神极渊传了若干年后升级成X酥清风也说不定呢！

赶紧盖上瓶盖，苏小舞把剩余的那两个瓷瓶放入怀中，其中一瓶肯定是冰神极渊的毒药，超级装备啊，此时不顺手牵羊更待何时？

兴冲冲地手握黑色药瓶转过身，苏小舞一下子接触到数百人期待的目光，立刻愣住了。

机会啊！这是个好机会啊！如果她以此要挟，让大家认了她为武林盟主，那她不就可以回家了？刚才已经证明，这三枚金针和玉佩是确实有用的，虽然这里的门派有些少，但是一开始那个疯子帅哥同样没说究竟这个武林盟主是什么要求，需要多少个门派认可。虽然有些邪门，可是刚才她确实拥有了绝世武功……呃，即使只有那么一会儿的工夫。

回家后有电脑上网，她还有N多游戏没玩。呃，水涵光，不要用那种肉麻的目光看她啊……

回家后有空调享受，她可以在地板上打滚。呃，袁不破，不要用那种复杂的表情对着她啊……

回家后有美食包围，她好想立刻奔去饭馆。呃，夏生，不要用那种崇拜的眼神闪她啊……

回家后开可以写某某穿越小说开心一下啊，书名都想好了，就叫《武林萌主》保证吸引眼球。呃，叶离，不要用那种冰冷的眼神杀死她啊……

苏小舞内心挣扎了再挣扎，面上表情变幻数次，终于回归平静，无奈地就近一伸，正好是华山派掌门尚君诚的面前。

“尚掌门，这是解药，闻一下就可以了。”苏小舞略带不甘心地说道，她以后一定要有机会召开个武林大会，就不信她不能堂堂正正地当盟主了？有了这次的功绩，相信至少这次来的九大派和玄衣教都能给她面子了吧？

苏小舞正在内心爽 YY 中，没曾想到尚君诚正容别过头说道："老夫不信这就是解药！"

神马？苏小舞一度以为自己听错了产生幻觉了，但是石洞产生的回音不断地传到她的耳朵里，不容她听不到。

苏小舞真想弯下腰一把拉过尚君诚的领子，怒吼了几句，然后踹上两脚，发泄完怒火之后再强迫他闻下解药，最后闪得远远的。

当然，她只能是在脑海中幻想一下。而实际上，她只能嘴角勾出完美得不能再完美的笑容说道："尚掌门，此话怎讲呢？"

尚君诚侧目而视，义正词严地质问道："那就请苏掌门解释下，为何石洞内只有你和夏流阳两人没有中毒？哦，玄衣教的水公子也勉强算是没有中毒。"

苏小舞挑了挑眉，他这话是什么意思？把她当成同犯了？

尚君诚见苏小舞并未回话，越发振振有词地续道："而且老夫分明看到你从夏流阳怀中摸出的是三个瓷瓶，为何你很快就能认出哪瓶就是解药？为何立刻就知道如何解毒？也请苏掌门释疑。"

"我是闻出来的……"苏小舞反射性回答道，说过之后就后悔了，因为她看到尚君诚眼内闪过果然如此的神情。

"而且，不知苏掌门刚才你在犹豫什么？"不远处的青莲师太也出声询问道。

苏小舞眨了眨眼睛，一点都想不出来该如何应对。她能说她刚才想做武林盟主吗？为何要做？

她说不出口啊！

她就这么保持着向尚君诚伸出解药瓷瓶的动作，僵硬地站在原地，满脸的打击。

"善哉善哉，苏施主一片好意，众位也不要妄加猜测。"惠痴和尚慈眉善目地垂首说道。

苏小舞从来没觉得这和尚这么可爱，正想装可怜附议两句，只听尚君诚可恶的声音再次响起："惠痴大师，不是尚某多疑，而是有了夏流阳和云星辰这个先例，必须要更加谨慎。谁知道夏流阳口中那个所谓的神秘主子，在我们之间还有多少密探。"

惠痴和尚沉默下来，开始闭目默念佛号。

苏小舞觉得伸出去的手臂都酸了，但是仍坚持着，苦笑道："如果我是他们的人，为什么还要救你们呢？"

尚君诚眉宇间清晰的折射着怀疑的表情，摆明了不信。

“我觉得你不可信。”青莲师太凤目一挑，盛气凌人的说道，“苏掌门，你能给我们解释下，你真实的身份吗？”

苏小舞越发沉默下去，这叫她怎么解释？看着这帮连动都不能动的人，居然还理直气壮的耍大牌，苏小舞真想一气之下一走了之算了。没见过被救的比救人的还牛。

可是，这种被人怀疑的感觉真糟糕。苏小舞感觉自己快被逼得窒息在这种诡异的气氛当中了，慢慢地收回僵硬的手，一双眼睛冷冷地盯住尚君诚，真想撬开他脑袋看看他到底在想什么。

“你们……凭什么……怀疑小舞姐？”夏生艰难地说道，“是谁在九大派和玄衣教之间调解，免去一场武林浩劫？是谁打败了夏流阳？小舞姐如果心怀其他心思，还会这么做吗？”说到最后义愤填膺，只凭一口气支撑着说完居然没有卡壳。

苏小舞循声望去，看到夏生那清澈眼神中的信任，不由惭愧地偏过头去。她才没有他说的那么好，如果不是为了能在江湖上有身家，她才不会努力帮助峨眉派发家。如果不是为了不被武林白道排除，她也不会硬咬着牙拖着他和知冬深入险境。就连刚才，她都还在左右为难，包括递出解药，都是为了能让他们欠她一个人情。

她其实是个很自私的人。苏小舞越想越觉得难受，内心一阵气血翻腾，鼻子酸酸的，眼前一下子就模糊了。

可是耳边还接着传来尚君诚冷冷的话语，道：“凭什么怀疑？那么你们峨眉派也清楚她的来历吗？”

苏小舞觉得手中的瓷瓶似有千斤重，即使她不去看夏生的表情，也知道他肯定是一脸期待的表情等待自己解释。

可是她没办法说。

眼神迷离中，苏小舞的眼神自然地看向尚君诚身边的袁不破，发现后者垂首不语，摆明一副事不关己的态度。

是啊，她还在期待什么。这男人典型的双面人，现在在人前，自然是他大侠的一面作祟，别管私下和你交情多好。

苏小舞漠然环顾了一下九大派的众人，凡是和她接触眼神的人，纷纷回避。

哼，果然是虚伪的正派人士，想要解药，碍着尚君诚的面子还不好意思说。

苏小舞无颜看向夏生那边，黯然收回目光，等她回过神时，就已经发现自己的脚开始有意识地动了起来，直到停在了水涵光的面前。

银发少年仍然坐得端正笔直，苏小舞低着头，略略弯腰把黑色的瓷瓶放在他手中，越发衬得他那双手白皙透明。

“解药留给你了，你随便处理吧。我累了……”苏小舞呆愣了片刻，垂下眼帘，心灰意冷地说道。她不想管了，难道在武林白道，身家不明根不红苗不正就无法混下去了？

苏小舞直起腰深吸一口气，刚想转过身，就感到自己右手被紧紧地握住。

“别走。”

愕然回头，苏小舞毫无准备地看到水涵光一双赤瞳正温柔含笑地望着她。

第二十七章 告白，和我一起

苏小舞没好气地瞪回去，用眼神询问他做什么，口中却柔声说道：“水公子，你失态了。”

水涵光一双赤色的眸子闪烁着苏小舞看不懂的光彩，一改之前和她相处的戒备态度，淡淡道：“我不喜欢你这样的笑容，以后和我在一起，不许露出这么虚假的微笑。”

神马？苏小舞听得心脏骤然一停，他这是在说什么？

“还有，我讨厌你什么事都不说，忍在心里的脾气，以后改一改。其他的嘛，我都很喜欢。”水涵光越说越来劲，口气越来越洋洋得意，俊逸的脸上神采飞扬。

苏小舞压根就没听懂，哭笑不得满脸疑惑地望着水涵光，只感到他和她交握的手冰冷无比，不由自主地想反握回去。

而此时正好他说的最后一句话传到她耳朵里，内心略一思量，吓得她赶紧挣脱开了他的手。

正想要开口说些什么，就只见水涵光重新向她伸出右手。

“小舞，这一生，我只向你伸一次手，你可愿和我一起走？”水涵光淡淡的声音慢慢在石洞内扩散开来，话语中蕴含的感情让苏小舞不禁一愣。

他是什么意思？苏小舞微张着唇吃惊不已，愣愣地把视线从水涵光绝美的脸上缓缓移到他向她伸出的那只手上。他的手白皙如玉，近处看来，几乎没有掌纹，平滑柔腻，手指又细又长，放在现代，应该是双适合弹钢琴的手。

苏小舞不着边际地胡乱思考着，像是有意识地躲避着什么。而水涵光也不着急，面带自信的微笑，静静地等待着。

一时间，刚才还充满肃杀之气的石洞内忽然间好像换了另外一种气氛，玄衣教这边的人自然乐见其成，萧逸更是咧开大嘴无声的笑着，眼神自然对着他身边的梓夏。叶离仍是满脸冰霜，但是眼神定定地落在苏小舞身上，等着看她的决定。

而九大派这边，尚君诚本来想动动唇说些什么，但是看到水涵光左手握着的装有解药的黑色瓷瓶，只有忍住不作声。其他人则唯他马首是瞻，见他不说话便也没有人跳出来说话。

“真美啊。”知冬小声地赞叹道。从她这个角度，正好能看到一幅绝美的画，男人一脸坦诚的端坐在那里，向站着的女人伸出手祈求接受。男的银发飘逸俊逸似仙，女的俏丽可人神色迷离，即使背景是阴暗的石洞，一切看起来却是那么的诗情画意。

知冬陶醉了一会儿，发现身边的夏生一点动静都没有，略微摇头鄙视下他年龄太小不懂风月之后，她继续陷入痴迷状态。

夏生却没有像她想象的那样毫无感觉，仍略带童稚的脸上爬满了不属于他年龄的凝重，一瞬不瞬盯住远处的那两人。

苏小舞却是一点都没注意到自己和水涵光已经成为了众人的焦点，仍然不知道在想什么一样地看着水涵光向她伸出的手，而水涵光则丝毫不在意别人的视线，也没觉得苏小舞考虑的时间过于长久，仍然微笑专注地看着她。

“哼，这就是峨眉的传统啊，我果然错怪了萧逸，看来是峨眉派的女人很随便啊！”传来静照冷冷的话语，打破了石洞内一直怪异的沉默。

水涵光先是嗤之以鼻，之后神色自若地说道：“静照师太管的好多啊！连我水涵光想找个称心如意的丫鬟也要管？”

丫鬟？

囧……

好像优美的背景音乐戛然而止般，苏小舞从失神状态中惊醒，连想笑的力气都没有了，她究竟在期待什么？心情不知道是放松还是有些难过，面上却迅速重新武装起公式化的微笑，缓缓转过身淡然道：“静照师姐，小舞多谢你对本教的关心。但是静照师姐你既然已经遁入空门，这男女之事，还是少管为妙。省得你自己凡心大动毁了多年清修，就不好了。”

一番话说得静照凤目含煞，正想反驳回去，苏小舞却不给她机会，继续谈笑自若的说道：“至于在下峨眉派代理掌门的身份，当时孤钵师太就是让我代替她到华山参加比武交流大会，小舞冒然占据此位到今天，其实早就应该不是了。现在正式宣布一下，省得有人说我败坏峨眉派名声。”

水涵光闻言，几乎没有颜色的唇慢慢勾起，面露喜色。

“关于小舞峨眉派弟子的身份，”苏小舞忽然黯下神色，心乱如麻，觉得喉咙一阵甜腥涌上，勉强压制下去，淡淡说道：“小舞来历不明，不想再拖累峨眉派了。”虽然觉得有些不舍，可是苏小舞不甘心就这么被人误会，自己的所作所为无愧于心，看到尚君诚等人出乎意料的神色，苏小舞顿时有了些报复的快感。她忽然认识到，自己走这条路肯定无法融入武林正道，以退为进，也许更是一种机会。

“小舞姐！”夏生第一个忍不住，急忙道。

“好好好！有志气！被人怀疑做人还有什么意思？”木羽先生躺在地上，哈哈笑道：“来嵩山派吧！嵩山派就缺你这样的人才！”

苏小舞纵使心情差到极点，也不禁微微勾勾唇角，有些无语，这人是不是对她能赚钱的能力觊觎N久了？迫不及待地想要脱贫致富？

“小舞才疏学浅，受不起前辈厚爱……水公子，也一样。小舞还是一个人来，一个人走吧……”苏小舞艰难地说完这几句话，觉得浑身像被人抽干了力气一样，站在当场已经是很困难了，更加不敢回头去看水涵光的脸色。

拖着沉重的脚步，苏小舞一狠心转头朝石洞唯一的出口走去。身后不断传来夏生的呼喊，苏小舞置若罔闻地走着，心内反复想着水涵光方才说的那句话。

小舞，这一生，我只向你伸一次手，你可愿和我一起走……

这真是她这辈子听过最动人的一句话了，那一刹那间，她几乎就心动了。

但也只是几乎……

……

可是怎么是丫鬟啊！她本来就不该对他这家伙有什么期待的！吐血 ING！她可是真的要吐血了！

苏小舞还真是觉得口中甜腥一片，掏出手绢来悄悄抹掉。

走到出口时，苏小舞终于忍不住略略侧过头，用眼角的余光朝水涵光看过去。只见他已经收回手，低头端坐在石凳之上，双手摩挲着手中的黑色瓷瓶。长长的银发垂下来盖住了他的脸，看不清他的表情。

再见。

苏小舞默默在心内说道。她倒是一点都不担心水涵光如何处置这些人，随他便吧，反正她相信他不会白白便宜这些所谓的名门正派，好好替她出气。

他日在江湖相见，是否还能相视一笑，苏小舞最后看了一眼，然后收回目光，一步一步坚定地向外走去。

苏小舞扶着甬道的石壁慢慢走出密道，茫然看着入目一片碧绿高耸入云的竹林，有些不知所措。

方才在石洞内，她说得倒是痛快，可是之后何去何从？

放弃苦心经营的一切，果然是刚才自己思想略微犹豫的报应啊！谁让她居然想违反自己一贯做事的原则，逼迫别人承认她是武林盟主？

幸好她只是在心里想想没说出来，苏小舞缓缓踏入竹林，庆幸地笑了笑。否则她即使回去了，回想起来就是她人生的一大污点。

苏小舞踏着地上的落叶漫无目的地向前走去，沉浸在自己的思绪中，此时天色微暗，竹林里阴风阵阵。沿着一个方向走了好久，可是身边的风景却没有任何变化。

这就是传说中的阵法？苏小舞不死心地朝夕阳落下的方向走去，可是几炷香之后，她的眼前还是一片竹林望不到边。

为何身体像是快要爆炸了一样，浑身无力？苏小舞越走越慢，低下头发现地上血迹点点，竟然都是从她嘴边滴落的。

怎么回事？苏小舞迷迷糊糊地想着，却连掏出手绢擦拭的力气都没有，靠在一棵竹子上，虚弱地喘着气。难不成用这个速成武功还有反作用？

苏小舞叹了口气，果然是等价交换啊，不知道运动过度的代价是什么，肌肉脱力？经脉受损？内脏受伤？

身体渐渐滑落在地，苏小舞仰头感受着竹叶缝隙透过来的夕阳照在脸上，微睁双眼。此时晚风轻起，竹叶飞舞，那一瞬间，不知怎么的，苏小舞忽觉得一阵恍惚。好像觉得心里空荡荡的全都是异样的伤感，那阵阵扬起的风声，就仿佛有人在她耳畔反复低吟私语。

她不后悔的，没关系，一个人也可以挺下去。苏小舞闭上双眼，忍着浑身疼痛，任凭鲜血不停的从唇边流下。

“喂！姑娘！醒醒！喂……”

奇怪，好像有人在叫她。苏小舞迷迷糊糊间这样想着，可是转眼间就失去了意识。

“喂！”端木齐半蹲在苏小舞面前，摇了摇她的肩膀，见她毫无反应，叹气道，“白展，怎么办？”

白展卓立在两人身边，斜眼看了一下不知生死的苏小舞，然后不感兴趣地偏开眼神，“比起这个女人，我还是关心怎么从这个竹林里走出去。我们好像转悠了将近一个时辰了吧。你的五行八卦学的还真是精通。”

端木齐讪讪陪笑道：“里面的这片竹林好像比谷外的那一片更加复杂。还有，要不是你急冲冲地拽着我先冲进来，至少还有一队人可以差遣。”边说边捉住苏小舞的手腕把脉，然后皱紧眉头。

“不会还有救吧？”白展看了眼端木齐的表情，不耐烦地说道。

端木齐略带欣喜地点了点头道：“当然有救，此人内伤很严重，如果处理不当会很危险。不过幸好遇见了本神医，呵呵！”说罢从药箱里翻出一个瓷瓶，倒出一个药丸小心翼翼地放到苏小舞的嘴里。

白展瞧着他的动作，冷哼了一声，“麻烦。”

端木齐摇头晃脑地说道：“为何不救？你想想，她身着玄色长袍独自一人倒在玄衣魔教的后苑竹林里。而且看样子我们是找不到什么了，但是你肯定能在她嘴里得到有用的情报。”

“哼，前提是你要能把她救活。”白展被眼前的竹林弄得有些心烦意乱，剑眉微皱。

端木齐见苏小舞服药之后面色转红，放心地说道：“切，小看我！不过……是要先从这该死的阵法里走出去……”

“随便，反正你负责背她。”

许久之后，竹林里隐约传来这样的对话。

“端木齐！你就这点本事！又回到原地了！”

“请叫我端木‘剂’，齐是通假字。”

“……闭嘴！”

云星辰从竹林内一个隐蔽的出口走出，先是拔地而起落在一棵参天大树上，四下看了看无人，便从树上腾跃而起，投往六、七丈远的另一棵大树横伸出来的枝干上，再借力弹起，轻若羽毛般的在树间穿梭，朝歧天谷外掠去。

不久之后，云星辰来到歧天谷外的荒村，抬头扫了一眼村口“白家镇”三个字，连忙神色凝重的闪入左手边一间尚属完整的荒屋。

“属下来迟，请主上恕罪。”看到屋内负手而立的人影，云星辰慌忙半跪在地，恭敬地说道。

“情况如何？”一个清冷的声音从云星辰的头顶传来，带着不容置疑的尊贵和一丝淡淡的慵懒。

云星辰仍然低着头肃容道：“属下看着白展带人进去了，不过他们没有攻破玄衣教最后一道屏障，九大派和玄衣教都躲在歧天山洞内。”

“哦？”那人意外地挑高了语调，“他们居然会握手言和？”

云星辰略一整理思路，把在歧天谷内苑所发生的事情徐徐道来，在这期间始终不敢把头抬一下。

“那歧天山洞内，是不是夏流阳也进去了？”那人缓缓问道。

“主上，属下后来曾潜入歧天山洞内查看，发现、发现……”云星辰一想到所见所闻，不禁鬓角微微渗出细汗。

“说。”传来的话语中虽然听似随意，但是云星辰知道这不过只是假像，想起主上的手段，后背凉津津一片。

“夏流阳已经被人制服，恐怕就是玄衣魔教圣子水涵光所为，因为在下看到当时在石洞内只有他一人行动自如，好像在和九大派谈条件。”云星辰惨然说道，“可惜了主上谋划这么长的时间。”

“还真是小看了水涵光。”那人转过身，缓步走到云星辰面前，语气异常平静，轻柔的说道，“可惜？不，我没什么可惜的。可惜的是你的身份。”

云星辰倒抽一口凉气，万念俱灰的听着那人仍然漫不经意地说道：“夏流阳既然没死，那么你的身份恐怕就要曝光了。谁让，他是那么一个嗜财如命但是更贪生怕死的人，好控制，但是更容易把你卖了。”

云星辰双拳紧握，指甲深入掌心，死死盯住地板上的灰尘，许久之后才硬挤出来一句：“星辰任凭主上处置。”

那人轻笑了几声，随后一字一字缓缓说道：“倒是说不上处置，云星辰这个身份虽然培养起来很麻烦，但是也是时候舍弃不用了。只是，可惜了你家中的如花美眷和未出世的孩子……”

云星辰身躯一颤，眼神变幻数次，终于垂首平静地说道：“全凭主上安排。”

那人满意地点点头，悠然道：“好了，你先回京城吧。”

云星辰吐出一口气，试探地问道：“那深入竹林的白展，需不需要属下派人顺便把他解决掉？”

“白展……”那人不紧不慢地吐出这两个字，轻笑道“算了，我留着他还有用，再说那片竹林根本困不住端木齐。你先带人回去吧。”

云星辰略微抬头应是，看到了那人青色的衣角，随后赶紧掩去目光，恭敬地退了出去。

“水涵光、白展、端木齐……”荒屋内隐约传来那人自言自语的声音，“中间我好像漏掉了什么人没注意到啊……”

第二十八章 奇药，风之落雪

渴，好渴，喉咙干涩得犹如有烈火在灼烧。

苏小舞觉得浑身都疼，恢复意识以来，就觉得身体每个部件都在疯狂向她叫嚣着抗议，再加上她现在好像身处马车之中，摇摇晃晃的状态让她叫苦不迭，可是没搞清楚状况时，又不敢随便开口询问。

她记得她不是在那片竹林阵里晕倒了吗？会是谁救了她？

“你醒了？话说，你装睡的功夫真差，都看到你眼球在乱动了。”苏小舞右边传来一个温柔的音色，可是说的话却一点都不温柔。

“瞎……说，人……在做梦的时候眼球……也会乱动！”苏小舞反驳道，一开口才发现自己的声音嘶哑得要命。

“真的假的啊？”那个温柔的声音拉长了音调，怀疑地说道。

苏小舞试着睁开双眼，入目便是一个颜色朴素的车厢顶，淡淡的阳光从车窗帘布的缝隙中倾泻而入，正好洒在她的身上，暖洋洋的很舒服。

“你自己试着守在一个人身边，一晚上不睡觉，就可以看看他眼珠子动不动了啊。”苏小舞小心不牵动肌肉的咳了几下，越说越流畅。

“一晚上不睡觉，这个嘛……”那人还当真认真考虑了起来。

苏小舞想转过头去看究竟是谁，她可以确定她从来没有听过这个声音。可是她悲哀地发现，她动不了，浑身的肌肉都在痛，根本不听她大脑的指挥。正郁闷中，一张脸突然出现在她眼前，专注地看了看她的面色，然后又拿起她的手腕开始把脉。

呦呦！帅哥啊！她这个角度只能看到帅哥为她把脉而认真思索的侧脸，眉眼秀长，白肤淡唇，略带病容的脸上散发着知性魅力。苏小舞略嫌郁闷的心情稍微恢复了些，毕竟有帅哥医生相陪不是谁都能得到的待遇。

不过，帅哥你要把脉到什么时候啊？怕出声干扰了帅哥的思考的苏小舞使劲眨了眨眼睛，没办法，她现在全身上下可以活动的就只有眼皮这个部位了。

“怎么了？”帅哥眼角余光看到苏小舞怪异的动作，好奇的问道。

“我怎么了？”苏小舞加重语气强调了第一个字，帅哥你把脉就把脉嘛，别把眉头皱那么紧，多吓人啊！

“呃……”帅哥欲言又止地拖长了音，在苏小舞忐忑的目光下，笑了笑说道：“我叫端木齐，你可以叫我端木。”

苏小舞莫名其妙的“哦”了一声，傻傻地重复道：“端木‘剂’……”奇怪这名字怎么听着这么别扭啊，好像以前听说过，又好像没听说过一样。

端木齐淡笑着放开苏小舞的手腕，小心翼翼地把她的上身扶起，背后塞了几个靠垫，让她能更舒服些。

由于端木齐的动作，两人不可避免地靠近，苏小舞闻着他身上传来浓郁的药香味，一瞬间想起水涵光。

那个人身上也是有着药香味，可是比起端木齐来要更加淡雅一点，苏小舞神情一阵恍惚。阳光照射在端木齐黑色的长发上，反射出来的淡色光芒让苏小舞内心一痛。

小舞，这一生，我只向你伸一次手，你可愿和我一起走……

愿意……愿意你个头！苏小舞想起就来气。不过……不过如果不是在那样的情况下，她倒是想在他身边陪他聊聊天，给他讲讲那些他从来没机会出去看看的世界，想让他别再露出那么戒备的眼神，想看看他发自内心的笑容。可是现在……苏小舞一边想一边黯下神色。

“喂！不要怎么灰心丧气嘛！武功失去了也不是天塌下来了，说到底，女人练那么厉害做什么？好好的一个姑娘家，非要练得素手全是茧子，肌肤上全是伤疤，值得吗？咦？奇怪，你的手怎么没茧子呢？那你是用什么武器的？”身边传来某人絮絮叨叨的说话声。

苏小舞无力抽回被端木齐摆弄来摆弄去的手，只好略微抬头迎上他清澈中略带担忧的目光，茫然问道：“什么失去武功？”她本来就没武功啊……啊，不对，应该说曾经有过一阵武功，可是他又是怎么知道的？

“惨了，原来你还不知道啊，这个，那个……”端木齐见苏小舞一脸担忧，回了她一个安抚的笑容，略略停顿了一会儿之后，再三斟酌地说道：“你五脏六腑好像受过重击，导致内伤过重，经脉受损，身体倒是可以恢复，但是以前所练的武功，全部被废了。”

“呃，还好吧，我原来也没有武功啊！”苏小舞反射性地喃喃自语道。只要身体能恢复健康就好，武功嘛，她还真是觉得玄，那枚金针……

“别难过了，想哭就哭出来吧。”端木齐把苏小舞的反应当成了受刺激过度，温柔地说道，“你经脉呈现的明明是已经习过武的迹象，虽然体内现在没有一丝内力，但是方才在下为你把脉的时候，曾经输入过一点内力，而你却毫无反应。可见姑娘曾经拥有过的内力非常雄厚，只可惜……”

可惜啊，是啊，好可惜！苏小舞黯然垂下眼帘，她怎么就那么白痴地许了那么一个简单的愿望。要不要再用一枚金针把她自己变成武林高手？

可是，她现在这种情况也不是凭空来的吧？端木齐说的那个被人重伤简直就是瞎扯，她重伤别人还差不多。她可是一点都没被人打伤过。

看来这金针也不能随便用。苏小舞被马车的一个急刹车颠簸摇晃着牵动了肌肉，痛得微微皱眉地想道。

端木齐见到苏小舞水汪汪的大眼睛几乎痛得滴出泪来，连忙不满地冲马车外面大声说道："喂！你就不能体贴点？没看到这里有个伤患吗？"

苏小舞刚想出声让他不用这样，就看到车后的帘子被人一下子挑起，大片的阳光刹那间涌进车厢内，苏小舞一瞬间只看到一个很有气势的身影，阳光在他轮廓周围映照成一层橘黄色的光晕。

"白痴，体贴？再体贴就贴上去了！"来人傲气十足地说道。

由于背光，苏小舞看不清他的脸，眼神自然落在他腰间的似刀非刀、似剑非剑的兵器上，试探性的问道："宽刃剑？你是白展？"她最近见过的高手低手也不少，最起码能基本的判别人的武功级别是上等还是下等。她身边的这个端木齐，应该没武功，因为眼神没有夺人的精光，接触到的只是一片温润如水。而这个后进来的人，光挑开帘子站在那里如松柏般挺直，一看就是习武之人。而且浑身散发出来的那种傲气，肯定武功不低，再加上少见的兵器，十有八九是传说中少侠榜排名第二的白展。

"你就是那个苏小舞？"那人倾身向前，露出一张如刀刻般英俊冷硬的面容，带着不容人质疑的语气，淡淡问道。

苏小舞看清楚那人的装束，更加肯定此人就是江湖中在皇帝身边的红人，江湖少侠榜第二位的白展同学。像是对其逼人的气势没有一丝动容，苏小舞装无辜地眨了眨眼睛应道："哪个苏小舞？江湖上有几个苏小舞呢？"

白展先是瞥了一眼紧张得跟什么似的端木齐，开口道："到客栈了，你先下去订下房间。"

端木齐连忙摇摇头挡在苏小舞身前，道："不行，人我好不容易救过来，被你审问下去，岂不是前功尽弃？"

苏小舞盯着端木齐的后背，趁他挡住了白展的视线，眼珠子开始乱转。难道他们就是这次在歧天谷外的那些官兵？居然是白展带的队？那么，她现在算是人质？

"当初是谁说可以从她口里问出来事情的？"白展冷哼道，"要不是这样，我才不会答应你救她！"

端木齐不依不饶地回嘴道："救她？人是我背出来的，命是我的药救回来的，请问白大侠，你做了什么？"

白展突然停下声音，若有所思地上下打量着端木齐，半晌之后一把推开他，逼近苏小舞厉声问道："你把他怎么了？"

苏小舞一头雾水，瞪大美目，傻傻地不答反问道："我能把他怎么了？"现在不能动弹的人是她耶！

白展面容不漏半分情绪波动，可是一双可以穿透人心的利目微微眯了起来，指着端木齐道："他，端木齐，之前从来没有关心过什么人，一定是你对他做了什么，他才会这么维护你！"

苏小舞一愣，呆呆地转向视线道："端木齐？你是京城悬壶轩的端木齐？"

端木齐认真地摇了摇头道："是端木'剂'，齐是通假字。"

口胡！那为什么大家都管他叫端木齐？原来这位就是鉴定水涵光是妖孽的那位仁兄啊？苏小舞内心对端木齐的好印象立刻降低了一半。

"白展，苏姑娘身上有伤，你想要问什么，我们到客栈里再说好不好？"端木齐看了一眼马车外围观的人群，用商量的口气说道。

白展目光炯炯，冷冷瞥了一眼苏小舞，之后转身下了马车。

端木齐笑嘻嘻地转过头，温柔对苏小舞说道："得罪了。"之后倾身小心翼翼地拦腰抱起她。

苏小舞一动身体，痛得紧闭双眼，知道自己这样如果被外人看来，定然是被误会的样子。想一直闭上眼逃避，但是又想知道自己现在究竟是在哪里，所以只好勉强看去。只见一间布置典雅的客栈门口，孤单单的停留着他们这一架马车。

奇怪，白展身为带刀侍卫，围剿江湖"造反"人士，怎么身边的人都哪里去了？苏小舞一时忽略了路人的目光，若有所思地被端木齐横抱着进了客栈。

"端木公子，你和白大侠是在哪里发现我的？"苏小舞状似漫不经心地随口问道。

"就在后苑的那片竹林啊。"端木齐顺口答应道，抬腿跨过门槛。

"你和白展，是不是过来捉拿我们的？"苏小舞出其不意地质问道。

端木齐一震，停下脚步，低头看向苏小舞，只见她双目异彩连连，正凝神观察着他的神色。一时想好的解释，全在她不含杂质的目光中咽回肚子里。

"现在就只剩下你们两人，看来是行动不成功喽？"苏小舞目光再变，想到白展方才所说要审问她的话，唇边勾起一抹微笑。虽然九大派的人不信任她，但是也是情有可原，她一个来历不明之人，又碰上九大派内部内奸频出，现在想想也不怪他们怀疑她。

端木齐温柔一笑，举步继续向前走进客栈，轻声道："你自己都伤成这样了，还关心别人？"

苏小舞不满地嘟起嘴，他不是说她能恢复的嘛！丢失的是武功，但是之前没有，现在同样没有，有什么了不起？

"想知道就去问白展吧！我又不是官府之人，只是被他拽出来的可怜人，多余的话不敢多说。"端木齐悠然回道。

汗，这人太极拳打得也不错嘛！几句话就把责任推给别人了。可是问题是她要去问白展？后者可是心心念念要审问她啊！

端木齐抱着她跟着客栈小二走进一间上房，轻柔地把她放在床榻之上。苏小舞在小二暧昧的目光中翻了翻白眼，她是想脸红，可是身上更加疼啊。"端木公子，小舞什么时候能恢复呢？"

端木齐示意小二拿热茶，自己拖了把椅子坐在苏小舞床边，微微沉吟道："苏姑娘的身体大概经过在下调养，两天之内就能恢复普通的行走能力。至于武功，恐怕……"

苏小舞淡淡的"哦"了一声，还好嘛，两天就可以恢复了。武功什么的她也不去想了，像她这样的，也许和武功无缘吧。只是，这以后的路如果真的只有她一个人，好难走啊……

端木齐看着苏小舞面上落寞的神情，以为她失去武功心里难过，无声的叹了口气。

"对了，小舞先谢谢端木公子救命之恩。"苏小舞不能起身，只能对他绽开一个感谢的笑容。

端木齐俊脸闪过异样的表情，吞吞吐吐道："那个，能不能问你件事？"

苏小舞不会自恋到人家见到自己才没多久就看上她了，刚才他在白展面前那么极力维护她，还不是为了想从她这里得到什么？现在看他的表情，果然如此。

端木齐抓了抓头，不好意思的问道："在下想问，不知道苏姑娘怀中的'冰神极渊'和'风之落雪'两种药是从何得来？"

苏小舞一愣，冰神极渊这名字她不陌生，但是后面那个名字是什么东东？看着端木齐脸上不自然的神色，苏小舞想起在夏流阳那里搜刮来的两个瓷瓶，看来就是端木齐说的这两种药，可是，“风之落雪是什么药啊？”

端木齐脸上的表情更加不自然，眼神飘忽不定，支支吾吾的就是不肯说明白。

看着他的表情，苏小舞面上划过几条黑线，这不会是传说中的春药吧？而且看它能和冰神极渊这种极品迷药齐名的样子，难道还是极品春药？

要死了，她的一世英明啊……

苏小舞连忙补救着说道：“这两种药是我从别人那里得到的，自己并不知道里面装的是什么。”

端木齐面上现出果然如此的表情，本来温润如水的眸子散发出渴望的神色，可是却期期艾艾的不好意思开口。

苏小舞觉得好玩，知道他是想要这两瓶药，但是她就是偏偏不主动开口，想要就求她啊！光以冰神极渊的珍贵程度，就可以抵消他救她的这个人情。

见端木齐久久不开口，苏小舞也不绕开话题，仍然装作无辜纯真地问道：“不知道端木公子如何得知是这两瓶药的呢？”他不会是自己去闻的吧！冰神极渊还好，那个风之落雪……

端木齐一反刚才局促不安的神色，满脸发光地说道：“其实在下也不敢随便去翻姑娘的东西，只是这两瓶药正好从姑娘怀中滑落出来。在下只要看到这种特质的钧窑瓷瓶，便知道其内所装的绝非凡品。再看瓷瓶底下的印记，苏姑娘，你肯定没注意那底下有个篆体的‘易’字。”

苏小舞无语，她当时哪有工夫还仔细看瓷瓶上有什么啊。不过看他一脸期待的表情，苏小舞很给面子地顺着他的口气说道：“是没注意，不知道这个易字有何意义？”她发现端木齐非常健谈，尤其是涉及到他所喜欢的领域，便更加滔滔不绝。

端木齐闻言张口结舌的看着苏小舞，然后觉得有些失礼，干咳道：“呃，原来苏姑娘不知道易周前辈啊，这也难怪，已经多少年过去了。”

苏小舞了解地眨了眨眼睛，“这些药就是他制出来的？”

端木齐点了点头，神色有些激动道：“江湖上流传着的有很多赝品，但是在悬壶轩曾经珍藏着易周前辈的几种珍贵毒药，在下一看便知。”

苏小舞撇了撇嘴，这老头只研究些迷药春药的，一看就是三观不正，居然还这么出名？不过她不得不承认，冰神极渊的效果一流，杀伤面积巨大，是居家旅行必备之品。

端木齐坐立不安地欲言又止，眼神飘忽不定了一阵之后，终于下定决心开口道：“苏姑娘，那两瓶药，不知能否送在下一些？”

苏小舞侧过头去看他，只见端木齐已经完全涨红了脸，显然是从来没有低下头去求过什么人。想来也是，他是神医，向来都是别人求他，这下体会到开口不容易了吧？

“端木公子，小舞素闻你是天下第一神医，不知道你又从何判断玄衣教圣子水涵光是妖孽转世呢？”苏小舞没有回答他的问题，反而神色一正，徐徐问道。虽然由于内伤声音微弱，可是气势却不减半分。

端木齐细长的眉毛顿时打了个结，一本正经地说道：“苏姑娘，我端木齐从来没有说过这样的话。而且，在下连水公子的面都没见过，又如何能判断其究竟是不是生病？在下的医术可还没到那种程度。”说罢苦笑道，“而此次在下随白展出京城，是为了正名，更是想亲自去看看水公子究竟是不是生病，略尽微薄之力。可惜，还是无缘。”

苏小舞一愣，心下悄悄地记下一笔。又是谣言，她倒要看看，究竟有多少事情是误会，究竟是谁在背后策划这一切，究竟是为了什么？

“见倒也不必了。”苏小舞转回头，双眼无神的看向头顶上有些灰蒙蒙的床纱，“他得的什么病我已经知道了，你即使去了，也治不好他。”

端木齐反而兴致勃勃地追问道：“苏姑娘大才，居然能知道这是什么病，可否告知在下？”

苏小舞闻言莞尔一笑，这端木齐倒是好脾气。她刚才误会他，他也没有半点不悦，说到底他是她的救命恩人，他从一开始也没有用这个来压她。看来以往说神医脾气都很大，是谣传。

也许，神医之所以脾气很大，也是别人惯出来的。苏小舞忽然突发奇想，本来神医也并不是这样，但是求他的人络绎不绝，久而久之也就养成了那种特别讨厌的倔脾气，或者有些神医就想方设法地拒绝，便频出怪招，提出一些很难达到的要求，从此神医难求也变成了惯例。

端木齐见苏小舞陷入沉思，也不打扰她，静静地在一旁坐着。其间还起身把小二送进来的茶水倒好，扶起苏小舞，把温热的茶杯送到她嘴边，动作熟练而自然。

苏小舞挑了挑眉，看样子这端木神医还是经常干这种服侍人的活啊，没想到居然还是个新好男人。“水涵光得的是一种遗传病，大约是十几万人里可能出现一例这种病症，起因大约应该是他父母近亲结合的缘故。或者可能是有基因缺陷，喏，就是俗称的先天疾病，从娘胎里带出来的。”苏小舞喝了茶润了润喉，干渴的喉咙重新恢复过来，声音也圆润了许多。

端木齐连忙放下茶杯，掏出一个随身书本，磨墨润笔一气呵成，快速记下苏小舞所说的这些，然后双眼放光的等着她继续。

苏小舞疼得呲牙咧嘴，这家伙好学就好学吧，可是他居然还能知道把茶杯好好放下，为什么就不知道把她好好放回床上呢？

“不说了不说了！我累了！”苏小舞赌气闭眼嚷道。

端木齐呆了一呆，随后把手中的本子合上收好，恢复温柔的表情，体贴道：“是在下鲁莽了，苏小姐重伤未愈，自然要多加休息，在下先告辞了。”

苏小舞双眼微微张开一条缝，偷看他果真轻手轻脚地起身朝门外走去，终于忍不住开口道：“你要的那两瓶药分你一些好了，只不过记得给我留点。”她何尝不知这两瓶药珍贵非常？但是如果端木齐无耻点，大可以趁她昏迷就拿走，然后推说不知道。现在知道了相传水涵光是妖孽的事情与他无关，她又何必这么小气？反正是顺手牵羊之物。

端木齐大喜，转过身连连说道：“多谢苏小姐赐药。”之后就是“砰”的一下物体撞击的声音，还有一个小小的呼痛声。

苏小舞一乐，即使不看也知道他肯定是没看路，撞到门板了，还真是好玩的人。

“谈完了？那好，该我了。”一个飞扬跋扈的声音传来，显然是等了太久正不爽之时。

苏小舞内心咯噔一下，白展要是真是想审问她，她还真不如立即昏过去算了……

第二十九章 友情？还是爱情？

“姑娘姓甚名谁？”某人大摇大摆的拉开椅子坐下。

“……苏小舞。”某个声音不情不愿地回答道。

“原籍哪里？”某人大模大样的续问道。

“……原峨眉派代理掌门。”某个声音垂头丧气地回应道。

“为何倒在玄衣教歧天谷后苑的竹林内？”某人继续不依不饶中。

“因为……因为……”苏小舞回答不出，她还想问问是怎么回事呢，问谁去啊？

“不许有任何隐瞒，从实招来！”白展还真有点青天的架势，大马金刀的坐在那里，宽刃剑横在双膝上，一脸严肃样。

苏小舞哑然失笑，不答反问道：“请问苏小舞犯了什么罪吗？小舞良民一个，按时缴纳赋税，每次见到有人乞讨还能给点铜钱，遵纪守法爱护公物，连花花草草都不忍心破坏，为何白大侠如此咄咄逼人？”

白展眯起双目，光从苏小舞称呼他的那句“白大侠”，便对她立时另眼相看。他的身份，始终是他心中的一个疙瘩，江湖中人不把他当江湖人，而官场中人也不把他当同僚。可是还没有人敢在他面前如此嚣张，他方才明显是以官府的身份询问她，她居然避重就轻的轻松一句话就抹掉。

“既然自认是良民，还怕本官问两句吗？”白展不动声色地道，自然在“本官”这两个字上加重了些许。

苏小舞扯扯嘴角，看来白展本质还是如此，动不动就摆官架子。形势比人强，苏小舞看了看自己几乎完全没有办法动弹的身体，无奈地翻翻白眼道：“好吧，随你问，小舞知无不言，言无不尽。”

“打伤你的是谁？”白展剑眉一挑，很满意苏小舞的识相，颐指气使地问道。

“衡山派掌门夏流阳。”苏小舞不知道白展到底知道了多少事，所以不能有所隐瞒，“夏流阳无差别使用冰神极渊，想要控制在场人士。”苏小舞顿住没有继续往下说，因为她才想到当时夏流阳好像是要管水涵光要什么东西，究竟是什么呢？

“哦？那你一个人逃出来了？”白展若有所思的端详着苏小舞面上的表情。

苏小舞叹了口气，目光转到另一边，喃喃道：“算是吧。”接着把发生的事情简单说了一遍，当然隐去金针的部分，只推说自己也不知道为何冰神极渊对她没有效果。

白展在苏小舞叙述的过程中始终一言未发，直到她说完之后才淡淡开口道：“就这样？”

“就这样。”苏小舞平静地说道。

白展得到回答之后就断然起身，大步流星地向门外走去。苏小舞忍不住出声问道："这样就不问了？那换我问两个问题如何？你这次真的是要剿灭乱党而来的吗？还是要趁机把武林的势力一网打尽？"

白展按剑潇洒地转身，略扬起俊脸，傲然说道："苏姑娘为何会这样认为？本官是得到密报，有叛党秘密在歧天谷集会，所以才会带领手下前去。现在已经证实没有此事，自然不再过问。"

苏小舞见他一脸信誓旦旦的样子，半信半疑。居然这么顺利就搞定了？传说中的审问呢？

而且她为什么一听到有密报，就会想到"风月阁"呢？绝对有古怪。

白展见苏小舞并不发问，便面色略嫌凝重地推门而出。

屋内一片静寂，苏小舞躺在床上瞪着两只眼睛发呆，如果白展所说属实，那夏流阳和云星辰的主子可算是神通广大，居然能把这么许多人玩弄于股掌之上。不知道他们有没有从夏流阳的口中逼问出来什么，

不管了，她现在操什么心啊，都已经不是峨眉派的人了……

和白展谈过以后，苏小舞的身份便从"罪犯"变成了端木齐的病人。虽然她两天后行动便已恢复原来的程度，但是由于也没有地方可以去，自然死活赖在他们身边，跟随着他们往回京城的赶。

路上端木齐念及她失去武功，自然多加照顾，苏小舞又时不时"随口"说出一些他闻所未闻的疑难杂症，更加让端木齐对她视若珍宝，时时刻刻都在想把苏小舞脑中所记得的知识怎样全部移到自己的本本上。

白展一路上沉默寡言，只有端木齐有空想起来理他的时候，两人才会说几句话。其余时间白展就一个人抱剑而立，一脸沉默着不知道在想什么。

"端木，白展怎么总是这么一副死人脸啊？"一日，苏小舞终于忍不住发问，自从她伤势恢复以来，他们还是雇着一辆马车，白展自然负责在前面驾车，而他们两个米虫就在车厢里看书发呆。

端木齐放下手中的书，温柔一笑，不解道："怎么会？白展他已经很正常了。"

苏小舞用食指刮了刮脸颊，茫然地问道："这就叫正常了？我倒是觉得和你在一起的时候比较正常，为何其他时间都很怪异啊？"不会是有什么什么吧……苏小舞一脸怀疑的神色看向端坐在车厢另一边的端木齐。只见他一身深蓝色长衫，

随意地靠在软榻上，面上因为连日赶路略嫌倦态，狭长的双目闪动着智慧的神色，让人感到他虽然是外表文弱，但是内心绝不简单。

“不会。大概，是因为他总是一个人行走江湖，不懂得如何与人交往而已。”端木齐摇头哑然失笑，随后大概觉得苏小舞的问题太无聊，又打开被他合上的书，继续看下去。

苏小舞已经得知白展是得到了宋朝皇帝的谕令，可以手拿虎牙剑斩一切贪官污吏，等若朝廷安排在江湖中的一把利刃。

帅气啊！可是这样的人，这样的剑却只在江湖少侠榜上排名第二。那第一又将是何等风采？苏小舞凭空 YY 了一会儿，觉得无趣，便托着腮对着端木齐认真的侧脸发呆。想象着这么漂亮的气质少年和白展这种活像别人欠他多少银两的欠扁小子一起长大，该是什么情景啊……

“啊！”

许久之后，苏小舞突然发出一声惊叹，吓得端木齐连忙合上书，直起身问道：“小舞，怎么了？哪里不舒服？”

苏小舞像是发现新大陆一般，伸出手指向端木齐眼底重重的黑眼圈，好奇地问道：“你晚上都没睡吗？为何不睡？”不是她多心啊！这一对确实有问题，不管他们当天赶路寄宿的客栈有多空，端木齐都坚持要和白展一个房间，后者总是摇摇头无奈地不作声，隐约还带着一脸纵容。

这！这！苏小舞快要抓狂了，因为她眼睁睁地看着端木齐白皙的脸上瞬间爬满红晕……

车厢内一阵怪异的沉默。

“这还不是因为你？”端木齐憋红了脸，眉梢有着轻微的怨气，半晌之后才吐出这么几个字。

苏小舞一愣，这话怎么讲？从各种层面意思来看可作不同理解。例如她就是那个万恶的女配，白展嫉妒端木齐对她比较好，然后……然后……再然后……

“你不是说晚上做梦的时候人的眼珠子也会动的吗？”端木齐也不管苏小舞脸上怪异的表情，振振有词地说道。

苏小舞脑海中闪过的 N18 画面瞬间停止，有点跟不上状况，呆了一会儿才反应过来，愕然道：“你就是为了证明这个？这几天一直没睡？”

端木齐掏出怀中的那个蓝色小本本，翻开念道：“开始日，从三更到五更，被观察人无期待情况出现。翌日，同上；三日，同上……”

“停！停！”苏小舞扶着有些因为晕车而头疼的额角，口中嚷道，“你要观察谁也不能观察白展啊！”他就是长着一张没有梦想更不会幻想任何事都实事求是的脸，怎么可能晚上做梦啊？

当然后半句苏小舞可没胆说出来，毕竟当事人就坐在离他们仅一个帘布之隔的外面，她可还想活着去京城玩呢。

没想到端木齐却居然理解了苏小舞的意思，皱眉认真思考了一阵，点了点头沉吟道：“没错，也许我不能只观察一个人。”边说边拿出毛笔在本子上不知道写着什么。

苏小舞心里那个佩服啊佩服，看来他端木齐的神医之名也是天生勤奋好学自己拼搏来的。这些天她也了解到端木齐的家里并不是医术世家，好像身世也很显赫。但是由于他从小体弱多病，家人就把他寄养在悬壶轩，由轩主就近照顾。他也是因为对治病救人有爱好才习的一身的好医术。

她要是也有一技之长在身就好了，苏小舞忽然面色黯淡下来。

在江湖中，武功不好也不要紧，像端木齐这样医术高超的照样是万人敬仰，谁都不敢得罪。毕竟谁没有个疑难杂症内伤外伤的？神医难求啊！

可是她再学也学不会，苏小舞叹了口气。她武功不精，医术不行，势力为零，亲信没有。要是想当武林盟主，她倒真的是要白手起家了。

放弃吗？她又觉得不甘心。她就在这个世界混一辈子吗？不要啊……她想回家……

“别难过了，武功失去了，你可以再练啊！就是时间需要花费很久，不过没关系，总比我这种不能习武的要好。”对面传来端木齐和煦如春风的话语，顿时抚平了苏小舞心中的不安。

苏小舞感激地笑了笑，顺着他的话问道：“端木，你得的到底是什么病啊？为何不能习武？”

端木淡然一笑，平心静气的说道：“是厥心病。”

苏小舞一脸迷茫，她是听得懂有个“心”字，难道是心脏病不成？

“由于五脏之经气厥逆，内犯于心，而以心痛为主症，为厥心病。”端木齐神色自若地淡淡道，仿佛在说其他人的病症般。

果然是心脏病，苏小舞神情不变的“哦”了一声，也没觉得什么大不了。毕竟现在看端木齐蛮健康的，就是脸色苍白了些，根本和水涵光犹如白纸般的面色不能比。

端木齐有些奇怪地动了动眉梢，直言相问道："小舞，你可知道这病如何治疗？"每个听说他得此病的人，无一不摇头叹气地安慰他，没一个像苏小舞一样一脸平静的。和她相处多日，端木自然知道她见多识广，说不定还真能有所收获。

苏小舞按了按太阳穴，微微摇头道："这病就是富贵病，需要静心休养，不能动气。不过我教你一套拳法，每天练一次，就可以强身健体，总比你一天没有运动的强。还有，以后绝对不能几天不睡觉了。想观察别人睡觉的情况，完全可以看别人午睡嘛！"

反正太极拳教得夏生，为何教不得端木齐？先不论后者没有任何武功，也不会用此套拳法去和别人争强斗胜。光是他的救命之恩，她就不知道该怎么去还。她倒是不知道上哪里去弄瓶速效救心丸，但是看他的样子估计也用不上这种急救药，多休养就可以了。

端木齐闻言唇边现出一丝苦涩的神色，"在下先谢过了。"自小他就因为此病受苦良多，不能和其他人一般跑跳嬉闹，更加由于心情不能起伏太大而时时刻刻保持着淡笑的模样。如果不是后来白展故意逗着他生气激动，他估计连其他表情都不会了。

苏小舞见他眼角堆满了失望，肃容冷然道："你可别小瞧了这套拳法，在教你之前，我要先让你保证，以后绝不外传。"其实外传也没差啦，估计明眼人一看就学会了。反正不是她的专利，至于武当……哼，那个云星辰拐走了芷春，想来那个皇甫非墨也有点问题。他们既然把太极拳丢了，就让她来发扬光大吧！

端木齐双目一亮，以静若止水的语调说道："在下却之不恭，请多多指教。"

一直在帘布外旁听的白展发出表示不屑的冷哼声，苏小舞也丝毫不在意，耸耸肩故意用白展能听到的音量朝端木齐问道："他最近好像心情特别不好，出了什么事了吗？"

端木齐嘴角上扬，一改方才温文尔雅的神态，幸灾乐祸地笑道："还不是因为被我们绊住了，错失了抓到青衣盗的机会。"

"青衣盗？"苏小舞俏脸上写满了问号，这又是谁？"是小偷吗？白展怎么变成抓小偷的捕快了？"不至于吧？他可是堂堂的带刀侍卫啊！

端木齐倾身向前，一副神秘兮兮的模样，连带着苏小舞也不由自主的身体向前倾。只听端木齐轻声说道：“青衣盗是江湖有名的侠盗，不管何时都是一身青衣，头戴斗笠。而且听说连晚上行窃的时候都身着青衣。真正的面貌没人看过，身份更加不明，所以江湖人称‘青衣盗’。”

苏小舞眨了眨眼睛，这个装束怎么听着这么耳熟啊！

“至于为何白展被派去缉捕青衣盗，应该是因为后者偷了大理进贡给皇上的贡品。听说最珍贵的云祥扳指不见了，直接导致大理对大宋的不满。”端木齐继续小声说道。

青衣？斗笠？扳指？苏小舞忍住尖叫的欲望，左手反射性地握紧拳头把大拇指藏起来。不会这么巧吧？

“小舞，你脸色不太好，哪里不舒服吗？”端木齐探出手，打算帮她把脉。

苏小舞把左手背在身后，连忙摇头勉强笑道：“不是，只是有些晕车而已。”幸好她手上的这个扳指已经变异得很薄，不仔细看根本看不出来。

她运气这么好？随便在地边摊买个东西也能碰上极品？希望白展不认识云祥扳指啊，否则她就变成青衣盗的同伙了……

第三十章 小偷，洛阳街头

苏小舞的担心显然是多余的。白展显然不会注意到一个姑娘家的首饰有什么问题，三人一路向东，朝京城汴京而去。

自从苏小舞表明态度想和他们一起同路前往京城之后，她就发现端木齐的表情有了一丝不自然，而白展脸上换上一种看好戏的神色。

心下虽然奇怪，但是由于他们也没有明确地拒绝她，所以也不好开口询问。其实，她现在最想知道的，是当朝皇帝究竟是谁！——呃，可惜这个问题她更加问不出口。

宋朝啊，苏小舞坐在正在驾车的白展身边，仰望天上的浮云，内心遥想万千。她之前由于是空降到峨眉派，所以就等于直接踏进了江湖。但是如果她是空降到哪个权贵的府上，有机会进入宋朝的权力中心呢？如果皇帝老儿随便赐了她一个武林盟主的称号算不算合格通过啊？

虽然对于宋朝，现代人素有强唐弱宋的评价，但是各种 YY 小说还不是一个个的穿越到宋朝？说到底，这个朝代还是很好玩的。大臣可以和皇帝站着理论，包拯的唾沫星子给仁宗皇帝洗脸，而后者只能用手绢不停地擦还不敢让他停下来。朝堂上各派倾轧，可是失败的下场也不过是远离政治中心被贬到地方去当官，和之后的朝代动不动就灭族满门，差别简直太大了。

宋朝对文人的待遇，实在是太好了。

苏小舞不着边际地想着，忽然视线转移到身边驾车的白展身上，说起文人，那相对于文人的武官在宋朝的境遇反而是差到极点，直接导致武林势力的崛起。

想必，这也是白展接到密报急忙忙赶到歧天谷的原因。武林势力啊！原来觊觎武林盟主位置的，不单单只有江湖中人，相信皇帝老儿如果有那么一点点危机感的话，都会想方设法的把这块力量遥控在手里。

呃，不过要是宋朝的那几个皇帝，还真难说……

苏小舞不顾形象地随意伸了个懒腰，深深地呼吸了一口清晨新鲜的空气。他们此时已经走到比较宽敞的官道上，左右都是络绎不绝的往来车辆，路边也渐渐出现高矮不一的农舍，苏小舞好奇地问道："是要到哪个大城市了吗？"好像都比之前所见的繁华许多。

白展不屑地看了一眼苏小舞，懒洋洋地一扬马鞭，说道："前面就是西京洛阳了。"

洛阳啊！苏小舞马上星星眼，传说中的千年古都啊！汉魏以后，洛阳逐渐成为国际大都市，隋唐时曾经人口百万,四方纳贡，百国来朝，盛极一时。

呃，不过这个地方好像离嵩山很近了……苏小舞脸上的微笑僵硬了一下下，不知道那位木羽先生顺利地回到嵩山了没，还是正在拿夏流阳出气？杀了后者肯定不可能，尚君诚那么圆滑的人，肯定会留夏流阳一条命，把他知道的事情都逼问出来。

不过她非常怀疑夏流阳能知道多少，明显武当派的那个云星辰比他更高级一些，可是只怕这时候，世上再也没有云星辰这个人了吧！

苏小舞歪过头看了看脸上表情丝毫未变的白展，欺过身趁他不注意抢过马鞭，然后得意地朝他一笑道："让我试试看。喂！你那是什么表情啊？"

白展呆看着自己的右手，一副不敢置信的表情，沉声道："你对我做了什么？"

什么什么？苏小舞无辜地瞪了回去，哂道："不就是静电麻了一下嘛！至于这么大惊小怪？"刚才确实是碰到他手的时候有点小静电。可是现在秋天了啊，天干物燥很正常。呃，不过她最近好像是有些不正常，多次碰到东西的时候都会把自己电一下。

白展皱起剑眉，悄悄把自己依旧有些麻痹感觉的右手藏进袖子里，不着痕迹地冷冷观察着苏小舞的侧脸。

苏小舞则毫无感觉地扬起马鞭，快乐的高声喝道："驾！"

"啪！"马鞭不轻不重地打在马后腿上，结果就像受惊了一样，原本温顺的黑马奋力在官道上奔驰。

"奇怪，原来我驾马车的技术这么好啊……"苏小舞在迎面的秋风中扬起笑脸，而她身边的白展则神色更加凝重。

洛阳雄踞黄河南岸，北屏邙山，南系洛水，东呼虎牢，西应函谷，四周群山环抱，中为洛阳平原，既是形势险要，又风光绮丽，土壤肥沃，气候适中，漕运便利。故自古以来，先后有夏、商、东周、东汉、曹魏、西晋、北魏、隋等八朝建都于此。

苏小舞半张着小嘴，惊叹地看着洛阳城巍峨的城墙。规模果真是非比寻常，只南城门便有三个，每个城门上方都用篆体写着名称，可惜她有看没有懂。

此时天色正时下午时分，大批往来的商旅和百姓来来往往好不热闹。但是苏小舞更加注意到进城门之时，有守卫在检查户籍一类的东西。

惨了，苏小舞的脸先青了一半，虽然说守卫并不是每个人都检查，如果查到她的话最多塞点银两就好，她银票都是随身携带没有丢。可是问题是她身边这个煞星啊！她算起来还是非法入侵宋朝的无户口人士，真要追究起来……

苏小舞犹自挣扎要不要快速爬回车厢时，白展就已经直接驾着马车从右边的城门随着人流缓缓前进。经过城门的时候，白展连停都没停，只是扬了一下手，守卫便恭恭敬敬地让开道路。

苏小舞松了口气，暗笑自己胆小。她身边坐着的是堂堂的五品带刀侍卫白展，服饰和佩剑都如此张扬的说明了身份，谁敢盘查？

一进洛阳，苏小舞不由自主地发出了赞叹声，眼前就是笔直朝前方延伸而去的大街，街道足足比她之前所见到的宽了一倍以上，所以当他们的马车经过时，其他车马行人都可以轻易地避到一边去。

街道两旁虽是屋舍连绵朱楼夹道，但是店铺和里坊之间都各辟道路。屋与屋间总植有树木，使人一点不感到挤塞杂乱的压迫感。各大城门之间的街道纵横交错，井然有序。街上人来人往，衣饰各异，不时还有人畜同行之景。

白展轻车熟路地从大路转到其他路线，穿梭在小巷中，不多时就停留在一间豪华的客栈门前。

苏小舞跳下马车，望着繁华的洛阳城街景有些发呆，捉住身旁的白展衣袖，问道："喂，我们要在洛阳呆多久？"

白展缩了缩手臂，皱眉道："呆多久？明天清晨就赶路，后天大约能到汴京。"

这么急啊！苏小舞正好瞥见刚刚走下马车的端木齐有些为难的表情，脱口而出道："我决定不和你们去汴京了。"虽然是突然决定的，但是苏小舞并不后悔，看着端木齐满是疑问的脸庞，笑嘻嘻地说道："我想在洛阳多逛逛，好不容易来一次嘛！"

端木齐看向苏小舞的眸光闪烁，过意不去地说道："小舞，你还是跟我们一起去京城玩吧，京城比这里好玩。"

是危险系数远高于好玩系数吧……苏小舞皱皱可爱的小鼻子，向他扮了个鬼脸，略带不满地嗔道："真心实意地邀请我吗？还是只是说的客套话？"

端木齐俊雅的脸容上浮现出为难的神色，求救似的看向一旁事不关己的白展。

苏小舞此时内心本来有的些许懊恼瞬间转化为好奇，笑吟吟地问白展道："究竟怎么回事？"

白展轻咳一声，淡淡取笑道："如果你想被逼嫁到端木家，大可和我们一起回京城。某人就是为了逃避相亲而逃出京城的。"

苏小舞做恍然大悟状，兴致盎然地看着一脸窘态的端木齐说道："好啊，那你们先回去吧，等我玩完洛阳，就去京城找你们。嘿嘿，不见我？好办哇，我随便去抱个孩子上门寻夫，看看你出不出来。"

端木齐颤抖地拽住白展的臂膀，恨声说道："白展，为何我当时要救这个小魔鬼的时候你没提醒我？"

白展挑了挑眉，从容道："我是说过的。"

"不！你肯定没说过！"

苏小舞看着他们彼此拌嘴，开心地笑了笑，摆摆手道："我先走啦，拜拜！"

端木齐和白展目送着苏小舞的倩影没入人群中，许久之后前者不解地问道："拜拜？是什么意思？"

"大概是百日以后京城见的意思吧。"后者认真地想了想，回答道。

"什么？百日之后？不对不对，她明明叫的是你的名字，没听到么？白白啊！"前者仍然在强词夺理中。

"……"

苏小舞独自一人在熙熙攘攘的洛阳街头游荡，内心不断地感受着这一千多年前的古都风采。在主御道和驰道之外，是探伸往城内里坊的次一级街道，还有各种窄街小巷。

洛阳城内分布着各种水道，街旁的房舍沿洛水河伸展，石板路旁坐落着各式的深宅大院和普通的民居。洛水河中则舟船往来，水光帆影，此时午后的阳光直射在波光粼粼的水面，美如梦境。

苏小舞看着身边经过的人群，大部分都是身着粗布麻衣的劳动人民，当然时不时有身穿两袖过手，长及膝盖宽大丝袍的人。感到周围众人都若有若无地把视线聚集在她身上，苏小舞低头看了看自己身穿的丝绢女装，才反应到好像她这个年纪的姑娘家一个人出门在外太过惹眼，更别提端木齐给她置备的女装更是名贵丝绸做成，小姐专用的那种对襟大袖衫和披帛。

苏小舞看准一个布店拐了进去，一刻钟之后，换了一身潇洒的男装出来。月牙白色大袖长衫，青色绣花腰带，手上还拿着一把折扇，头带方巾，龙行虎步，俨然是个翩翩公子。

苏小舞感觉焕然一新，虽然有些自欺欺人，明眼人仍然能一眼看出来她是男是女，但是也总比一身华丽女装逛大街的好。毕竟宋朝还是很封建的，如果不是侠女装出门，引人注目是必然的。她虽然享受回头率，但是对异样的目光敬谢不敏。

在洛阳最繁华的天街闲逛，苏小舞时不时瞅瞅这个，瞧瞧那个。天街的店铺均是刻意装饰过的，外面又设了帷帐，摆满了各式财货，任君挑选。沿街店面招幌，不乏菜馆、酒楼、茶馆、酒铺、还有贩子摆地摊卖各式杂货，讨价还价声不绝于耳，人流如潮。

苏小舞挤过熙攘的人群，忽然感到右前方有一人看似无意其实上是故意地向她挤来。苏小舞心下不禁一乐，想她在公交车闹市区拼杀过多年的经验，就这么点技术就想偷她的钱包？做梦！

这时苏小舞才发现那人是一个脏兮兮的乞丐，身形并不高，头带一顶草帽，帽檐压得很低。唉，这样的扒手也太不专业了。如此脏旧的装扮，换成是谁也不会让他近上身前啊？

苏小舞不着痕迹地用左手护住腰间的荷包，微微一侧身用右手的折扇反敲了对方一下，这一下只是警告，所以没用多大力，可是对方却一震之下抬起头来。

苏小舞一瞬间只接触到一双亮闪闪的眸子，随后见他和她错过身，捂着被她敲到的地方向小巷里跑去。

不会吧，那人怎么好像被她打受伤了一样？方才明明没有用什么力，而且她现在体内也没有丝毫内力。

她最近怎么好像有什么地方不对劲呢？想起之前白展的反应，苏小舞不解地皱皱眉，奇怪啊奇怪。

想不出来到底是怎么回事，苏小舞用折扇敲了敲自己的头，发现自己正好停在一家布置高雅的酒楼门前。肚子咕咕作响，所以立刻忘掉了方才的事，欣然举步而入。由于不是吃饭的时间，酒楼内稀稀落落地坐着几个人。

在小二的热情带领下，苏小舞想去楼上观赏洛阳街景，还未登上二楼的地板，便听到一个油腔滑调的声音高声说道："话说那九大派围攻玄衣魔教，谁也没想到会是这样一个结果。"

什么结果？苏小舞加快脚步登上二楼，只见当中的一个圆桌边坐满了人，大多都是行走江湖的打扮，均露出专注的神情，听其中一个灰色衣衫的中年人正眉飞色舞的闲侃中："知道是什么结果吗？"

见周围的人都纷纷摇头，灰衣人神情夸张地说道："双方握手言和了！"

整个围观的人都一片哗然，有人出声问道："究竟是怎么回事？"

灰衣人做冥思苦想状，叹道："其实近几年江湖上出的大事，都不是玄衣魔教做的，譬如……"

苏小舞在小二的带领下，坐在一个临街靠窗的座上，随手点了几碟菜，专心听那个长舌的灰衣人八卦。她也注意到，整个二楼除了她和这一桌人之外，就只有不远处的一个大汉在独自喝酒。

“那这么说，这件事还真是一场误会。不知道有没有人伤亡啊！”

“唉，衡山派的掌门夏流阳不慎重伤，峨眉派代理掌门苏小舞下落不明，而武当派的未来掌门人云星辰更是惨遭毒手。看来即使是握手言和，玄衣魔教也会付出一定的代价啊！”灰衣人哀叹一声，摇头说道。

喷，苏小舞差点把口中的茶水全吐出来。原来事情是这么解决的，她已经变失踪人口了啊！

第三十一章 丐帮？还是黑帮？

把茶杯放回桌上，苏小舞勉强咽下茶水，竖起耳朵继续听下去。

“据说九大派内部有内奸，这次想让玄衣魔教和九大派火拼的行动完全是有人计划好的。幸好并没有成功。”灰衣人喝了一口酒，润了润喉，继续说道。

“内奸？有没有说到底是谁？”有人惊奇地问道。

灰衣人装腔作势地叹了一会儿气，享受够了众人期待的视线，才遗憾地说道：“具体的事情没有任何人出来解释，各大派都绝口不提，玄衣魔教更是偃旗息鼓江湖上一时不见其踪迹。”

“那这事就这么完了？”

“我看不会，你们没发现事情的微妙吗？”灰衣人拿起筷子夹着花生米吃了几粒，油然道：“衡山派掌门夏流阳重伤，武当派云星辰惨死，那么这两人就应该不可能是内奸。如果是的话，那么肯定会有消息露出来。所以……”

“所以有问题的果然是那个下落不明的峨眉派代理掌门吗？”

灰衣人一言不发的继续喝酒，但是这已经表明默认了。

“奇怪，这个苏小舞到底是什么来头？”众人议论纷纷，但是却没有一个人知道。

苏小舞满脸黑线，她现在居然已经变成全江湖的通缉犯了吗？出名是出名了，但是这个名声实在是太强大了，都没人出来帮她解释下吗？

看来真是武林正派为了顾存颜面，把她推出去当替罪羊了。苏小舞一阵心酸，正好此时她点的菜陆续上来。再也没心情去听他们都在说什么了，化悲愤为食欲。

“什么？皇甫非墨又重现江湖了？不是说他被玄衣魔教的右使暗害了吗？”一个过于耳熟的名字让苏小舞不得不停下筷子，微皱秀眉的抬起头。

“是啊！前几天武当传来消息，说是皇甫非墨回去过一次，是参加云星辰的丧礼。之后就不知所踪了。”灰衣人拿起桌上的酒壶自斟自饮，一副淡定的模样。

“难道是下山找苏小舞报仇去了？”有人幸灾乐祸地笑问道，“对了，乐典，你到底是从哪里知道这些消息的啊？不会是随口说出来哄我们玩儿吧？”

那个被称为是乐典的灰衣人很拽地摇了摇头，冷哼道：“你们不愿意听我的八卦江湖就别听，以上有些消息是绝对内幕，但是有些地方我也加了自己的分析，好了好了，今天的时间到了，结账！”

苏小舞还以为是要喊小二来结账酒钱，结果出乎她意料，居然那个圆桌周围坐着的每个人都纷纷掏出荷包来，拿了碎银子或铜钱递给乐典。

原来居然是买卖情报的。苏小舞撇了撇嘴，这下可好，一传十，十传百，再传下去她不一定会被说成什么样子。

“乐典啊，为何你自称为八卦江湖客啊？八卦一词何解？”有人好奇地随口问道。

“唉，是因为我祖上是练八卦掌的，但是在下只能学了个半通。可是也不能数典忘祖让八卦在我这一代失传。嘿嘿，也是江湖上朋友看得起，送在下这么一个称号。”乐典站起身，慢悠悠地把桌上的碎银和铜钱全部收在腰包内，呵呵一笑道：“今天就这样了，如果有消息再通知各位。”

一群人一哄而散，二楼大厅内瞬间恢复寂静。苏小舞闲闲地吃着小菜，居高临下地瞧着宽阔无尽的长街，从她这个角度来看，比起之前融入其中来，又是一番不同的感受。

唉，照这个势头来看，没多久她就要变成武林中人人喊打的妖女。对了，不如走妖女路线？小妖女也是人见人爱，比起圣女来要好玩。

苏小舞还真仔细地考虑起来，不过不出半分钟就打消了这个念头。她当妖女？还不如直接一头撞死算了。要武功没武功，要魅力没魅力。

“小二！再来壶酒！”二楼除了苏小舞以外仅剩的那个大汉突然高声叫道，声音中气十足颇有威势。苏小舞下意识地看过去，呃，仅仅能看到背影。身形魁梧，身上的衣服是不新不旧深蓝色，普通百姓打扮，没有一丝不正常。

苏小舞自嘲的摇了摇头，真是的，又不是走到哪里都能碰上江湖中人。其实这种大城市，如果想碰上个官员或王爷什么的才更加实际点。她刚刚这样想着，走过来的小二说的话立刻推翻了她的判断。

“龙副帮主，您看，您今天都喝了一下午了，是不是……”

神马？副帮主？苏小舞顿时睁大了双眼，有如扫描仪般把对方从上到下瞬间又重新扫描了一下。一个、两个、三个……果然在衣角那里有几个象征性的补丁存在。

天啊地啊！这是丐帮啊！

苏小舞双目放光，方才对江湖已经冰凉的心瞬间热血起来。丐帮啊丐帮，她应该怎么勾搭上这个武林第一大派呢？这样贸然前去，是不是太不自然了？

苏小舞这边正在冥思苦想，那边店小二却拗不过那位龙副帮主，又给他拿来一坛酒放在桌上。忽然间灵光一闪，苏小舞唇边现出志在必得的微笑。

此时二楼陆陆续续又上来了一些食客，那个蓝衣大汉还是一个人自在的大碗喝酒大口吃肉。

苏小舞悠闲的吃了两口菜之后，招来小二结账。

“客官，一共六十文。”小二连忙跑到苏小舞面前，笑嘻嘻地说道。

不贵嘛，这时候六十文钱大概就像人民币十八块左右。苏小舞伸入怀中去取荷包，忽然间脸色一变。

小二察言观色，立刻脸上堆起的笑容就消失了，一脸鄙视的目光看着她。

苏小舞不好意思地笑了笑，又努力地把浑身上下翻了翻，惊呼道：“天啊！我的钱被人偷了！”整个二楼的嘈杂声戛然而止，众人纷纷看向这边。

店小二现出果不其然的神情，双手环胸歪着头看着苏小舞，一言不发。

“肯定是我刚才进这家店的时候，被那个小乞丐偷走的！”苏小舞声色俱佳嚷道，“就是刚才，这样，我去报官，我看到那个小乞丐长得什么样子了！”一边嚷，苏小舞一边用眼角余光偷偷看向那个龙副帮主，满意地看到他停下喝酒，注意听这边的动静。

店小二叹了口气，想必是见多了这种情况，开口说道：“这我可不管，等我去找老板过来。”

“不必了，这位朋友的账就记在我身上吧！”就在店小二转身想下楼苏小舞拉拉扯扯不让他走的时候，那位龙副帮主终于在苏小舞的万分期待下开口说道。

苏小舞满意地微微一笑，上钩啦！

店小二如释重负地走下楼，而苏小舞则自来熟地走到龙副帮主那桌，一拱手说道：“多谢这位大哥援手。”

“哪里，大概是帮中的弟兄们鲁莽，如果公子有重要东西丢失的话，自当尽力找回。”

苏小舞听着有趣，怎么有人犯罪了还一本正经地说这种话，抬眼朝这位龙副帮主看去，只见他即使坐在那里，便足以比其他人身形雄伟许多，甚有气派。年龄大约二三十岁，相貌堂堂，面容之中微有风霜之色。唇有淡须，眉毛粗深，双目电光隐隐而现，显示出其深厚的武功修为。面上带着霸气的笑容，和爽脆有力的举止，都表现出他拥有着极其强大的信心，一看就是做惯了老大的样子。

苏小舞大大方方地坐在他对面，莞尔一笑道：“身外之财而已，大不了小弟也去丐帮混个两日，讨口饭吃。”

那人闻言哈哈大笑，连声道：“不错不错！在下正是丐帮的副帮主龙惊戟，阁下是？”

苏小舞刚想开口说自己的真名，顿时醒悟到自己已经是晋升为江湖通缉犯一类的等级，立刻改口道：“龙大哥管我叫小五就可以了，小弟家中排行第五。”她也不管对方究竟能不能看出来她是女生，反正表面上绝对不改口就是了。

龙惊戟招呼小二多加双碗筷和酒杯，苏小舞暗自窃喜这么容易就和丐帮的中心人物说上话。可是，好像龙惊戟可是半点丐帮的感觉都没有。身上衣服虽然半新半旧，但仍然干净整洁，与方才她在酒楼门口遇见的那个小乞丐简直天差地别。难道丐帮真是分净衣派和污衣派吗？而且听龙惊戟的谈吐，根本就是受过良好教育的人，

龙惊戟把小二新拿上来的酒杯满上，洒然笑道：“来！这杯酒算是大哥替兄弟

赔罪的！”

苏小舞低头看着酒杯中浅黄的液体，又抬起头看了看龙惊戟脸上微笑的神情，一狠心举杯仰头一饮而尽。“怎么能说是赔罪呢？龙大哥负责小弟在洛阳的所有食宿开销就好了。”苏小舞一抹嘴放下杯子，开心地说道。原来古代的酒度数并不高，她喝的这种也就是普通的米酒而已，害她以为能多烈的酒呢。

龙惊戟见苏小舞相貌俊秀，唇红齿白，身形柔弱，早先便存了轻视的念头。但见她虽然起先对手中的酒犹豫了一下，随后却异常爽快，顿时眉开眼笑道："好！没问题，当然要贤弟不嫌丐帮屋舍简陋，哈哈！再来！”

苏小舞看着龙惊戟给她斟酒，听着他说出她想要听的话，反而没有预料中的期待。叹了口气，苏小舞用百思不得其解的语气说道：“龙大哥，其实小弟一直对丐帮有些意见。”

龙惊戟倒酒的手一顿，目光炯炯地向她看来，好奇的问道：“此话怎么讲？”

苏小舞目光投往楼下的洛阳大街，看着街头巷尾都有着或站或坐的几个乞丐，语气有些生硬地说道：“小弟觉得当今武林之中，最大的毒瘤就是丐帮了。”

“啪！”

龙惊戟一掌拍在木桌上，苏小舞眼睁睁地看着他的大掌陷入木桌半寸，而她面前已经盛满了米酒的杯子却半滴酒珠都没洒出。

好武功啊……苏小舞强撑着脸上的表情不变色，内心却在颤抖，不知道这一掌如果打在她身上会是什么下场啊……

龙惊戟双目闪过寒光，看向苏小舞一字一句地缓缓问道："贤弟为何这么认为？如果所说的是污蔑本帮的话，莫怪在下翻脸不认人！”

苏小舞迎上他的犀利的眼神，丝毫不怀疑如果她不能自圆其说的话，下一秒绝对会被他扁得面目全非。可是她如果不想做和龙惊戟一般的点头之交，就必须另辟蹊径，冒险一试。

“请问龙大哥，丐帮内可有妇女孩童？”苏小舞正容问道。

龙惊戟一愣，没想到她会不答反问，但还是耐着性子回答道：“哪里会有几个妇女，你当丐帮的人会有人嫁吗？至于孩童，倒是有一些。”

“那再请问龙大哥，丐帮内可有残疾之人？”苏小舞不管龙惊戟疑惑的眼神，继续发问道。

龙惊戟像是有些明白了苏小舞的用意，脸上的怒意渐渐退却，若有所思地回道:

"有是有些，可是不多。"

苏小舞像是早就预料到他的回答一般，淡淡的勾出一抹微笑，道："那么丐帮弟子，岂不都是些四肢完好，正当壮年的男子？不收妇女儿童老弱病残，不工作养活自己反而成天乞讨活命，一点都没有尊严。而且又以江湖第一大派自居，更加唯恐天下不乱，造谣生事。你说，小弟说得不对吗？"苏小舞边说边细细观察龙惊戟的表情，她说这话实在是发自肺腑，内心怎么想的，就怎么说出来了。虽然在龙惊戟凌厉的目光下有些发毛，但是仍然振振有词地说得头头是道。

确实，她一直就很看不起那些丐帮中人，好手好脚的为什么不出来工作？就算是给人当劳工也比成天站在街头接受别人鄙视的目光要好的多啊！

龙惊戟浑身散发着戾气，颇有些不怒而威的气势。虎目射出慑人的精芒，深深地瞧着她哂道："贤弟可能是初入江湖，说的这番话虽然不能说完全毫无道理，但是确实在在下看来是胡说八道。"

苏小舞见他并不动怒，松了口气。只要能让他有个不同寻常的印象就好，绝对是个好开头。当下恭敬地拱手问道："那请龙大哥为小弟释疑。"

龙惊戟脸色恢复自然，举起面前的酒杯一饮而尽，叹息道："丐帮的有否，其实在于朝廷。如果天下太平，人人安居乐业，哪里会有多少乞丐，自然丐帮就会不成气候。现在江湖中，本帮隐隐有盖过少林成为武林第一大派，某种意义上来说，却是朝廷的失职啊！"

苏小舞静静地听着，一点都没觉得龙惊戟说话有了些许大逆不道的语气，反而还附和地点了点头。因为在她内心中，丝毫没有以帝为尊的概念。龙惊戟看在眼里，暗暗心惊。

拿起酒杯一口口喝着，苏小舞面上浮现原来如此的表情，摇头叹道："若我说，少林派也很无趣，一帮和尚只懂得闭门念经，两耳不闻天下事。若说他们已经看破红尘不理俗事，偏偏所有事情都要掺上一脚。嘿嘿，自相矛盾啊！"

龙惊戟闻言拍桌哈哈大笑道："没错没错！贤弟说的正合吾意！大哥好生佩服，想那和尚和我们乞丐不也是一个样子？这佛门僧侣也是讲究化缘作功德的，一声'阿弥陀佛'，一托铜钵，面朝施主赏几文钱，岂不是和我们丐帮行讨无差？就是我们没剃头转行嘛！"

苏小舞听得有趣，想那日后的朱元璋，不也就是如此么？

"不过，贤弟还有一点没有看透。"龙惊戟呵呵笑道。

苏小舞含笑举杯问道："请大哥明示。"

龙惊戟舒服地靠到椅背处，双目神光电闪，浑身散发着夺人的气势，沉声道："民以食为天，'饭'字左半边是'食'字，另外半边是'反'字，无'食'则'反'啊！"

苏小舞正在喝酒，闻言干咳了几声。对上龙惊戟若有所指的目光，苏小舞内心暗惊，这人说话为何句句似有反意？难道是在试探她不成？

放下酒杯，苏小舞决心岔开话题，自信满满地笑道："龙大哥，如果愿意的话，小弟自有方法可以使丐帮脱贫致富，奔向小康！"

龙惊戟愕然道："小康是什么东西，能吃吗？"

"咳，自古诗经有云：民亦劳动止，汔可小康。这小康就是指生活富裕的意思。"苏小舞不好意思地解释道。

龙惊戟洒然笑道："脱贫致富，奔向小康。哈！这口号不错。只是，这富裕了的丐帮，还能算是丐帮吗？"

苏小舞微颦秀眉，用手中的折扇拍了拍头，疑惑地问道："还有人甘愿一直乞讨不成？"难道还真是她想错了？有些人就是乞讨上瘾的，喜欢每天无所事事看别人八卦，顺便探听点消息转手卖给风月阁换点情报费？

龙惊戟摇了摇头，伸手夹了几片肉送进口中，边吃边喟然道："贤弟不懂丐帮到底是怎么回事，所以才有所误解。这样吧，反正贤弟此时身上也无钱财，一会儿吃罢就和大哥回丐帮总舵瞧瞧！顺便给你找找是哪个兄弟不长眼的冲撞了你，定会替你讨回丢失的银两。"

苏小舞一惊，她的荷包可是好好的在怀里躺着呢，龙惊戟要是去问了，岂不是全都露馅了？当下脸上现出全然不在乎的神色，淡笑道："无妨，银子既然丢了，那就不是小弟的了。不过，大哥可要负责哦！小弟在洛阳的食宿可就都要依仗大哥了。"

龙惊戟不当一回事地扬扬手，嘿然道："小意思！来来！先喝酒！"

苏小舞得意地笑啊笑，这下可以去丐帮参观顺带蹭吃蹭喝了。不过可以想象情况一定很艰苦，不过她也要为了目标忍耐一下。话说露宿野外的事情她来到古代之后也没少体会，豁出去了！

两人相谈甚欢，酒也越喝越多。龙惊戟却是越来越心惊。但看这个俊秀公子哥一样的少年一杯杯的水酒下肚，却除了脸颊愈加红润外没有丝毫醉态，仍然谈笑风生。本来心存戏弄之心也渐渐淡去，再加上这个小五谈吐风趣，说出的话虽然有些歪理，但是细细思量之下，其中深刻含义足以令他都惊叹。

酒酣耳热之后，苏小舞跟着龙惊戟走出酒楼，前者注意到龙惊戟根本没有结账，和楼下的老板打了声招呼就走了。看来还是常客啊，怪不得刚才说记在账上之类的。

两人走在御道之上，道旁遍植树木，绿荫成片。午后的阳光照射洒在二人身上，令人有种昏昏欲睡的感觉。苏小舞摸了摸因为喝酒有些滚烫的脸庞，呵呵笑问道："不知道还要走多久才能到啊？"这一片看起来是洛阳城繁华的地段，想那丐帮总舵定然是在穷人区，离这里绝对很远。

龙惊戟笑着低头看过去，突然发觉到他新认的这个贤弟长得有些过于娇俏，尤其侧面看过去睫毛如蝴蝶的翅膀般狭长，双瞳漆黑宛如点漆，肌肤白皙中带着诱人的红润。十指葱葱如玉，绝对不是练武之人。龙惊戟正想出声问个清楚，就发现对方耳朵上并没有耳洞，自嘲自己差点就开口得罪人了，连忙回答道："快了，前面就快到了。"心想这小五看起来不过十五六岁的身形，声音容貌有些过于少女化，也不是不可能。看"她"对江湖如此梦幻的想法，也许还是洛阳或京城某家的少爷公子偷跑出来的。

苏小舞没看到龙惊戟的表情，自然也猜不出他心中所想。事实上，由于对方实在太高大，她几乎必须仰头才能看到他的脸，索性干脆不抬头了。

两人闲逛般的在大街小巷中穿梭，苏小舞也注意到不管哪条街巷，都会有一两个乞丐蹲守。而在他们见龙惊戟走过之时，都恭恭敬敬地行礼拱手。

这也太牛了！苏小舞和龙惊戟并排而行，自然同时享受到了首长级待遇。而且看到丐帮众人面上恭敬的表情，也能轻易猜出龙惊戟在帮中受到爱戴的程度。

只是不知道丐帮帮主又会是何样人士，苏小舞不紧不慢地扇着折扇，略略地扇走了些许午后的闷热之气。看着路边悠哉乞讨的乞丐，苏小舞好奇道："龙大哥，你也是之前做乞丐的吗？"别怪她不厚道，只要想到龙惊戟这等体格在街边一站，脸上挂着可怜兮兮的表情乞讨……啧，她就止不住想笑。

"嘿嘿，居然小看你大哥我？"龙惊戟灿烂的一笑，露出一口洁白的牙齿，反射着的亮光晃得苏小舞直眯眼睛。

"哦？"苏小舞拿扇子挡住唇，也遮住了笑得有些阴险的表情，"那现场表演给我看看嘛！小弟想见识见识。"声音中不自觉地带了点女儿家的娇嗔，听得龙惊戟一愣一愣的。

"哈哈，好，不就是讨钱嘛！擦亮了你的眼睛看着！"龙惊戟一拍胸脯，笑声洪亮，引得路人纷纷向这边看来。

苏小舞看着龙惊戟大摇大摆的向街边的店铺走去,面上浮现几条黑线。大哥啊，你这架势哪里是去讨钱啊？简直就是去打架啊!

眼睁睁地看着龙惊戟大步闯进人家铺子里，几乎是片刻之后，龙惊戟手里便拿着几张银票走了出来，他后面居然还跟着店铺的老板，低声下气地在说好话。而龙惊戟则不甚耐烦地扬了扬手中的银票，不知道和老板说了什么，后者欢天喜地地走回铺子内。

神马？苏小舞呆愣地站在街角，看着龙惊戟从街头的铺子一家家的走到街尾，手里的银票越来越厚，碎银越来越多，直到最后不知道从哪里拿了一个包袱装在里面。

看着一脸得意的龙惊戟甩着包袱朝她走来，苏小舞真想冲到街对面的豆腐铺买块豆腐撞死。龙惊戟知不知道他这哪里叫讨钱，明明是收保护费啊!

“喏，这些钱应该可以够抵消你被偷去的钱了吧！”龙惊戟走到苏小舞身边，把装满银票和碎银的小包袱朝她扔来。

苏小舞思维有些短路，接过有些沉的钱袋，结结巴巴地说道：“够了，够了。”

龙惊戟摸着下巴上的胡子茬，笑呵呵地说道：“你大哥我讨钱的本领不错吧？嘿嘿，走吧！我们回总舵。”

苏小舞已经完全失去了思考能力，只有机械地挪动着脚步跟上龙惊戟的步伐。

两人走了不多时，龙惊戟在了一间宏伟的府第面前停下脚步。

苏小舞走过去几步，发现后者并没有跟来，回过头问道：“怎么不走了？”

龙惊戟往前一努嘴，笑道：“到了啊！”

神马？到了？苏小舞仰着头，看着门前牌匾上一个字都没写空空如也，大门旁边两条石柱上各自挂着一个大灯笼，而左右两方房舍连绵不绝，不知道究竟这里有多大。

苏小舞刚想开口让龙惊戟别开玩笑了，后者施施然地打了个响指，大门“吱呀”一声分左右两边开启。门内赫然站了两排装束各异的乞丐，齐刷刷的喊道：“龙哥，您回来啦！”

“回来啦！”龙惊戟微微摆手，嘿嘿一笑。

口胡！苏小舞眼珠子差点掉在地上！这哪里是丐帮！分明是黑帮！

第三十二章 气势，丐帮总舵

苏小舞大受打击地走进丐帮总舵，映入眼帘的就是一块足以容纳数百人的巨大宽阔广场。广场周围分布着或大或小的房舍，一眼望去，苏小舞只觉得这个地方简直大得不可思议。

苏小舞看着总舵内稀稀落落的没有几个人，哦，不，应该说没有几个乞丐。大概都去街上乞讨，哦，不，应该说去收保护费了……

龙惊戟满意地看着苏小舞震惊的表情，洒然笑道："这里比较简陋，贤弟多多包涵哈！"

去你的简陋！苏小舞忍住想要破口大骂的不忿感，皱眉看着四周的环境。骗鬼啊！这地带一看就是洛阳的繁华地段，别说是这么大的地方了，就是间小店铺都要好多银两。不用想也知道这些钱都是哪里来的，比起其他寒酸的武林各派，这丐帮实在是了不得啊！

怪不得之秋曾经和她说过，五岳剑派和其他白道门派都不大看得上丐帮，原来是这么回事……

丐帮号称天下第一大帮会，盖天下历朝历代，无有不沦为乞丐之人，聚伙为帮，打抱不平，举止介乎正邪之间。直至宋末，丐帮帮主举抗金义旗，以民族大义为重，开创出一番事业，终成为武林泰斗。成为江湖上第一大正派——苏小舞记得她曾经看到过的这一段资料，如此说来，丐帮要成为天下第一大正派，还要等到宋末呢！现在也只不过是正邪不分的天下第一大派——因为他们人多……

苏小舞脑海中瞬间闪过这些思绪，而她身边的龙惊戟则听过手下禀报之后，抱歉的对她说道："贤弟，大哥有帮务要处理，你现在这里随便逛逛吧！"

苏小舞茫然地点点头，呼啦一下看到刚才在门口迎接他们的一群人随着龙惊戟走进左边的一间大屋子内，瞬间广场上就只剩下她一个人。

怎么办？苏小舞咬着下唇问自己，她现在是如愿以偿地混进丐帮总舵了，可是问题在于丐帮根本不是她想象的那回事。什么帮助丐帮脱贫致富，奔向小康？人家明显已经大康了，才不需要致富呢，而且这个黑社会老大当着很爽，怪不得都不去做事。

这也表明了，她本来想用致富手段取得丐帮支持的这个想法完完全全破灭了。

苏小舞垂头丧气地走到一旁的回廊里坐下，背靠着廊柱，在阳光晒不到的阴影里闭目养神。方才虽然喝的那些米酒度数不高，可是好久不曾沾酒的她也有些不胜酒力。再加上刚才的惊吓，她实在是需要好好整理下思路。

"喂，你是新加入的弟兄吗？"一个刻意放低声音，柔润悦耳但却听上去发寒的男声传来，把昏昏欲睡的苏小舞吵醒。

"唔，算是吧。"苏小舞微微睁开双目，首先接触到的是一双略带狡猾的眼睛。好像狐狸啊！苏小舞第一个感觉就是这样。

面前此人大概二十岁刚出头的模样，相貌有些邪魅的英俊，令人一眼看上去便知他是那种野心极大，要毁掉别人时绝不留情之人。此时他虽然面带微笑地看着她，但是眼神中带着怀疑和探查。一身淡黄色的衣服干净整洁，同龙惊戟一般只是在衣角下面象征性的缝了几个补丁，看来在丐帮的职位不小。

见苏小舞睁开眼睛，此人取笑道："什么时候丐帮流行起来收女扮男装的姑娘家了？"

苏小舞知道自己被他看穿了，神色也没太大变化，淡淡地说道哦："你好，我叫小五。因为家里排行第五。"其实看不出来才怪呢，所以她非常怀疑龙惊戟是没有看出来还是在装傻。只不过流行是什么意思？丐帮里还有其他女扮男装的姑娘？

"蔡羽山，羽毛的羽，高山的山。"蔡羽山坐到回廊的另一边，嘿嘿笑道："是谁带你来的？"

苏小舞坐直身体，淡笑地说道："是龙大哥带我来的。"

蔡羽山一愣，显然不相信苏小舞说的话，面上那双狡猾的狐狸眼略微笑了笑，道："龙惊戟那个家伙？哈哈，你说笑吧？"

苏小舞歪着头无辜地说道："是他啊，龙大哥刚才还在这里呢。结果被人叫过去处理帮务了。"这个蔡羽山在丐帮的身份一定也很高，就从他称呼龙惊戟的语气就能听出来。

蔡羽山听到处理帮务这几个字之后，狐狸眼闪过一丝寒光，随后看到苏小舞仿佛被吓到一样呆愣的表情，连忙笑容满面地说道："小妹，你今天第一天来丐帮吧，有什么不懂的可以问蔡哥哥啊。"

呕……苏小舞差点把刚吃的东西都吐出来，内心对蔡羽山的印象降到极点。刹那间觉得他看向她的那双狐狸眼都带着色眯眯无法忍受的视线。"呃，蔡……大哥，能不能跟小五讲讲，丐帮究竟是做什么的啊？"苏小舞忍住恶心，勉强勾起嘴角装出笑容询问道。为了得到情报，她忍了！

蔡羽山跷起二郎腿，背靠回廊柱，悠闲地说道："哈哈，这个问题简单，丐帮嘛，顾名思义就是讨饭混饭的。我们都是如假包换的穷人家，有分武丐和文丐，武丐就是被称为街丐、蛇丐的，嘿嘿，文丐嘛，就是有诗丐响丐什么的。哦，没听过响丐？就是打竹板说数来宝的那些人，大家听得好了，就赏几文钱。"

苏小舞津津有味地听着，那个武丐，估计就是彻头彻尾的地痞流氓，而文丐就是那种和现代社会街边拉二胡的那种。

蔡羽山见苏小舞听得入神，更加卖力地说道："至于每年的二月或八月，或者是端午、中秋、过年期间，就是丐帮的节日。对了，马上就要中秋了哦！正好你可以跟我们看看。"

苏小舞终于正视蔡羽山的脸，好奇地问道："节日？怎么过节？"

"到时候大家一起冲进城里的各大商户，打秋风嘛！凡是纳了捐的店铺，我们就发一张葫芦形状的黄纸，让他们贴在门上，俗称'罩门'，罩门所在，其他兄弟也就不会再上门乞讨了。嘿嘿，至于不给钱的嘛！当然要闹得他们鸡犬不宁，做不下去生意！"蔡羽山脸上泛出凶狠毒辣的神色，英俊的面容瞬间给人一种邪恶的感觉。一看就是混惯道上的人，和港剧里那些黑帮人士脸上的表情很像。

昏倒，这还真是收保护费，苏小舞苦着脸问道："难道官府的人就不管吗？"

蔡羽山笑得前仰后合，嬉皮笑脸地说道："小妹，你好天真啊！官府一半都是睁一只眼闭一只眼的，想抓我们？好啊！我们的人巴不得去牢房里吃免费牢饭呢！而且丐帮这么多人，他们抓得过来么？"

苏小舞再昏，看来她之前和龙惊戟说的丐帮是个大毒瘤，一点都没说错！看着蔡羽山面上洋洋得意的神情，苏小舞有气无力地说道："是不是，还按季逐户收取钱财，平时遇到红白喜事就伸手索讨喜钱？要划界线分地盘？还抽成给官府一份？"

蔡羽山听得一愣一愣的，竖起大拇指乐不可支地说道："小妹，你还说你一点都不懂丐帮，我看你懂的好多嘛！"

这个，她是不懂丐帮，但是懂点黑帮……苏小舞扶住额头，无奈地央求道："不要叫小妹，叫我小五就好。"尤其配上他那个刻意装作温润悦耳的声音，简直让她全身的鸡皮疙瘩都起立排队了。

"小五，嗯，这名字不错。好听又好记。"蔡羽山用手搓着下巴，别有用心地看着苏小舞。

苏小舞听得自己的名字从他口中说出，内心一阵恶寒，可是又不能立刻改口，只能礼貌性的维持僵硬的笑容。

"小五，别在这里呆坐着了。既然龙惊戟那家伙没理你，我就领你去见我们帮主，也是我师父。"蔡羽山站起身，笑容满面地说道。

"啊？去见帮主？"苏小舞还没做好这就去见丐帮帮主的心理准备，老天，那可是黑社会老大啊！但是，没想到面前这个吊儿郎当的蔡羽山，居然就是丐帮帮主的徒弟。想来是在帮中地位越高，就越穿戴整洁，毕竟不用成天去乞讨。

苏小舞见蔡羽山催促，便起身跟着他往总舵的内院走去。"奇怪，为何丐帮总舵在洛阳，而不在京城呢？"说完话她就后悔了，笨一点的人也能想到，黑社会老大的话，在京城谁大得过皇宫里的那位啊！

蔡羽山像是对她天真的话已经预料到了一样，笑嘻嘻地说道："其实丐帮虽然说是天下第一大帮，可是毕竟由于地域分散过广，许多地方上的丐头也只不过是碍于要团结一致的念头才尊我师父为帮主。不过也是，总有一天会把总舵建在京城的。"

苏小舞扯了扯嘴角，这话怎么听着这么别扭啊……

说话时，两人已经穿过空旷的广场，转入后院。苏小舞注意到，这里并不像一般庭院那样有着各式的园林布置，而是只有简单大方的一间间房舍，有的很破旧，有的却很阔气。

"这全看各位长老的喜好。"蔡羽山见苏小舞好奇不解地看着，顺口解释道，"不过他们现在这个时间几乎都不在，出门去了。呵呵，闲不住啊！”

苏小舞大汗，这里确实屋子没有几间，不过也由此看来丐帮其他弟子根本没有资格住在这里，也只有地位尊崇的长老才能在这里颐养天年。

看来，蔡羽山对她如此殷勤，十有八九是因为听说是龙惊戟亲自带她回来的缘故。苏小舞用食指刮刮脸颊，不着痕迹地叹了口气。希望这蔡羽山不要想歪的好。

两人路上偶尔碰到几个乞丐，都纷纷拱手向蔡羽山行礼问好，恭敬程度绝不下于方才苏小舞看到他们对龙惊戟的态度。

看来蔡羽山在丐帮的地位也非常之高，不知道这以后的丐帮帮主究竟要谁来当。苏小舞胡乱思考着，这点很重要，如果蔡羽山和龙惊戟两人必须要选一个的话，她一定要注意不要站错队，否则丐帮肯定争取不到。

自己果然变得这么讨厌了啊，苏小舞暗暗叹了口气。如果放在以前，她绝对不会考虑这么势利的问题。不过，这一切都要等见了那个传说中的丐帮帮主之后再做决定。毕竟帮主才是最重要的。

正左思右想间，苏小舞发现自己走到了一间不是特别宏大也不是很显眼的屋子前，蔡羽山一拍她肩膀，挤眉弄眼地说道：“小五，等下哈！你蔡大哥先进去看看师父有空没。”

苏小舞很乖地点了点头，虽然她很想把对方放在她肩上的狼手拨开。

蔡羽山满意的一笑，松开手转身走上台阶敲了敲门，随后推门闪身而入。

由于外面阳光太过于耀眼，苏小舞只看到屋内一片漆黑，门便已关上，随后传来一些细碎的说话声。

知道自己即使贴上去也听不清，苏小舞索性靠在一旁的大树上。正巧一摆头，就看到一个知了趴在树干，发出讨人厌的“知了”声。

苏小舞微微皱眉，拿起折扇朝它一点，想吓跑它飞到别处。没曾想到，扇子刚刚碰到它，那个吵闹的声音戛然而止，知了“啪”的一声掉在地上，颤巍巍地动了几下腿，便再无动静。

不会吧？苏小舞目瞪口呆地低头看着，内心闪过不祥的感觉，难道她只不过轻轻一碰，就会……想起今天一连串的事件，苏小舞蹲下身，仔细看着知了的尸体，头脑一片空白。她只觉得今天体内有些不对劲，想来是因为平时都会按时吃端木齐配的药来压制体内的伤势，但是今天开始，端木齐说她已经恢复正常用不着再吃了。

口胡！那家伙究竟把她当成什么实验品了？想起端木齐狂热的科学探索精神，苏小舞就不禁想立刻冲回他们投宿的客栈，问问到底是怎么回事。

“小五，你在做什么啊？玩知了？真是的，快来，师父要见见你。”身后传来蔡羽山取笑的声音。

苏小舞又看了眼一动不动的知了，默念声“阿弥陀佛”，起身勉强笑道：“来了。”老天保佑啊，不要让她变成碰谁谁就死的衰神啊，呃，到时候江湖妖孽指的就不是水涵光而是她了。

可是，她今天好像碰了两个人耶！一个是白展，一个就是酒楼前的那个小乞丐……苏小舞边走边回想着，白展是很久之后就没事，就是当时反应过激了一些。而那个小乞丐看上去也没事的跑掉了。

静电？难道她现在手上所放出的电人能受得了，可是虫子受不了？苏小舞仰头看了看身边的蔡羽山，突然想起刚刚他主动碰触她的肩并没有任何感觉。难道必须是她主动出击么？

苏小舞正在挣扎要不要伸手在蔡羽山身上试试，此时就已经走到房间的门口了。深吸一口气，苏小舞展开完美的社交笑容跨过门槛。

管他呢！什么静电放电的，先一边去，等她办完重要的事再说。丐帮帮主，接招吧！

苏小舞甫进入内室，就觉得一对若有实质的眼神朝她看来，立时犹如一头冰水从头浇到脚，之前的妄念全部在脑海中烟消云散。

苏小舞缓缓地转过头去，只见屋内靠窗放置了十多张太师椅，中间用茶几隔断，正中央坐着的是位身穿灰袍的老者，外貌看来足有六十余岁，头发灰白，身形微胖。满面红光，笑容可掬，留着一把花白的胡须，有点像邻家的老爷爷一般亲切。

苏小舞一愣，她刚进门的时候感受到的那种眼神，绝对不是错觉。可是看着面前挂着无害笑容的老人，苏小舞不禁一颗心吊了起来，知道事情肯定不会像她所想象的那么顺利。这时她还注意到，此人右手边的茶几上，放着一只碧玉的竹棒。想必，这就是传说中的“打狗棒”。

“贤弟，对不住啊，等急了吧？”龙惊戟爽朗的声音略带歉意地响起，苏小舞此时才注意到屋内还有另外一个人。

苏小舞连忙笑着摇摇头。眼神从龙惊戟身上又转回到陆老头那里，还是不肯确定这个笑起来像弥勒佛一般慈祥的人居然会是黑社会老大——全国的黑社会老大啊！想想要有多牛X。

“就你那记性，八成把人家都忘了。”蔡羽山在苏小舞的身后走进来，顺手把门关上。在听到龙惊戟称呼苏小舞为贤弟的时候，轻微的“咦”了一声。

“陆帮主，这位就是惊戟方才和你提过的那位有趣的小哥，叫小五。”龙惊戟站起身，为两人介绍道，“小五，这位就是本帮帮主陆剑铭。”

苏小舞有礼貌地拱手行礼，这个陆剑铭现在看起来就和平常的老人别无二样。若不是方才留下的印象太过深刻，她在大街上碰到一个这样的老头，也会忽略过去。看来武林高手到了一定程度，返璞归真并不是传说。

“小五，快坐，本帮没有什么尊卑之分，大家都是一家人嘛！”陆剑铭笑呵呵的随手朝一边空着的椅子指了指。

苏小舞规规矩矩地坐在下位，细细打量着这间屋子。发觉布置简单异常，没有任何多余的物品，除了桌子椅子之外，字画或者摆设全都没有。

“小五，听惊戟说，你有方法使丐帮致富？还能奔向那个什么小康？”陆剑铭等蔡羽山也坐好之后，饶有兴趣地捋着胡须问道。

苏小舞自嘲的一笑，哂然道：“这都是在下的一厢情愿，因为不了解丐帮究竟是怎么回事，只是擅自猜测而来的念头。”

陆剑铭兴致盎然地呵呵笑道：“你和龙惊戟说的，方才他都已经告诉老夫了，所以对你能如此胸有成竹地说出能发家致富的方法，非常好奇。”

“能发家致富？”一旁的蔡羽山好奇的吊高声调，一脸不信的表情看向苏小舞。“那小五快点说说是什么点子？”

苏小舞微微扇了扇折扇，缓解下有些紧张的神经，不好意思地赧然说道：“这个具体的方法，也没有经过实践，当时夸下海口，其实并不知道丐帮原来会是这样的情况。”口胡！这么富了，还要致富？那她还不如去帮嵩山派的木羽先生来的比较直接，尤其她本来的想法就是想做些蒸馏酒拿去卖。和酒鬼合作，定然可以省力好多。

正在苏小舞思考要不要转道去嵩山发展的时候，陆剑铭仰天发出一阵长笑，想来也是知道苏小舞言下之意。“小五兄弟，无妨。如果你愿意，可以在丐帮住下来，想什么时候走就什么时候走。当然，如果不走更好啊！”

苏小舞听到陆剑铭着重强调了“兄弟”二字，知道他也看穿了她的女扮男装，当下也不心虚，甜甜一笑道：“那多谢帮主啦！小舞就厚着脸皮在这里多住几天。”

说完转过头看向龙惊戟，苏小舞沉吟不决道："龙大哥，小舞想去洛阳城找一个朋友，可是不记得路了，能不能派一个无事的兄弟陪小舞去一趟？"她要快速找到端木齐那个家伙，问清楚到底她身体现在是怎么回事。至于丐帮这边，看来帮主老头儿很难缠，一时半会儿搞不定啊！要慢慢来。

龙惊戟站起身哑然失笑道："整个丐帮上下就你大哥我最闲，走吧，我陪你去。"

苏小舞毫不意外地在陆剑铭和蔡羽山的眼里发现了暧昧，但是也不能解释那么多，只好道了别之后出得门来。

直到走出那扇门，苏小舞才长长的舒了一口气。明显屋内陆老头施加给她的压力太大了，导致她什么思维一阵短路，想说的话都说不出口。武功不如人的悲哀啊！

"走吧，知道你朋友住在哪里吗？"龙惊戟站在夕阳下，回头看向站着一动不动的苏小舞。

"嗯，知道。客栈的名字记着呢。"苏小舞收回眼神，举步向前走去，面色有些不自然的苍白。

她身后的那棵大树下，原本惨死的知了，已经不翼而飞了……

"山儿，这小五是什么来头？调查清楚了吗？"房内，陆剑铭一改方才的笑容满面，神色凝重地端起茶盅问道。

蔡羽山勾起嘴角，右手摩挲着红木椅子的扶手，有趣地说道："还不清楚，等下我吩咐人去调查。不过，头一次看到龙惊戟那家伙对女人加以辞色啊！好玩儿！"

陆剑铭轻啜了一口淡茶，叹气道："八成那小子还不知道小五是个女孩儿，没看他连小颜子都没看出来！小颜子可是在我们这里呆了好几个月了。"

蔡羽山闷笑了一会儿，忽然间正容道："师父，这小五可能不会那么单纯。我方才遇见了骆颜，听她说今天在宁家酒楼前想偷一个人的荷包，结果反被人用折扇反击。容貌和装束都和这个小五很像。而且听骆颜说，此人使扇用劲巧妙至极，连她都着了道，腹部受了伤。唉唉，可惜死都不让我看看。"

陆剑铭正在喝茶的手一顿，沉声说道："羽山，速去调查小五此人究竟是谁。刚才惊戟和我说，小五是在宁家酒楼前被一个小乞丐偷走了银两。所以他才邀她回总舵的。"

蔡羽山一愣，道："骆颜没偷成啊！难道……"

陆剑铭“砰”的一声把茶盅放在桌上，肃容道：“快去！”

蔡羽山立刻站起身，拱手道：“是，师父。”又抬眼看了看陆剑铭面上的表情，试探性地问道：“师父，弟子上次所说的事……”

陆剑铭皱了皱已经花白的眉毛，不耐烦的一摆手，冷哼道：“你小子净交一些不学好的朋友！要是像惊戟那样，老夫岂不是省了多少心？你想都不用想，不用再提了！”

蔡羽山垂下头，遮住了眸光变幻的眼神，乖乖应是。

第三十三章 美女，武林第一

苏小舞还不知道自己的身份已经岌岌可危，此时的她正跟着龙惊戟心急火燎的赶往刚刚同端木齐和白展分手的客栈。

她要问个清楚，她的身体究竟怎么了。其实现在冷静的想想，也许这是金针造成的后果也说不定。毕竟她可是瞬间成长为武林高手，而后又消失。而且听端木齐说她的经脉都已经扩大了，这，好像有点和吃了兴奋剂差不多……苏小舞想到那个疯子帅哥，就气不打一处来。这种科技没事搞那么发达做什么？有那点工夫，还不如多弄点富民强国的东东。

“小五，你朋友是谁啊？”龙惊戟打了个哈欠，随口问道。

苏小舞左顾右盼地记着路，闻言回答道：“是端木齐和白展。”

龙惊戟愣了一下，但是并没有多说什么。

在龙惊戟的指引下，苏小舞又回到当初那个客栈门口，正要闷头往里冲，却发现龙惊戟没有一起进去的意思。

“龙大哥，你不一起来吗？”苏小舞停下脚步，奇怪地回头问道。

“你刚才不是说你的朋友是白展吗？那我还是不要出现的好。不过，倒也不是在下怕了他，只是不想惹麻烦而已。”龙惊戟环胸当街一站，口气有着说不出的霸道。

也对，这个黑社会的人，还是少和官府接触的好。苏小舞满脸黑线地想着。和龙惊戟打了声招呼，便冲进客栈。

“请问，今天下午有没有两个少侠投宿？”苏小舞奔到客栈的柜台处，急冲冲地问道。

客栈的老板抬头看了看苏小舞，想了想说道：“是有两人投宿，不过刚刚已经走了。”

“什么？走了？”躲她也不是这样躲吧？苏小舞悻悻然地想道。

客栈老板点点头，仔细地看了看苏小舞的男装打扮，笑道：“其中一个公子，留下了一个字条，交待小的如果有一位姑娘找来的话，一定要交给她。看来，就是姑娘你了。”

苏小舞连连点头，接过客栈老板从柜台下面翻出一张折叠好的纸，连声道谢之后展开。

“小舞，有急事先走了。如果以后到京城，到悬壶轩找我。”落款处是端木齐，字迹潦草，显然是在慌忙中所写。苏小舞看了几遍，失望地折好放入怀中。急事？这两个家伙，不会是怕被她缠上，随便找个借口就跑掉了吧？

“怎么样？”龙惊戟见苏小舞急急忙忙地冲进去，不一会儿就慢慢腾腾地走了出来，脸上带着大失所望的表情。

“人都走了。”苏小舞叹了口气，仰起头看着龙惊戟那张粗犷有个性的面孔，抬起手来状似无意的拍了拍他的肩道：“大哥，小舞就只能靠你了啊！”

龙惊戟呵呵笑道：“没问题！不是一开始就说好了嘛！走吧，我们回去吧！”

苏小舞收回手，惊疑不定地看着龙惊戟神情未变的表情，勉强笑了笑说道：“嗯，走吧。”

为何自己对龙惊戟出手就没有任何反应呢？苏小舞再三翻看着自己的双手，发现除了感觉扳指越来越透明了之外，没有任何异常。

寒，不知道两只手如果交握，会不会短路啊……

苏小舞就这么在丐帮总舵住了下来，首先占据的地方就是丐帮总舵的膳房。在打着自己会做菜的幌子混进去之后，帮内圈养作为存粮的动物就遭殃了。

苏小舞通过各种对鸡鸭的试验，终于确定自己的双手确实可以放出电流。只不过有的时候灵，有的时候不灵，而且一天的放电量也是一定的，譬如她可以电得一只鸡麻痹五分钟，就无法在同一天再次使用。

汗啊，她怎么会变成这样的体质？这样岂不是超能力了吗？难道是由于金针的刺激，她体内的生物电流千百倍扩大？苏小舞一旦闲下来，就会抱膝坐在台阶上，满脑子混乱地想着。

这样的超能力要不要其实没有什么大用啊，她又不能随心所欲地控制。而且这种电流连个知了都电不死，顶多能吓唬吓唬人吧。

几天之后，苏小舞终于找到了一点点技巧，怎样用扳指储存电流，不至于到处放电了。这样期望着也许有天能发出道闪电什么的牛 X 下。

“小五，有没有炸鸡腿吃啊？”正在闭目养神的苏小舞身后传来一个清脆的声音。

苏小舞撇了撇嘴角，无奈地说道：“小颜子，今天上午送给陆帮主的那份是不是你偷吃了啊？”

来人从台阶上跳到苏小舞面前，叉着腰趾高气昂地说道：“才不是呢！”

苏小舞懒懒地抬起眼，看着面前那个脏兮兮完全看不出原来模样的小人儿，叹气道：“好好好，不是你吃的，不过今天没啦，要等明天。”这个骆颜也是女扮男装的小乞丐，年龄大概也才十五六岁，也就是当初在宁家酒楼前偷她荷包不成的那个。现在天天拿这件事要挟她，苏小舞都快被她烦死了却又不敢多说什么。

“我不管！我要吃我要吃！”骆颜欺身上前，用她那双黑乎乎的手“啪”一下的就在苏小舞的膝盖处印上了两个手印。

苏小舞忍住想要发作的怒气，面上勾起一抹阴森森的微笑，拿起折扇勾起对方的下颌，轻声道：“你说什么？”手里控制着不放出电流，心里却在想是不是要把这个折扇换成精钢制的，这样导电效果要好一点。

骆颜身体因为苏小舞的声音颤抖了一下，但是仍然扬高了倔强的小脸气焰熏天的说道：“我说我要吃鸡腿！”

苏小舞瞪了她一会儿，喃喃地说道：“反了反了，小乞丐都能吃炸鸡腿了，怪不得丐帮是天下第一大帮。”

骆颜一甩头，直起身伸出右手拍了拍苏小舞的肩膀，用故作老成的语气说道："小五，辛苦了。小颜子一会儿回来再吃，先要和羽山哥出去一趟，有任务。"

苏小舞哼哼哈哈地答应了一声，无可奈何地看着自己的肩膀上又被她污染了一个手印。

"小颜子！又在欺负人！"龙惊戟惊雷般的声音在膳房的院子口响起。骆颜转过身朝他做了一个鬼脸，之后蹦蹦跳跳地从另一个出口逃走了。

苏小舞弹了弹肩上和膝盖上的灰尘，站起身心平气和地笑道："龙大哥，可有事？"

龙惊戟一改之前的爽朗表情，一脸凝重地看着骆颜消失的方向。"骆颜刚才有没有和你说要去做什么？"

苏小舞无辜的摇摇头，之后转了转眼睛，兴致勃勃地说道："要不然我们跟去看看吧！"她最近也满无聊的，龙惊戟经常不见人影，她更加不敢去招惹那个看起来就恶寒的蔡羽山。就只有骆颜时不时因为吃的过来烦她。

龙惊戟哈哈笑道："好！走吧！看来大哥我忽略了你很久，羽山他们可能今天有事情做，你可以旁观看看哈！"

事情？任务？苏小舞唇边扯了一个无语的弧度，想也是知道他们去打秋风了，就是不知道哪家会这么倒霉。

"风月无边"是洛阳城最出名的一家青楼，并不是最大，花街里的"闻香苑"便比这里大上两倍。但是"风月无边"并不是开在花街，而是在洛阳城最繁华的御道边。

谁也不知道为何一家青楼能开在花街以外还能如此的出名，也许，是这里布置高雅温馨不追求奢华；也许，是这里特有的书香气息；也许，是这里的霓姑娘闻名洛阳……

"春娇满眼泪红绡，掠削云鬟旋装束……"优美的音色从风月无边的内苑传来，伴随着悠扬的琴声在朝阳下，有时若行云流水，有时却如怨如泣。

"要死了，大早上的花娘吊什么嗓子练什么琴啊！"

"就是！还要不要我们活了啊！"

几个挂着黑眼圈的歌妓纷纷推开窗户，小小声地抱怨道。

"闭嘴，要吵要闹还不如回去多休息。"一个冷冽的声音从楼下花园传来，立刻让吵吵嚷嚷的众人静了下来。

一个歌妓看着园内的窈窕身影走向最里面的那幢二层花楼，轻声问道："霓姐怎么心情不好啊。"

"嗯，看来这次来的又是那个难缠的客人。没看大早上的花娘都起身献唱了吗？"另一个歌妓悄声回道，"算了，回去睡觉吧，看来一时半会儿也完不了。"

云霓耳朵里可以清清楚楚地听到她们的对话，绝美的脸上勾出一个苦涩的笑容，仍然挺直了腰身向前走去。她知道他来了，纵使再不情愿，也要信守承诺。

优雅地提起裙摆，云霓小心翼翼地登上花楼，耳边的琴声越来越清晰，而她的脚步却越来越迟缓，终于在门厅处停了下来。

"云霓，来了为何还不进来？"就在她停下的那一刹那，与此同时内室传来一句戏谑的声音。

云霓闻言娇躯一颤，素手推开房门，面上扬起最甜美的笑容，娇声道："奴家这不是在整理妆容嘛！公子你这么久没来，想死云霓了。"

这间花楼的二层分前后两进，前厅后寝。小厅布置的和书房一般，书柜、书桌一应俱全，还有四壁上挂着的都是名家出手的字画。内外以珠帘分隔，透帘望去，只见在秋日清晨的朝阳余辉中，一个青衣男子侧对着她靠在临窗的软榻里，而他的对面就是依然拨弦弹唱个不停的花娘。

"你看看，霓姑娘就是不一样，说的比花娘唱的都好听。"听到云霓的脚步，青衣男子并没有起身，仍然悠闲的半躺着，清朗的声音顺着花娘的琴声懒洋洋地传来。

云霓幽幽一叹，伸手挑起珠帘，轻柔地说道："若是青衣公子执意这么说，不知道多伤云霓的心呢！"边说边轻移莲步，走到软榻前跪坐下，却始终不敢正眼瞧他，垂首帮他斟酒。

"唉，怎么公子我听着就这么别扭。花娘，你先下去吧，有你家霓姑娘在就够了。"那人轻叹道。

花娘的琴音应声而止，但是双手仍虚按在古琴之上，美目却注视着云霓，等着她发话。

云霓微微点点头，轻笑道："花娘，你回去休息吧。这里没事的。"

花娘低声应是，悄然起身，恭敬地行了一礼之后，倒退着走了出去。

屋内霎时变得异常的沉默，直到花娘的脚步声渐渐听不到了之后，青衣公子才轻声取笑道："果然是你的手下忠心啊，公子我看着都嫉妒。"

云霓低垂螓首，看着朝阳下闪闪发亮的玉石酒壶，一改之前柔腻的声音，生硬地说道："云霓是公子的手下，自然她们也是公子的下属，何来嫉妒一说？"

青衣公子并没有感到冒犯，反而觉得有趣，呵呵地笑了起来。"云霓，多日不见，你还是一点都没变啊！看来这风尘之地对于你来说也不算什么。"

云霓藏在袖筒里的右手紧握成拳，长长的指甲深深地刺入掌心。面上却是优雅到完美的微笑："公子的吩咐，云霓当然要做到最好。"

青衣公子满意地"嗯"了一声，轻品了一口酒之后淡淡地问道："那么，一个月前，玄衣教歧天谷内究竟发生了什么？相信风月阁应该调查出来了吧。"

云霓替他满上酒，视线落到对方正拿着酒杯的手上。那是一只洁白如玉的手，细长而又白皙，指甲修得平平整整。记忆中的他，好像也拥有这样一双完美的手……

云霓愣了愣神，连忙浅笑道："公子为何要问云霓？相信云星辰死前应该都有和公子报备过。"她特意在"死"这个字上加重了语气，显然是意有所指。

青衣公子冷不防抓住云霓想要收回去的右手，缓缓地轻柔地把她的掌心朝上，几道触目惊心的月牙淤痕暴露在阳光下。

"哎呀，居然这么不爱惜自己的身体。"青衣公子像是一点都不知道这个新的伤痕是因为他才引起的，体贴地帮她揉捏着，声音越发温柔。

可是云霓却止不住娇躯轻颤，想收回手又被青衣公子拽得死紧。最后只好认命让他轻薄，垂首恭敬地把话题转回来："玄衣教因为上次我们故意传给他们的假消息，已经断了和我们的合作。所以那天发生了什么事，不清楚。"

"哦？"青衣公子意味深长地挑高了声调，"那么后来你动用风速信鸽传给他们的情报，也是假的？"

云霓感到对方握住自己的手劲渐渐用力，轻颦娥眉道："是真的，可是对方也拒绝再和我合作。"知道自己私下做的事瞒不过他，云霓也没有多费唇舌解释。

"呵，云霓，公子我素来喜欢你是个聪明人。所以很多事情都放心地让你去做，但是同时也落了许多把柄在你的手上，这究竟是幸还是不幸呢？"青衣公子含笑说道，一副刻意关怀备至的样子。

云霓低头不语，但是能从她不能掩饰的颤抖可以清楚地看出她心底的恐慌。

青衣公子像是很满意她这种反应，用更加轻柔的语气说道："你说，让我怎么才能相信，连你都不知道歧天谷发生了什么事情呢？嗯？慕容云霓？"

慕容云霓一震之下仰起头，只见青衣公子那面容上只有上半边的银色面具，在清晨的阳光下反射出耀眼的光芒。

“怎么，好久没听到别人这么叫你了吧？玄衣教教主慕容云霓？”青衣盗放开慕容云霓的手，转而拿起茶几上的酒杯取笑道。

慕容云霓扬起俏脸，美目深注地凝望着他，冷冷道：“是好久没听到了。不过，云霓很奇怪为何公子会突然叫出这个名字。不是说要云霓永远忘记自己的身份吗？”

“永远？”青衣盗勾起嘴角，带着一丝不容置疑的尊贵之气，轻笑道：“表面上装作忘记很容易，内心里其实不断地在心底提醒自己不能忘吧？”

慕容云霓眸光闪烁了一下，垂下头，又恢复之前的恭敬，转回到之前的话题淡然地说道：“回公子，虽然表面上经历歧天谷这场事的人全都闭口不谈，但是姐妹们从个别人那里套来的话，大概组成了一个完整的事实。”

“说。”青衣盗露出注意的神色。

慕容云霓平淡无波地说道：“破坏公子计划的，并不是玄衣教中人。而是峨眉派代理掌门苏小舞打败了夏流阳，但是前者由于尚君诚他们的误解，愤而出走。”

“苏小舞？峨眉掌门？小舞？”青衣盗用指甲敲了敲酒杯，喃喃说道。他好像从哪里听到过这个名字……

“至于现在江湖上流传的谣言，只不过是九大派为了维护颜面，私下允许的。”慕容云霓端坐在原地，用公式化的语气低头恭敬地说道。

“咦？那你们玄衣教为何不解释？”青衣盗放下酒杯，玉制的酒盅和茶几接触发出一个清脆的声音。

慕容云霓娇躯随着声音颤了一下，咬着唇皮勉强说道：“云霓认为，是玄衣教圣子顺势故意如此，目的是想让苏小舞在江湖中走投无路，把她逼回歧天谷。还有，云霓已经不是玄衣教的人了，请公子放心。”

青衣盗轻笑了几声，忽然半起身，勾起慕容云霓线条优美的下颌，颇感有趣地说道：“云霓，怎么你那从小被你护着长大的弟弟有了心爱之人？他不知道你为他做了这么多牺牲吗？”

慕容云霓强撑着面上僵硬的表情，眼帘仍然低垂，就是不肯和青衣盗的目光接触。“公子说笑了。有人喜欢夏护涵光，云霓高兴还来不及呢。云霓，喜欢的是公子你啊……”

青衣盗用手背轻抚着慕容云霓光滑细腻的脸颊，没有被面具遮住的唇角笑得邪气十足，慢条斯理地说道："这话听着真让人开心。当然，如果若是真话，就更好了。"

慕容云霓长长的睫毛不停地颤抖，娇躯急促地呼吸着。不知道是不堪承受青衣盗的碰触，还是因为后者说的话。

青衣盗倾过身，唇角轻擦着慕容云霓的耳根，低喃道："云霓，记住，你那个妖孽弟弟的命在我手里握着。想要他多活一天，就要考虑考虑自己应该做什么，不能做什么。"

慕容云霓一动也不敢动，轻声应是。

青衣盗满意地直起身，朝后看向窗外，目光投向人来人往的御道上，忽然间轻笑出声道："来了。云霓，过来看好戏吧。"

慕容云霓整理好心情，起身和青衣盗一同坐在软榻上，朝窗外看去。只见一辆朴素得不能再朴素的马车从南边慢慢驶来。

"这是，布衣山庄的马车？公子，你惹上他们做什么？"慕容云霓一副为青衣盗担心至极的样子，好像刚才的事情从来没有发生过一样。

青衣盗也不以为意，调笑道："又不是我惹上，只是吩咐别人帮个小忙而已。"他话音刚落，慕容云霓眼睁睁地看着御道上的斜影里冲过来一个小乞丐，立时惊了这辆车的马匹，一时御道上乱成一团。

苏小舞满脸黑线地看着御道上混乱的情况，这个，今天的戏码是讹诈么？可是骆颜也不能选这个看上去一点都没钱的马车啊？

"龙大哥，这是怎么回事？"苏小舞转头看向身边的龙惊戟，觉得整个事件里都透着一股诡异。龙惊戟既不去阻止也不去现场帮腔，而是拽着她躲到路边的小吃店面色凝重地旁观。

此时御道之上不知道从哪里冒出来很多乞丐，前前后后居然把这个马车围个水泄不通。幸好御道够宽，行人见势头不对，纷纷躲避开来。

肇事的马车只是最普通的那种，驭者的位置上坐着的那个人正手忙脚乱地被众丐责问。

苏小舞看着地上状似昏倒的骆颜，目不转睛地盯着她看了三分钟。果然看到她悄然睁开双目偷看了一下，随后立即合上眼皮。

果然是讹诈啊。“龙大哥，这辆马车是谁的？里面是谁？”苏小舞知道骆颜不会笨到随便挑这么一个“没钱途”的马车，肯定是别有隐情。

龙惊戟一扬下颌，让苏小舞注意看马车的车辕上方烙印，呼出一口长气道：“那是布衣山庄的马车。蔡小子真会没事找事，连布衣山庄都敢惹。”

苏小舞用尽了眼力也看不到有什么印记，暗叹高手果然眼神好。“布衣山庄是什么地方？”听他的口气，貌似是个很牛X的地方。

龙惊戟嘿嘿一笑道：“贤弟果然是初次行走江湖，连布衣山庄都没听说过。布衣山庄被称为‘天下第一庄’，第一代庄主曾协助太祖打天下，后来归隐。被御赐为‘布衣侯’，并且是世袭的称号。”

苏小舞点点头“哦”了一声，原来是杯酒释兵权的其中一位。赵匡胤还真奸诈，随便给个口头上的称号就打发了。

“那这个布衣山庄的布衣侯还算是朝廷的官员？”苏小舞正好看到蔡羽山的身影忽然出现在御道上，显然也是早就埋伏好的，这个时候才冲出来。如果布衣山庄和朝廷关系密切的话，那她只能说，蔡羽山和骆颜他们想找死也不能这样。

“第一代的布衣侯对太祖还是有影响力的。不过据说他的后代遵照他的遗令搬出了京城，到洛阳定居了。之后这几代，布衣山庄在朝廷所拥有的也只不过是虚名而已。”龙惊戟一对虎目没有离开正前方的肇事现场，口中耐心地替苏小舞解释道。

“虚名啊……”苏小舞眨了眨眼睛，难怪用这么朴素的马车。不过先代的布衣侯也是个聪明人，知道自己的荣宠不能延续到后代，所以速速离开权利中央，保全自己的族人。

龙惊戟呵呵笑道：“虽然在朝堂上拥有的是虚名，可是在江湖中却不是……”

苏小舞顿时来了兴致，没想到可以听到如此的江湖八卦。伸手取过小吃店桌上的茶壶，以茶代酒的为龙惊戟满上，苏小舞巴结地问道：“龙大哥，给小弟仔细讲讲吧。”

龙惊戟看了看对面争执的群丐并没有进一步举措，简要地说道：“第一代的布衣侯，就是当年江湖上的武林盟主。”

苏小舞一点就通，原来是这么回事。想来宋太祖当年也借用了江湖势力，毕竟这些武林高手用来当杀手是最好不过的了。只不过她没想到布衣侯居然是武林盟主，哎呀呀，前辈啊！

苏小舞这样想着，不禁把目光投向那辆马车，不禁猜测车中坐的究竟是谁。

“只不过布衣山庄的威名每况愈下，到了这一代的布衣侯，大约终于要画上句号了。”龙惊戟举起茶杯，略带惋惜地说道。口气倒是一点都不担心自己的人惹到布衣山庄，反而有恃无恐。

苏小舞好奇的追问道：“为什么这么说……”话音刚落，她便觉得现场瞬间静了下来。不解的望去，才发现原来是马车车窗上的帘帷被一只素手拉开。

那肌肤犹如上等的白玉般滑腻，在晨光中反射着耀眼的光泽。小指微微屈起拉着灰白的帘帷，但是也只是拉开一个很小的角度。这只手就好像有魔力一般，吸引着众人全部注意力。所有人都下意识的摒住呼吸，期待着帘布背后的那个人出现。

“大家先送这位小哥去医馆吧。”马车中一个甜美的女音传来，像是柔软的云朵，缓缓地漂浮过耳际，让人不由自主地舒缓心情。有几个乞丐已经不自觉地点了点头，随后又清醒过来赶紧摇了摇头。

“原来这代的布衣侯，生的是个女儿吗？”苏小舞不禁坐直身子，想看清楚帘布之后的那人是何模样，可惜看不到。

“没错。”龙惊戟一拍苏小舞的肩膀，取笑道:“原来贤弟也是抵挡不住美色诱惑，不过确实也埋应如此。毕竟马车里的人就是武林第一美女，现任布衣侯的独生爱女，傅晚歌。”

苏小舞双目瞬间放光，居然有幸这么轻易的就见到武林第一美人。正恨不得冲过去时，只听人群里传出蔡羽山那个令人听上去就起鸡皮疙瘩的声音装作正经地说道：“傅小姐好大的架子，光会下句命令，难道还让我们自己去送不成？”

马车里传出一声轻叹，“晚歌确实疏忽了，因为急于赶路，所以没有注意到这位小兄弟。”随着令人酥软的话音，马车帘布慢慢揭开。

苏小舞不自觉地发出一声赞叹，此女果然不愧武林第一美女的称号。身形纤美修长，娥眉淡如烟霞，一对明亮深邃的杏目顾盼生妍。她的秀发乌黑闪亮，束在头上，只以一支普通的木簪穿过，但是苏小舞却觉得比之见过的任何发饰都好看。她身穿杏黄色的麻布长裙，腰上配着一把青蓝色的佩剑，身披御寒披风。素净的面上没有抹粉或装饰，可是其天然美态，已足令她傲视群芳。

“飞然，还不送这位小兄弟去医馆？耽误就麻烦了。”傅晚歌轻巧地走下马车，面上绽开歉意的微笑说道。

那个被唤作飞然的小厮喏喏回答道："小姐，小的一开始就说要送他先去治疗，可是他们不肯让路。"

"不行，撞伤了人就想跑吗？"

"要负责！不能看我们乞丐穷就能任凭你们欺负了！"

现场又乱成一团，群丐看到正主下来了，群情激奋，越来越来劲。

苏小舞无语，这讹诈也太明显了吧？不管伤势如何，任凭伤者趴在大街上一动不动，傅晚歌还看不出来？不过到底是因为什么，这帮人这么肆无忌惮啊？想着想着，苏小舞便把目光转到身边的龙惊戟身上。

"呵呵，以为是大哥我吩咐的？"龙惊戟一眼就看出来苏小舞内心所想，接着摇摇头道："你大哥我才没这么无聊呢，敢去惹布衣山庄。哼！不知道蔡羽山这小子吃了什么雄心豹子胆！"

苏小舞看着傅晚歌眉宇间楚楚动人的神色，实在不解蔡羽山究竟是为了什么居然敢当街调戏武林第一美女……不怕流言满江湖飞么……

"公子，为何这么为难一个小女子？"慕容云霓居高临下地看着街道上发生的一切，自然知道此事背后的黑手就是坐在自己身边的青衣盗。

青衣盗露在面具外的嘴角神情慵懒，表情似笑非笑道："没什么大事，只是不想她今天出发去京城而已。"

慕容云霓略一思索，娥眉轻颦道："傅晚歌去京城是应楚王妃邀请，有什么问题吗？"

青衣盗眸光闪烁，一双凤眼微微眯了起来，摄人心魄地说道："云霓，为公子我使唤了这么久，我不信聪明如你还不知道我的身份啊。"

慕容云霓连忙垂下头，低声道："云霓逾越。只不过，云霓很好奇公子为何不想让她去。"

青衣盗长指习惯地抚上唇，嘴角勾起的笑意又加深了几分，低低轻笑着说道："云霓，你不是口口声声说喜欢公子我吗？有你在我身边，那布衣山庄的傅晚歌我怎么能看得上眼？"

慕容云霓呼吸急促起来，双颊绯红，硬着头皮强说道："公子厚爱，云霓受宠若惊。云霓此生别无其他愿望，只希望公子能让涵光能好好地活下去。"

青衣盗眼里寒光一闪，不过转瞬间又恢复正常，伸过手去轻拍慕容云霓精致的脸颊，笑道："这么惦记着水涵光，就不怕公子我嫉妒？"

慕容云霓仰起俏脸，双目露出凄迷落寞的神色，似是记起许久之前被遗忘的事般不堪回首地轻柔说道："公子，云霓欠涵光的很多，只怕这辈子都还不清。"

青衣盗轻笑出声，口中温柔地说道："那就好好的替公子我办事，蔡羽山这边做得很好，他后来有没有说什么？"

"他说陆剑铭不可能和公子合作。"慕容云霓收起心情，垂下头说道。

"哦？那个老头果然不识趣。"青衣盗摊开自己洁白如玉的手反复看着，带着一丝漫不经心地说道："云霓，知道该怎么做了吧。"轻轻柔柔的嗓音，不带任何强迫或者训斥的味道，但是却像帝王一般地流露出无懈可击的气势。

慕容云霓低声应是。

青衣盗正要多吩咐一句，眼角就看到一道白色的人影冲到御道中间，分开群丐走近傅晚歌。

"苏小舞……原来是她……"

第三十四章 做客，布衣山庄

苏小舞不知道自己什么时候变得这么冲动，只是知道被傅晚歌无助的眼神瞄到，立刻就没有了抵抗力。不顾龙惊戟的阻止分开人群走到中央。

"这位小哥,想英雄救美吗？"蔡羽山怪腔怪调地取笑道。

苏小舞一本正经地摇摇头道："在下不是英雄，所以救不了美女。"

"这位公子，错是晚歌犯下的，晚歌愿意接受一切责任。"傅晚歌抿紧了下唇，显然是被眼前的状况弄得毫无办法。

苏小舞只是走到仍然趴在御道上的骆颜悄声说道："小

颜子，你怀里的鸡腿都掉到地上了，好可惜啊！”

“啊！我的鸡腿！”骆颜正趴在滚烫的石板地上，被太阳晒得昏昏欲睡，闻言立刻生龙活虎地跳起来，睁大了眼睛往地上猛瞧。

苏小舞摊了摊手，若无其事道：“你们继续，在下告退。”

蔡羽山眼中闪过一道狠毒的光芒，面上却冲骆颜责怪道：“骆颜你这小子，昏了这么久，哪里疼不？”

骆颜接收到信号，立刻连声哎呦起来。

苏小舞转过身，笑嘻嘻地说道：“没有外伤的痕迹，看来是伤了筋骨。可巧在下曾经学过一点医理，此去医馆太远了，不如就让在下试试。”说罢没等他人反应过来，便朝骆颜走去，面上自然挂着令人毛骨悚然的那种笑容，不过只有骆颜能看得到。

骆颜接触到苏小舞的笑容浑身一抖，她经常看到苏小舞脸上挂着这种笑容——这种她经常偷看她对那些鸡鸭家禽露出的笑容。她只要轻轻一碰，对，只是用食指轻轻一碰，那些家禽就不知为何软倒在地。回想起自己当时偷她荷包的时候，那种莫名其妙的痛麻感，骆颜的身体抖得就更加厉害了。

她一直没敢对其他人说，也没敢去问苏小舞到底怎么回事，但是每天都抑制不住的往膳房跑，每天都在偷看她的所作所为。

近了，骆颜眼睁睁的看着苏小舞伸出她那纤长的左手，大拇指上的扳指在阳光的照射下隐隐散发出妖艳的银光，慢慢地用折磨人的速度朝她伸过来。

“啊！不要碰我！”骆颜终于在苏小舞的手离她还有一寸的距离时忍不住尖声惊叫道，随后在众人惊吓的目光中飞快逃离现场。

苏小舞慢条斯理收回手，看着骆颜媲美百米冠军的背影，潇洒地耸耸肩一摇折扇，微微一笑道：“看样子她并不需要治疗。”

蔡羽山脸上的表情难看至极，此时眼角余光才看到旁边小吃店内龙惊戟的人影，以为苏小舞的作为是受龙惊戟的指使，脸色再变。

“傅小姐，看来一切都是误会，真是失礼了，回去在下一定有空拽着罪魁祸首登门谢罪。”蔡羽山恭敬的一鞠躬。

“无妨，只要没有人受伤就好。”傅晚歌温柔一笑，一脸的如释重负。

“耽误了小姐行程，羽山真是罪过。”蔡羽山语调里有种说不出的诡异。

傅晚歌抬头看了看太阳的高度，叹气道：“飞然，我们回山庄吧，这京城不去也罢。”

苏小舞怕蔡羽山另有后招，连忙说道：“傅小姐，在下索性无事，不如陪你一路回去吧，也免得再冲出来一个小乞丐。”苏小舞意有所指地说道。她真怀疑傅晚歌究竟是在什么环境下长大的，居然这么天真。不过顺便蹭上她去布衣山庄玩玩也不错，那地方可是前代的武林盟主世家啊！

傅晚歌眼中漾着笑，柔声道：“这位公子，如不嫌弃，一起上马车吧。”

苏小舞意外她的爽快，在众人嫉妒如狂的目光中大大方方地随着傅晚歌登上马车。

第三十五章 江湖，不好混啊！

等坐进马车，苏小舞才知道里面并不是像外表一样普通。茶几、书柜、甜品盒，甚至连取暖的小手炉都一应俱全，可见建造这辆马车之人用心良苦。

“傅小姐，为何不去京城了？时间不过耽误了一小会儿而已。”马车掉转了个方向，慢慢悠悠地在御道上前进。苏小舞也不拘束，看着近在咫尺的美人脸，好奇地问道。

傅晚歌规规矩矩地跪坐在茶几旁，轻笑道：“没办法，家父算准了晚歌出城的时辰，如果错失了时间，就不得再出城了。据他说不祥。”

神马？这是什么鬼规矩？苏小舞背靠着软垫打了一个哈欠，没想到布衣侯还是个迷信的主。“傅小姐，看上去，你并不是很想去京城啊。”是她的错觉吗？总觉得傅晚歌高兴的成分居多。

傅晚歌的嘴角又上扬了几分，一双晶亮的眸子扑闪了几下，笑道："妹妹说的真对，姐姐一点都不想去。"

苏小舞知道自己男装的装扮没什么作用，也难怪傅晚歌能邀请她同处一个车厢。苏小舞不好意思地嘿嘿一笑道："傅姐姐，叫我小舞就可以了。"

"小舞。"傅晚歌用她那柔软的声音重复了一遍，像是知道了什么，但也没开口询问。

"姐姐，为何不去京城？"苏小舞连忙带开话题，也不知道傅晚歌会不会把她和那个江湖上已经臭名昭著的苏小舞联系上。

傅晚歌仪态自若的浅浅一笑道："去了也是见不到他，有什么用？"

"他？"苏小舞兴致勃勃的追问道，她怎么闻到了八卦的味道？

傅晚歌秀眸涌起复杂的情绪，伸出玉脂般的双手，从甜品盒里拿出一块糕点递给苏小舞，轻柔道："是我从小订的亲，对象是楚小王爷。是父亲当年救了楚王爷一命，当时我还未出生，但是两家当时就订下娃娃亲。"

苏小舞瞬间变成星星眼，小王爷啊！苏小舞接过糕点送进口内，顿时唇齿生香。"既然是从小定亲，那为何不去？"她边吃边开口问道，语气中全是不解。看上去傅晚歌虽然容貌靓丽，但是听谈吐，年龄在古代来看也不小了，想来这次去也就是为了谈妥婚事。既然有这么好的一个夫婿，为何不牢牢抓住？

傅晚歌沉默起来，半晌之后才勉强浅笑道："小舞，我是江湖中人，你说小王爷他能看得上我吗？一不能替他带来权势，二不能为他聚集武林力量。单单有个美貌，还会随着时间流逝。如果我是小王爷，也不会只听父母之言屈从。也怪不得他从来不见我。"

苏小舞不满地嘟起嘴，想想也是，如果那小王爷是贪图美色之徒，早就应该在闻得傅晚歌是武林第一美女之时就把她娶进门了。拖到这么久，直到连傅晚歌这么温柔的人都不免有所怨恨，恐怕另有内情。

"所以今天姐姐就将计就计？其实你也早就看出来那个小乞丐没事吧？"苏小舞扯了扯唇角，发觉自己好像傻瓜一样，没忍住就冲了出去。要向龙惊戟同学学习，悠哉喝茶看戏多好。现在可好了，回去丐帮不知道会怎么被蔡羽山那家伙冷嘲热讽呢。

傅晚歌连忙赔罪道："是姐姐不好，这不请你到山庄做客吗？之后有用到姐姐的地方，尽管说。"

苏小舞重重地点了点头，就等她这句话呢！

“不过，那今天走不成，明天不是还要去？”苏小舞不客气地又拿起一块点心放入口中，好久没吃这么美味的糕点了。丐帮虽然富，但是每天吃的东西都比较粗糙，大鱼大肉居多。而且害得她总有些错觉，怀疑是不是那些食物都是向别人乞讨来的，丐帮自己从来不开伙。

傅晚歌淡笑道：“我是拖到最后一天走的，如果今天不去，就会错过后天晚上的赏花宴。索性一会儿回庄让爹亲自写封信，就说我因病就不去了。”

苏小舞这时才确定傅晚歌是真的不想去，“姐姐，莫不是你已经有了心爱之人？”苏小舞相信自己现在脸上的表情肯定很八卦，但是她就是想知道为何傅晚歌不愿意嫁到王府。上面的那个原因冠冕堂皇，要是有个更加香艳的原因就更完美了。

傅晚歌笑着摇摇头。

苏小舞歪着头，看着她眼中毫无杂质的明亮，知道自己果然是想多了。不过武林第一美女啊，为什么这么单纯，没有些许旖旎的梦幻事件发生呢？

正漫无边际地想着，马车就已经停了下来，傅晚歌柔声道：“到了，小舞要是没什么要紧事的话，到山庄一叙吧。”

苏小舞点了点头，跟着傅晚歌走下马车。看到眼前的景色，顿时愣住了。

她不知道现在位于洛阳的哪个方位，但是离刚才出事的地点并不是很远。居于此区者非富即贵，又以她面前的这个布衣山庄规模最大，虽然算不上富丽堂皇，但是可以看到高墙之内宅舍连绵，实在是气势非凡。

那个叫飞然的小厮跳下马车，抢到红色朱门前，伸手扣那门上的一对兽面锡环，清脆之声不绝于耳。

苏小舞抬头看到宏伟的朱门上方挂着一个硕大的牌匾，上书“布衣山庄”四个大字，落款是一方阳文篆体的大红印，想来应该是宋太祖御笔。在下面就是分别的一对雕刻精美的石狮，而石狮旁边的两根石柱上各挂着一个“布”字的大红灯笼。

呃，不知道的人也许会以为这里是布庄也说不定……苏小舞忽然想笑。不过，这么规模宏大的布庄，估计也不会有人敢进。

朱门吱呀的一声，左边的门被拉开，一个老仆朝门外看了一眼，淡淡地说道：“小姐，你回来了啊。”

傅晚歌优雅地微笑道："是啊，于伯，晚歌回来了。爹爹已经知道了吧？"

于伯点点头，一双仿佛老眼昏花的眸子朝苏小舞看来。

苏小舞立刻觉得压力迎面而来，内心暗想果然布衣山庄卧虎藏龙，这么一个看门的老伯都是武林高手。

于伯对她审视的目光一接触便略过，重新恢复到风一吹就能跌倒的状态。

苏小舞跟着傅晚歌走进大门，经过于伯身边时，恭恭敬敬地朝他问了声好。后者也没有太大反应，只是简单地回了一礼。

苏小舞暗自庆幸不知道是不是于伯一眼就看出来她是女生，而且武功为零，所以不加询问啊？要不然她以男装之姿恐怕也不能这样轻松地登堂入室。

一进门就是一个足有两人高的石屏风，上面刻着什么苏小舞没细看，只是乖巧地跟在傅晚歌身后朝左边转过去。

"飞然，去和爹爹告知下今天发生的事情，请他亲自写封信向楚王妃道歉。"傅晚歌一边走一边吩咐后面的那个小厮。

"姐姐，你自己不去解释下行吗？"苏小舞赶上两步问道。

傅晚歌长吁一口气，握住苏小舞的双手，美目中带着恳求道："小舞，姐姐就靠你了，一定要陪我度过今天啊……"

苏小舞呆了一呆，随后反握住傅晚歌柔腻的手，呵呵笑道："姐姐，原来你是怕你爹爹责骂啊。"怪不得这么好说话，甫见面就带她回来，原来是拿她当挡箭牌。

傅晚歌柔美的脸上泛起红晕，不好意思地说道："小舞真聪明，姐姐什么也不说了。"

苏小舞嘿嘿地笑了起来，武林第一美女如此平易近人，显然大大出乎她的意料。在她想象中，这种武林世家出身的小姐应该是高傲无比或者冷艳非凡，哪里会有这么温柔天真中带着小小的狡猾。唉，真是可爱。

傅晚歌一边带路，一边替苏小舞介绍布衣山庄。山庄共分南、西、北、中四苑，西南两苑依附洛水沿岸建成，呈不规则的形状，因此可以站在回廊上眺望洛水两岸景色。山庄接待客人往往就在北苑，苏小舞隐隐可以看到北苑高达三层的宏伟建筑物。布衣侯自己住在最里面的东苑，中苑是花园，西苑是仆人所居，而傅晚歌自然住在南苑。

苏小舞一路走来仔细观察，果然觉得布衣山庄不负其名，山庄朴素不华丽，但是处处透着奇怪的感觉。譬如山石林木和泉流池沼的布置，乍看上去不觉得什么，但是盯着再看就会感到有些蹊跷。苏小舞微皱眉头，她也算是在现代旅游过好多地方。苏州园林也去过不少，所以看着如今布衣山庄的布置，就总觉得怪。难不成这里面有玄机？苏小舞摇摇头，她想这么多做什么，人家家里多点保全系统很正常。

总的来说，占地面积颇大的布衣山庄，充满了追求自然的情趣，布局巧妙，在有限的空间里，营造出无限的诗情画意。更于宅舍间设置园林，山石花木交相辉映。苏小舞跟着傅晚歌穿过中苑进入南苑的半月门，院内树木苍苍，地上片片绿地。一道碎石铺就的小路蜿蜒向前，顺着小路看去，在林子深处才露出屋舍的一角。

苏小舞连声惊叹，这已经不是园林级别了，简直是市内小森林啊！看树木的粗细，显然年头甚远。傅晚歌的闺房也不是她一早所想的那样，只是一间简单至极的二层小楼。屋舍前有一汪碧绿的池水，阳光从枝叶的缝隙中投射下来，泛着蒙蒙的光芒。整个南苑就是一片小森林，看样子没有别的屋舍，静悄悄的异常安谧。

怪不得傅晚歌心性那么温和，无论是谁，长期住在这等美景之中，肯定会心平气和修身养性。

苏小舞深深地吸了一口新鲜的空气，索性连屋子也不进，就那么盘膝坐在草地上，随性地伸了个懒腰。真好啊，家里就有森林公园，就连她看了都不想走了。

傅晚歌像是知道她内心的想法，把屋子里面的小茶桌和点心一一搬了出来，两人对着池塘席地而坐。看着风吹树动，柔和的日色洒照着院内的水池石山，配上夏虫鸣唱的合奏，有种出尘的超然气氛。

“这地方真好。”苏小舞由衷地赞叹道。

傅晚歌温婉一笑，道：“其实晚歌更想到江湖上看看。从小就呆在这个地方，多少年下来，也倦了。但是这不代表我喜欢从这个牢笼里跳到另外一个里面。”

苏小舞扬了扬眉，原来她还在在意自己要嫁给小王爷的这件事。伸手自己给自己倒了杯茶，苏小舞嘿嘿笑道：“其实江湖也不是很好玩，别想逃离家了。”

傅晚歌一愣，随后懊恼地叹道：“你怎么知道……”

苏小舞暗道果然是美女，不管傅晚歌轻颦娥眉还是轻声叹气，都是好看得让人移不开眼。

指了指傅晚歌的俏脸，苏小舞笑道：“都写在你脸上了，还不承认？”就傅小姐这样，还想闯荡江湖？好吧，她承认她武功可能是很高，但是江湖这玩意不是单纯的人混的，指不定就被人骗了。不行，她要打消她这个念头。

“江湖怎么不好玩了？”傅晚歌一双美目瞪得大大的，用期待的目光问道：“小舞讲讲嘛！”

苏小舞微一沉吟，哂然道：“如果我讲了的话，岂不是打碎了你的幻想？还是不讲了。”

她越不肯讲，傅晚歌就越要追着问，苏小舞看吊足了她的胃口，叹气道：“江湖，说穿了不就是那么回事？哪个少侠不是先千辛万苦好不容易拜了个师父，去苦练个多少年功夫，然后踏入江湖，还必须穿着同一套衣服生怕别人认不出来。四处奔波斩妖除魔，费劲心思好不容易熬成大侠了之后，又要开始顾忌起大侠的颜面来。吃穿用度都没有财源，又不能和那些宵小一样强抢豪夺，只有做得好听点的叫劫富济贫。一辈子活在他人的眼光里，为了一个不实在的虚名一板一眼地生活着，人心已经被扭曲得极度不正常，有什么意思？”苏小舞想到五岳剑派的各大掌门，何尝不是她说的这样。为了颜面和门派的名声，都蒙蔽了自己的双眼，看不清楚事情的真相了。

傅晚歌若有所思地仰着头，视线不知道对准了何处，粉脸上全是迷茫的神色。许久之后才柔声道：“小舞，你讲的很有趣，可是为何我听着这么无奈呢？”

苏小舞双手捧着茶杯，任升腾的热气细细的熏在脸颊上，中午的阳光透过头顶的枝叶暖暖地洒在身上，令她不禁闭上双眼微笑道：“无奈吗？这就是事实啊，之前我也有过幻想。可是在事实面前，幻想只不过是海市蜃楼而已。有人说，有人的地方就有江湖，所以大家都是江湖里的一条鱼，走不脱，也逃不掉。”

苏小舞自嘲地笑笑，她也算是出了名了，现在她不在江湖，反而江湖上到处有她的传说。只是，这传说不要也罢。

傅晚歌不死心地追问道：“那侠女呢？我听说，枫林夜刀的宁顺琪和寒月堡的凤飞飞都是江湖上闻名的女侠，就连峨眉派孤钵师太的四个俗家女弟子都是名满江湖，多让人羡慕啊。”

汗，峨眉派很有名吗？苏小舞睁开双眼，细瞧着傅晚歌。前两个人名她没听说过，不过看傅晚歌的表情应该是很有名很有名的女侠，不过后面她特意提到的峨眉派，显然是说给她听的。

“侠女吗？”苏小舞勾起嘴角，轻笑道：“侠女行走江湖，本质上不就是为了寻找一个如意郎君吗？让一个女儿家抛头露面的根本原因，只不过是想吸引更多人的注目而已。”其实侠女更苦，她只是不愿意说出来吓唬她而已。

“人家只不过是在家太闷了。”傅晚歌不死心地反问道：“那小舞出来行走江湖又是为了什么？”

苏小舞呆了一呆，苦笑道：“小舞的志向，说出来姐姐你肯定要笑。”

傅晚歌不依地哼了一声道：“难道你也是要找如意郎君？不过不像啊，如果找如意郎君为何要女扮男装？”

苏小舞内心嘿嘿一笑，要说这江湖之中女扮男装也是经典桥段，不过她只是无心在此而已。她淡然一笑，没有半分迟疑地说道：“小舞想当武林盟主。”

傅晚歌一怔，不禁转过头看去，只见苏小舞面上全是坚定的神色，神情骄傲，仿若视天下男子如无物，配上一身月牙白的男装，散发着令人难以移开目光的自信。

“小舞，那姐姐祝你早日成功。”傅晚歌既不取笑她，也不追问，爽朗地举起茶杯敬她。

苏小舞感激的一笑，她是第一个听到她如此说没有嘲笑或者打击她的人，这对她真的很重要。苏小舞叹了口气，顺口讲起她在江湖中的是非，反正傅晚歌也猜到她的身份了。想来这个布衣山庄的大小姐消息也不是那么不灵通。

傅晚歌双目闪动着崇慕的目光，在苏小舞口中的江湖，和她从情报纸条上看到的又是一番景象。加之苏小舞偶尔添上两句自己的见解和评判，虽然乍听上去古怪有趣，但是细细咀嚼起来不无道理。

两人说说笑笑不觉已到了午后时分，傅晚歌住的地方自带膳房，苏小舞少不得又大展一回厨艺，引得傅晚歌连连惊呼，说什么都舍不得她走了。

可能真的由于苏小舞在的缘故，布衣侯一次也没有派人过来叫傅晚歌去解释。而傅晚歌也从刚开始的每隔一会儿就要朝苑门的方向张望一次，变成放下心来再也不看了。

苏小舞看看渐渐黑沉的天色，终于叹气道：“晚歌姐，小舞要回去了。”出来一天了，如果再不回丐帮，只怕就回不去了。不知道蔡羽山那小子要怎么找她麻烦呢，呆不下去她就告辞算了。不过即使要走也要回去打声招呼，毕竟龙惊戟对她照顾有加。

傅晚歌不舍地拉住她的手，软语求道：“再多待一会儿嘛！晚歌没有姐妹，头一次觉得有人说说话感觉这么好。”

苏小舞看着她美得令人窒息的脸上写满哀求，配上她那如丝绸般顺滑的音调，实在是令人难以拒绝。想到她单独一人长大，肯定是寂寞至极。“这样吧，不知道你能不能出门，你也换上男装，我们出去玩玩。”

傅晚歌喜出望外，娇躯轻颤道："真的可以？"

苏小舞点点头，回想起今天遇见傅晚歌的那个地方好像有家青楼叫什么"风月无边"的。名字起得有特点，她扫一眼就记住了。不如带武林第一美女去逛青楼？

咔咔，不知道这布衣侯听说了会不会气得冒烟。

傅晚歌换上男装，仍是粉装玉琢，女气十足，看得苏小舞大摇其头。心想她扮得就够不像了，身边再加一个这么极品的美人，瞎子才看不出来她们两人的真实性别呢。

傅晚歌看到苏小舞摇头叹气，秀眸立刻写满了失望，柔声道："小舞，是不是晚歌穿得很难看？如果这样不行的话，就别勉强了。"

苏小舞嗤之以鼻道："谁说的，晚歌姐最漂亮了，我怕到时候保护不了美人儿姐姐。"背后却一滴冷汗流下，是啊，她们要去的地方是青楼，别到时候反而深陷其地就糟了。

傅晚歌莞尔一笑道："那就好，至于保护倒不用，姐姐武功还是可以的。"

苏小舞放下心来，天下第一庄嘛，傅晚歌作为传人应该武功很厉害的。

"走吧，我们去逛青楼。嘿嘿。"

"什么？是去逛青楼？"

"是啊，这才是夜生活嘛！"

"……"

第三十六章 青楼，风月无边

这是苏小舞来到古代第一次涉足烟花之地。看着"风月无边"门前车马川流不息，不远处的洛水里画舫穿梭，舟船密集，苏小舞难掩脸上的厌恶之色。在她看来，社会上存在这种地方，有错的不是那些歌妓，而是这些纵情声色之徒。如果不是他们追逐名利奢侈享乐，何来这些可怜的女子？

“小舞，这里人好像很多，不如我们换一家？”傅晚歌把脸略略涂黑，手上也学着苏小舞拿了一把折扇，站在街对面轻声问道。

傅晚歌话音刚落，迎面就有一辆华丽的马车停下。走下几人尽是贵族子弟，人人熏衣敷粉，身穿光彩耀眼长袍，充满了纨绔子弟的味道。与她和傅晚歌相比，简直就像是生活在不同世界的人。

苏小舞淡淡道：“不换了，就这家。这里的布置小舞很喜欢，想见见是哪位姐姐的手笔。”其实她是对“风月”两个字好奇。话说如果是贩卖消息，风尘之地显然是最适合的场所。

傅晚歌点点头，跟着苏小舞的步伐朝前走去，见她忽然间动作一滞，好奇问道：“小舞，怎么了？”

苏小舞揉了揉眼睛，笑道：“无事，眼睛进了沙子而已。”她眼花了吧？怎么刚才看到街对面有一个青色的身影，带着斗笠一晃而过？等再看去却毫无踪迹。衣着穿戴都很像传说中的那个人。

知道这时候追过去也枉然，苏小舞看向风月无边的眼神立刻多了一点深思，更加增添了定要前去一探究竟的欲望。

苏小舞拿出逛名牌店的气魄，反正她兜里又不是没钱，摇着折扇，和傅晚歌大摇大摆地走进风月无边的大门。

其实一开始吸引苏小舞的并不是风月无边的名字，而是这里的一眼看上去就会让人觉得舒服的布置。圆拱型的大门两旁就种满了桂花，月夜花香，扑面而来的丝竹之声更让人心驰神往。苏小舞刚刚踏进去半步，门口的大汉就一伸手拦住了她们，客气的问道：“请问两位公子，可有预定厢房？”

苏小舞一愣，愕然问道：“没订厢房就不能来吗？”

那大汉歉然道：“公子见谅，风月无边的规矩，而且今天人很多，腾不出空房来。”

苏小舞大感尴尬，和傅晚歌夸口来青楼玩的，结果连门都进不去，她眼睛一转，展开笑容懒懒道：“怎么，龙爷或者蔡爷没有在你们这里长期订房间吗？他们说可以任我过来玩的啊？”

那大汉听闻苏小舞亮出龙惊戟和蔡羽山的名字，连忙堆上笑容道：“公子你怎么不早说，这边请。”

苏小舞得意地朝傅晚歌一笑，心里暗骂丐帮果然就是黑帮，少不了和烟花之地的勾搭。

陪客的换成一个年轻漂亮的姑娘，自称为兰儿，带领着两人穿过一道长廊，到达风月无边的主建筑物。苏小舞仰头看了一下这座三层高的建筑，每层都至少有十多个厢房。面向园林的一边开有露台，有个别客人已经站在那里对月吟诗作对，听曲弹唱，好一番糜烂景象。

“两位公子请上三楼，靠右边的第二个房间就是蔡爷专用房间。”兰儿乖巧地说道，语调里带着诱人的媚意。

苏小舞状似不经意地问道：“不知道蔡兄来了没有，小弟会不会来早了？”

兰儿甜甜一笑道：“蔡爷最近不经常来呢，谁知道今日会不会过来。”一边说一边领着她们上了楼梯。

苏小舞松了一口气，如果逛青楼还碰到那家伙，到时候早上的账不知道该怎么算呢。

傅晚歌一双美目初起还不好意思地四处张望，但是没过多久就好奇地左顾右盼，俏脸上写满了惊奇。

苏小舞默念声“阿弥陀佛”，希望布衣侯大人知道之后不要太生气。正想着，退后了几步与前面带路的兰儿拉开些许距离，压低了声音同傅晚歌说道：“晚歌姐，小舞带你过来这里并不是偶然为之，是觉得这里面有古怪。”此时她们已经进入了主建筑，丝竹谈笑声越发喧闹。她自己的声音自己都听不到，不过相信习过武的傅晚歌应该没问题。

果然傅晚歌一听立即更加感兴趣，压细了声音回道：“此话怎讲？”

苏小舞感到傅晚歌柔美的声音穿透嘈杂的乐声清晰地在她耳边响起，暗道果然是家学渊源，沉吟片刻道：“晚歌姐，这个兰儿有没有武功？”

傅晚歌仔细看了眼前面带路的兰儿，摇了摇头。

苏小舞眼看快上到三楼了，加快语速说道：“我怀疑这里就是‘风月阁’。”

傅晚歌秀眸瞬间变得又明亮又锐利，一言不发，跟着兰儿身后转进了右手边的一个房间。

苏小舞走进房门，迎面而来的就是淡雅的薰香。厢房分外厅和内近，中间是一道镂空木雕的屏风隔断，隐约可见屏风后旖旎昏黄的灯光。外厅摆设均古朴典雅，角落四壁上都有字画书籍，布置考究，中间还有一张摆放古筝的长几。

兰儿笑问道："兰儿看两位面生得紧，今夜估计是第一次来风月无边，需不需要兰儿给你们约个姐妹过来谈天？"

苏小舞知道自己和傅晚歌的扮相根本上不了台面，一眼就被兰儿看穿了女儿身。面上也不着恼，仍然嘻嘻笑答道："全凭兰儿姐姐介绍啦！最好你也过来陪我们吧。"说罢顺手塞了一块碎银在兰儿手里。

兰儿哧哧地笑了几声，摇曳着腰肢走出厢房。

傅晚歌刚想开口询问，苏小舞立刻捂住她的唇，不让她作声，附在她耳边低声说道："姐姐，如果这里是'风月阁'的话，肯定装有窃听的物事，小心为上。"

傅晚歌从小呆在布衣山庄甚少出门，哪里经受过这么刺激的事情，俏脸立即涨得通红，连连点头。

苏小舞和她走到厢房外的露台上，洛阳夜景尽收眼底。古代这时候并不是处处点灯，一片片的灯火通明之处显然就是花街寻欢之所。看来古人的夜生活也就是如此。

两人正各自想着自己的心事出神，傅晚歌忽然若有所感偏过头去。苏小舞跟着她看过去，只见一个身形优美，身穿黑色长裙的绝色丽人手抱古琴，低头盈盈走入房中，也不看露台上的苏小舞她们，把古琴小心翼翼地放在琴台上，席地而坐。

苏小舞和傅晚歌交换了一个眼神，苏小舞明显看到后者眼中凝重的神色。她注意到傅晚歌低垂的右手做了一个手势，立刻就明白了她所指何事。看来进来这个女人武功很高。

闲闲的走回厢房，苏小舞在这位美女的对面坐下，正好对上她刚抬起头的那一瞬间。

苏小舞眼前一亮，接触到的一双顾盼生辉的凤目，在一双柳叶弯眉之下，点漆般的美眸比任何宝石都炫目动人，更由于她身穿黑裙，显得肌肤白皙胜雪。淡扫的妆容下，五官艳丽无比，眉宇间带着的轻愁更添风采，坐在琴台旁随手抚琴，就仿若古书画卷中走出来的美人妖精，夺人心魄。

苏小舞看着这位美人，心里觉得有些不大对劲，按理说青楼女子哪有身穿黑袍这么丧气的？不过她不得不承认，确实黑袍更显得她肩若刀削，身形现出美好的线条。

"两位妹妹，想听什么曲子？"就在苏小舞和傅晚歌同时打量黑衣美人的时候，对方也在打量她们，半晌之后露齿而笑道。

苏小舞不好意思地笑了笑道：“嘿嘿，看出来啦？我和姐姐无聊，听说风月无边好热闹，所以跑来看看。这位姐姐不要生气。对了，姐姐叫什么？”脸上做足了天真的表情，眼神却飘到黑衣美人面前的古琴上，觉得造型别致，木质隐泛光华，一看便知绝非一般凡品。

黑衣美人嘴角逸出一丝笑意，扫视她们几遍之后，含笑说道：“叫我云霓就好，能让布衣山庄大小姐亲自登门拜访，云霓受宠若惊。”

傅晚歌也不示弱地微笑道：“素闻风月无边的云霓姑娘琴艺超群，晚歌此次特来讨教。”

两位绝顶美女各有千秋的目光在空中相遇，苏小舞几乎闻到火药味。但是她却事不关己地拿起茶几上的糕点悠然自得地吃着，心里却不停地想着这个云霓到底是什么来头。武功高超容貌艳丽气质姣好，隐藏在青楼之中，显然是别有用心。难道这里真的就是“风月阁”吗？不过名字取得也太大胆了吧，不会被有心之人联想到？

慕容云霓随手拨了几个琴弦，幽幽地瞟了苏小舞一眼，手作兰花，叮叮咚咚的琴音流泻而出。

七条琴弦在她修长而柔软的手指之下，交织成一曲动人的仙韵。

苏小舞不觉一震，古琴的音质自然没有她听过的古筝好听，琴音偏低沉简单并不华丽。但是在云霓十指拨弄之下，苏小舞的心情随着琴音忽而高昂慷慨，忽而幽怨低吟，一时竟听得痴了。

窗外遥夜微茫，月影凝空。借着厢房内微亮的烛火，苏小舞可以清楚地看到云霓花容转黯，美目蒙上凄迷之色，加之琴音缠绵悱恻，听得苏小舞心神俱震。乐曲里的那种挣扎和失望她再清楚不过，听得更加感同身受。

琴音回转，不住往下低声沉去，像是在噩梦里无法醒转过来般渐渐沉入深渊，最终细不可闻。

苏小舞久久不能回神，当身边的傅晚歌出声称赞之时，她才醒悟到自己的身心受琴音干扰，竟然沉重异常。感到云霓若有似无的眼神飘到她身上，苏小舞勉强露出一丝笑容，只觉得耳边一下子清净了许多，大约是云霓的琴音一出，青楼上下的丝竹之声全部自动消失了。

傅晚歌伸过手来握住苏小舞，运功传来真气，面上嫣然笑道：“云霓姐果然一曲动人，只是颇幽怨了些，我们这些小姑娘家听不大懂。”

随着傅晚歌的真气传入，苏小舞精神恢复了一些，隐约知道必然是云霓弹曲之时用上了内力，以琴音迷惑于人。意志力和内力都不如人的她就着了道。

慕容云霓瞧着两人交握的双手，唇边的弧度加深几分，微笑道：“听不懂吗？怎么云霓觉得小舞妹妹听得出来我琴里的感伤呢？”

苏小舞一凛，她自进来就从来没有提到过自己的名字，当下扬起笑反击道：“这就是这里的待客之道吗？看来这里是风月阁啊，在下来错地方了。”她几乎可以肯定此处确有蹊跷，索性言语一试。面上虽然谈笑自若，但是她手心也不禁微微有些汗湿。

慕容云霓反而一愣，反问道：“你不是代表蔡羽山来的吗？”说罢突然反应过来，掩唇轻笑道：“坏了，居然是你们自己找上门的，真难得啊！”举手投足之间风情万种，连傅晚歌都承受不住，不禁避开目光。

苏小舞面上浮现黑线，看来人家这个地方起作“风月无边”并不是巧合，而是大大方方地招揽生意。不过细想想也对，人家贩卖消息嘛，又不是什么见不得人的工作。

至于蔡羽山在这里设有长期包房，显然也是和风月阁合作的原因。记得听水涵光说过，丐帮和玄衣教就是风月阁最大的合作伙伴。

“不知道云霓姐姐在风月阁是什么身份？小舞有事想问。多少银子一个情报？”自然是买卖情报，她自然不会客气。苏小舞自己倒了一杯酒，送入口中轻轻品尝，清流顺着喉咙而下，熏然欲醉。

慕容云霓美艳的俏脸忽然收回笑容，晶亮的眼眸一瞬不瞬地瞧着苏小舞，淡然问道：“苏小舞，你要问什么？今天云霓心情不错，可以不收费用。不过你问完了之后，我也有个问题想问你。”

苏小舞放下酒杯，松开傅晚歌的手，定定地看着云霓正容问道：“当初传给玄衣教的情报为何是假的？后来为何又传了真情报？”

傅晚歌听她说过事情的大概，肚子里也满腹疑问，端坐在一边静静地听着。

慕容云霓面上神情丝毫未变，等苏小舞话音刚落，玉容忽然解冻般的绽开轻笑道：“小舞，一开始的情报是阁里属下未经证实的情报，如果说是假的却也不尽然。因为当时华山派掌门尚君诚并没请动几个大门派，所以这些只是暂定而已。所以后来云霓又用风速信鸽报了一次信，这些原因都写在里面了，希望玄衣教谅解。”

苏小舞微微皱眉，这个云霓说的却是情有可原，刚才虽然没有回答她的身份，但是也可以猜出此人在风月阁必然地位不低。毕竟能和丐帮的高层经常接触说话的，肯定至少也是同等级的人。

“那玄衣教失踪的教主，风月阁确实不知道‘他’在哪里吗？”苏小舞突然出其不意地问道。

第三十七章 诬陷！我是凶手？

苏小舞敢肯定绝对不是她眼花，这个自称云霓的女人在听到她问话之后，眉梢动了动。

其实她也不知道为何突然冒出来这句话，也许是云霓身上所穿的黑色衣服，也许是她口中提起玄衣教的时候异常柔和的眼神。

慕容云霓摇了摇头，简单而利落地说道：“确实不知道。”

苏小舞又喝了口酒，盯着云霓脸上坦然的表情，心想难不成是自己多疑了？

慕容云霓目光投向傅晚歌，有礼地问道：“不知傅小姐来此，是否有问题想问？”

傅晚歌轻轻笑道：“没有问题，晚歌只是陪小舞过来玩的。”

慕容云霓放下心，嘻嘻地笑起来。她的笑看似单纯，但是邪意却从身上肆意地散发出来。“小舞，不知道你还有没有问题？没有的话，该换姐姐问了。”

苏小舞内心泛起寒意，觉得自从见到这个云霓之后，见到过她好几种表情，无论哪种都难以招架。

“等一下，小舞还有问题想问。”苏小舞连忙说道。这么好的免费机会，当然要多问几个问题。“小舞想知道，九大派围攻玄衣教究竟是如何落下帷幕的？”她现在仅仅知道的，还是那天在酒楼之上听那位江湖八卦客随口所说的，谁知道真假？

慕容云霓微微一笑道：“夏流阳伤重，被尚君诚留在华山休养。云星辰的尸体在歧天谷外不远处发现。之后九大派并不追究玄衣教的责任，握手言和，各自撤回。”

苏小舞追问道：“云星辰是怎么死的？”至于夏流阳，什么被留在华山休养？根本就是变相被监禁了。

“被焚烧而死，仅能通过佩剑或随身物品来确定是他。”慕容云霓轻笑道。

苏小舞内心冷哼，果然如此，不知道是哪个倒霉的家伙被云星辰拖过来做垫背，真正的云星辰肯定改头换面不知道在哪里逍遥呢！哼，留下芷春和未出世的孩子受尽别人冷眼。如果以后能碰到他，定要他好看！

慕容云霓把苏小舞面上变幻莫测的表情一一收入眼底，耐心地等了半晌之后，开口问道：“小舞妹妹，还有想问的吗？”

“没了，云霓姑娘请问。”苏小舞放下酒杯，准备兵来将挡，水来土掩。

慕容云霓多变的脸上又现出迟疑的神色，犹豫不决起来。苏小舞随着她的表情，心情忽上忽下，内心不断猜测着她会问出什么来。

忽然傅晚歌和慕容云霓几乎不分先后地朝厢房的露台看去，苏小舞慢一拍才转过头，发现露台上不知何时站了一个人。

那人的面目隐藏在夜色中，只能看到他身穿灰衣劲装，长发规规矩矩地束在身后，身形挺拔。见房内众人皆朝他看来，突然间身形一矮，单膝跪在众人面前，低头说道：“小姐，侯爷说让你回庄。”

傅晚歌叹了口气，偏过头歉然地看向慕容云霓，柔声道：“云霓姐姐，晚歌要和小舞先回去了，如果有事的话，云霓姐可以亲自到庄上做客。”

苏小舞暗暗称赞傅晚歌够意思，人家保镖过来接她一个人，还没忘记把她稍带上。不错不错，这样可以逃避这个云霓姑娘的问题了。看后者那么扭捏作态，想来不是什么好回答的难题。

慕容云霓面上掠过一丝不自然，随后笑道：“那云霓改日定然拜访，今天你们就先回去吧。夜深了，被人看到布衣山庄的大小姐出没风尘之地也不大好。”

傅晚歌脸色变了变，良好的修养让她对于慕容云霓的挑衅终于还是没说什么。

苏小舞潇洒地一跃而起，从怀中抽出一张银票，放在云霓的古琴上，笑嘻嘻地说道："谢谢云霓姐姐的琴音，小舞这点银子够了吧？"

傅晚歌噗哧一笑，显然对苏小舞此举非常满意。苏小舞给钱的用意显然是把三人的身份分了等级，云霓不过只是弹词唱曲的一个歌妓。

慕容云霓眼神瞬间变得比冰还冷锐，冷冷地看着三人走出厢房。

"小姐，时辰差不多了。"许久之后，一个黑影出现在室内。

慕容云霓紧盯着古琴上那张碍眼的银票，一个字一个字地从牙缝里挤出道："今晚计划照常进行，不过通知蔡羽山，做个微小的改动。"

苏小舞踏出风月无边，对着清冷的月色，轻松地呼出一口气。那个云霓姑娘给她的压力实在不小，这种感觉真是难受。何时她也能像那些拥有武功之人一样，给别人施加压力呢?

傅晚歌赶上来拉住苏小舞的手，感激地笑道："小舞，谢谢你为我出气。"

苏小舞不在意地耸耸肩，哂道："小意思。再说，是我提议要带你来这里的，你确定回去不会被你爹爹责骂？"说罢看向一直跟在她们身后仿若影子般存在的那人。

傅晚歌淡淡一笑，一脸温和的说道："不怕，晚歌自然会和他解释。爹爹应该早就知道我来这里，如果一开始不同意我来，就会在我没进这里之前就让轩岳接我回去了。"

苏小舞惊诧不已，这个布衣侯这么牛？回想起来今天和傅晚歌回布衣山庄时，她就询问看门的那个老头她爹爹是不是都知道了……真可怕的家教……

傅晚歌柔美的面上泛起温柔的笑容，紧紧一握苏小舞的手，说道："小舞，晚歌知道你应该回去了，也不留你。但是一定要记得来看我哦！特别是出事的话，一定要来找我。"

苏小舞听得莫名其妙，茫然地点了点头，随后目送傅晚歌和她的那个保镖轩岳没入夜色之中。

汗，这个傅晚歌不是也会看面相吧？苏小舞抓了抓头，疑惑只停留在她脑海里一秒钟，之后就摇着折扇往丐帮总舵走去。

此时夜色已深，街道上行人寥寥，苏小舞加快脚步返回丐帮总舵。走回到总舵大门，苏小舞发现旁侧的小门开着，显然是为了夜归的兄弟们留门的。

苏小舞走进小门，冲门旁守夜的小乞丐礼貌地笑了笑，之后朝自己住的地方走去。边走边考虑如何和龙惊戟解释早上的那件事。

应该没问题吧？看龙惊戟今天的那态度应该是两不相帮，而且看上去他和蔡羽山也是表面上和气，私底下都互相看不顺眼的样子。

丐帮总舵此时静悄悄的没有一丝声响，连灯光都欠奉，苏小舞在想为何晚上都没有路灯这么有用的东东，连刚才她回来的路上都是漆黑一片。

勉强辨认着路，苏小舞转过一个弯角，忽觉得身后不妥。方要转身确认，就觉得颈后一痛，什么都不知道了。

好痛……苏小舞觉得颈后钝痛传来，致使她失去的意识慢慢回到脑海中。手脚还是有些麻木，苏小舞略略用了一点扳指里的电流刺激了一下身体，在最短的时间里恢复知觉。

苏小舞不敢冒然睁开眼睛，她在丐帮总舵被人打晕，显然误伤的几率为零，只有可能是冲着她本人来的。

可是她又没得罪什么人，哦，早上刚刚得罪过蔡羽山那个家伙。

身体各处除了后颈处隐隐作痛之外，没有感到有何损伤。而且后背冰凉一片，应该是躺在地上。死家伙，难道把她打晕了之后就晾在这里了吗？等早上看她笑话？

不过也不像，她面上并没有空气流动的感觉，应该是身处在房屋之内。苏小舞忍不住微睁双目，果然映入眼帘的是高悬头顶的横梁。

见鬼了，苏小舞久久不见人声，屋内黑漆漆一片，终于扶着头坐了起来。打量了一下她所处的地方，发现居然是她第一天来丐帮时陆剑铭帮主接见她的地方。

苏小舞心底浮上不好的预感，不仅仅因为这诡异的事件，她同时还闻到了一股奇怪的气味。她从来不知道什么叫血腥味，但是这股味道和她当时在歧天谷重伤夏流阳时闻到的一样。

心情忐忑的四下张望，果然不出她所料，不远处的地板上躺着一个人。

苏小舞暗叫不好，她肯定又被人当成便宜凶手了。赶忙起身奔了过去，发现此人居然就是丐帮帮主陆剑铭，腹部被人穿透一剑，血流满地，凶器就落在她刚刚躺着的右手边。可以想象如果不是她先一步醒来，过一会儿就会被人冲进来直接当成凶手灭口。

“喂！你怎么样？”苏小舞惊呆了一会儿，终于反应过来，伸手去试了试他的脉搏，发现还有微小地跳动。“撑一会儿，我这就去找人。”苏小舞赶忙说道，武林高手不是都可以用真气续命吗？

苏小舞仔细看了一眼陆剑铭的伤势，悲哀地发现时间耽误了太久，血流过多，大罗神仙都不能救回来了。不过她也要去找人啊，不能眼睁睁地看着他这样下去。

刚想站起，苏小舞突然觉得右手腕一紧，被一个钳子般的手握住。苏小舞低头一看，发觉陆剑铭不知道何时已经睁开双眼，在黑暗中都可以清晰的看到他充满血丝的双目，正散发着无尽的怨恨。苏小舞也不浪费时间，赶忙问道：“帮主，是谁做的？”

陆剑铭勉强摇了摇头，并不答话，艰难的开口道：“我……我怀里的……东西、拿出来。”

“帮主，不要我去找人吗？也许还能有救。”苏小舞一边劝着，一边用另一只没有被他握住的手从陆剑铭怀中翻出了一张羊皮做的物事。

“不用去……你叫也没用，他们……他一定会认定你是……咳，认定你是凶手的……”陆剑铭面色惨白，连连咳血，强用一口真气支撑着。

苏小舞一呆，那她怎么办？逃走是不可能的，但是，但是如果用金针许愿呢？用金针许愿把陆剑铭的伤势治好？走投无路的她第一个想到的就是金针许愿。

苏小舞的头脑陷入无尽的混乱中，其实她自己也觉得荒谬，轻信什么金针许愿的说法。但是上次她确实用这招得到了绝世武功，打败了夏流阳啊？

可是她也知道，从实际角度上来说，这根本就不符合科学！好吧，她穿越到古代来，这本身就不现实！

但是，上次得到绝世武功之后，她损失的同样也多。不仅一开始从皇甫非墨那里得到的武功完全消失不见，连身体也都是在端木齐的特殊调养之下才恢复健康。撇去最近才发现的可以聚集电流的小把戏，基本上是等价交换的结果。

那么同理，难道她救了陆剑铭的话，自己也会变成他现在这个样子吗？苏小舞又看了眼腹上中剑，血流不止的陆剑铭，不禁打了个冷战。

陆剑铭并不知道苏小舞的内心激烈的思想斗争，咳了一会儿之后勉强提了一口真气快速说道：“小舞，你是峨眉派的苏小舞吧？”

苏小舞无意识地点了点头，大脑还在混乱中。其实丐帮知道她身份不奇怪，风月阁的云霓姑娘见到她之后都能一口道出她的名字，连白展都能甫见面就说出她的身份，更别提情报满天下的丐帮了。

“这块羊皮纸，是半块慕容玄瑟的藏宝图，如果有机会，就给玄衣教送回去吧……也不要告诉惊戟，他师父五年前用命换来的居然是……藏宝图，他肯定接受不了……咳咳！”陆剑铭强撑着一口气说完，又剧烈地咳了起来。

苏小舞闻言握紧了手中破旧的羊皮，睁大双眼问道：“什么？藏宝图？为什么给我？帮主你就这么相信我？”苏小舞现在犹如惊弓之鸟，害怕这又是一个陷阱。什么师父？对了，她好像之前听过丐帮人闲聊，龙惊戟的师父就是原来丐帮的帮主。

陆剑铭喘着气，道：“呵，虽然……我不知道歧天谷都发生了什么……但是猜也猜出来了。咳！尚君诚那个老狐狸，五年前就那样子，根本……没变啊！”

苏小舞见他痛苦异常的表情，脑中什么藏宝图什么五年前的武林大会之类的事全都抛到一边，急道：“我去找人，或许……或许你还有救……”声音却越说越低，因为她眼睁睁地看着陆剑铭的头无力地歪向一边，咽下最后一口气。

什么？这就死了？苏小舞手足无措地看着已经逝去的陆剑铭，她还没问完话呢！小说里不是写死前无论如何都会把话交待完才翘掉的吗？这根本不符合桥段嘛！NG！重来！

苏小舞左手推了推陆剑铭的身体，越来越大力，还不自觉地用上了电流，居然让对方一震之下醒转过来。

汗！这下敢情是电击抢救，苏小舞知道时间宝贵，连忙问道：“是谁把你伤成这样的？另外半块藏宝图在哪里？”

陆剑铭好像只听到了苏小舞后半句的问话，迷迷茫茫的回答道：“这半块藏宝图……是上代帮主在五年前……武林大会上……从慕容玄瑟的身上抢来的。另外半块……下落不明……”勉强说完之后就头一歪，再也没反应了。

苏小舞用尽扳指里的电流，也没有再让陆剑铭醒转过来。感到他握住自己手腕的手渐渐冰冷无力，直到松开。终于认识到自己并不是在做梦，一条生命在自己面前死去，而她本来可能有机会救他的。

无力地跌坐在一边，苏小舞大脑一片空白，直到门外响起一阵脚步声，下意识地把手中的羊皮纸贴身藏好。

“师父，弟子听到有打斗声，特来察看。您老人家还好吗？”门外传来几下敲门声，接着就是蔡羽山令人作呕的声音，装模作样地说道。

苏小舞想骂人，罪魁祸首是谁？不是显而易见吗？可惜她就是没证据，连陆剑铭的证词都没问出来。

就是问出来，也不会有人信。苏小舞如此想着，一脸茫然地看着正推门而入的蔡羽山。

门外的月光同时随着门开，洒落在她身上。苏小舞不知道如何是好，只能呆呆地望着那轮洁白的明月。连它都没看到是谁做的吧，那她该怎么解释？

"师父！"一声凄厉至极的惨呼划破丐帮总舵的夜空，也撕裂了这里伪装的和平。

苏小舞坐在冰冷的地板上，看着眼前发生的事情，觉得就像在看一场闹剧。如果陆剑铭没死，此时就应该跳起来痛骂他了，哪有机会让他在这里喊天喊地的装乖徒儿？

跟着蔡羽山来的，或者被人叫来的大小乞丐密密麻麻地把整间屋子围住，都恨声的骂着苏小舞。渐渐有几个头发花白的老乞丐排众而入，指着苏小舞质问。

苏小舞只会摇头，花容惨淡，她不知道该怎么解释。事实俱在，无论她说什么他们都认定是她做的。

"先别下结论，小五，到底是怎么回事？"一片嘈杂声之中，苏小舞听到一个还算镇定的声音说道。

苏小舞怯怯地抬起头，接触到龙惊戟询问的眼神，深吸一口气缓缓说道："大哥，我不知道。我晚上回来的时候就被人在背后打晕了，醒来时就在这里，然后就听到蔡羽山的敲门声。"她老老实实地说着，也不去管其他人的表情，只是定定地看着龙惊戟。

现场一片寂静，只听着苏小舞清脆中略带颤抖的声音回响。

"你骗人！"蔡羽山的声音突兀地打破了沉默，"就是你下的手！"

苏小舞苦笑道："小舞身上没有一丝内力，如何打得过陆帮主？"

龙惊戟半蹲下身，探手抓过苏小舞的右手，试着察看她体内的情况。

苏小舞放松任由他输入内力，却发现龙惊戟紧盯着她右手腕上的淤痕，一言不发。

"没有内力？"蔡羽山放下陆剑铭的尸身，站起来走到苏小舞身前，居高临下的说道："不用内力伤人的方法有许多种，譬如下药。"语气里透着阴森可怕。

苏小舞觉得啼笑皆非，她才不觉得下药是个好方法，估计是某人下的手，而陆剑铭并没有防范才着得道。但是她没有辩解，知道这种事情根本说不过他。

蔡羽山见苏小舞没有说话，继续阴恻恻地说道：“至于是什么药，大概就是大名鼎鼎的冰神极渊了吧，苏小舞苏掌门？谁不知道你在歧天谷的作为？你说你没有内力？那你又是如何把衡山派掌门夏流阳打得毫无还手之力？你还想骗谁？”

苏小舞一惊，立时就觉得龙惊戟握住她的手一紧，反射性地挣脱开。

“咣当！”苏小舞感到一个物体从她的袖筒里飞出，掉在地上发出清脆的声响，内心暗叫不好。

此时屋外都站满了手持火把的乞丐，照得屋内亮如白昼。众目睽睽之下，都看到一个白色的瓷瓶在地板上骨碌碌翻滚了几下，最后静静地躺在那里。

苏小舞浑身犹如在冰水中浸过一般，瞬间明白了这个布局势必要把凶手这个罪名安到她头上。居然连她身上有冰神极渊的事情都调查得一清二楚，而且还好巧不巧地把这个瓷瓶放在她袖筒里，她明明安放怀中的。幸好最重要的玉佩和金针她都贴身存放的，可以感到没被人动过。

瓷瓶就落在龙惊戟身旁，他缓缓地伸出手，把那个白色瓷瓶拿在手里。

从苏小舞这个角度，根本看不到龙惊戟脸上的表情，但是也可以想象得到。她还没忘记这瓶子上有那个该死的标签一样的印记，而且蔡羽山率先提出了冰神极渊，不难让人猜到这瓶里面的就是。

“你就是那个峨眉派掌门苏小舞？”龙惊戟平板没有波动的声音传来，慢慢站起身，面目藏在阴影里看不清楚。苏小舞呆坐在地，不禁仰起头看他，头一次觉得他的身材不是一般的高大，一下子就把照在她身上的光全部都挡住了。

苏小舞可以看到他捏着瓷瓶的手微微颤抖，心下知道他已经完全信了蔡羽山的说辞。毕竟，她是那个臭名昭著的苏小舞，那个九大派的叛徒苏小舞，峨眉派的弃徒苏小舞。

“是代理掌门，而且我已经不是峨眉派的人了，请不要把小舞和峨眉派联系在一起。”苏小舞惨然说道，她知道今天的事已经不能善了，她不想把事件扩大到门派之争上。现在在场的人都不冷静，她一时也想不出解决的办法。

“不是？峨眉派可是从来没发出过声明，你当只是你一个人说不是就不是？应该是孤钵师太亲自把你逐出门墙才对！哼！峨眉派出了你这个孽徒，真是丧气！”蔡羽山身后的一个长老气急败坏地说道。苏小舞循声看过去，隐约记得她还和这个人一起下过棋。

“没错！杀了她替帮主报仇！”另外一个人怒气滔天地叫道，引起群丐声讨声阵阵。苏小舞垂下眼帘，她还记得和这个人讨论过洛阳城里哪家饭菜最好吃。

有交情又怎么样？只不过是点头之交而已，没有人会听信她的话。苏小舞默然无语，只是定定地仰着头看着龙惊戟，等他发话。

“为什么？”龙惊戟终于发出声音，可以听出他隐忍的愤怒。

果然不信她。苏小舞苦笑道：“我为什么要杀陆帮主？根本没有理由啊？”

蔡羽山几乎没有给龙惊戟思考的时间，紧接着怒斥道：“现在江湖中谁不知道你用心叵测，一心想搅起江湖纷争！妖女！人人得而诛之！只恨羽山没有早点看穿你的本来面目！害得师父惨死！师父！弟子一定会为你报仇雪恨！”说话间抽剑出鞘，竟然想当场就把苏小舞解决掉。

苏小舞心下冷笑，她即使解释不清楚，也有给自己留后路。方才她收藏宝图的时候，顺便取出来了一枚金针藏在指间，如果情况不妥，她完全可以有能力逃走。

只是，如果她就这么逃了，就正中蔡羽山下怀，罪名就落实在她头上了。苏小舞不管蔡羽山长剑上反射的夺目寒光，仍然等着龙惊戟的表态。

“等等，先把她关起来，好多地方都没有弄明白。”龙惊戟终于在蔡羽山长剑架在苏小舞脖颈上的时候，出声阻止道。声音生硬麻木，显然还没有从打击中回过神。

蔡羽山俊脸阴郁一闪，又瞬间掩去，勾起得意地笑容，恶狠狠地说道：“也好，让她尝尝丐帮并不是好惹的，这么让她死了便宜她了！”

苏小舞抬眼看去，只见他的笑容里充满了狠毒和残忍的意味。

第三十八章 得救，皇甫非墨

话音刚落，立即就有人走上来把苏小舞拽起来拖走。带着她在丐帮偌大的地方左拐右拐之后，穿过一道有孩童手腕般粗细的铁栅后，到达丐帮囚禁犯人的地方。进了栅门之后的两排十多个牢房，个别牢房都囚了一个囚犯，显然是关着丐帮的犯人，她还瞄到一个前日冲撞长老的小乞丐。

苏小舞看得心惊，原来丐帮体制这么健全，连监牢都弄得和官府一样。

押着苏小舞那人带着她去往在下一层的地牢，经过了一道头尾都有人把守铁门的长阶后，苏小舞来到一道更加窄小的地道，尽头有一个厚两寸，紧闭着的大铁门。守卫把门打开之后推推搡搡地把她关了进去。

铁门砰的一声关上之后，苏小舞细细地打量只有七、八平米大小的牢房，只见四面墙壁剥落得厉害，囚室内空气充满霉味，地上一边铺了一堆已经看不出原来颜色的稻草。

整个囚室里只有靠北面的墙壁天花板处有个碗大的通气口，苏小舞呆呆站了一会儿越发觉得空气难闻得令人窒息。

死气沉沉的囚室没有一盏油灯，只有墙角的那个通气口那里传来一丝亮光，应该是地面上的牢房里的油灯。

牢门外静悄悄一片，仿佛一道厚厚的铁门就隔断了所有声音。苏小舞站得腿都有些麻了，只好挑了一块还算干爽的地方坐下，开始整理方才究竟发生了什么事情。

凶手必是蔡羽山无疑，也只有他才能在陆剑铭毫无防备之下，没有任何声响的重创他。也不对，只怕蔡羽山是用了冰神极渊才对，否则凭陆剑铭那么深厚的武功，蔡羽山不被一剑毙命才怪。

苏小舞抱着头想了一会儿，实在不得要领，她对武功的了解实在是肤浅得要命，根本无法想象到底是怎么回事。但是她可以肯定的一点，就是这个蔡羽山的主子绝对是夏流阳和云星辰的主上。

也只有那个人才应该知道她拿走了冰神极渊，她就不信九大派的内奸只有夏流阳和云星辰两个人。那个神秘人居然能收买到或者培养到衡山和武当两派这么高的负责人，难不保还有其他人也是他的属下。

至于为何除掉丐帮帮主陆剑铭，她拿脚趾头想也知道是为了让蔡羽山顺利地接收丐帮。可是蔡羽山能服众吗？今天的事情就可以清楚的看出来，对于如何处置她的问题，到最后群丐们听的，还是龙惊戟的命令。

难道，蔡羽山那个阴险小人已经有办法除掉龙惊戟吗？还是有万全的把握把丐帮控制在手里吗？

苏小舞呆看着从上层牢房射进来的微弱光线，正好照在她脚边的一块地上，上面有些蚂蚁在不停地爬来爬去。

到底那个神秘人想要得到的是什么？苏小舞从来没有仔细想过这个问题，现在事到临头，逼得她不得不去猜测。

就她所知，那个人控制了衡山派的掌门、武当派大弟子和丐帮帮主的爱徒。可谓大手笔，如果不是想干一番事业，打死她都不会相信。

而从夏流阳在歧天谷的作为，大概是想把武林正派一网打尽，用药物控制他们。如果肯听话的自然好，不听话的正好赖在玄衣教身上，全部干掉，然后换上听话的人。

至于玄衣教当然最后就成为替罪羔羊……对了，记得夏流阳当时在管水涵光要一样东西，而且这件东西还是他贴身藏放的……难道夏流阳想要得到的，就是她刚刚得到的这幅藏宝图的另一半？

幸亏丐帮的人在龙惊戟的关照下，看在她是女孩子，没有搜身。

苏小舞抑制不住好奇，悄悄走到铁门那里，听了半晌都没有听到一丝动静。估计不是铁门够厚，就是丐帮的人都直接守在地面上的那个出口了。

咬着下唇，苏小舞小心翼翼地把怀中刚刚得到的那块羊皮掏出，借着微弱的光线端详着。发现土黄色的羊皮上画着密密麻麻的好像是山势地图，弯弯曲曲的根本不知道画的是哪里。她看了一阵之后辨认不出是哪里，因为根本不知道这地图是按照什么比例画的。反正还只是半块，苏小舞安慰自己如果有幸拿到另外一块，肯定能猜到宝藏到底藏在哪里。

引起她注意的，是羊皮纸的右下角是一块红色篆印，按笔划来猜的话，应该是“慕容”两个字。

奇怪，她总觉得有些地方不对劲，苏小舞捧着羊皮地图愣愣的想着。“慕容”，“魔教”，“地图”……“慕容”？难道这个慕容玄瑟是有那个大燕族血统的家族？密谋复国？所以才聚集大量财富用于收买人力吗？

难道夏流阳和云星辰的主上就是玄衣教失踪已久的教主大人吗？不对，这样也说不通啊？教主大人为何管自己的属下要东西？还搞失踪？

而且慕容玄瑟五年前究竟是怎么死的？武林大会上发生了什么？这块藏宝图为何又在丐帮前任帮主手里？看来陆剑铭也是接任帮主之位也没有多久。而龙惊戟为何能当上副帮主，大抵上因为的还是他那逝去的师父之前就是帮主的原因吧……也怪不得蔡羽山的声望没有龙惊戟高。

苏小舞翻来覆去看着手中的羊皮纸，再也没有发现，终于死了心地放回怀中。另外半块藏宝图，恐怕就是在水涵光手里，或者是那个消失的玄衣教现任教主手里。或者，就是在那个神秘人手里。

不过，她为什么有心思在考虑寻宝的事情啊？苏小舞郁闷地敲了敲头，她该考虑如何解决现在已经被指认为凶手的这件棘手事。

如果龙惊戟能来听她解释就好了。苏小舞也不管身后的稻草堆有多脏，叹了口气就向后躺去，顿时尘土飞扬。

咳了半天，苏小舞失望地闭上眼睛。这个时候龙惊戟应该是安抚帮内众人，又要打足精神和蔡羽山争权夺势，估计两个人要等到大局差不多定了之后才能想起来她的存在。

估计下次见到他们，不管是谁，都会把她当成新官上任的牺牲品。蔡羽山估计是巴不得把她灭口，而龙惊戟则会迫于压力。或许，他心里也在认定她就是杀人凶手。

好烦啊……苏小舞深深地吐出一口浊气，不管了，先休息。明天的事情明天再想，不过她今天过得还真精彩……

苏小舞醒来的时候，发觉自己正在坐云霄飞车。

对，就是那种上上下下失重超重交替的强烈感觉。再三确定自己并不是做梦之后，苏小舞马上睁开眼睛，发现夜色之中，她被一个人横抱在怀中。而那个人正在用绝顶轻功沿着屋顶上下飞奔中。

苏小舞神经已经被训练得比较迟钝了，现在她除了一觉醒来发现自己回到了现代的家里这件事会把她吓一跳外，其他的事？哼，她觉得自己都可以淡然对待。

抬起眼，苏小舞在月色下可以清楚地看到现在抱着她的这个男人面上遮了一块黑巾，挡住了他的口鼻部分。一身黑衣劲装，一副月黑风高杀人夜外出的标准打扮。

呃，她是不是可以认为她已经被人救了？而且她大概不会毫无知觉地被人救走，八成是这位大侠点了她的睡穴。

不过能在那种地牢里，这样毫发无伤地把她救出来，而且身后又没有追兵的迹象，可见这位大侠武功已经到了一定境界。

“你醒了？”这位大侠应该是感受到了苏小舞的目光，显然是很惊讶她能这么快就醒来，一双亮若星辰的眼眸略带意外地低头向她看来。

苏小舞轻颦娥眉，她怎么听这个声音有些熟悉。又仔细朝他瞧去，发现由于他低头，肩上露出了一角物事，正是一把木剑。

“皇甫非墨？”苏小舞看了又看，终于确定地说道：“你是皇甫非墨！”

那人没有被遮住的双眼漾出笑意，黑巾下传来一声轻笑，道：“是我。没看出来，笨女人你记性还蛮好的。”

苏小舞面上出现几条黑线，这皇甫少侠出现的也太晚了吧。如果不是因为他，可能九大派围剿歧天谷都不会这么快的发生。好吧，她承认她是迁怒，皇甫非墨的事件只不过是导火索而已。不是因为这件事，那个神秘人也会用其他事件来挑起争端的。

不过，问题是他这么积极地来救她出来，为的什么啊？而且时机出现的这么巧，苏小舞因为屡屡被人陷害，已经习惯遇到一件事的时候多在脑子里转几个圈。不过，效果不是很大罢了，她想破头了也想不出来为什么。

苏小舞陷入沉默，任凭皇甫非墨带着她穿街过巷，反正她什么都做不了。

直到不久后，他停下，把她放下地，扶着她坐在一块大石头之上。

苏小舞回过神，才惊觉不知道什么时候已经来到郊外，四周尽是树木，一轮圆月斜斜挂在枝头，当空照下，把地上的树影拉得好长。树林里静悄悄的，只有偶尔夜风吹过树间带起的呜咽声。

“你是来杀我的吧？为了云星辰报仇？”苏小舞扬起俏脸，语带惨然说道。现在世人皆认为她是妖女、是坏人、是凶手。如果皇甫非墨也这么认为，她倒是一点都不惊奇。三人成虎，流言说多了也会变成真的，只是时间问题。

苏小舞微微苦笑，她倒是有点感受到水涵光的无奈。当所有人都认为你是坏蛋的时候，往往解释已经不起任何作用了。也难怪玄衣教等人也不解释，如果没有那时候的契机，他们的解释能有人听进去吗？

皇甫非墨露在外面的那双晶亮的眼眸定定地看着她，忽然倾过身，伸出手抚平了她眉间的皱褶，轻声道：“怎么会？我是专门去救你的。笨女人，难道任你被那个丐帮当成祭品杀掉？”他的声音里带着叹息，像是微风轻拂过面颊般的温柔。

苏小舞呆愣地看着他，被他的举动和言语震得神经断线了好久，才期期艾艾地开口道：“什……什么？”这和她刚才预想的完全不一样，怎么忽然就形势大逆转？

皇甫非墨松开手，看到苏小舞呆愣的表情，有趣地笑了起来，解释道："在下已经知道云星辰的真实身份了，还有歧天谷到底发生了什么，在下也了解到了。所以害怕你有失，听说你在洛阳，就日夜兼程地赶来了。"他仿佛知道苏小舞一时不能接受事实，所以体贴地把语速放慢，耐心地解释着。

苏小舞心头一松，不知为何就这么轻易地接受了皇甫非墨的说词。也不多问话，她此时才有闲情逸致抬起头打量站在她面前的皇甫非墨，只见他面覆黑巾，又是背着月光，只能看到他露在外面的一双亮若星辰的眼睛。长发松松地系在耳后，有些额发散在脸颊边，可以看出他飘逸不羁的性格。一身黑衣修长整洁，即使是把她从那间令人作呕的牢房里救出来，那身黑衣上也点尘未沾。低头反观她一身月牙白的男装，由于今晚的精彩经历，一块灰尘一块血迹，真是狼狈到极点。

"那，小舞还真是谢谢皇甫少侠了。"苏小舞低垂下头，感激地说道，心里却在想她被救出来的后果。唉，她现在估计是罪名已经坐实了，真真成了逃犯一名。

皇甫非墨忽然探过手来摸了摸她的头顶，安慰道："不用担心，我会帮你的。"

苏小舞身体不由自主的一颤。自从懂事之后，再也没有人像摸小狗一样地摸她的头，虽然感到对方的动作有些突兀，但是饱受委屈的心不知道为何非常渴望有个人来这样的安慰她。

她一路走来，可有人这样对她？苏小舞不禁鼻子一酸，想起自己在江湖中小心翼翼的过往，一句话都说不出口了。

"嘿嘿，笨女人，看来我不帮你根本不行啊！亏你当初说得那么轻松……"

苏小舞头顶上传来一句低喃声，可是正在费力制止泪珠从眼眶滑落的她根本没有心思听清楚对方在说什么。

五分钟过后……

"喂，你摸够了吧！"苏小舞实在忍不住出声问道，这人是不是神游去了？把她的头当扶手了？

皇甫非墨闻言尴尬地收回手，干咳了几下说道："呃，不好意思，手感比较好。"

苏小舞无语，抬起头来略带不满地看着他。这人说话不要这么暧昧不行啊？他们才第二次见面好不好？有很熟吗？

"你们在干什么？"一个轻柔的女声从不远处的树林里传来。

苏小舞和皇甫非墨循声望去，只见一身嫩黄长裙的傅晚歌满脸惊讶地看着他们两人。

我去！原来这里才不是什么郊外，而是白天来过的布衣山庄南苑——武林第一美人傅晚歌家里的后花园！

第三十九章 好茶，碧潭飘雪

苏小舞反射性地望向皇甫非墨，不知道是该解释他们刚才到底在做什么，还是要先解释他们为何大半夜的不睡觉出现在人家家里。

“晚歌小姐，苏小舞就拜托你了。”倒是皇甫非墨落落大方，拱手风度翩翩地说道。

傅晚歌盈盈走来，从树影里一直走到他们面前。月光柔和地洒在她嫩黄色的长裙上，加上她绝美的容颜，真有股月下仙女的味道。

“原来你们认识？”苏小舞站起身，错愕地说道。原来他带她来到这里并不是偶然，而是早就和傅晚歌商量好的。

傅晚歌满脸担忧地看着苏小舞狼狈的样子，上上下下打量了一阵才松口气道：“是皇甫少侠今日到庄上求助的，为的就是通过布衣山庄找到你。”

苏小舞瞥了一眼戴着面巾的皇甫非墨，见他一点要拿下面巾的意思都没有，只好别开目光道：“真是，谢谢皇甫少侠了。”

皇甫非墨闻言不在意地挥挥手道：“不用谢，小舞你就在这里避一阵吧，其他事情我想办法帮你解决。”

傅晚歌好像已经知道发生了什么事一般，也不问缘由，马上拽住苏小舞的双手道："嗯，小舞就安心住在这里，不会有问题的。"

苏小舞回握傅晚歌柔若无骨的纤手，双目却疑惑地看向一旁的皇甫非墨。傅晚歌这么热情地帮她，她一点怀疑都没有。反而皇甫非墨这么积极，倒让她心里泛起疑惑。

她和他真的是第二次见面吗？呃，说见面好像也不尽然，第一次没有看到他的脸，现在也只因为背光和面巾看到了眼睛而已。

苏小舞刚想开口，不管礼不礼貌想让他把面巾摘下来，就听到皇甫非墨抢先说道："你们先休息吧，在下还有事，先走一步。"说罢朝她们两人一施礼，潇洒地转身，几个起落便消失在树林中。

这就走了？苏小舞郁闷了一下下，自己好像被蒙在鼓里的感觉真让人难受。

"小舞，很累了吧，先和我回去休息，不过，要把你这身衣服换下来。"傅晚歌轻笑道。

苏小舞拽住想带着她往回走的傅晚歌，担忧的问道："晚歌姐，这样不会给你带来麻烦吗？呃，你可能不知道小舞惹上什么麻烦了，小舞不想连累你。"

傅晚歌转过身，笑着答道："知道你惹什么麻烦，半个时辰前情报就已经送到我爹爹手里了。"

"你不怕就真的是我做的？"苏小舞愣愣地问道。今晚每个人都怀疑她，只见过一次面的傅晚歌，怎么会这么无条件地相信她？

傅晚歌一脸平和地抬眼问道："那是不是你做的呢？"

苏小舞连忙摇摇头，"当然不是我做的。"

"那不就得了？走吧。"傅晚歌甜甜一笑。

"等下，我现在被所有人误会，你还愿意帮我？"苏小舞呆呆地站在原地，不是她不想别人帮她，而是怕给人家，特别是傅晚歌带来麻烦。收留她这么一个"逃犯"，将要面对多大的压力，她可以想象。

傅晚歌盯着苏小舞看了半晌，绽开一抹明艳动人的微笑，淡淡道："无妨，如果有人质疑，就说是晚歌救的你。我不信布衣山庄连一个人都保不住。"声音虽然如清风般轻柔，但是其中蕴含的骄傲却让人不可忽视。

苏小舞不知道说什么是好，看着一脸坚定不容人拒绝的傅晚歌，只好跟上她的步伐，朝林中深处走去。

苏小舞边走边惊叹，原来傅晚歌住的这个南苑居然这么大，可以赶得上一个小型公园。由此可想而知整个布衣山庄要有多大。

可见布衣山庄的庄主当年有多受宋太祖器重，也可以推想之布衣山庄的势力会有多大，怪不得傅晚歌方才会说得那么自负。

“小舞，”走在苏小舞右侧的傅晚歌突然出声问道，“小舞，你和皇甫少侠关系很好嘛。”

苏小舞一愣，片刻之后才反应过来她所指的是什么，连忙摆手道：“不是，我才是第二次见到他。呃，说第二次也不大对，因为我现在连他长得什么样子都没见过。”

傅晚歌侧过头，好整以暇地笑道：“我又没说什么，小舞你好像很紧张哦！”

苏小舞不满地扯扯嘴，知道她方才听到的那两句暧昧对话，无论她怎么解释都不成了。只好耸耸肩嘟囔道：“好了，不解释了。解释等于掩饰，掩饰等于确有其事。”

傅晚歌别有深意地朝她笑了笑，道：“到了，等我给你准备热水沐浴下。”

苏小舞跟着傅晚歌走近林子里那间二层小楼，随后被她带到屋后的空地劈柴，不禁觉得布衣山庄的教育方式真是少见。大小姐没有任何一个婢女，做饭、洗衣甚至烧热水洗澡都要自己动手。

这在苏小舞看来简直是无法想象的，毕竟这是“天下第一庄”啊！但是在她亲眼看到傅晚歌用华丽的武功劈柴烧水之后，开始有点相信这也许就是布衣山庄的特色吧……

苏小舞站在傅晚歌身边，只觉得眼前一花，一阵轻风掠过。只是几个呼吸间，她只能听到傅晚歌收剑回鞘的声音，再看去，面前原来的一个木墩已经变成一段段木条，整整齐齐地在地面上堆成一个金字塔。

“这些就应该够了，小舞，过来帮我把这些柴火搬到屋子里吧。”傅晚歌抱起一些柴火柔声说道，方才那些事情她经常做，一点都不知道苏小舞脸上为何会有惊奇之色。

苏小舞回过神，赶紧弯下腰抱起地上剩下的木条，跟上前面的傅晚歌。开始觉得美女果然不一样，无论做什么事情都让人移不开眼的魅力。

舒舒服服地洗了个热水澡之后，苏小舞换上傅晚歌为她准备的绿色长裙，乖乖地坐在铜镜前让傅晚歌摆弄她的长发。傅晚歌也是头一次给别人梳头，兴奋得帮苏小舞换了好几个发髻。

苏小舞瞪大了双眼，也看不清楚铜镜里面那个扭曲的人影究竟长得什么样子。

真要命，古代的铜镜质量真差，幸亏她没有习惯天天照镜子，要不然这样下去迟早崩溃。苏小舞放弃再看，任傅晚歌摆布，直到快要睡着的时候才被告知终于梳好了。

一睁开眼睛，苏小舞就对上傅晚歌那张绝美的脸颊，呼吸一滞道："晚歌姐，你做什么这样看着我？"

傅晚歌一双美目闪闪发亮，看着她良久之后才轻叹道："小舞，你女装这么好看，怪不得要扮成男子行走江湖呢。"

苏小舞闻言苦笑，别过头对着铜镜看了又看，只能隐约看出来梳着的只是一个精美的发髻，她来古代也有小半年了，刘海已经长得可以向后梳去，露出光洁的额头。耳后顺着的长发服帖地垂在背后，其他的，拜这种落后的铜镜所赐，就什么都看不出来了。

"小舞扮男装行走江湖，是为了不让人发现我就是苏小舞。"苏小舞叹了口气，对上傅晚歌关心的目光，唇边露出一丝苦涩的笑意。

傅晚歌轻笑道："事情总会有水落石出的一天的，夜深了，你好好休息，有什么事情明天再说。"

苏小舞感激地笑笑。

皎洁的月光旖旎地透过半开的窗，寂静地洒落在地。微凉的夜风缓缓地吹入，带起窗边的帘布微微波动。窗外的牡丹正在静夜下妖娆地绽放，青衣盗背着手，立在窗前静静地观赏着。

"怎么？有消息了吗？"听到身后轻盈的脚步声响起，青衣盗开口问道。

慕容云霓端着刚刚泡好的茶送到他手上，低垂着头说道："陆剑铭身亡之时，苏小舞在场。现在丐帮上下都认为苏小舞是凶手。"

"然后呢？"青衣盗心不在焉地微揭茶盖，室内立即飘散着一股清清淡淡的茶香。白瓷茶杯中的绿色茶叶片片伸展，绿幽幽地衬在杯底，而白色的茉莉花瓣朵朵漂浮在水面上，在热气蒸腾中茶香扑鼻而来。

淡绿色的茶水让青衣盗暂时忘记了正事，追问道："这是什么茶？怎么是这么清亮的颜色？"要知道此时的茶绝对没有这样诱人的清香和如此的颜色，而是茶饮料。有的要加糖，有的要加盐，要加各种作料的茶。就是他也没有见过如此的极品茶叶，无怪他脸上现出惊奇之色。

慕容云霓淡淡回道："这是今年新出的茶叶，峨眉山上神水阁的'碧潭飘雪'。取的是峨眉山上最高寒处的茶叶，加上茉莉花瓣窖藏而制。取的茶叶以及花瓣都是最上上层的,所以产量稀少,市场上已经价比黄金。云霓通过熟人,才买来一点点。听说如果是用峨眉派神水阁神水池的池水泡制，更是上上之选。"

青衣盗微眯双眼，深吸一口茶香，忍不住浅浅地呷了一口，闭上双眼品了一阵，不禁弯起嘴角轻叹道："碧潭飘雪，果然是碧潭飘雪，好茶！"

慕容云霓恭敬地垂着头，一言不发。

青衣盗沉吟了一阵，问道："没想到峨眉出好茶，这究竟是谁制出来的？"

慕容云霓淡淡地漾出笑容，仰起脸看着青衣盗，笑道："是苏小舞。听说是她在峨眉的时候制出来的第一批碧潭飘雪，公子所喝的正是她亲手窨制的，正好这时出窖。"

青衣盗略带意外的"哦"了一声，低头仔细看着茶杯里的茶叶，低声问道："她现在怎么样了？"

慕容云霓忍不住就着灿亮的烛火打量青衣盗。他的轮廓，在灯火下显得格外分明，银亮的面具反射着柔和的光。低垂的眼帘遮住了他眼里的精光，她看不到，更加也猜不到他的心思。只好平静地说道："苏小舞被关在丐帮的地牢里，但是方才传来的情报说，她被人救走了。"

青衣盗正在品茶的手一顿，疑惑道："被谁？"

"还不知道是谁，但是云霓收到情报，说丐帮的龙惊戟单独出门去了一趟布衣山庄。"慕容云霓走到桌前，把桌上的油灯挑亮了一些。

青衣盗向后随意靠在窗边，开口问道："现在丐帮上下都认为凶手是苏小舞了吗？"

慕容云霓点了点头道："应该是。"

青衣盗漫不经心地微微一笑道："当初订好的计划并不是这样的。"

慕容云霓呼吸一滞，垂首道："云霓也不知道会变成这样，是蔡羽山怪白天苏小舞让他出丑，而且龙惊戟不好对付，丐帮上下也不会轻易相信凶手是他，索性蔡羽山就决定让罪名落在苏小舞身上。"

青衣盗低头看着手中的茶水，一言不发，许久之后才出声道："做得很好。"

慕容云霓的心七上八下，不明白自己为何偏偏今晚端来“碧潭飘雪”的茶叶。如今见青衣盗这么选择，令她不禁松了口气。

“苏小舞本来江湖名声就差，是个祸胎，多条罪名也不奇怪。云霓，联系青焰堂去解决她吧。不过不要马上，会被人认为杀人灭口，等风头去。”青衣盗轻叹道，惋惜地看了看手中已经微凉的茶水，半晌之后续道，“可惜，以后就喝不到这么好的茶了。”

慕容云霓垂着的头愈发低了下去。

在布衣山庄的几天，苏小舞一直都乖乖地呆在傅晚歌所在的南苑，不敢出去一步。毕竟她还是逃犯嘛，只能住在傅晚歌的小楼里。

傅晚歌的房间布置就犹如她的性格一样，简单而又充满着让人移不开目光的韵味。苏小舞不知道房内的剑啊书啊玉啊屏风啊都有何来历，但是个个看上去都历史悠久，换言之价钱不菲。

可能是因为布衣山庄的名字，傅晚歌的衣橱里永远都是布制的衣服，没有丝绸做成的。

不过最令苏小舞无语的还是傅晚歌一成不变的生活作息。

傅晚歌早上很早就起来练功，然后去给传说中的那个布衣侯请安。回来就自己动手做饭，而这顿饭就是早饭和午饭并成的一餐。午后做杂事，或者自己和自己下棋、看书、弹琴等等。日落之后做饭吃饭睡觉，OVER。

苏小舞还记得当时第一天经历这么无趣的生活时，郁闷得快发疯。开始怀疑傅晚歌究竟是怎么在这么单调的日子中成长的，难怪性格好脾气好。

不过这样和修道的尼姑有何分别？苏小舞立刻就制止了傅晚歌的自虐生活，人家尼姑还是群居呢，小姐什么的也有个婢女或者闺房密友交流说话，傅晚歌这种简直就是城市独居的古代宅女。

所以，苏小舞和她聊了很多现代的事情，无法解释的就一带而过，权当讲故事。傅晚歌也反过来告诉她一些江湖上的秘辛或者常识。苏小舞把在小学玩的一些游戏随便捡了几个教给傅晚歌，两人都会玩得很开心。

而苏小舞却有天和傅晚歌下五子棋的时候发现自己居然能凭空移动棋子，当时两人相对无言。傅晚歌是以为苏小舞用武功的小把戏，一笑而过。而只有苏小舞自己知道，她当时只是想想而已，并没有任何动作。

之后她就又多了个秘密训练的任务，不明白自己是不是已经被全身改造了，逐渐往超人方向发展，苏小舞就在傅晚歌练武或者外出的时候偷偷训练自己的能力。不过也仅限于移动轻小的物品，或者让一块小石头在一个密闭的盒子外面凭空出现在盒子里面。

苏小舞不禁深切怀疑自己是不是以后要以当魔术师为生呢？魔术师苏小舞，这称号好像也不错……

这天下午，两人在池塘边钓鱼之后，准备就地烤鱼吃。傅晚歌走回屋内去拿调味料，许久都没有回来，苏小舞一抬头，就看到她愣愣地站在小屋门口，低头不知道看着什么。

"晚歌姐，怎么了？"苏小舞好奇地走过去，发现门口的台阶上不知道什么时候放了一张冥币，用一块方方正正的小石子压在下面，防止被风吹走。

"这是什么？"苏小舞啼笑皆非地弯腰把冥币拿起来，"这上面画的是什么？火焰怎么会有青色的啊？有人恶作剧吗？"

傅晚歌玉容惨白，一双杏目睁得大大地朝苏小舞看来，艰难地开口道："这是青焰堂的催命符。"

第四十章 青焰，追杀追杀！

"青焰堂？是什么？"苏小舞看着傅晚歌异于常日的表情，终于感到事情的严重性，皱眉问道。

傅晚歌镇定了一下，抿着薄唇说道："是个杀手组织。收到青焰堂冥币的人，青焰堂必然会派人在当夜三更点燃青色鬼火，勾人魂魄，绝无失手。"

哗？这么厉害？苏小舞嘴唇张成O字型，惊讶地看着手中制作精美的冥币，上面画的青色火焰栩栩如生，仿佛下一秒就能烧到她的手一般，令她不禁浑身一颤。

一想到青焰堂来的人居然能出入布衣山庄如自家的后花园般轻松，又在不惊动她们的情况下放下冥币，武功显然是不用想。而且明摆是冲着她来的，是想杀人灭口吧！

“呃，会不会有人弄错了？”苏小舞皱紧秀眉，丐帮想杀她报仇，也用不着雇职业杀手吧，她仅存一线希望地问道。

傅晚歌轻轻摇了摇头，一脸担忧地看着苏小舞，柔声道：“应该不会吧……”

“呵呵，也是。”苏小舞干笑道，也是，那么职业的杀手，应该不会送错冥币预告。不过这青焰堂还真有自信，明明要去取人性命，还要提前告诉对方让其警惕。

“小舞，你是不知道青焰堂有多可怕。江湖上收到青焰堂的冥币人，已经全部都不在世上了。只要肯开得起价，他们都会不计任何代价完成任务。”傅晚歌见苏小舞好像一点都没有危机意思，叹了口气说道，“传说长江帮的帮主因为和人结怨，收到了青焰堂的冥币，当下聚集了长江帮上下两百多人严阵以待。午夜之时，青色的火焰准时燃起，来的青焰堂杀手视两百多人为无物，只在一盏茶之间便取得长江帮帮主之命，飘然而去。更难得的是那夜除了目标物，其他人只是轻伤，据说是青焰堂的人懒得伤人性命，因为又没有多付钱。”

苏小舞反倒是被她勾起了兴趣，甩了甩手中的冥币，问道：“这么厉害？他们都是单人行动？”

“嗯，他们都是每次活动都是派一个人，以至于很久之前江湖上都认为青焰堂只是一个杀手青焰而已。直到后来有一次他们接下一个大任务，那次一共出动了六个人，所以江湖上才知道有青焰堂这么一个组织存在。”傅晚歌面上现出回忆的神色。

苏小舞两眼放光，原来她居然惊动了这么强悍的组织，“那这个青焰堂应该很难联系才对，看来想要杀我的这个人还蛮看得起我的啊。”

“晚歌也是听说，具体渠道不清楚。不过听爹爹说过，江湖上因为青焰堂丧命的人不计其数，所以他们行事也向来小心，不是信得过的人基本上不接任务。”傅晚歌脸上愁云密布，六神无主。

苏小舞眨了眨眼睛，转过身坐在台阶上，仰头望着天上的云彩出神。是谁这么大费周章地杀她？应该就是那个幕后的神秘人吧，杀了她，就死无对证了，那些事情正好盖棺定论。

不过，那个皇甫少侠究竟这几天都去做了什么？当时走的时候不是说得好好的，要帮她吗？怎么连个动静都没有？

苏小舞知道自己在无端地迁怒他人，但是就控制不住自己。

傅晚歌也陪着她坐在台阶上，紧咬下唇，肃容道："小舞，别怕，我去求爹爹，定会护你周全。"

苏小舞连忙拉住马上就要起身的傅晚歌，叹道："晚歌姐，不用去了，你已经为了小舞做了很多事，我都不知道怎么还你这个人情。"

傅晚歌急得直皱眉，嗔道："谁要你还啊！你还真不把晚歌当成姐妹！"

苏小舞微微一笑道："求他老人家做什么？难道你我二人还对付不了青焰堂的一个人？"青色的火焰啊，她还真想见见。

再说了，她就不信布衣侯真是什么都不知道。这片傅晚歌独居的南苑林园，看似除了她们俩别无一人，可是她可以敏感地感觉到有人窥探的眼神，所以她基本上训练自己能力的时候，都呆在小屋内。

既然那个布衣侯肯定会知道，何必让傅晚歌去求他？苏小舞唇边露出一抹算计的笑容，倾过身在傅晚歌耳边悄声说道。

傅晚歌凝神注意听着，花容从焦急渐渐转为惊讶，最后还面带笑容。

布衣山庄西苑的花园当中有座三层小楼，沿苑内小湖而建，和廊道相连，高低有致，浑然成为一体。午后的阳光已经有些刺目，照射在西苑的小楼屋顶上，精致的砖瓦反射阳光，眩人眼目。轩岳无心观看美景，加快脚步朝小楼走去。

踏入楼内二层的观湖厅，轩岳对着屏风后隐约可见的人影单膝跪在地上，沉声道："侯爷，小姐收到青焰堂的冥币了。"

屏风后一直不断的落棋声停了下来，"青焰堂？呵呵，看来这个苏小舞惹到的人来头不小啊！"一个略带意外的声音传来。

轩岳略抬起头，看着窗外映进来的湖光水影分外晃眼，屏风上勾勒出来布衣侯的一个轮廓。他知道布衣侯话还没说完，静静的等着。

"轩岳，晚歌什么反应？"布衣侯放下手中的棋谱，用棋子敲打着棋盘，沉吟片刻之后问道。

"回侯爷，本来小姐是想来找您的，结果被苏小姐劝了下来。"轩岳一板一眼地回答道。

“哦？”布衣侯疑惑的问了一句，紧接着哈哈大笑，显然很是开心，“晚歌最近改变甚多，大概都是受这个苏小舞影响。哼！连京城都推辞不去了！老夫怎么说都无用！”说到最后声音转冷，显然是非常不满。

轩岳赶紧低下头，沉声道：“侯爷，请不要怪罪小姐。”

布衣侯摆摆手叹道：“无妨，今日老夫收到楚王妃的回信，觉得愧对人家罢了。唉，果然当年做错了决定。”

轩岳等了很久，都不见布衣侯再说话，只好主动开口问道：“侯爷，今夜需不需要在南苑加强守卫？”

布衣侯略一思考，摇头道：“不用了，既然那个苏小舞胸有成竹，老夫又何必坏了她的兴致？”说罢笑着续道，“你要是担心，就在旁边盯着吧。呵呵，老夫不叮嘱你也会去的吧！”

轩岳低头应是。

“啪！”

屏风后的落棋声再次传来，轩岳慢慢起身退了出去，隐约听到布衣侯喃喃自语的声音传来：“三劫啊……居然是少见的三劫之势……”

是夜，星月无光，夜空密布云层，乌鸦凄切的哀啼声从远处传来，带着秋意的凉风从树间吹来，带起苏小舞的衣裙翻飞。

苏小舞背着手站在小楼前，仰着头看着暗无天日的天空，暗想今晚还真是月黑风高杀人夜啊。

林子里很静，她身后的小楼一点灯光都没有，整个天地都沉浸在黑暗中，连她旁边的池水都没有任何反光。苏小舞被冷风一吹，头脑无比的清醒。

她来到古代已经小半年，还头一次有心情去回想自己这一阵子所做的事情。虽然充满了不如意，可是也不失为一个丰富的体验。

谁能像她这样毫无武功的玩转江湖？

当上一派之主，在江湖劫难面前力挽狂澜，“暗杀”武林第一大帮帮主，江湖通缉犯苏小舞，呵呵，听上去也满厉害的。苏小舞脸上漾出笑意，不能流芳百世，遗臭万年好像也不错。不知道做魔头做到顶级的话，能不能当武林盟主呢？到时候号令天下，莫敢不从，也是武林盟主的设定不是吗？

嘿嘿，等解决了青焰堂的追杀，她可要考虑要不要回到歧天谷找玄衣教商量商量能不能合作当魔头。

苏小舞漫无边际地想着，也不知道时间过去了多久。古代没有手表就是麻烦，不知道那些青焰堂的杀手们怎么就能把时间掐得那么准。

抬起头看着乌云满天的夜空，连月亮都没有，更加不知道大概的时间，苏小舞打了一个哈欠，有点不耐烦了。正有些怨言的时候，忽然眨眼之间，隐隐看到她正前方的林子里忽闪忽现着一个蓝色的光。在漆黑的夜色里,显得有些阴森恐怖。

来了！苏小舞精神一震，凝神朝那个蓝色的光源处看去，片刻之后不禁笑出声来。什么青蓝色的火焰，就是一个罩着蓝色布的灯笼……而这个灯笼就正被一个黑衣人提在手中，慢慢走近。

“受不了了，原来青色的鬼火，就是这个东西？害我期待了这么久！”苏小舞不管来人浑身散发着的冰冷肃杀之气，掩唇放肆地笑着。

“你就是苏小舞？”来人的面目严严实实地藏在黑布之后，只有双眼露在外面，一身黑色的劲装融入夜色之中，背负长剑，左手提着那个蓝色的灯笼。

苏小舞止住笑，上下打量着离她二十步远外就停住的青焰堂杀手。虽然心里对他手中的灯笼鄙视到极点，但是也不得不承认他这一身标准的杀手装扮善于隐藏身形，令人远远看去就好像蓝色的光凭空出现在那里一般。无怪乎被人传说成是鬼火。

“怎么？你们杀人前都不确认猎物是谁吗？”苏小舞俏立在那里，狡黠一笑地反唇相讥。

“通常都会问一句确认下的，只是礼貌而已。在下血隐，将要取你性命之人。”来人反手从背后缓缓抽出长剑，淡淡地公式化说道。苏小舞的态度让他觉得事有蹊跷，恐怕夜长梦多，遂打算速战速决。

苏小舞伸出手向前，出声制止他道：“等一下，我有东西想给你看，勾人魂魄也不差这么一会儿吧？”说完没等血隐反应，苏小舞施施然地打了一个响指。

血隐在她伸出手的时候就已经有了防范，本来是以为她会射出什么暗器，可是却骇然发现右侧的林里凭空燃起了一个青蓝色的火焰。

是一个真正燃烧着的青蓝色火焰，血隐几乎不敢相信自己的眼睛，拔剑的手不禁停滞了下来。而且青色的火把还不止一个，以飞快的速度在他们四周燃起，几乎眨眼间他们所站的地方十步以外为圆周，从右至左亮起了十余个青色火焰。

血隐松开拔剑的手，眼中带着惊骇看向对面洋洋得意的苏小舞，沉声道："请傅小姐出来吧。"他一看便知这一圈的火把是被人用绝世轻功点燃的，但是为什么会燃起的火焰是青色的，他却一点都想不到。

傅晚歌一身素黑色的长裙，手举着一个青色的火把从林中深处走来，绝美的玉容由于手中的青蓝色火焰的映照，泛着青色，显得有些诡异。

苏小舞满意地朝傅晚歌看去，效果不错，她只不过是用了在上学时学过的一点化学知识。焰色反应的实验她又不是没做过，当铜丝放在酒精灯上燃烧的时候，会出现蓝绿色的火焰。还好是要做出来青色火焰，如果是其他颜色的，她还不知道去哪里找金属单质呢！毕竟铜在古代还是很多的。

而且蓝色的火焰她在现代也经常见到，天然气、煤气或者就连酒精灯燃烧的火焰中心都是蓝色的。所以她花了一下午的时间用来蒸馏米酒，终于在几次之后制成了这么些用纯度很高的酒精浸泡过的火把，再加上些铜片，完美的产生了青色火焰。

至少，比这个青焰堂的血隐手中那个蓝色的灯笼要强吧……苏小舞捂着唇，抑制不住地笑着。灯笼，居然是罩着青色布的一个灯笼！真有才！害她还高估了他们。

血隐强忍着想把手中灯笼扔掉毁尸灭迹的冲动，一双原本无欲无求的眼睛贪婪的看着傅晚歌手中燃烧着的青色火把，如果把她们杀掉，这些能燃烧出来真正青色火焰的火把就全归他了！这样青焰堂就是名副其实的青焰堂！

苏小舞撇撇嘴，即使不是因为周围青蓝色火焰的映照，也可以清楚地看到这个血隐眼中透着绿光。果然是觊觎她们的青色火焰了。

就在血隐下定决心，又抬起手伸向背后想要拔剑的时候，忽然间苏小舞她们身后原本黑漆漆的二层小楼每个房间都同时亮起了青蓝色的灯光。瞬间整个楼前的空地立刻亮了起来，连旁边的池塘都反射着青色的光芒。

"哼，我说你们为何会这么肆无忌惮，原来早有援手。"血隐缓缓抽出长剑，剑身在青色的火焰映照下闪着怪异的蓝光。

苏小舞耸耸肩，知道血隐以为她给了什么暗号，让楼内埋伏的人同时点燃灯火。其实，她只不过是在每个房间设置了一个小机关而已，青色的油灯是一直点燃着的，不过会在三更准时把蒙着的灯罩烧掉，然后同时亮起。这个是利用漏斗滴水算好的时间，再加上些许力学知识。在她看来只是些小把戏，不过却让傅晚歌佩服不已，大呼苏小舞是奇才。

嘿嘿，看来多少年的侦探小说并没有白看。

“看来青焰堂的青色火焰也不准时嘛！现在才刚刚好三更而已。”苏小舞悠然自得地说道，这个人的心已经完全被她搅乱了。从一开始她的淡定之姿，和赫然出现的青色火焰，再紧跟着小楼里数个房间同时亮灯，都一个接一个的打击着这个血隐的心神。

杀手最忌别有所求，苏小舞扬起笑容，想要她的命？青焰堂还需要多来几个人呢！

血隐沉心静气，知道今夜势必不能善了。先不说他现在身处布衣山庄，光看着他面前这许多诡异之处，就知道这次的任务的对象很是难缠。

想起今晚出门前老大嘱咐他要小心行事，血隐精光四溢的眸子一闪，心下有些后悔拒绝了老大多派一个人跟着他一起行动的建议。

目标是一个人，那么青焰堂就会派一个杀手出任务，这是规矩。血隐除去心中杂念，甩手扔掉手中的灯笼，凝神把目标锁定在二十步外的苏小舞身上。

一时苏小舞觉得压力大增，竟然连呼吸都有些不顺畅。但是她的目光还是看向在草地上翻滚一阵就慢慢熄灭的灯笼，然后朝血隐怒视。不把蜡烛灭掉就扔在地上，他也不怕引起森林火灾？古代人就是这方面意识差，苏小舞不满地撇了撇嘴。

傅晚歌把手中的火把往苏小舞怀中一塞，横剑挡在她面前，也挡住了血隐杀气横生的目光。

“想要动晚歌的客人，先要过问下晚歌的剑同不同意。”傅晚歌柔美的脸上有着不容人忽视的自信，微笑地看着剑已经出鞘的血隐。

苏小舞在傅晚歌背后朝血隐做了个鬼脸，她有武林第一美女撑腰，不怕不怕。

傅晚歌很早就看出来苏小舞武功不高，不管是走路、说话或者呼吸都能看出来一个人的武功修为多少。所以苏小舞也只是坦诚自己的小把戏是用科学弄出来的，而傅晚歌也确确实实感受到了未知科学的神秘，问了几个原理不能弄懂之后也就不再过问了，反而是更加崇拜苏小舞的聪明才智。

傅晚歌轻轻抽出佩剑，柔声说道：“晚歌此剑名冰羽，血隐兄小心了。”说罢娇艳欲滴的俏脸若止水般恬然。

血隐再也不答话，剑随人走，用最简单的招式朝傅晚歌攻去。

苏小舞心一紧，看得出来血隐所使的实际上就是杀手最实用的剑法——杀人的剑法。

傅晚歌剑光倏起，苏小舞面前忽然间漫天剑影，反映着四周点点青色火光，好像酒吧里那种霓虹灯一样，分裂成万千光点，一时让苏小舞睁不开眼。

血隐暴喝一声，长剑化作炫目的烈电，破入傅晚歌舞起的光点里。

苏小舞的眼睛由于剑气的压迫和剑光的折射，终于受不了闭了起来。

等苏小舞再次睁开眼睛时，看到面前的两人缠斗在一起。意外的发现傅晚歌的剑法和她的性格大相径庭，充满着盛气凌人的攻势，但是稍显有所生涩，看来是少与人过招的原因。

血隐长剑改攻为守，施展出绵长细致的招数，仍然也是滴水不漏，守得周详严密。

傅晚歌身姿优美，在青色火焰映照中犹如蝴蝶翻飞，玉容始终是面带微笑，好似在和最亲近的人谈心聊天，令观者为之销魂，姿态美至难以复加。可是她手中的冰羽剑却是招招凌厉，一招比一招顺手，渐渐气势夺人。

在剑影纷飞中，傅晚歌面上微笑的表情愈加甜美，整个心神全部溶入姿态无懈可击的剑意里，任由血隐如何强攻，也不能使她的身形后退半步。

而身在局中的血隐又是另一番感受，傅晚歌手中的冰羽剑带起的森寒杀气，潮涌浪翻般朝他卷来，隐有一去无回的气势。再配上傅晚歌与其剑法毫无匹配的柔美表情，其中的反差还真是让人难以接受。

而且无论他怎样直刺横劈，傅晚歌都是悠闲适宜的模样，而且剑势看上去是犀利凶猛，但是实际接触上却都是轻飘飘根本无法借力反击，她的冰羽剑如飞花落絮般随他的长剑飘移。

虽然看上去两人不分胜负，可是血隐明白，他已经完全被她牵制住了，落败也只是时间问题。

苏小舞看得屏息静气，注视着面前不到二十步的恶斗，内心惊叹不已。想不到看上去弱质纤纤的傅晚歌，使出的剑法居然这么咄咄逼人。看来也是家传渊源，苏小舞不得不承认这时候的傅晚歌气势惊人，比起平时的她更加光彩夺目。

正感叹时，傅晚歌手中的剑芒倏盛，破入血隐中路，朝他咽喉激射而去。招式狠辣兼备，可是她面上的表情却仍然平静悠然，就好像递给人一杯茶一样自然。

血隐身体用常人难以做到的角度向后仰去，避过了傅晚歌志在必得的一剑，同时左手趁其不备，朝呆站在一边的苏小舞激射出去一排细如牛毛般的银针。

在青色的火焰照射下，这些银针泛着令人生厌的蓝光，一看便知上面涂满了见血封喉的毒药。

傅晚歌察觉到的时候已经晚了，仅来得及剑交左手，用右手挥袖想去干扰毒针的去势，可惜效果甚微。

傅晚歌首次俏脸变色，娇斥道："卑鄙！"

血隐嘿嘿一笑道："杀手只求结果，不求过程……"他话音未尽，随手格挡住傅晚歌气急败坏刺来的长剑，习惯性的朝苏小舞那个方向看去。如果确认苏小舞已死，那么他下面的任务就是怎样生离此地。

可是当他的目光追着正在向苏小舞面门飞去的毒针，却骇然发现他本来用藏在袖筒里的机关射出去的毒针速度在用肉眼可以发现的速度逐渐变慢，而苏小舞只是俏立在那里一动不动，也不躲闪，只是平静地向前伸出左手，作向外推出状。在她右手所举的青色火焰跳动中，那些银针就这样缓缓地，像是被一种无形的力量所排斥，渐渐地就那么停在了半空中。

一阵萧瑟的夜风刮过，吹得苏小舞长发向后散去，露出悠然自得的俏脸，身上衣裙翻飞，可是银针却纹丝不动。整个世界好像瞬间静下来了一般，一时只听到夜风瑟瑟之声。

苏小舞眼波流转，看到血隐和傅晚歌两人面目上均是骇然惊讶的表情，她唇角勾起自得地笑容。

她稍微把她可以驱使电流的能力升级了一下。电磁电磁，有电就有磁。那么这些纤细的牛毛针她只需要控制好左手释放电磁的流量，便可以轻松地造成现在这种景象。呃，虽然她好像是百毒不侵，可是还没有怎么验证过，到现在就是那个该死的冰神极渊的迷药对她无效而已。不能随便冒险。

苏小舞微一沉吟，考虑要不要反手把这些毒针按原路奉还回去，一想到傅晚歌肯定也会殃及池鱼，索性就一握拳，毒针"哗啦哗啦"地掉在草丛中。

"你们继续。"苏小舞一摊手，耸肩抱歉地说道。

血隐率先反应过来，一晃双肩，行云流水般和傅晚歌错开两丈。

傅晚歌玉容上恢复色彩，一声娇叱，剑尖点地，凌空改变方向，如影附形般贴身追击。

两人又恢复缠斗之势，而且边打还边往池塘方向而去。

苏小舞跟着他们的去势小心翼翼地踏出毒针圈，提醒自己一会儿记得收拾现场。

“砰！”

气劲交接之气传来，血隐借住傅晚歌的真气，弹向半空中，传来他爽朗地一笑道：“今夜先到此为止，血隐佩服，两位小姐皆是高人，改日再……”话还未尽，血隐本来用来借力的树枝“喀嚓”一声折断掉，未说完的话变成惨呼，失去平衡地掉在了树下的池塘里。

“扑通！”

水花四溅，苏小舞无奈地摇了摇头。这入水动作真是太不及格了。

傅晚歌盈盈一笑，收剑回鞘之后走到苏小舞身边，轻声道：“小舞，你真是神机妙算啊！”

苏小舞不好意思地顺了顺长发，和傅晚歌一拍手笑道：“还不是晚歌姐按照我们计划的那样逼着他走这条路？还好晚歌姐下午爬树割树枝的行动没有白费。”苏小舞笑嘻嘻地说着，傅晚歌下午把池塘周围看上去比较粗大可以站人的树枝全部都用剑划断了一大半，以致于血隐那个家伙一站上去树枝就断掉了。

傅晚歌俏脸通红，也不知道是因为过于激烈的打斗还是因为过于兴奋，急忙问道：“小舞，接下来怎么办？”

苏小舞用认真思考的眼神看着在池塘中已经站起来的血隐，后者狼狈不堪，池塘中的水深只漫过他的胸膛，但是一时半会儿他也不能离去。

血隐只觉得他今晚倒霉至极，堂堂青焰堂的杀手血隐，放在江湖上谁拿到青焰堂的冥币，不都是胆战心惊拼死最后一搏？哪有这种反而用恶作剧和不知道是怎么搞出来的诡异事件来对付他？

而最令他忍无可忍的是，还居然该死的管用！

愤恨地抬起头，血隐打算用心记住这个名叫苏小舞的女人究竟长什么样子，不是单从画像上记住，画像上可没有画出来她那双狡猾的双眼！

可是一接触到苏小舞的眼神，血隐不禁一颤。这种眼神，他经常在大哥眼中看到，这是看玩物的目光……

不对，可是为什么她会对着他用这种眼神？血隐的心不由自主地再次颤抖。

苏小舞微微一笑，像是很关心血隐的样子，把手中的火把交给身边的傅晚歌，而自己则慢慢走近池塘，边走边叹道：“哎呀呀，你看看我们的待客之道真差劲，这么冷的天还让客人掉到池塘里。这位公子，要不要起身到小楼里换件衣服啊？”说罢，她已经走到池塘旁边，闲闲地蹲下身。

血隐略带戒备地看着不知道葫芦里卖着什么药的苏小舞，身体的直觉不断地在他脑海里亮着红灯，提醒他要快点逃跑。但是内心的好奇还是让他强撑着勇气卓立在池塘中央，她只不过是在虚张声势而已。

血隐眼睁睁地看着苏小舞蹲在池塘边，好像是要试试水温一样，把左手伸进水中。

她左手上是空的，无事……血隐如此的想着，可是，这已经是他失去意识前最后的念头。

苏小舞收回手，甩了甩手上的水珠，装模作样地叹了口气。她方才驱动扳指上积存几天的电流，瞬间电晕了可怜的血隐同学。

不，真正可怜的是池塘里的鱼。

看着幽幽反射着青色焰光的池塘水面上，大大小小的鱼纷纷翻起白肚，渐渐飘满水面，苏小舞站起身，默念了一声“阿弥陀佛”。她也不知道她发出的电流经过水的传导居然会效果这么大，原来计划的也就是稍微把杀手同志电麻了好去抓而已。

这可真是殃及池鱼了！苏小舞再次摇头叹气。不过再次验证了，做人莫装 B，装 B 被雷劈。

仰起头，苏小舞朝某一个方向定定看去，微微淡笑道：“看戏的那位公子，麻烦把这个大型的垃圾扔到庄外去吧。”

切，当她是瞎子吗？当第一个青色火焰点燃的时候，这个方向的树叶无风自动。哼，看戏很舒服啊，等哪天让晚歌把这个大型的实验品丢给她用吧！

正飞身而下的轩岳忽觉一阵恶寒袭来。唉，天气冷了，明天记得加衣服……

第四十一章 玄衣，教主云霓

慕容云霓端坐在布衣山庄北苑的听雨楼中，静待着她想见的人到来。

昨夜青衣盗在风月无边一夜未睡，她一直陪在他身边，看着他整夜立在窗边，默然无语。

他虽然不说，可是她心里也知道。

他是在等待青焰堂得手的回复。

可是等了整夜都没有等到。

等到东方发白的时候，青焰堂的堂主特意亲自前来请罪，她分明看到青衣盗眼中闪过的，竟然是欣赏的神色。

慕容云霓紧握手中的茶杯，心里乱成一团。她向来善于猜测人心，但是这次，居然一点都猜不出青衣盗下一步怎么处置苏小舞。因为他居然取消了青焰堂的任务，仅仅为了那个女人，破了从来没有过的先例。

苏小舞和傅晚歌走进听雨楼的喜雨厅，发现这里几屏桌椅或者字画书法，莫不非常考究，显示出主人超凡的身分。而坐在厅内慕容云霓则还是一身黑衣，外披一件黑色的御寒斗篷，脸色平静得吓人。

苏小舞大大方方地在慕容云霓对面坐下，用玩世不恭的调调笑道："云霓姐姐，昨晚好像没怎么睡好嘛！眼底都有黑眼圈了。"

慕容云霓反射性地摸了摸脸颊，片刻之后才反应过来这只是苏小舞的试探之词。想想以她的武功修为，怎么可能因为一夜未眠而有所痕迹?

慕容云霓不悦地抬起头，盯着坐在她对面的苏小舞冷哂道："姐姐在烟花之地，自然夜晚不休息。不过妹妹看来才真的是昨夜没有睡好啊！"

苏小舞毫不掩饰地打了一个哈欠，耸肩道："是啊，昨晚吵死了，还累死了。"为了收拾掉在草地上的毒针，她和傅晚歌熬了一夜，才勉强把那块地方清理干净。没办法，谁让她一下子把积聚的电流都用光了，电磁效用也做不出来了，只能点着火把一点点寻找。不过她始终不信已经没有毒针了，走路都是绕着走的。还有池塘里那些可怜的鱼，让轩岳都打捞上来了，准备今天全庄人吃全鱼宴。

慕容云霓满腹好奇，她只是知道她和傅晚歌打败了青焰堂的杀手，可是究竟是怎么做到的，她却一点都不清楚。也许，帮手就是苏小舞身旁正浅浅微笑着的傅晚歌。天下第一庄的继承人，武功自然不在话下，笨的是那个杀手而已。

慕容云霓自己给自己心中的疑惑找了个合理的解释，终于沉下心去仔细观察这个苏小舞，突然发现她女装真的很美。

不是说苏小舞可以比得上她身边的傅晚歌，论武功她没有傅小姐内力深厚，论气质她没有傅小姐娉婷秀雅，论容颜更加没有傅小姐清艳脱俗，可是她们两人并肩坐在她的对面，她却怎么样也无法忽视苏小舞的存在。

后者眸光顾盼流转间，散发着就连傅晚歌也比不过的风采。慕容云霓垂下眼帘，心里开始有些懂了为何水涵光和青衣盗都忘不掉这个女人。

苏小舞和傅晚歌对视一眼，均在对方的眼睛里看出疑惑。这风月阁的云霓姑娘奇怪得很啊，大早上的就求见，而且见了面之后一个人沉浸在自己的思绪中，一点开口的意思都没有。

“咳！不知道云霓姐姐今日来找小舞有何事？”苏小舞干咳了一声，打破了室内怪异的沉默。

慕容云霓丝毫未觉得尴尬，朝苏小舞微微一笑道：“小舞妹妹，你不觉得还欠云霓一个问题的答案吗？”

苏小舞“啊”的一声作恍然大悟状，不好意思地拍了拍额头，抱歉地笑道:“确实，小舞居然忘记了，还麻烦云霓姐大老远地跑来问，真是不应该。”心里却在嘀咕究竟是什么问题，值得这个云霓姑娘这么惦记。

慕容云霓风轻云淡地笑了笑，视线落在一旁的傅晚歌身上，歉然道：“傅小姐，如果可以的话，云霓想和小舞妹妹单独谈谈。”

傅晚歌秀眸一闪，她始终对这个云霓抱有戒备的心理，再加上苏小舞最近的境况，自然不肯轻易地放她们独处。

苏小舞偏过头呵呵笑道：“晚歌姐，这个时间你该去给侯爷请安了吧？快去吧！”边说边用云霓看不到的左眼向傅晚歌眨了眨。

傅晚歌明白她的意思，拿她没办法地笑了笑道:“那我就过去了，你们慢慢聊。”说罢盈盈起身，婷婷而去。

苏小舞又打了一个哈欠，口齿不清地说道：“云霓姐姐，你想要问什么？小舞若是知道，肯定回答你。”

慕容云霓美目异彩连连，明媚的眸子紧盯住苏小舞，开口道：“云霓想问小舞，不知道玄衣教圣子水涵光，是不是得了绝症？”说到水涵光名字的时候，云霓的声音忽然柔柔软软，非常舒服。而说到最后时，声音居然都有些微颤。

苏小舞正在打哈欠的姿势一顿，她事先想到了各种问题的可能，就是没想到云霓会问这个问题。

"只是普通的少白头加天行赤眼而已。"苏小舞放下心，就这个问题啊，她伸手取来身旁茶几上的茶杯，随口答道。

慕容云霓摇了摇头，目光烁烁地望着苏小舞，追问道："小舞，认真回答我的问题。"话语间流露出的居然是不容人质疑的气势。

苏小舞借着低头喝茶的姿势，脑海中迅速整理她能想到的情报。从云霓的口气中，显然已经知道她说的是搪塞之词，可是关于水涵光的病，她只告诉过一个人……

她并不相信那个毒舌叶离会随便告诉一个洛阳的歌妓,即使这个人是"风月阁"中举足轻重的人。等同把最大的爆料告诉了八卦杂志主编，不是自找没趣么?

难道?苏小舞略略抬眼，接触到云霓貌似坚强的外表下那双渴望的眼神，不禁一愣。好久之后才试探性地问道："你是姓慕容？"

苏小舞刚说完就后悔了，她怎么把心底的话就这么轻易地问了出来?她自己在心里怀疑就怀疑吧，怎么不知不觉就说出来了?看来还真是昨晚没睡好，头脑有些不清楚了。

正在自怨自艾开口补救的苏小舞，忽然发现坐在她对面的那个云霓姑娘脸色木然，既没有承认也没有否认。

不会吧……她居然蒙对了?玄衣教的现任教主是个女人?而且还正好坐在她面前?

苏小舞放下茶杯，注意到云霓，哦，不，应该称她为慕容云霓，面无表情的坐在那里，好像真的在等她回答问题。

"慕容云霓？"苏小舞不可思议地问道。这个消失了的玄衣教教主现在就坐在她面前?说笑吧?风月阁是很容易收集消息，但是更加容易散播消息出去，难道玄衣教的人真的那么笨?一直和想找的教主一起合作找她自己?玄衣教这么大的一个教派，连合作者的身份底细都没有调查清楚就和对方合作也太不合常理了。

还是……一直都知道?苏小舞忽然灵光一现，如果玄衣教上下只有水涵光不知道呢?岂不是很说得通?就压根没有什么合作不合作的问题，而是一直听命于教主，在暗处操控江湖的事端。想想就很恐怖啊，她从其他人的只言片语中就可以推想，慕容玄瑟时期的玄衣教简直就是武林魔教般的存在。那么有没有可能是因为教主的猝死，变得没有靠山，才转而漂白玄衣教。表面上低调，其实是转为地下，做情报工作?

那么这个慕容云霓知道只有叶离知道的情报也就不奇怪了，毕竟是现任教主嘛！

问题是为何堂堂教主之姿居然会沦落到风尘卖笑，肯定是很大的隐情，而且还和水涵光脱不了关系。苏小舞脑海中瞬间想到这些，而且越想越觉得事实就是如此。这也就可以解释了为何风月阁在九大派围攻歧天谷的时候，最开始传给水涵光的情报是假的。而叶离从头到尾的知道慕容云霓的行踪，也可以解释为何知道情报不是真的。

因为这个慕容云霓根本没有否认，没有否认就是默认喽！苏小舞和她大眼瞪小眼中，边想边觉得自己真是天才，通过慕容云霓的一句话，就可以判断出她的身份。

当然，幸好她还记得关于水涵光的真实病情她只告诉过叶离一个人。而且，叶离那家伙也不像是大嘴巴的人，估计连水涵光本人都没有禀报。

再加上慕容云霓这一身黑，嘿嘿，答案真是得来全不费工夫。

"小舞，你还没回答我的问题。"慕容云霓语气仍然恬静淡雅，可是只要仔细看过去，就会发现她握着茶杯的手正在几可明辨地颤抖。

被人有所求的感觉真不错，苏小舞心情突然很好。放松着向后靠进椅背里，歪着头打量着慕容云霓，闲闲道："教主大人，你可是担心水涵光公子？"苏小舞说到水涵光的名字时，心下微微一痛，不受控制地想起他对她说的那句话。

小舞，这一生，我只向你伸一次手，你可愿和我一起走？……停！不许再想了！苏小舞紧紧地闭了一下双眼，再次睁开的时候已经恢复自然。

"当然担心，他是我弟弟。"慕容云霓一直注意着苏小舞的表情，闻言淡淡道。

只是弟弟？苏小舞不以为然地挑了挑眉，想起水涵光说过玄衣教的前教主慕容玄瑟是他的义父，那么慕容云霓这句话也就是间接承认了她的身份。

"水公子得的并不是绝症，放心吧。"苏小舞忽然觉得心一软，看着慕容云霓期待万分的美目，本来想要挟她换些好处的话语，就那么自然地从口中说了出来。

慕容云霓仔细又仔细地看着苏小舞脸上的表情，并不像是随意敷衍她的样子，终于相信了苏小舞说的话。

"不是绝症啊……"慕容云霓闭上美眸，向后仰去靠在椅背上，长长的睫毛轻轻地颤动着。失去血色的花容被身上的黑袍映得更加苍白，嘴角现出一丝喜悦中带着苦涩的微笑，喃喃道："原来不是绝症啊……那为何他要骗我，骗我涵光根本活不过二十岁……"

苏小舞竖起耳朵仔细地听着，但是听到的却不多。心下不禁好奇，难不成人人都以为水涵光得的是绝症吗？其实不过是白化病缺少黑色素而已，不至于吧。

"云霓姐，玄衣教上下都在找你呢，特别是水公子，你确定不要回去吗？或者报个平安也好啊？"苏小舞实在看不过去，叹气说道。

慕容云霓闻言立刻直起身，脸上浮现出冰冷的表情，美目深注地凝视着苏小舞，冷冷道："苏姑娘，今日的事，不许外传，能保证吗？"

苏小舞撇了撇嘴，眼神飘忽不定地说道："这个，我有的时候会不知道自己说什么啊，万一不小心……"

慕容云霓微微一笑道："小舞，云霓明白你的意思。但是如果你发誓不说出去的话，云霓可以欠你一个人情。如果拒绝的话，那就是比昨晚还要难缠的对手哦。"

苏小舞眼珠一转，倒是觉得慕容云霓的威胁虽然听上去气势十足，但是对于她来说简直就是软绵绵。"一个人情？那么我可以要求你做什么？"苏小舞露出一个顽皮的微笑，期待地看过去。

慕容云霓发出银铃般的娇笑声，像是在嘲弄苏小舞的无知，"妹妹还是真不知道姐姐我可以做什么事啊？还是假不知道。无所谓，反正姐姐我话搁在这里了，就看妹妹你如何选择了。"

苏小舞露出雪白整齐的皓齿，浅笑道："好吧，小舞发誓，绝对不把云霓姐的身份告知水涵光。如违此誓，苏小舞会中剧毒而死。"剧毒嘛，她应该还可以承受。

慕容云霓一惊，像是给苏小舞触及心事般，良久才轻叹道："小舞妹妹果然聪明绝顶，云霓有句话想要忠告你。"

苏小舞笑道："请云霓姐指教。"她不就是猜出来玄衣教上下除了水涵光不知道她的下落之外，几乎所有人都知道了嘛，至于这么记仇？

慕容云霓放下手中的茶杯，幽幽起身道："有时候聪明反被聪明误，小舞要注意了。"

苏小舞也随之起身，看她一副要走的样子，想要送她出庄。"有时候纸包不住火，云霓姐也要注意了。"苏小舞笑嘻嘻地说道。

慕容云霓狠狠地瞪了她一眼，用眼神制止了她不用送了，转身快步离去。

"慕容小姐，你可曾听说过令尊有什么藏宝图？"苏小舞抓紧机会问道。

慕容云霓身形一顿，但是没有回头也没有回话，片刻之后又继续朝前走去。

苏小舞无奈地摇摇头，目送着慕容云霓的身影消失在布衣山庄北苑的大门口，悠然自得地说道："你刚才都听到了吧，晚歌姐？"

傅晚歌从厅内的一个暗室转了出来，轻笑道："听到了。唉，我居然会按照你的指示去偷听，这简直是不可思议的事情。"

苏小舞嘿嘿一笑道："没办法，现在小舞发了毒誓，只有晚歌姐去告密喽！"虽然她那个毒誓发了等于没发，但是还是不要随便咒自己的好。

傅晚歌走到苏小舞身边，陪着她看向慕容云霓身影消失的方向，叹道："这样好吗？别人不愿说的秘密，我们擅自做决定好吗？"

苏小舞脸上露出坚定的表情，一改之前的玩世不恭道："因为我觉得她有问题，很有问题，所以必须要有个人来制止她。而这个人，就是水涵光。"

第四十二章 小舞＝江湖偶像

"主上，云霓小姐去了趟布衣山庄。"屏风外传来一个声音。

青衣盗举杯品茶的手停了一下，漫不经心地"哦"了一声，表示知道了。

"然后不多时，就出庄了，只是表情不大对。"屏风外的声音继续说着。

青衣盗冷哼一声道："之后布衣山庄有什么举动？"

"回主上，小的看到一个时辰之后，有布衣卫出发，从西城门出城，之后朝西北方向而去。"

青衣盗轻呷了一口香茶，左手食指习惯性地放在桌上轻敲桌面，片刻之后道："去联系青焰堂，不许让布衣卫携带的消息传到玄衣教。”

“遵命。”屏风外的那个黑影点头应是，沉吟了一会儿好奇地问道：“主上，您为何知道这布衣卫的目的地是玄衣教呢？”

青衣盗放下茶杯，手指在杯沿摩挲着，唇边勾起一抹微笑，淡淡道：“云霓心心念念的，不就是那点事？八成是想在苏小舞口中问出来水涵光的身体问题吧。哼，结果肯定是暴露了自己的身份。”

屏风外的人吃了一惊，道：“那怎么办？”

青衣盗轻笑道：“无妨，让她自己抉择吧，是相信本公子，还是相信苏小舞。她是在拿她弟弟的性命做赌注，我不信她能轻易就背叛我。”

略一沉吟之后，续道：“只是，也不能什么事都不做。羽山，去让水涵光生病，或者要有生病的症状。我不管你怎么做，这件事一定要办到。还有除掉布衣卫，不能让水涵光知道慕容云霓的下落。”

蔡羽山奇怪的问道：“主上，云霓小姐不是吃了主上的知名不具？难道主上还担心她……？”

“呵呵，吃了知名不具也没有用。那女人，为自己考虑的很少。”青衣盗淡淡道，“所以不能让她有一点怀疑。如果水涵光不死，云霓就会心甘情愿地为我所用。本来我考虑得很好，没想到插进来一个苏小舞，把这一切都破坏了。”青衣盗表情微微凝重，想到手下风月阁这一块的情报组织都是云霓一手撑起来的，如果不行的话，他只有考虑慢慢交给别人打理。不过，只恨这个丐帮的蔡羽山一点都不争气。

蔡羽山赶紧巴结了几句，紧接着说道：“女人的心不好猜啊！对了主上，羽山现在在丐帮不好过啊……”

青衣盗轻哼了一声，“不好过？我怎么听说你现在风生水起啊？别在公子我面前装模作样，小心我换别人代替你。”

蔡羽山马上噤声，尴尬地笑了几下，随后找了个借口立即告退。

青衣盗不屑地勾勾嘴角，想和他斗？不管这个蔡羽山还是那个苏小舞，都早了一百年！

低头看了看茶杯中的“碧潭飘雪”，青衣盗不禁喃喃道：“能泡制出这样的好茶，又身世成谜，这样的女子，本王还真想见见……”

苏小舞躺在草坪上，午后的阳光，并不是很刺眼，暖洋洋地洒在身上，甚是舒服。

现在天气已经微微转凉，苏小舞考虑是不是要上街置备几件冬装。而且冬天要在这里过呢？还是去江南过？古代的冬天没有暖气，长江以北肯定会很难过。要不要过几天就启程呢？

“在想什么？”傅晚歌绝美的脸颊出现在苏小舞头顶上，笑问道。她今天身穿白布衫，淡雅清秀，从苏小舞这个角度看去，傅晚歌就像是镶嵌在背景是淡蓝色的天空中的工艺画一般动人。

苏小舞嘿嘿一笑，直起身坐了起来，看了看天色道:“要准备今晚的陷阱了吗?不知道今晚那个血隐会不会还来呢！”自从血隐刺杀她失败，被当成垃圾一般扔到庄门外的那天起，已经过了五天了。也自从慕容云霓拜访之后，过了五天了。送情报给水涵光的布衣卫到现在都没有消息传回，而慕容云霓也再无音讯，据傅晚歌拿回来的情报看，慕容云霓也已经五天没有在“风月无边”出现过了。

不过撇去慕容云霓这边不谈，血隐倒是每天晚上三更必定光临，搞得苏小舞和傅晚歌都已经好几天没睡好觉了。

真是的，不是说取消了对她的追杀令吗？还每天为了知道她是怎么燃起青色的火焰，锲而不舍的每天都来烦人，不过正好拿来给傅晚歌当陪练，顺便当陷阱的试验品。现在偌大的布衣山庄南苑，已经被她和傅晚歌改造成凶险异常的地方。

想到她们每天都拿那个血隐寻开心，口口声声地管他叫雪人儿，而他正经八百地回答道：“不是雪人，我是血隐！”苏小舞就想捂着肚子狂笑。

苏小舞自己开心了一会儿，才发现傅晚歌并没有回答她的话，而是定定地看着她，满脸是不同于常日的激动。

“晚歌姐，我脸上有什么吗？怎么用这种眼神看我？”苏小舞疑惑地问道。

傅晚歌美眸中闪烁着不知名的光彩，略略惊叹地说道：“小舞，晚歌总以为很了解你了，但是每次都会发现根本不够。每天每天，都能更加带给晚歌惊喜。”

苏小舞满脸都写着问号，伸出手去探了探傅晚歌的额头，喃喃道：“没发烧啊，受什么刺激了？”

傅晚歌抿了抿唇，睁大杏目，郑重其事地说道：“小舞，你知道最新的江湖传言是什么吗？”

苏小舞眼皮一跳，她最怕听江湖传言了，“是……有关于我的？”

傅晚歌点了点头，随后发现苏小舞脸上不自然的表情，“噗哧”一声笑了出来，道：“是关于你的好事啦！”

苏小舞意外地眨了眨眼睛，关于她的好事？说笑吧……关于她的就没有什么好事过。

“小舞，你为什么不跟我说，你是在歧天谷为了救武林同道，用祖传的‘三针制神’激发功力破除了冰神极渊，打败了夏流阳？你为什么不跟我说，你因为动用了这项秘技，失去了所有功力？你为什么不跟我说，你被众人误解却又不解释的原因是因为‘三针制神’是黄泉先生的绝学，你不能随便透露师门，所以愤然离去？你真是不把晚歌当好姐妹啊！”傅晚歌不换气地一口气连珠炮似的说下来，半嗔半喜地埋怨道。配上她特有的柔和声音，简直和唱歌没有什么两样。

苏小舞已经完全听傻了……这是谁编的剧本？还真的太合她心意了！

苏小舞从惊喜中回过神，默默把傅晚歌刚才说的话重新在她脑海里过了一遍，顿时内心疑问满天飞。那个什么黄泉先生又是谁？听上去好像很有名，但是她听都没听说过啊！又不能反问傅晚歌，毕竟传言说这个神马黄泉先生是她师父。而且，最重点的是，为何会传言她的武功是“三针制神”？

她应该没有告诉任何人关于金针的事情，就连当时在她身边的夏生，也仅仅看到的是一枚金针而已。

看着苏小舞满脸不敢置信的表情，傅晚歌以为她被人看穿之后很惊讶，不满地瞪了她一眼，说道：“小舞，如果不是谁看不过去把这件事说了出来，你还打算瞒一辈子吗？”

苏小舞无语中，她不是不想说，而是根本编不出来这么强大的谎言。

傅晚歌见苏小舞无言以对，越发娇嗔道：“连我都一点不说，小舞，你可真是舍已为人啊！”

苏小舞连忙苦笑道：“小舞哪敢啊，只是不能说就是不能说。小舞倒是很奇怪，这些话究竟是谁说出来的？”她都编不出来，怎么告诉她啊？不过她超级奇怪这些这么天才的借口都是谁说出口的。

毕竟她不是不能说吗？那还有谁能说？难道是皇甫非墨？还是慕容云霓？两个人都有可能帮她。不过怎么可能让全江湖的人在一夜之间改变对她的印象呢？

傅晚歌莞尔一笑，道：“其实在这之前就有这种说法，但是说这话的是嵩山派的木羽先生，没有人信他。最近是三清老人站出来说的，他和黄泉先生是好友，自然看不过去朋友的爱徒受委屈。而且随后悬壶轩的端木齐又站出来证明，他是为了想亲自去诊断水涵光的怪病而去的歧天谷，没想到遇上了失去武功的你。还强调说他为你调养了好久才勉强恢复到普通人的能力。”

苏小舞眨了眨眼睛，原来木羽先生这么够意思啊！连端木齐也够朋友！但是三清老人又是谁？她回想了好一阵才想起来这个三清老人正是皇甫非墨的师父。看来皇甫非墨十万火急的告别走掉，原来是为了给她找证人洗脱罪名去了。

可是他为什么会知道“三针制神”这个名字？而且那个什么黄泉先生究竟是谁啊？她怎么平白又多了一个便宜师父？而且，她的师父不是孤钵师太吗？江湖中不是应该对多拜师父分外反感吗？可是她这么多疑问，一个也问不出口。

“小舞，如果你肯早说，就不会背上这么多的恶名，晚歌真是为你不值。”傅晚歌轻叹一声，秀眸透出复杂伤感的神色，轻柔道。

苏小舞不知道如何解释，唇张了又张，无话可说。她不禁开始怀疑这么做究竟对皇甫非墨有何好处。虽然她知道这么怀疑人家太不厚道，但是，她就是克制不住地想，她究竟和皇甫非墨之前见过面吗？除了那次在峨眉山上救了误食毒果的她，应该没有过任何的瓜葛。第一次救她是可怜她，这一次呢？如果为了替她洗刷罪名，反而连累武当派声名狼藉……她可不信他们之间的交情有那么好……而且，他怎么就那么肯定她没有过去？还帮她安排好了师父，如果她真的有师父怎么办？

傅晚歌看到苏小舞无从解释的表情，埋怨道：“你啊，现在可变成江湖红人了，所有人几乎都在讨论苏小舞是谁。”

神马？她已经变成江湖偶像了？苏小舞吃惊不已，“不会这么夸张吧？”

傅晚歌轻笑道：“一点都不夸张。有关于你的消息源源不断地在众人唇边交口称赞，晚歌听了也都很吃惊呢，有些事情你根本都没详细地告诉我。”

估计是不知道被夸大成什么样子了吧！苏小舞可是见识过那个江湖八卦客乐典的功力，再有几个人加工加工，她肯定会被吹得快成神仙了。

“晚歌姐，能不能告诉我外面究竟都是怎么说的？大家都已经知道了夏流阳其实是……”苏小舞试探性地问道。

傅晚歌明亮的双眸忽闪两下，喜怒难分地说道：“三清老人发话之后，夏流阳那个家伙已经招认了。而且其实当时在场的所有人都知道事实的真相，只是碍于师命不得随意外传而已。小舞，你背着这么大的黑锅，九大派和玄衣教真的要好好地补偿你。”

苏小舞耸耸肩，嗤之以鼻道：“他们就没解释为何一言不发？”

傅晚歌尴尬地笑笑道："他们说为了不打草惊蛇，所以才什么都不说。不过，我想也是他们的推脱之词。"

苏小舞撇撇嘴道："那现在呢？他们问出来幕后指使者是谁了吗？"

傅晚歌秀眉微颦，摇头道："关于这点，我爹特意用飞鸽传书询问了华山派掌门尚君诚，对方说夏流阳自己都不清楚，只是知道是个在武林中很有权势的人，或者，至少应该很有钱，因为他给了夏流阳很多钱。"

苏小舞听得直皱眉，武林中很有权势？她看不对吧，是很有钱势才对。"那你爹有没有和你提到过谁比较有可能呢？"

傅晚歌脸上做出不可思议的表情，沉吟了许久才开口说道："我爹他怀疑是慕容玄瑟。"

苏小舞半信半疑道："他不是传说已经死掉了吗？"有可能吗？会是慕容玄瑟？

傅晚歌抿了抿唇，也是一副疑惑的样子，"可是我爹说，武林当中的门派，少有能出的起如此大手笔，收买了如此多的人。即使是布衣山庄，也比不上。"

苏小舞张口结舌，一想到尚君诚那个家伙的作为，就忍不住问道："是不是尚君诚那家伙怀疑是布衣侯在背后操纵？"

傅晚歌平心静气地说道："不用管他们想什么，我们无愧于心就好。"

苏小舞佩服地说道："果然是晚歌姐，小舞就不行了，被人误会，心里其实难过得要死。"

傅晚歌伸出手替她摘去头上粘着的落叶，柔声道："小舞很坚强。晚歌如果处在你的那个位置，被人这么误会，肯定早就崩溃了。你人很好，我爹对你赞口不绝呢！"

苏小舞受宠若惊，不好意思地笑道："是晚歌姐人才好呢，小舞不是什么都没解释，你就接纳我了吗？如果没有你，小舞真不知道怎么办呢。"其实她也是没有融入这个世界里，如果换成一般的江湖儿女，估计也会经受不起打击吧！

苏小舞伸出手，潇洒地拍了拍傅晚歌的肩，然后借力站了起来。

她的嫌疑洗清了，那么云星辰的身份被揭穿也就在这几天了。到时候最受害的，自然是芷春和她未出世的孩子。唉，算算日子，这个可怜的孩子就快降临到世上了。可惜再也没有原来幸福的家庭了。

"小舞，怎么你一点都不高兴呢？"傅晚歌追上来，奇怪地问道。

苏小舞叹了口气道："黑锅弄没了确实觉得很轻松，但是这改变不了那些人之前是怎么对待我的。”

傅晚歌感同身受，陪她慢慢在林间散步，忽然间想起一事道：“对了，丐帮今天派人来了，郑重向你和我爹道歉，邀请了你去三日后的丐帮大会，并赔偿了一些损失……”说到后来轻呼出声，显然后悔刚刚出口的话语。

“损失？”苏小舞停下脚步，认真的看着傅晚歌，“什么损失？”

傅晚歌嫣然一笑道：“没关系，反正店里只是小损失，而且丐帮又已经赔偿了。”

苏小舞定定地看着傅晚歌，拿她没办法地笑道：“好吧，我只是奇怪布衣山庄还有产业，不会是卖布吧……”

“……”

第四十三章 奸诈，会前密谋

“三日后的丐帮大会？邀请我去做什么？”苏小舞和傅晚歌走进小楼，顿觉得室内一片清香。“这是茶香？是什么茶？”

傅晚歌嫣然一笑，走到圆桌前，把茶杯递给苏小舞，笑道：“这是你窖制的‘碧潭飘雪’啊？今天我正好看到爹在喝，好不容易才从他那里磨来一点点。怎么？自己窖制的都不认识了？”

苏小舞接过茶杯，低头品了一口，点了点头道：“还好，不过还没到我的要求，唉，可惜不能再回到峨眉去制茶了，希望夏生他们别忘记我的吩咐。”

傅晚歌在桌前坐下，不可思议地叹道：“还没到你的要求？天啊，小舞，你究竟会多少东西？”

苏小舞喝了一口清茶，耸肩道：“还好吧，怎么？有求于我？”和傅晚歌相处了这么多天，苏小舞自然了解她的每个眼神都代表着什么。

“爹想要卖这种茶叶。”傅晚歌也不扭捏，落落大方地开口说道。

卖？不是买？苏小舞微愣了一下，反应过来之后点头道：“好，给你们，我会写封信……呃，会让你带个口信给峨眉派，相信他们很乐意把经营权给你们。”苏小舞迟一步想到她根本不会写毛笔字，连忙改口，想了想之后说道：“不过我还会制其他种茶叶，还有，上次我蒸馏提纯的酒也可以拿出去卖哦！”她一直想有个合作对象呢，没想到布衣山庄居然有心经商。

“小舞，你一定觉得我们很狼狈吧？”傅晚歌却没有苏小舞想象当中的那么高兴，无奈地垂下头，苦涩地说道。

“狼狈？”苏小舞疑惑不解地重复了一遍，半晌之后才恍然意会到傅晚歌所指的究竟是什么。“怎么会呢？经商也不是什么丢脸的事？”怪不得傅晚歌一直都不和她说这件事，原来是怕她笑话。毕竟在古代，商人很受歧视。大概，也就比从事风尘职业的女子好一点。

“不丢脸吗？那为什么楚小王爷一直都不肯见我……”傅晚歌眼底阴郁一片，显然这件事对她一直影响很深。

“这样的男人嫁他做什么？”苏小舞往两人的茶杯里续热水，冷哼道，“你爹爹很聪明啊，在世上，有钱最现实了。为了钱，人格和朋友都可以出卖。”

傅晚歌知道她所指的是夏流阳，俏丽的面上又恢复温柔的神色，浅笑道：“这也是分人的。”

苏小舞点了点头，道：“这也是，不过还真是少有人能拒绝呢！所以，和你爹说，和我合作条件很苛刻的哦！我也是需要赚钱的。”

傅晚歌举杯，莞尔一笑道：“爹爹说了，条件随便小舞你开。”

这么大方？苏小舞嘿嘿一笑，也举杯和傅晚歌撞了一下，开心道：“合作达成！干杯！”

“干杯？”傅晚歌虽然不清楚这是什么意思，但是也觉得好玩，回撞了一下小舞的茶杯，两人相视而笑。

“对了，你们家是经营什么的？”她之前怎么没听说过布衣山庄有什么产业啊，不过要维持这么大个山庄的开销，估计经商也只是无奈之举。

傅晚歌白璧无瑕的玉容上闪过一丝伤感，良久才轻叹道：“是贾氏商行，都是一些木材生意。”

“贾氏？”苏小舞疑惑地重复道。

“是我故去娘亲的姓氏。”傅晚歌垂下眼帘，轻声解释道。

“对不起。”苏小舞抱歉道，怪不得她从来没有听她提起过她的母亲。原来这就是布衣侯没有子嗣的原因，一直怀念着亡妻。

傅晚歌摇了摇头，柔声道：“我很小的时候，娘亲就去世了，所以我还好。苦的是爹爹。”

苏小舞陪着她感伤了一阵，忽然好奇地说道：“对了，我听说茶叶向来是官家专卖，私人商行可以卖吗？”

傅晚歌淡笑道：“没关系，朝廷已经放宽了地盐、茶等物品的专卖，可以私人自行贸易了。不过小舞的茶叶这么好，肯定能有官家来预定，所以我爹才着急把这个权利先握在手里。”

苏小舞喝茶的手顿了一下，没想到这个布衣侯还是个奸商。呃，还是不要去见他的好。见到了反而不敢随便要价了。

“嗯，回到之前的话题，丐帮怎么想邀请我去参加丐帮大会？”苏小舞还没忘记当时被他们误会的场景，“怎么？我名声一好，嫌疑就自动解除了？”他们不是在开玩笑吧？

傅晚歌轻笑道：“其实龙惊戟一直在为你辩解的。你的名声转好也不过是个契机。大家都相信你不会做的。具体的原因，你去问龙惊戟吧。”

“我去问？”苏小舞疑惑的问道。怎么突然来了这么一句？

傅晚歌唇角勾起一丝笑意，好整以暇地说道：“丐帮来道歉的人，是龙惊戟，他坚持不见到你不回去。”

“不会吧？”苏小舞连忙站了起来，不可思议地说道，“那你这么悠闲的和我聊了这么久？”

傅晚歌学着苏小舞经常的动作，潇洒地耸耸肩，若无其事地说道：“他想等，让他等好了。”

苏小舞一口茶差点没喷出来。

完了，布衣侯先生，你唯一的女儿已经被我带坏了……

苏小舞匆匆告别了傅晚歌，一个人前往布衣山庄接见客人的北苑，傅晚歌小姐借口身体不适，不陪她一起过来了。可是苏小舞知道，她是愧见那个被她晾了至少一个多时辰的龙惊戟。

布衣山庄是由四组各具特色的园林构成，苏小舞来到布衣山庄这么久，才只到过西苑傅晚歌的住处和北苑的听雨楼。

听雨楼是整个北苑中心的建筑，一共五层，在当时的古代已经算少有的高层建筑了。而听雨楼又是重屋结构，是将单层的建筑逐层重叠而构成的整座建筑。这种在层间增设平台结构层，然后形成暗层和楼面，其外檐挑出成为挑台的这种形式在宋代被称为平坐。而在各层上下柱之间并不相通，苏小舞每上一层楼，都会觉得费力无比。因为这种建筑，五层高其实其间含有四个暗层，虽然窄小，但是也一层楼。

也就是等于说，她爬了整整九层楼。苏小舞气喘吁吁地站在楼梯口，心想傅晚歌是在整龙惊戟还是在整她啊？怎么约在这么高的地方，像上次慕容云霓来的时候在一层多好？

苏小舞站在露台上深吸了一口气，居高临下看着布衣山庄的美景让她心旷神怡。呃，她还真是爱死这个山庄了，不知道布衣侯肯不肯收她当义女啊，如果现代回不去了，就在这里当米虫也不错啊……

苏小舞心情不错地转过头，看向观凤阁，瞬间脸色一变。

“龙惊戟！”

龙惊戟龙大少爷居然很随便地躺在一个雕花长椅上舒服地睡着了！

苏小舞左顾右盼地看着周围风景，这里是听雨楼的最高层，四壁全无，只是几根柱子撑住了屋顶，坐在观凤阁的长椅上，就可以尽览布衣山庄的美景。而不远处就是洛水沿岸的风光。

不过，这里还真是四处透风啊……苏小舞的长发被冷风吹得四下飞散，身体不禁冻得抖了抖。苏小舞心下当然知道傅晚歌把龙惊戟晾在这里的小小报复心。可是，傅晚歌！你究竟是在整龙惊戟还是在整我啊？

不行，布衣侯，你女儿恶作剧的级别还是太低，等我调教调教之后再还给你。苏小舞心内暗暗发誓。

“小舞，我真没想到你是个女孩儿。”被惊醒的龙惊戟双目炯炯有神，上下打量着女装打扮的苏小舞，“而且没想到你居然这么漂亮。”

苏小舞“啊哈”了一声，翻了翻白眼，这男人是在夸人还是在损人？她听不懂。

“呃，对不起……总之一切的一切，对不起。”龙惊戟见苏小舞没有再说话，吐出一口气郑重地道着歉。

“我想知道，为何我的嫌疑彻底洗清了？别告诉我是因为什么江湖传言。”苏小舞疑惑地问道，她倒是非常好奇这点。

龙惊戟笑道：“当然不是，是因为有人站出来作证了，说当晚亲眼看到你被人打晕。”

“哦？”苏小舞疑惑地拖长声调，“那么，为什么他不早点站出来说呢？”不是她多疑，而是当晚那种情况下不说出来，事后说又有什么用？她差点就被蔡羽山那个狐狸眼杀掉啊！

“而且眼睁睁的看着我被打晕？不出来救人？”苏小舞停顿了片刻，又立即愤愤不平地说道。

龙惊戟微皱眉头，苦笑道：“小舞，他看到你被人打晕，本来想立即出去阻止的，但是等他反应过来时，打晕你的那个人已经掠走你了。据他说速度很快，而且由于太黑没有看清楚对方的面目，如果不是你一身月牙白的衣服很明显，他也许根本都注意不到。”说罢停下来看了看苏小舞的脸色，不习惯向人低头的龙惊戟显然很不自然。

“然后？”苏小舞索性跷起二郎腿，也不管这样破不破坏她好不容易被傅晚歌打造的淑女形象。

“然后他就迅速去找李长老，而李长老当晚又喝多了酒，好久之后才醒过来。这时候就听到别人说出事了。”龙惊戟拿出少有的耐心叙述着，“他们赶到现场的时候，根本挤不进去，也不知道发生了什么。只看到你被人关进地牢里之后，才知道出了什么事。所以当天晚上，就来找我说明白了。”

“就这样？”苏小舞郁闷地咬着指甲，她就那么被关在那个臭气熏天的地牢里，没找到罪魁祸首她非常不爽。

龙惊戟摊摊手，苦笑道：“等我明白了事情的来龙去脉，赶紧去地牢那里放你出来……”

苏小舞无奈地续道：“因为我不在了吧？”

龙惊戟点了点头，沉声道：“所以我不知道怎么办了，蔡羽山坚持说你是畏罪潜逃，说李长老他们说的话是我在背后授意的……”龙惊戟说完深深地叹了口气，他显然是不擅于处理这些事，用力地抹了抹脸。

苏小舞仔细看了看他眼底深深的黑眼圈，知道这些天他过得并不轻松，压力让本来神气十足的他颓废了好几个等级，“是布衣山庄的傅晚歌救了我。”她知道傅晚歌对外都是这样说的，把皇甫非墨从这件事里面去除掉，听她说这是皇甫非墨自己要求的。

龙惊戟洒然一笑，道：“可以原谅我吗？贤弟？”

苏小舞听到久违的称呼，呆了一呆，释然一笑道：“原谅你啦，换作我那个时候也会迷茫一下。不过，凶手是谁查出来了吗？”

龙惊戟脸上现出思索的神色，摇头道：“还没有，当时几乎所有人都有人证明自己不是凶手……”

“哦，不在场证明。”苏小舞了解地点了点头，随后又奇怪道：“为什么几乎所有人都有不在场证明？这有点不对劲吧？”

“蔡羽山正聚集了一些人，商量该如何给陆帮主过寿，我当时和其他几个长老在外面喝酒刚刚回到总舵。”龙惊戟摩挲着他那已有短须的下巴，皱眉道。

不对啊？难道蔡羽山能收买那么多的人吗？苏小舞顺着垂在胸前的长发，想不通索性就不想了。“来邀请我参加丐帮大会？用不着吧，我去岂不是很尴尬？还有，开丐帮大会是要做什么？”

龙惊戟低低叹息，声音低哑，带着明显的疲倦之意，“首先是想找到究竟是谁害了陆帮主，再来就是要选新帮主。三天前就定下来了，周边城市的丐帮分舵主都往洛阳而来了。”

“选新帮主？”苏小舞问道。

龙惊戟点点头，道：“向来帮派掌门帮主的选定还是遵循上一任帮主的遗命，小舞，陆帮主临终前，有没有说凶手是谁？或者决定让谁接任丐帮了吗？”

苏小舞看着龙惊戟期盼的眼神，想到怀中的藏宝图，摇了摇头道：“没有，他什么都没来得及说。”

龙惊戟叹气道：“果然没有。好吧，那现在就要让大伙儿选吧。”

“那么，怎么选？”苏小舞好奇地问道。

龙惊戟笑了笑道：“老规矩本来应该是四大长老推选的，但是陆帮主本来就是原本的四大长老之一，现在就只剩李长老还在世。我和羽山曾经去请李长老出任帮主，可是他推说年老力衰，不堪重任。所以大家推选候选人，然后举手表决。”

苏小舞无语，叹了长长的一口气，才说道：“这样根本不公平，好多人都碍着人情，当面举手表决？算了吧！”

龙惊戟看到苏小舞嗤之以鼻的神情，反而期待地问道：“那贤弟可有妙招？大哥求教啊！”

苏小舞翻了翻白眼，今日才确定这男人为什么根本看不出她的男装打扮，原因是他根本不把她当女孩儿。“简单，采用选票制度。”看到龙惊戟满脸迷茫，苏小舞想了想，接着解释道，“就是选举的时候，每个人发一个炭条和一张纸。然后每个候选人身上别一个圆圈、方形或是十字叉叉的标盘，谁想选谁，就私下画好了，走到前面投入一个箱子里面。最后当众开箱数票数，不就出来了吗？”

苏小舞看着龙惊戟双目随着她的话语，越来越目光烁烁。等她说完之后，一下子从椅子上跳了起来，冲到她面前，大力拍着她的双肩道：“好办法好办法！贤弟果然大才！大哥今天没有白来！”

苏小舞忍着肩上的痛楚，没想到她随口说的方法也能行啊？她可是考虑了丐帮兄弟们不会识字，否则应该更加严密些才能防止有心人做手脚。

龙惊戟半蹲下身，与苏小舞平视，认真地说道：“贤弟，丐帮大会的时候过来吧。好多人都等着见见你呢，传说中的苏小舞苏掌门。”

“苏掌门？”苏小舞诧异地重复道。

龙惊戟嘿笑道：“峨眉派的孤钵师太放话了，绝不承认你私自的决定。唉，可惜啊，要不然大哥定要把你劝到丐帮来。”

苏小舞心里一阵温暖，但是仍然摇了摇头道：“当晚那么多人在场，都一致认定是我杀了陆帮主吧？这丐帮大会，我去不好吧。”

龙惊戟呵呵一笑，道：“哪有的事？当晚的事没有多少人在场，又被我下严令在情况未明的时候禁止外传。所以没有多少人知道那个是你，很多人还以为只是那个‘小五’而已。苏小舞现在可是如日中天的江湖红人，帮内本来就消息灵通，已经有至少四个版本关于你的故事在帮内流传了。怎么样？帮不帮我？”

汗，原来在古代，传媒业的影响也是巨大的。苏小舞迅速在脑海中衡量了一下形势，发觉这是个很好的机会可以助龙惊戟把丐帮收入囊中。叹了口气，苏小舞点点头说道：“好吧，我去帮你，这个方法还有很多地方需要注意，你我需要多加考虑。而且最重要的是如何让其他人接受用这个方法选帮主。”丐帮还是很民主的帮派嘛，所以她提出的这个选票制度，如果是在公众场合提出来的话，应该不会有人拒绝。

“还有，我还会教你一些如何拉票的方法，很管用的哦！”苏小舞自信心十足的微微一笑，反拍了拍龙惊戟厚实的肩膀，她就不信了，用美国总统拉选票的一点点技巧，征服不了一个帮派！

“大哥就靠你了！”龙惊戟和苏小舞两人相视一笑，荡气回肠。

第四十四章 选举，丐帮大会

十月二十二日，几乎所有洛阳城的百姓都发现城里的乞丐多了起来，城内三三两两游逛的全是衣衫褴褛的乞丐。御道上的商行有大半没有开门，就是怕被乞丐洗劫。

商人们聚集在一块，互相打听，有消息灵通的告诉众人，今日就是丐帮大会，将会决定新的丐帮帮主是谁。众人不禁暗自在心中揣测，新任的帮主究竟会是谁？

丐帮总舵一改之前的冷清，门前熙熙攘攘的全都是各地赶过来的乞丐，总舵进门之后的大广场里面也都或站或坐着许多乞丐。

“小骆子！你坐在那里干什么？那是给长老们和客人们准备的椅子！”

骆颜打了一个哈欠，充耳不闻，换了个姿势继续在椅子上闭目养神。丫的，昨天晚上被蔡羽山叫去画圈圈和叉叉的纸条画了一晚上，也没和她解释到底做什么用，她累着呢！

再说了，长老们不是还没入场嘛！她在这里坐一会儿怎么了？骆颜微眯双眼，扫了一眼全场的形势，又继续心安理得地闭上双眼。

如果不是因为那个“小五”，她至于任务失败，被蔡羽山一直奴役到现在吗？没错，都是怪那个“小五”！

“喂，你听说了没？今天的大会，布衣山庄的大小姐傅晚歌会出席。而且，那个传说中的苏小舞也会到场哦！”骆颜身边不远处传来兴奋的交谈声，让她不禁竖起耳朵注意倾听。

“啊？那个苏小舞也会来？天啊，我可要好好看看苏小舞长的什么样子。她可是武林奇女子！”

奇女子？骆颜撇撇嘴，嗤之以鼻。他们不用这么夸张吧？不过是年纪轻轻就当上了峨眉派掌门？那个峨眉派又算什么？只不过是个小门派，何况还是个代理掌门。

“是啊！听说她在歧天谷以一人之力力挽狂澜，舍弃了一身武功，救了所有人。还宁愿被人误会，也不愿意违背师门誓言。真英雄也！”

切！说的也太玄乎了吧？骆颜继续在心中鄙视着，她才不相信会有这么傻的人。舍弃全身功力？还宁愿背黑锅？说神话呢啊？

“是英雌才对。听说她还是我们帮龙哥的义妹呢！”话语间全都有荣焉的自豪。

义妹？骆颜半睁开双目，头脑中开始回想她在丐帮以后，好像没有见到过龙惊戟还有义妹？听都没听他说过啊？义弟倒是有一个……

苏小舞……小舞……小五！难道说，那个害她没有完成任务被蔡羽山耻笑的那个人就是苏小舞？骆颜刚刚想通此事，正要站起身找龙惊戟问个明白，就听到门外的喧哗瞬间安静下来，两个曼妙的人影走了进来。

其中一个迷人之致的美女一身素绿的衣裳，腰配长剑，气质高贵淡雅。骆颜一眼看去，便知此人就是她当日欺骗的美女，布衣山庄的大小姐傅晚歌。她身边和她气质容貌不相上下的一人，一袭浅黄色的罗衣襦裙，外加御寒披风，分外强调出她绝世风华与起伏优美的轮廓线条。体态优雅，神色娴静，远远看去有种说不出的轻盈潇洒。骆颜仔细看去，正是当初在丐帮混了许久的那个“小五”。

两人落落大方地和众人打着招呼，一路款款走来。

骆颜“啪”的一声掰断手中的炭条,脸上全是不甘心的表情。这就是苏小舞吗？哪里还有和她天天说笑的那个“小五”的半分影子？

这是那个任她欺负从来不回嘴的“小五”？这是那个每天对着家禽露出阴险笑容的“小五”？这是拥有奇怪功力的“小五”？

“小骆子，快把地方让开，长老们也都来了。”旁边有人小声喝道。

骆颜狠狠地瞪了一眼已经站在她面前的苏小舞，而后者只是风轻云淡地微微一笑，风姿卓越。

骆颜垂下眼帘，挡住了眼内的精光，避往一旁而去。

苏小舞奇怪地看了一眼神情落寞地走到一边的骆颜，刚才还张牙舞爪的她怎么一下子就变成这么温顺?

“小舞，怎么了？”身旁的傅晚歌好奇地低声问道。

苏小舞淡淡地摇了摇头道：“没事，我们入座吧。”她内心其实暗爽至极，她这可是和傅晚歌一起享用的是偶像级待遇啊！就差在走过的路上铺上红地毯了……

傅晚歌不着痕迹白了苏小舞一眼，显然是看不惯她在外面假模假样的姿态。

苏小舞回了她一个更加明艳动人的笑容，意思是她傅晚歌大小姐也是在外面一个样家里一个样，以为她没听出来她的声音比平常要柔和上一点五倍吗?

两人交流了一个“彼此彼此”的笑容中坐在广场北侧的主位之下，苏小舞此时才有空观察场内的形势，发觉乞丐分堆聚群般的把能容纳近千人的广场都挤满了。而且服饰有的光鲜有的褴褛，语音语调都各不相同，一看就是从各地连夜赶来的。人人脸上虽然风尘仆仆，但是都神情兴奋。

看来没有人关心陆剑铭的身死啊。想起那晚的情况，苏小舞脸上掠过一丝悲伤。人死灯灭，他们自然要往前看，而且谁当丐帮下任的帮主，直接关系到他们每个人的利益。

“小舞，看来不止是我们来了啊，我看到洛阳城旁边好多能赶来的帮派都派人来了。”傅晚歌和苏小舞一样环视了一圈，可是她眼中看到的内容显然和后者不一样。

苏小舞一愣，顺着她的视线看去，只见她们座席的右侧不远处还有一排座席，稀稀落落地坐了几个宾客。苏小舞正要收回目光，发现其中有一人正热情地朝她摆着手。

“嵩山派的木羽先生？”苏小舞轻呼道。看到他身上的穿着和一般乞丐没有什么两样，心下寻思着要不要把酿造葡萄酒的秘方赠给他，毕竟他也算她的朋友，在她艰难的时候也肯站出来替她说话。

“木羽先生怎么了？”傅晚歌轻声问道。

苏小舞莞尔一笑道：“因为我想起来曾经喝过木羽先生自己酿制的一种酒，很像西域的葡萄酒。没想到他自己就能酿制。”

傅晚歌美目一亮，再望向木羽先生的目光显然就不一样了。

很好很好，傅晚歌同学也隐隐有了商人的架势，她这些天没有白白培训啊！

苏小舞同时也注意到，龙惊戟和蔡羽山各带着几个人，在广场上来回同各地赶来的丐帮众人问着好。

看来，她教给龙惊戟的拉票学问，蔡羽山同学也学得有模有样啊！苏小舞同时还发现，蔡羽山身上的衣服干净又整洁，而龙惊戟的衣着却相对于他稍微邋遢破旧。而且两人谈话的对象也有着不同，壁垒分明。

吓？他们也挺会分的，一个净衣派一个污衣派。

显然是污衣派人数众多，但是净衣派说话的权利要更大一些。不过，苏小舞微微一笑，她给龙惊戟说的那种选票制度，看来他理解得很透彻。

何为选举？就是每个人都有投票的权利，而且还不用顾忌人情，想选谁就选谁。别看他们现在表面上笑呵呵的都说没问题没问题，到时候一定选你，谁知道一会儿他们写在纸条上的是什么？

所以这种制度是对龙惊戟很有利，就是不知道他是用了什么方法让蔡羽山答应用这种方法竞争丐帮帮主的。

“咳！大家静一静。我们开始开会了。”不多时，一个年逾五旬的老人走到主位座席前方，做出手势让在场众人静下来。他留着一丛花白的胡子，身材白胖，要不是他身穿一件破破烂烂、全身都是补丁的衣服，还真像是某家的土财主。他口气随意，想来丐帮从来开会的时候都是这样，一点都不正式，丐帮大会也如此。苏小舞还注意到，他腰间别着的就是帮主的标志，那根绿竹杖。

“我是丐帮长老李古丁，大家都知道今天来的目的吧？那我就闲话少说，大家先把新帮主选出来，然后让新帮主替我们做主，找出究竟是谁杀害了陆帮主！我就把这绿竹杖交给他！”李古丁懒洋洋的一拍腰间的绿竹杖说到，像是交待任务一样噼里啪啦把投票的规则解释了一遍。

苏小舞把视线投往一旁站着的蔡羽山身上，只见他神情再自然不过了，连眉梢都没动一下。而蔡羽山反而感受到苏小舞的视线，一眯狐狸眼，朝她暗送了一个秋波。

寒，苏小舞久违的恶寒感觉又回来了。

苏小舞赶紧转移视线，注意观察场中乞丐的神色，发觉几乎所有人听上去都有些不耐烦，肯定都私下打过招呼了，都已经知道规则是什么样的了。

而反倒是过来做客的众派代表一头雾水，经过旁人耐心解释之后，方恍然大悟。表情倒是神情不一，有的佩服丐帮真乃天下第一大帮，居然选个头头还要征求大部分人同意。有的则心下暗暗不以为然，想他当掌门还需要旁人同意吗？有的人却内心暗想如果换成自己在如此状况之下，也能把这种权利下放给帮众吗？

傅晚歌附耳过来轻声说道："小舞，你是怎么想到这么好玩的方法？又公平又有趣，选出来的帮主又有帮众爱戴。晚歌自从得知这个法子之后，思索了好久，却也没想到有什么缺陷，真是好方法。"

苏小舞高深莫测的微微一笑，心下暗想这方法被验证了多少年了，选出来的那都是一国之主，只不过这种惊世骇俗的历史她还是少说为妙。

"今日到场的两位小姐就是此次投票公证人。"李古丁长老继续絮絮叨叨地说着，声音也不见得怎么大，但是却能让容纳近千人的广场上鸦雀无声，甚有威势。

苏小舞暗赞一声龙惊戟学得真快，居然连公证人都内定好了，怪不得让她和傅晚歌坐在主位下方的位置呢。而这位李古丁长老，大概就是龙惊戟提到过的那位李长老。

"经过几天的调查，大家都推龙惊戟和蔡羽山两位兄弟为此次帮主的两位候选人。那么按照规则，我现在宣布代表龙惊戟的符号是十字，代表蔡羽山的符号是圆圈。每个人都在进门之前领到了一张纸片和一小块炭条，请在纸上写好你所选择的符号，叠好之后投入到两位小姐面前的红箱子里。请在午时之前投票，逾期视作弃权。"随着李古丁的话语，一个特大的红色箱子放在了苏小舞和傅晚歌面前。

午时？苏小舞脸上有些僵硬，难道她要在这里接受众人的注目礼一直忍受两个小时吗？

李古丁的话音刚落，广场上已经一片哗然，有些人已经低头偷偷的开始画符号，有些人则大大方方地聚堆一起画下选票以示自己的立场。

苏小舞看在眼内不禁暗暗摇头，看来这种选票制度在这个时代还是过于理想化。因为没有先进的投票工具辅助，她也只有暗暗祈祷龙惊戟能顺利当选。

但是还是没有人走过来投票，都是处于观望状态。

苏小舞偏过头，看着站在她身边的两个候选人，身前已经被李古丁别上了代表各自符号的白纸。两人均笑容满面的卓立当场，显然都是胸有成竹。

呃，感觉有些搞笑……苏小舞暗自后悔为什么没有给他们弄什么条幅，弄点口号来的搞搞，或者弄宣传马车全洛阳的大喇叭广播："请投 XXX 一票，请投 XXX 一票，丐帮的未来掌握在你的手里……"云云的，保证够效果。

唉，时间还是太仓促了，龙惊戟能说服其他人接受这么个疯狂的想法，都已经是让她刮目相看了。嗯，等下个四年大选的时候再这么搞……呃，好像不对，帮主好像是终身制的，如果是蔡羽山当选了，她要不要说服众人再接受个惊世骇俗的规定？来个四年一轮换制？污衣派和净衣派轮流管理丐帮？

不错啊，这和资产阶级的两党制非常像！

苏小舞想得眉飞色舞时，忽然察觉到已经有人鼓起勇气站到红箱子面前了。

抬头给了这个涨得满脸通红的小乞丐一个甜美的微笑，苏小舞谢谢他为了丐帮进化成"资产阶级"迈出了第一步。

"啪！"小乞丐把叠得整整齐齐的小纸块扔入箱内，发出一个细小的声音。

苏小舞带头鼓起掌，广场上一时气氛热烈。有了第一个投票的人，那么后来的人就越发多了起来。李古丁主持众人投过票的转到另外一边，和龙惊戟与蔡羽山拍拍肩，或者说两句话，还真有点选举的味道。

"小舞，有点不对劲。"苏小舞正看得开心，旁边忽然传来傅晚歌的细语声。

苏小舞内心一咯噔，也不望向她，还是面色如常地向投票的乞丐们绽出笑容，微微挪动唇角，带有疑惑的"嗯"了一声。

"这箱子有人做了手脚。最最开始的几个声音不对头。"傅晚歌低头拿起茶杯做喝水状，用传音入密的方法说着。

神马？苏小舞知道以傅晚歌的武功，如此近距离的情况下，如果有问题她绝对能听出来。更何况最开始那个小乞丐投票的时候，场上是一片寂静。

箱子有做手脚？苏小舞微眯双眼，仔细看着她们面前的这个红箱子，想不通怎么做手脚。这个箱子大概有半人高，外面用红纸糊得整整齐齐，最上面的投票口有两个指头并起来那么宽，一点都看不出来有什么不对。

"小舞，最开始的那几个声音，都没有掉到箱底，而是好像在纸箱的中间那里。"傅晚歌放下茶杯，掏出手绢慢条斯理地擦拭着唇角。姿态优美至极，看得几个投过票的乞丐一时都回不过神。

苏小舞一点就通，心想好啊！还没开始实行资本主义呢！你们就学会弄虚作假了？

第四十五章 内幕，暗箱操作

红箱子前排成了一条长队，丐帮众人有说有笑的等待着队伍慢慢前进。

苏小舞一边面带微笑一边心下迅速回想刚才都发生了什么。一开始那个李古丁介绍规则，然后宣布她和傅晚歌是见证人，再来是公布龙惊戟和蔡羽山的姓名符号，最后才搬来投票用的红箱子……

等等，是宣布姓名和符号之后搬来的箱子，那么就是说，很有可能在箱子里面做手脚。而根据傅晚歌所说，大概就是在箱子里做了夹层，等记票的时候从箱底打开，里面的选票当然就是之前预备好的。

而事先不知道符号是如何分配的，那么就准备两个箱子就好了。听到李古丁宣布什么，就搬哪个箱子出来就行。或者，直接买通李古丁更方便。

苏小舞看向一旁维持秩序的李古丁，后者一脸平静淡然，花白的胡子一颤一颤地抖着，和众人说着话。

个个都是老狐狸啊，苏小舞也顺势瞟了一眼两个候选人。蔡羽山正在和人称兄道弟，哥俩好的状态十足。而龙惊戟则和人谈天说地中，一副其乐融融的景象。

究竟是谁做的手脚？苏小舞的视线在两个人身上看来看去，也猜不准是谁的嫌疑更大些。

按理说应该是蔡羽山同学列为首号嫌疑犯，但是也不能完全排除掉龙惊戟，也许是他的“智囊团”帮他出的主意。

不过，还是应该蔡羽山的嫌疑更多些。明显是龙惊戟占了上风，后者犯不上冒这种万一被发现的险。

“怎么办？”傅晚歌笑语盈盈道，口气却是充满担心。显然想法和苏小舞一样。

“不知道。”苏小舞端起茶杯，摇头叹道。

两人身怀心事地看着丐帮的众人一个接一个地从红箱子面前走过，束手无策。

“贤弟，怎么了？突然间脸色很难看？”龙惊戟走过来关心地问道。

苏小舞一愣，知道自己控制情绪的能力还是不到家，抬起头勉强一笑道：“没事，只是有些担心结果。”她话一出口，便引起龙惊戟哈哈大笑。

蔡羽山闻声朝这边看来，脸上全是注意的神色。

苏小舞不解看去，只见龙惊戟洒然一笑道：“担心什么？我和羽山谁当丐帮帮主，另一个人都会心服口服，尽心尽力地辅佐新任帮主的。天下第一大帮，谁也不会辱没了这个名声！”

一番话说得铿锵有力，顿时引来众人鼓掌叫好。蔡羽山脸上表情瞬间僵硬，之后连忙说几句漂亮话，但是已经落了下风。

苏小舞当场就看到有几个一直犹豫不决的人低下头画好了选票，站到排队的队伍里。选的是谁，自然不用去想。

天啊，这龙惊戟简直就是天生的竞选者，善于把握任何机会，没有机会也能创造机会。苏小舞瞬间就明白了，这选举箱里面的手脚绝对是蔡羽山做的。

龙惊戟这种人是绝对不会允许这种污点出现在他的政治生涯中……好吧，是帮主生涯中。重要的一点是，这家伙根本不会想到用不正当手段来赢得帮主之位。

苏小舞和傅晚歌交换了一个眼神，均看到对方眼中的无助。

“小舞，如果最后我们揭穿怎么样？”傅晚歌仍然传音入密中。

苏小舞摇了摇头，心想如果蔡羽山既然这么做了，自然有后招，肯定不能让她们顺利地把内幕就这么随便的披露出来。

这还真真是暗箱操作。苏小舞暗自诅咒着，为什么人的劣性根从古至今都是一样的？

时间在一张张选票投入箱中渐渐而过，大概还有半个小时左右到午时的时候，广场上几乎所有人都已经投过票了，正三三两两地聚集在一起聊天。广场的左侧放了一排的长桌，上面摆放了很多清水和小吃，给没有用餐的群丐提供饮食。好多人拿着吃的站在当场边吃边聊，颇有露天鸡尾酒会的味道。

李古丁看样子是要遵循一开始的诺言，坚持到午时才开箱验票。

苏小舞无心吃喝，定定地看着面前的那个红纸箱子。

“小舞，别担心了，你这样看着又有什么用呢？”傅晚歌轻柔的声音传入耳内，令苏小舞灵机一动，她不是可以移动轻小的物体吗？如果等大家选票都投的差不多了，她可以把上下层的选票调换一下。

其实她更想把下层那些赝票直接全部瞬间移动走，但是她到现在的能力有限，只能把物体凭空移动最多几十厘米。难道让她把赝票都转移到空地上吗？真是的，失策啊，要是她带包来就好了，放在箱子旁边，肯定能把那些票转移到包里面。

苏小舞深吸了一口气，把注意力全部集中在选票箱上，就这么愣愣地看着。

傅晚歌也察觉到她的不对劲，本想让她不用这样担心，但是一想到苏小舞之前的作为，便暗暗祈祷她能有所办法解决这个问题。

“午时已到！投票截止！”李古丁苍老的声音在广场上响起，立刻使喧闹的广场静了下来，人人均望向苏小舞和傅晚歌面前的那个纸箱，那里面承载了丐帮的命运。

“两位小姐，可以了吗？”李古丁走到她们面前，拱手问道。

傅晚歌看了一眼苏小舞，默不做声，意思是看苏小舞发话。

苏小舞回过神，用手背擦了擦额头上的细汗，淡笑道：“当然可以。呵呵，这天气好像很热哈！”

很热？李古丁疑惑地看了一眼头顶上几乎没有任何热度的太阳，暗暗摇了摇头，心想苏小舞看来是失去武功之后身体也变得很差了。

李古丁一摆手，过来两个乞丐把纸箱搬走，也带走了众人的目光。

“做了什么？”傅晚歌见众人都不再注意她们，索性附耳过来问道。

“嘿嘿，我把里面两层的内容调换了一下。”苏小舞笑嘻嘻地说道，她这个才叫暗箱操作，绝对任何人都比不上。

傅晚歌不可思议地看了她一眼，把就要脱口而出的疑问压了下去，心想等回去再问她也不迟。不过此时她却在内心暗暗佩服苏小舞“师尊”黄泉先生的武功超绝，想苏小舞几乎失去了全部功力还这么厉害，那她未失去武功的时候简直就不可想象。

苏小舞却无心察觉傅晚歌的心思，她注意到那两个负责搬箱子的乞丐确实是从纸箱的下边开箱，然后把选票倒在桌子上之后把红箱子放在了一边。

这两个人肯定是被收买的，苏小舞撇撇嘴。傻瓜才感觉不到那箱子里还有一半的选票没有倒出来。

李古丁又叫了几个人一起整理选票，又让大家稍安勿躁，可以四处走动走动，结果要最少半个时辰之后才能整理出来。可是在场的乞丐没有一个离场的，很多人都席地而坐，眼巴巴地看着前面。

苏小舞注意到负责计数的几个乞丐都是面目清秀，文质彬彬，一看就是有所学识者，至少要会计数吧。而这里面十有八九也是蔡羽山这边净衣派能巴结收买的对象。

看来事情也没有她想象得那么一边倒的状况，蔡羽山没有枉费他长了那双狐狸眼。

苏小舞叹了口气，她已经尽了最大的努力了，把箱内的选票换了一下，为的只是投票的公证性。如果龙惊戟还是输了的话，那她就要考虑从另一个方面打击蔡羽山了。例如，一定要查出陆剑铭到底是怎么死的……

太阳慢慢朝西方的天空移去，时间在众人热切的期待下分外难熬的一点点流过。当广场上一小半都被房屋的阴影罩住的时候，整理选票的小组终于把最终的结果誊写到一张纸条之上，叠好了交给李古丁。

此时在场众人的目光全部都集中在李古丁身上，后者干咳了几声，缓缓打开手中的字条，仔细地看了看。众人都摒住呼吸观察他脸上的表情，却发现他的脸色没有一丝变动。

"呃……根据门口的兄弟统计，此次丐帮大会共到场九百四十三人。整理出的选票共九百二十一张，就是说有二十二个人弃权。古丁不知道为什么这些人不珍惜自己的这次权利，但是这样子不太好啊……"李古丁沉默了一会儿之后，便开始拿着纸条唾沫横飞，在场的近千人个个听得想吐血。

唐僧啊！真真一个唐僧转世。苏小舞忍受着魔音穿脑，转过脸去看龙惊戟和蔡羽山的表情。果然见蔡羽山脸上的表情相当不自然。

想想就知道了，蔡羽山他也许能预测或统计出来到场的人数有多少，但是弃权的人数，他是怎么样也蒙不准的。

李古丁的话语一出，蔡羽山就能确定自己原来的安排已经彻底失效。虽然不明白怎么会变成这样，但是事实摆在眼前，蔡羽山不由得脸色僵硬。

只听李古丁唠叨了很久，终于说到正题"下面公布结果，龙惊戟五百三十一票，蔡羽山三百九十票，最后结果是龙惊戟当选丐帮新任帮主！”

李古丁的话语还没还未说完，广场上就已经响起震耳欲聋的欢呼声。群丐竹竿敲地的声音振动整个广场，龙惊戟的拥护者们互相庆贺着，比自己当选了还高兴。

龙惊戟立刻开始和众人拥抱答谢，一派帮主之姿。蔡羽山则勉强的保持着笑容，和龙惊戟说着恭喜的话语，就是不知道这里面有几分是真是假。

苏小舞和傅晚歌相视一笑，后者笑道：“小舞，恭喜你。”

“怎么恭喜我？”苏小舞疑惑地问道。

“忘了你的目标吗？这可是一大助力啊！”傅晚歌掩唇轻笑道。

苏小舞毫不掩饰自己的目的，点了点头微笑着。确实，她帮龙惊戟虽然是朋友的缘故，但是也是互利互惠。如果是龙惊戟顺利当上丐帮帮主，又加上她现在的名声，她再有目的性的混上一段时间，利用某个契机开个武林大会应该还是可以期待的。

可以回家了啊，苏小舞仰头看向已经变得有些昏黄的太阳，纵使世界再变，这颗太阳也永远没有什么变化。

“啊！”正在一片几家欢喜几家愁的气氛中，一个不和谐的惨呼声响起。

众人闻声望去，立刻愣住了。只见一个小乞丐跌倒在投票用的红箱子面前，抱着脚呼痛。

但这并不是众人惊呆的原因，令能看到发生什么事的人呆若木鸡的情况，却是因为在纸箱最上面的开口处洒出来的几张选票。

苏小舞内心暗叫不好，这个小乞丐不就是那天冲撞傅晚歌的那个小骆子吗?绝对是蔡羽山那边的人。

现场一片寂静，能看得到状况的人全部都瞬间失去了思考能力，显然没有任何人能预想到会发生这种情况。外围的欢呼声仍然一浪高过一浪，反衬着这里讽刺性的古怪沉默。

“投票箱有问题！”几秒钟令人窒息的寂静之后，有人抢先高呼，现场仿佛魔咒破解了一般，顿时乱成一团。

龙惊戟瞬间想明白了蔡羽山想要做什么，脸色难看至极。

苏小舞和傅晚歌面面相觑，面如死灰。千算万算，漏算了蔡羽山对这个位置的渴望程度。居然让他逮住机会反咬一口，现在反倒是龙惊戟弄虚作假了一样。

“投票箱有问题，蔡羽山请求重新记票。”蔡羽山眯起他那双狐狸眼，一反刚才失落的神情，悠然自得地说道。

第四十六章 应急！竞选演讲

原本欢腾的广场慢慢静了下来，没看到发生什么事的人迅速也从前面得到消息，原本支持蔡羽山听到结果消极的人，又恢复了精神，大声质疑着。

李古丁的脸色也相当难看，想来是觉得在这样的场合居然会出现如此状况，丐帮的脸面全部都丢尽了。

“开箱验票！”李古丁一反刚才的絮絮叨叨，掷地有声地喝道。

几个人慌慌张张地把纸箱子当众扯开，果然看到一个夹层赫然出现在众人面前。

蔡羽山假装惊讶，诧异道：“这是怎么回事？怎么会有夹层？”

龙惊戟面色凝重，沉声道：“我也同意重新验票。”为何会发生这样的事？如果是蔡羽山作弊，也不应该是刚才从下面弄出来的选票是他获胜啊？

虽然他一头雾水，但是也隐隐约约地知道蔡羽山下一步想要做什么。可是这是个更加阴损的黑锅，龙惊戟不禁对蔡羽山暗自唾骂，知道他很无耻，但是没见过这么无耻的。

蔡羽山确实也没有龙惊戟想象的那么很无耻，其实造成这样的效果是他也没想到的。刚才还觉得自己设下的手段可能被龙惊戟识穿，直接调换了箱子。

谁知道幸亏小骆子不小心踢翻了箱子。他不管这是怎么回事，现在形势对他有利，他必须把握住。

不过小骆子真的是不小心吗？蔡羽山看过去，只见骆颜正朝他偷偷露出笑嘻嘻的神色。蔡羽山多疑的内心不禁开始暗自揣测。

苏小舞怎么就没料到蔡羽山还会反咬一口。这下好了，她本来好心帮忙，结果反而给龙惊戟添乱。心急如焚地看着那些人又开始点票，众人看向龙惊戟的目光也从原来的崇敬转为怀疑，她此时想撞墙的心都有了。

“没事，不是你的错。”傅晚歌伸过手来握住她的，柔声安慰道。

“可是……”苏小舞紧咬下唇，这确实是她的错，而且还无从解释。除了傅晚歌，谁会相信她能凭空把选票调换？就算能让她当众表演一下，她也弄不出来了。因为她这种异能也是有限制性的，还是摸索开发阶段，现在她一天只能做一次物体瞬移。

广场上哗然声渐渐越来越大，有的人说龙惊戟无耻，居然做手脚不敢和蔡羽山正面对决。有的人说都是误会，龙惊戟才不会做这样的事情。两边的拥护者互相辱骂推搡，广场上逐渐分成两派，壁垒分明。

旁边被邀参加丐帮大会的其他门派也开始轻声的交头接耳，貌似很关心丐帮的未来，其实看热闹的成分更多些。

苏小舞暗叹了口气，想也知道一会儿的结果是怎么样的。而龙惊戟的表情也绝称不上好看，也是束手无策。

更加难熬的半个多小时又这样过去了，又是一张纸条送到李古丁手中。后者扫了一眼，面色未变，走到龙惊戟和蔡羽山的面前，沉声道：“我们去内室谈吧。”

龙惊戟看了就知别有内情，微松脸色，看向一旁的苏小舞和傅晚歌，朝李古丁问道：“可不可以请两位小姐一起过来？”

李古丁略微思索，点头道：“也好，毕竟两位小姐是全程公证人，几位里面请。”

苏小舞看到李古丁交待了几句，便匆匆忙忙的叫上他们，走进广场后边的一个大厅内。她和傅晚歌交换了一个眼神，忽觉得有了那么一丝希望，连忙起身跟了上去。

整个空旷的大厅内只有他们五个人，李古丁小心的把门关上，郑重地转过头说道：“到底是怎么回事？谁给老夫解释下？”声音几乎气得发颤，显然，在外面已经忍了好久，碍于场合才没有发作。

其余四人均你眼望我眼，各怀心思。准确说来，只有苏小舞和傅晚歌才知道发生了什么事，但是前者是无法解释，后者是根本不知道怎么解释。

龙惊戟和蔡羽山就更加不知道是怎么回事，龙惊戟压根就是清白的，蔡羽山则奇怪为什么会和原来计划的不一样，选票箱的票会调换过来。

"李长老，能不能让小舞知道后来的记票结果是什么？"苏小舞见众人都沉默着，抿了抿唇问道。现在把那么多不明情况的人都晾在外面，时间长了会情绪激化，如果一个导火索就可能酿成械斗惨剧。毕竟帮派中人还是很热血的。

李古丁冷哼一声，捋着自己花白的胡须，冷冷道："为何我要把你们叫进来？就是不想让别人看笑话。结果？什么结果？这结果不能算！哼！一共今天才来了九百四十三人，怎么上层的选票会有九百五十六张？老夫特意防止今天有人投两票，所以特别注意，绝对不可能！你们干的好事！哈？"说完拿眼紧紧瞧住一旁的龙惊戟和蔡羽山。

苏小舞差点没忍住笑出声来，原来居然是这么回事。肯定是蔡羽山事先调查了会有多少人前来今日的丐帮大会，但是没想到会由于各种天气或个人的原因，并没有到场这么多人。更别提他还不知道居然投票还有弃权这个情况的存在，就连刚才第一次拿到选票结果的李古丁，也奇怪为什么会有人不投票。

其实这个心理很好揣摩啊，两边都不愿意得罪，或者两边谁当选都无所谓，就懒得投票了啊。或许广场旁边摆满吃的桌子更加吸引他们。

"两位小姐，投票的过程中有没有过异常？"李古丁沉声认真地问道。

苏小舞摇了摇头，知道他的意思是询问箱子有没有被人凭空调换过。有没有搞错？多少双眼睛看着呢，还凭空调换箱子？

好吧，她是指箱子没有被调换过，但是箱子里面的内容被她悄悄地调换了一下，不过说出去也不会有人相信。

傅晚歌也跟着摇摇螓首，她是发现最开始投票的时候有问题，可是她要是说了，就必须解释为何票数有问题。她回答不出来，索性也就和苏小舞一样装糊涂。

"那两个负责搬箱子的兔崽子，我这就去剁了他们！看他们招不招！"李古丁又看了一眼龙惊戟和蔡羽山，见两个当事人一点反应都没有，立即火冒三丈。

"李长老，现在追究是谁做的不是当务之急。我们应该马上另想主意，来解决这件事。"傅晚歌莺声软语地劝道，适时的让室内的气氛稍微缓和了一些。

"另想主意？傅小姐可有好办法？"李古丁着急的在大厅内绕着圈子，他本来就不大管事，陆剑铭在世的时候把丐帮管理的井井有条，他每天只要负责喝酒就行。现在陆剑铭不在了，他在帮内资格最老，心想主持完这次丐帮大会，就把责任全部丢给新帮主。本来以为这丐帮大会一定很难决定谁是帮主，前几天龙惊戟和蔡羽山同时找上他，给他解释了什么什么投票选举制。他还想着这玩意儿好，又简单又很好操作。

没想到啊！他就说不会这么简单的，原来里面玄机这么多。

“晚歌本就不是丐帮中人，如何晓得怎么选举帮主呢？一切还是看李长老决定。”傅晚歌淡笑着推辞道。

李古丁越发着急，扯着自己的胡子不住地叹气，“不行就还是老法子，你们两个擂台上见胜负吧！谁赢了就谁是帮主。”

蔡羽山立即出声反对道：“我不同意，帮内武功高的数不胜数，难道还一一比试过去？这个法子不是很早之前就淘汰了吗？”

一看就是武功技不如人，怪不得要来阴的，苏小舞翻了翻白眼。

“李长老，小舞有个法子，不知道能不能行得通。”苏小舞叹了口气，龙惊戟这个呆头鹅不争气，玩阴的玩不过蔡羽山。废柴一个啊！早知道她就连那些选举的阴暗面也一并教给他了。

唉，要不是她不喜欢做乞丐婆，她自己早就冲上去竞选了！

“苏小姐，快说快说！”李古丁也不讲究什么礼节了，急忙站定在苏小舞面前，连声问道。其实他从龙惊戟那里已经知道这次的选票方法是苏小舞先提出来的，刚才询问的时候也都是在等她发话。

“简单，”苏小舞耸耸肩，悠然道：“再来一次投票。”

李古丁失望的一泄气，显然是不能苟同。

“贤弟，再来次投票？会不会让兄弟们对我们产生不信任感？”龙惊戟出声问道。

苏小舞一摊手，无奈道：“现在这个样子，想要有信任感也难啊。”听着外面越来越吵闹的声音，可以想象都是什么场景。“而且，这次投票和刚才不一样。”

“怎么不一样？”蔡羽山被苏小舞勾出来兴趣了，不甘落在人后地追问道。

苏小舞一双美目异彩连连，轻笑道：“是透明制度投票，这个方法比较打击人，所以一开始我没想采用。你们两人站在前面，谁投你们票就直接在箱子里扔下纸条就可以。不过在这之前，你们首先需要赢回帮众对你们的信任感。”

“需要怎么做？”李古丁一听苏小舞话中有话，一双老眼立刻就亮了起来，追问道。

苏小舞忍住笑，缓缓道：“我要你们两人在最后投票前，当着众人的面做一次就职演说。”嘿嘿，那场面一定很搞笑。这可真就是竞选“总统”了。

“呃，内容就是要向帮众们，讲如果你当选了的话，会怎么样怎么样，说服大家投票给你们。”苏小舞见这四个人都是一脸迷惑地看着她，连忙解释道。

“还可以这样？”傅晚歌瞪大美目，心内想着是不是可行。

“有什么不可以？丐帮的帮主标准，本来不就是需要帮众们的拥护吗？”苏小舞徐徐道，丐帮本来就不好管理，因为类似划片的黑帮小团伙，如果没有个能服众的人统领全局，很轻易便能松散掉。他们这次开丐帮大会，其实上也是一次聚力的机会，所以才更不能允许事情越发糟糕了。

苏小舞一边整理自己的思绪，一边续道：“所以，借用这次机会，把你们以后将要怎么领导丐帮趁机说清楚，让大家自己评价下以后要跟着谁。你们认为呢？”说罢看向龙惊戟和蔡羽山，等他们自己衡量。

两个当事人均默然不语，看样子正在思考苏小舞此言的可行性。

“唉呀！就这么定了！急死老夫了！外面都乱成一团了。”李古丁着急得直接推开大厅的门，之后转过头朝苏小舞补充一句道，“苏小姐，你说的老夫都没怎么听明白，你出去自己和大家讲吧！”

神马？苏小舞一愣，还没等阻止他就这么不负责任地走掉，就听到身后传来蔡羽山那特有的嗓音低声道：“小五子，记得多拖点时间让我准备发言哈！”

苏小舞无语地看着蔡羽山风度翩翩地迈过大门，往广场上走去。

“加油，贤弟，全靠你了。”龙惊戟一拍她的肩膀，长笑着随着蔡羽山也一同而去。

“小舞，晚歌很期待哦！”傅晚歌盈盈站在她身边，甜甜一笑道。

神马？苏小舞已经完全呆掉了，关她什么事啊？不是给他们说明白就好了吗？那个老头子为什么这么不负责任？连这两个人也都这样？这到底是谁的帮派啊？

苏小舞站在当场，看着门外广场上近千人的目光都聚焦在她身上，就好像在舞台上一束超强的聚光灯打过来，顿时压力大增，手足无措。

深吸了一口气，苏小舞硬着头皮走出大厅，来到广场最前面的台阶上，觉得此时连天上的阳光都分外刺眼。微眯双眼，苏小舞看到台阶下面就是静待她发话的近千名乞丐，每个人脸上都是愤恨不平，显然是发觉自己被欺骗之后，不轻易再相信别人。

苏小舞内心把蔡羽山祖宗八代都诅咒遍了，如果不是他搞的小动作，怎么会造成这样的后果？本来应该是她设计好的完美结局才对。

“呃，大家好，我是苏小舞。”苏小舞干巴巴地说道，却悲哀的发现自己的声音太小，根本无法像李古丁之前那样即使不用发太多力气，就能声贯全场。

苏小舞尴尬地苦笑着，不知道如何是好。只觉得浑身的血液都往脸上冲，脸颊瞬间发烫。她知道自己应该说些什么，但是她能说什么呢？说什么也不能让所有人都听到。

隐约间，苏小舞甚至都发现众人看向她的眼神都带着些许同情。同情什么？同情她武功全失吗？她得到的武功都不是自己辛苦练的，失去就失去了，没什么值得可惜的。

不知所措的苏小舞忽觉得有一只温暖的手握住了她，那正是身后的傅晚歌。

“小舞，没关系，你继续说吧。”随着傅晚歌温柔的话语，苏小舞感觉到一股柔和温暖的内力从掌心流入，立刻觉得浑身充满了力量。

苏小舞紧紧一握傅晚歌的手，后者传给她真气的同时仿佛给了她无限的勇气，苏小舞突然发现真正开口说话并不适合想象中的那么难：“今天丐帮大会的投票制度是我想出来的，本来是想给大家一次能公平选出帮主的机会，可是事情并不像我想象中的那样顺利。”苏小舞平心静气说出的话，每一个字都清晰地飘荡在丐帮总舵的广场上。

“是苏小舞！是那个苏女侠！”广场下传来窃窃私语声，慢慢扩大。

苏小舞觉得自己和傅晚歌交握的手心微微汗湿，也不知道是自己的还是她的手。苏小舞看似镇定地微微一笑，补充道：“我是苏小舞。大家好。”她第一句话因为没有傅晚歌帮忙，所以大多数人并没有听清楚。

“苏女侠，你来做我们丐帮帮主吧？我肯定给你投票！”群丐中间忽然传来这么一句，引得众人哈哈大笑，还有人连声附和，原来僵持的场面瞬间解冻。

苏小舞轻笑出声，一时广场上盈满了她清脆的笑声，“多谢这位哥哥，小舞还是峨眉派的人，过一阵子，还要回峨眉给师父请罪，怎么可以另投他派？丐帮是天下第一大帮，小舞本来也不该多管闲事，可是为了丐帮的未来，自然希望能选出更加适合丐帮的帮主出来。替陆剑铭陆帮主报仇雪恨，并且继续让丐帮名扬江湖！”苏小舞越说越顺，振奋人心的话几乎不用思考便可以冲出口来。

“至于帮主由谁来当，我相信大家心中都各有评判。可是他们中的谁当选后将要做什么，有什么承诺，何不借今天的这个机会，让他们都说出来，以后大伙们也可以用今天的话监督新当选的新帮主。当然，如果新帮主做不到他所承诺的，我们还可以召开丐帮大会重新选举嘛！”苏小舞缓缓说道，尽量让自己说出的话让每个人都能听懂。

群丐静默了一会儿，有的人开始理解了苏小舞的意思，大呼有趣。而没懂的人则询问周围的人，广场上一片喧哗声。

苏小舞和身旁的傅晚歌相视一笑，毕竟向来选帮主都是靠上一辈钦点或者凭武力分高下，选个帮主这么民主的模式，想他们还是头一次遇见。

“你们两个谁先来？”苏小舞看向两位候选人，笑问道。

蔡羽山立刻朝前迈上一步，拿腔做调地说道：“我先来吧。”

苏小舞轻笑，扫了一眼没有意见的龙惊戟，柔声对蔡羽山说道：“当然可以，请吧。”心内却在暗想此人果真心口不一，刚才还说让她多争取点时间，现在反而冲得比谁都快。

和傅晚歌走下台阶，苏小舞来到龙惊戟身边，她倒要看看这个蔡羽山能说什么。

“做得很好。”龙惊戟扬起笑脸，夸奖道。

苏小舞感激地看了一眼傅晚歌，道：“都是晚歌帮忙，要不然我真不知道怎么办。”说完忽然小声地和他说道，“大哥，你想好怎么说了吗？”

龙惊戟无所谓地耸耸肩，低声回道：“这个还用想吗？我每天都在考虑怎么管理丐帮。很简单啊！”

苏小舞抬头看到蔡羽山已经慷慨激昂地开始演说了，不屑地朝站在台阶之上的那个眉飞色舞的狐狸眼一努嘴，轻声道：“很简单？这才是蔡羽山他要求第一个上去演说的原因。他抢了你的台词，你再说一样的话，不是已经落了下风？”

苏小舞分了一半的心神听了一下蔡羽山的演说，不出她所料，讲的都是一些丐帮现在的现状和有些地方分舵还没达到的水平。蔡羽山无非是空口许诺净衣派，尽量拉拢污衣派的人。真真是左右逢源，自然引得呼声阵阵，再加上一些蔡羽山的拥护者别有用心地起哄，广场上的气氛现在不是一般的热烈。

龙惊戟静心细想，虎目射出慑人的精芒，深深地低头瞧着苏小舞，笑道：“贤弟说的确实是，那大哥该说些什么呢？”

苏小舞佩服他到这种份上还是如此不慌不乱，略微想了想，借用傅晚歌传过来的内力，给龙惊戟传音入密。

没过多久，蔡羽山的演说就结束了，广场响起震耳欲聋的掌声和口哨声。蔡羽山踌躇满志地朝下面挥着手，还真有那么点竞选现场的意思。

龙惊戟一整衣衫，朝台阶上走去，和正在往下走的蔡羽山擦肩而过。两人互相较量的目光稍加接触，又瞬间错开。

“小舞，和龙副帮主说了什么？”傅晚歌松开两人一直交握的手，好奇地问道。

苏小舞注意到蔡羽山站在了与她们相反的另一边，已经面带微笑，认定他自己已然获胜了。毕竟他说的话都是中规中矩，颇得一大半人的欢心，再加上龙惊戟还不能和他说一样的台词，帮主之位仿佛都已经尽在掌握之中了。

“你听着就知道了。”苏小舞狡黠一笑，卖个关子并不答话。

蔡羽山看了眼和傅晚歌说笑的苏小舞，暗地里感谢她。如果不是她建议的什么投票选举，就要进行那种武力分胜负的境遇。幸好，没变成那样。

龙惊戟站在台阶上，先是仰天长笑一声，吸引了全部人的注意力。直到广场上彻底寂静下来，龙惊戟才一字一句缓缓说道：“我知道，奉立帮主是丐帮中的第一等大事，丐帮的兴衰成败，大半取决于帮主是否有才有德。今天站在候选席位上的我和蔡羽山，均是大家认为有才之人。可是平心而论，威望稍嫌不够。”

广场上一片奇怪的静默，群丐均你眼望我眼，不知道为何龙惊戟一上来便贬低自己和蔡羽山，如果他们不够资格？谁够资格？

苏小舞微微一笑，做得不错嘛，一上来就吸引住了大家全部的注意力，把蔡羽山造成的效果全部抹去。现在，大家可真的对他下面想说的话很感兴趣了。

“在丐帮的历史上，武功虽高，但是处事不当的帮主也不是没有过。帮内两派争端不休，严重影响兄弟之间的友爱，这是帮主的失职。”龙惊戟铿锵有力地说道，一点都不在乎被人说他抵毁丐帮历史上的帮主。

广场上有些上了年纪的乞丐纷纷若有所悟地低下头，而年轻气盛的乞丐顿觉得无比刺激，可以挑战权威？这是他们之前想都不敢想的。

“我，龙惊戟，现在站在这里，可以毫不隐瞒的说，我确实是偏向污衣派这边。但是我更认为，派内之争根本没有任何意义。”龙惊戟站在台阶之上，微微停顿了一下。略带精芒的目光缓缓扫视全场，每个人都抬起头来，等待他继续说下去。

苏小舞满意的一笑，龙惊戟果然是天生的领导人。虽然有些粗枝大叶，但是当领导当惯了，慑服力超强，善于把握气氛。短短开头的三句话，就把蔡羽山的气势完全压了下去。

这样大气的男人，才真正适合丐帮这样大气的帮派。

“净衣派的兄弟们并不是真正的乞丐，除了身穿打补丁的衣服之外，平时和常人无异。你们加入丐帮，或许是佩服丐帮的行侠仗义，或者是与帮中兄弟们交好，并不是进来丐帮为了和污衣派的人争权夺势的吧？污衣派的兄弟们，你们也不是为了维护什么丐帮的正统，非要把权利握在手中吧？”广场上只听到龙惊戟慷慨激昂的说话声，隐隐还有回声传来。

“丐帮是个什么意思？乞讨，求人，人生在世，谁能说不求人帮助地过一辈子？所以天下众生，都是乞者。谁又能孤独一人离开群体独自生存？所以所有百姓，均是丐众！加入丐帮的兄弟们，绝没有污衣派和净衣派之分，大家都是个乞丐！”

龙惊戟话音掷地有声，回声仍然还在回荡，广场上气氛就瞬间热烈起来。

苏小舞看到傅晚歌倾慕的目光朝她看来，连忙摆手道：“我可没教他这么说，全是他自已发挥的。”龙惊戟何许人也，她只需提点一两句，他就可以把握到她想要说的重点。

龙惊戟见群丐欢呼了一会儿，很有耐心地等待他们重新静下来。之后一改之前的语气，平心静气地徐徐道：“作为天下第一大帮，丐帮有着令武林乃至天下不可忽视的力量。但是我们却从来没想过用这种力量为江湖做些什么。丐者虽然是乞求别人的帮助，但是我们四肢健全，有的还身怀绝世武功。我知道丐帮素来以行侠仗义为荣，可是为何天下人提起丐帮时，毁誉参半？原因大家相信心里都知道。”

苏小舞闷笑，当然了，现在的丐帮整个就是一个黑帮，还能让别人交口称赞？那就奇怪了！

有的乞丐觉得龙惊戟说得毫无道理，脸上现出不以为然的神情，但也没有出声反对。但是有更多的乞丐默不做声，乞讨的时候被人冷眼拒绝，或者被人暗地里鄙视，这也是他们司空见惯的事情。虽然当乞丐就是这样的，可是谁不想活得挺直胸膛，更像个男子汉？

“想不想以后江湖上提到丐帮两个字，人们就纷纷竖起大拇指？想不想以后丐帮两个字，就是武林泰斗？想不想未来丐帮是真正的天下第一帮？帮众遍天下？”龙惊戟一声更比一声高，最后一个字时振臂高呼，震慑全场。

“想！”群丐随着他一起齐声吼道。

蔡羽山面色灰败，萎靡不振，他看得出来自己已经输了。龙惊戟已经站在了他根本没有办法媲美的境界，他斗无可斗。

苏小舞仰着头看着夕阳照在龙惊戟身上，五官分明的脸孔散发着夺目的光辉。一阵寒风吹来，他衣衫猎猎作响，形象威武至极。她心里对他是佩服到五体投地，他的演讲从头到尾确实是贯彻了她提出了一个基本点两个重要思想。可是具体措施一个没提，这家伙简直就是天生的政客！比她还会忽悠人！

不愧是未来的黑帮老大……

第四十七章 告别，新的开始

苏小舞不着痕迹地动了动已经站得僵硬的腿，方才龙惊戟演说结束后，蔡羽山主动站出来说他自己弃权了此次机会，建议大家奉龙惊戟为新任丐帮帮主。

苏小舞心下对蔡羽山的评价又高上一层，能知难而退，又博得了一个好名声。此人如果对龙惊戟心怀不轨，以后肯定是超级大的麻烦。

不过，这也不是她所操心的了。龙惊戟顺利当选丐帮帮主，她由衷为他感到高兴。之后的事就更加好办了，最简单的就是矛盾转嫁，用外部矛盾化解内部矛盾，用民族主义的狂热来燃尽丐帮内部的冲突。话说北宋的这时候，国家存亡还是很重要的，随便多派些乞丐去别国卧底，很轻易就能转移污衣派和净衣派之争。

苏小舞想得开心，回过头来见傅晚歌还是一脸担心的模样，奇怪地悄声问道："晚歌姐，怎么了？"她现在可是一见到傅晚歌表情不对就心惊胆颤，可不要再来次意外了。

傅晚歌看了看广场上一片欢腾的景象，摇了摇头叹气道："没事，可能是我多想了。"

苏小舞暗叫救命啊，傅小姐这种神神秘秘的态度让她的心七上八下的。"你就直说吧，又有什么问题？"

傅晚歌脸上闪过一丝忧郁，缓缓道："小舞，今日出门前我去和爹爹请安，他说今天的事情不会善了。"

苏小舞闻言瞬间浑身一冷，她住在布衣山庄许久，自然知道布衣侯算卦极准。"为什么不早说？"苏小舞咬了咬下唇，抬眼看向不远处欢腾一片的丐众，想不出来事情都到了这个地步，还能出什么意外。

傅晚歌叹道："还不是怕你担心？如果我早说了会这样，你还能很有信心的帮助龙惊戟了吗？"

苏小舞眨了眨眼睛，觉得傅晚歌说的也有道理。布衣侯算卦的能力实在是让她叹为观止，就好像一个能看到未来的人一样，这也是她不敢去见他的主要原因。

"小舞，别管了，爹爹嘱咐过，尽力而为就好，一切随缘。这也是我一直没有说的原因，一切都是命中注定的。"傅晚歌淡淡道，绝美的脸上平静祥和。

苏小舞不甘心地继续看着前方，看到李古丁拿出象征着帮主的绿竹杖，听到他高声宣布着龙惊戟就任下一任丐帮帮主。她从来不相信有人能预测什么命运。

"晚歌姐，命运是什么？你所能够改变的和不能改变的，是你所能选择的和你无法选择的都是命运……"苏小舞飞快地说着话，却突然间在中途没了声音，戛然而止。

因为她看到，正当李古丁高举着手中的绿竹杖，要说几句场面话要交给龙惊戟的时候，忽然以他为中心爆出来一团漆黑的烟雾，瞬间现场烟雾弥漫，再也看不清到底发生了什么事。

事情发生的相当突然，现场瞬间乱成一团。群丐呼喝着往烟雾的方向涌去，由于这个季节秋风肆虐，导致烟雾迅速的向外扩散。而且这团烟雾也不知道是什么做成的，气味呛鼻，只听到一片咳嗽加呼喊声，场面混乱得无以复加。

苏小舞和傅晚歌两人由于站得相对比较偏，烟雾迟一步才扩散到她们这里。"天啊，有人想抢绿竹杖！"苏小舞回过神，急声呼道。

肯定是这个原因，要不然为何偏偏挑在这个时候下手？

苏小舞的话音刚落，几下快速的劲气交击声传来，之后一个灰影便从烟雾的中心腾空而出。苏小舞仰头看去，首先注意到的就是那人手里那条在夕阳下反着光的绿竹杖。

那人就那么凌空横移，朝广场后面的屋檐掠去。不见此人如何卖弄，但是能从那迅捷的身影里透出一股轻盈好看的味道。苏小舞虽然眼力并不高明，但是也能看出来这种随心所欲的轻功绝非一般好手可以办得到的。

烟雾中又跟着飞起几个身影，喝骂着朝那个盗贼赶去。苏小舞定睛一看，才发现盗走绿竹杖的贼人居然是个女人，而且看身形好像就是那个骆颜。

怪不得那个骆颜会一下子踢倒选票箱，原来一切都是计划好的。就是不知道她要抢走绿竹杖做什么？以为拿着那个东西就是帮主了吗？

苏小舞虽然心中腹诽，但是也丝毫帮不上忙，看到骆颜和追她而去的数个乞丐在几个起伏便掩去在屋后，丐帮总舵全面进入戒严状态。烟雾中，龙惊戟临危不惧地下达着命令，分派人手从各个方面来封锁总舵和洛阳城，消息几乎是在顷刻之间便传了出去。

"唉，命运，真不是个东西。"苏小舞立在未散的烟雾中，捂着口鼻闷声说道。

傅晚歌陪着她叹了口气，看着已经纷乱成一团的丐帮，安慰道："无事，爹爹说凡是都有因有果，不用庸人自扰。"

苏小舞看了眼隐约可见的前方，在人群的缝隙中，李古丁大受打击地站在当场，仿佛一下子老了十岁，神情痛苦。而蔡羽山脸色微妙地站在那里，正在和旁人嘱咐着什么。

至于龙惊戟，大概丐帮史上没有他这么倒霉的帮主了，连绿竹杖摸都没摸到就被人抢走了。无论目的是什么，他注定好事多磨。

"小舞，陆帮主的血案会不会就是刚才那个人做的？"傅晚歌挥舞着衣袖，略略带上了点内力，让空气流通得更加迅速。

苏小舞放下捂着口鼻的手，面色凝重。难道真的会是骆颜杀的？看她方才的轻功就可以看出来，她功力其实相当深厚。

"我不想管了，晚歌姐，我想回峨眉。"苏小舞突然觉得浑身无力，是不是这个江湖太险恶了？她深切怀念她刚到这里的时候，那种单纯而又有趣的赚钱生活。

丐帮的事她能帮的都已经帮了，剩下的事就是要看龙惊戟自己如何处理了。她一个外人也不好总是插嘴。

而且，她不想再这样很有目地性的继续下去，虽然和龙惊戟在一起很轻松，但是她总是无法控制自己，她总是不由自主地想如何才能更多地借用丐帮的力量。

悲哀啊，她什么时候变成了这样的人？

“小舞，布衣山庄会一直欢迎你的。”傅晚歌像是早就料到苏小舞会这样说，偏过头，温婉地笑着。

苏小舞呆了一呆，随后苦笑道：“你爹爹不会连我要走都算出来了吧……”

傅晚歌唇角的弧度加深，缓缓地点了点头。

“太可怕了……晚歌姐，有没有顺便问问他，我能不能实现我的目标啊？”苏小舞一改之前颓废的样子，兴致勃勃地问道。

“……”

月夜，寒风乍起。

青衣盗背着手，看着灯火闪耀下静静地躺在圆桌之上的那支绿竹杖，沉声道：“帮主之争蔡羽山果然是输了。”

他现在是在风月无边的小楼内，这个房间除了他之外，一眼看去并无他人，只是内室的屏风后面传来哗哗的水声。

“公子不是也预计到了这个结果？要不然怎么会嘱咐我一定要把这个绿竹杖抢到手？”一个娇媚的女声从屏风后伴着水声传来，随后便是一阵窸窸窣窣的穿衣声。

青衣盗伸出右手，把看上去温润如玉的绿竹杖抓在手中，叹气道：“就这么一个绿竹杖，便能号令天下百万之众？”

银铃般的娇笑声响起，一个身形曼妙的女子赤足走出屏风。满头丰盈乌黑的长发被她斜拢在一边的肩上顺手擦拭，露出另一边肩头上的大片蜜色肌肤。身上穿着紧身的玫红色肚兜，绣着梅花的火红缎面刚刚盖过她高耸的胸部。下身穿着白色的及地流苏长裙，走路的时候隐约可以看到她那可爱小巧的赤足。线条优美的脚踝处戴着数个银色脚环，随着她的行进间发出清脆的叮当声。

“公子，号令天下百万之众的那是皇上。丐帮？哼，一群乌合之众而已。”那个女人缓步走到外厅中央的圆桌前坐下，仰起头露出她艳若桃李的脸。如果苏小舞在这里，仔细看过去的话，会发现这人正是偷走丐帮绿竹杖的骆颜。她洗净的脸颊是那种透着健康的蜜色肌肤，大大的杏目，微翘而且不厚的薄唇透着柔媚之色。

“乌合之众？”青衣盗摩挲着手中光滑的绿竹杖，声音里带着叹息，仿佛无奈骆颜的无知一般。

“怎么？我说得不对吗？不过是一帮臭要饭的！害得本姑奶奶在那里卧底了两个多月，真不明白公子怎么想的。”骆颜一甩长发，娇气十足地嗔道，“而且只是一个破竹杖，骆颜可是拼死抢过来的，公子确定拿着这个东西，全天下的乞丐就能听你的？而不是第一时间冲过来抢走？”

青衣盗轻笑出声，道：“你公子我就这么笨？如果是龙惊戟接任帮主，丐帮定会焕然一新。他今天的演讲我也听到了，虽然没有涉及到什么具体的措施，但是能有如此的想法，实在不能让我不防。抢走了绿竹杖，这是无论哪个帮主也不能容忍的耻辱，没了这个信物，他即使想整顿丐帮也有很大的阻力。”

骆颜皱了皱她那小巧的鼻子，不满道：“有什么需要防的？”

“丐帮弟子几百万，一天不握在手里，叫皇上如何安心？”青衣盗缓缓说道。

骆颜不以为然地“哼”了一声，把手中的浴巾甩到一边的椅背上，举手自己为自己倒上一杯香茶，反驳道：“安心？我在丐帮曾经听苏小舞说过，丐帮有多少弟子并不是由帮主决定的，而是由皇上决定的。如果皇上真的英明神武，国泰民安，鬼才愿意当乞丐呢！”

青衣盗闻言浑身巨震，绿竹杖“啪”的一声狠狠放回桌面上，沉声道：“她是这样说的？”

骆颜瞪大杏目，惊讶地叹道：“公子，骆颜头一次看到你发脾气。”

青衣盗没有被面具遮住的嘴角抽动了两下，知道自己的威严在这个女人面前没有多大用处，毕竟两人是合作关系，并不是主仆之分。

“皇上的政策都是在努力完善前朝留下的漏洞，牺牲总会是有的。上位者的痛苦，岂是小民能懂的吗？”青衣盗随即便恢复了神情自若，随意地坐在骆颜对面，浑身散发着尊贵的气质。

骆颜摊摊手，无所谓道：“反正我不管了，欠你的人情已经还了，本姑奶奶打道回府。以后两不相见。”

青衣盗闻言调笑道：“就这么不想在我身边吗？这就急着走？”

骆颜跳起来，蛮横地叉着腰不屑道：“本姑奶奶不想和真面目都不愿意露的人说话。虽然你看上去应该长得不错。”骆颜走进内室抓起床上的衣服，姿势优美的一个旋身，便已经套上了颜色鲜艳的外袍。

“对了，今天心情还不错，告诉你件事。”骆颜随便把仍然湿漉漉的头发梳了

武林萌主 I

作者
玄色

总策划
周政

选题策划
王雄成 杨翔森

视觉创意
木子棋

封面设计
彭意明

封面 · 内文绘画
鸩纳兰

内文设计
李映龙

营销推广
刘姚 欧阳君

特约编辑
颜小玩

流程编辑
吴骁波

运营发行
曾筱佳

出版社
湖南人民出版社

出品
紫微青春馆

官方微博
http://e.weibo.com/wuliangweiye

平台支持
原创文学门户 起点中文网 www.qidian.com
悦漫画

图书在版编目（CIP）数据

武林萌主Ⅰ / 玄色著 . -- 修订本 . -- 长沙 : 湖南人民出版社 , 2013.9
ISBN 978-7-5438-9605-5
Ⅰ . ①武… Ⅱ . ①玄… Ⅲ . ①长篇小说－中国－当代 Ⅳ . ① I247.5

中国版本图书馆 CIP 数据核字 (2013) 第 155912 号

武林萌主Ⅰ

著　　者 玄　色

出 版 人 谢清风
策 划 人 周　政

执行策划 王雄成　杨翔森
责任编辑 夏新军
特约编辑 颜小玩
装帧设计 彭意明

出版发行 湖南人民出版社［http://www.hnppp.com］
地　　址 长沙市营盘东路 3 号
邮　　编 410005
经　　销 湖南省新华书店

印　　刷 湖南凌华印务有限责任公司
版　　次 2013 年 9 月第 1 版
2013 年 9 月第 1 次印刷
开　　本 710×1000　1/16
印　　张 20
字　　数 344 千字
书　　号 ISBN 978-7-5438-9605-5
定　　价 28.00 元